# The Ministry of Ungentlemanly Warfare

# 丘吉尔的非绅士战争

[英] **Giles Milton**

贾尔斯·米尔顿 著

周丹丹 译

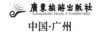

广东旅游出版社
GUANGDONG TRAVEL & TOURISM PRESS

中国·广州

# 目  录

# 序　言

1939 年春，整个世界正在走向疯狂。至少，琼·布赖特是这么觉得的。29 岁的琼是个活泼的姑娘，她梳着整齐的头发，穿着一件领口带扣子的连衣裙。她刚刚推掉了给第三帝国副元首鲁道夫·赫斯的孩子做家庭教师的工作，来到伦敦，想找一份秘书的工作。

琼把自己要找工作的事儿告诉了一个老朋友，朋友给了她一个奇怪的建议。他说自己可以帮她找一份工作，但是她需要"在某个特定日子的上午 11 点，到圣詹姆斯公园地铁站去，衣服上要别一朵粉色康乃馨"。他又补充说，到时候会有一位女士在那儿等她，带她去参加一场面试。

琼对这个朋友的话将信将疑。随着约定日期的临近，她越来越相信朋友是在跟她开玩笑。但是，她还是在指定时间赴约了，果然有一位神秘的女士在那里等她。这位女士低声向她做了自我介绍，然后指了指远处一栋爱德华时代的红砖大楼，告诉她那里就是面试的场所。

琼被领着左绕右绕地穿过百老汇街和圣詹姆斯公园之间迷宫似的背街小巷，她开始肆意发挥想象力，坚信这个女人是故意在兜圈子，"目的是掩人耳目"。[1] 虽然琼对自己将要面试的工作还一无所知，但是她很自信地认为自己会表现得很好。她之前曾在英国皇家国际事务研究所工作过，她的高效和严谨给那里的同事留下了深刻的印象。

当琼被领到了那座大楼的四楼时，她才意识到这绝对不是一场普普通通的招聘面试。她被带进一间可以俯瞰卡克斯顿大街的办公室，并被引荐给一位名叫基德森的军官。这位军官"个子不高，姜黄色的头发，看上去十分严肃"。[2] 他做了简单的自我介绍，然后从桌子对面推过来一张纸，让琼签字。琼紧张得连问都没敢问，就草草地在纸上签了名，给基德森上校递了回去。她递回去时才看到自己签的是《官方保密法》。

基德森上校拿回那张纸，然后用他那坚毅的眼神盯着琼，问她知不知道自己为什么会被带到卡克斯顿大街。琼摇了摇头。基德森上校告诉她，她正面试的工作非常机密，一旦被德国人抓住，她将会受到严刑拷打。

琼目瞪口呆，完全说不出话来。她本来以为对方会测试自己的打字技巧、速记水平和泡一杯好茶的能力。一阵沉默之后，基德森从座位上站了起来，示意琼到窗边来，然后他神秘地指了指卡克斯顿大街和百老汇街的拐角处站着的一个身影。

"那个家伙整个上午都在那里监视，"基德森说，"离开这儿的时候，别让他看到你，出门左转，一直走，不要停。"[3]

虽然琼还没有被录用，至少没有被正式录用，但是从基德森上校说话的口气来看，她好像已经得到了认可。基德森让琼回到座位上，再次跟她强调，如果被德国人抓住，她将面临"非常可怕的事情"。这回他说得更具体。"他们会用针扎你的脚指甲。"[4]

对他的话，琼半信半疑，她觉得也许可以把整个事情当成一个巨大的玩笑，晚上讲给室友克洛达赫·阿莱恩听。但是基德森上校在整场面试中都一脸严肃，没有露出丝毫笑容，这让琼觉得他是非常认真的。琼也知道，报纸和无线电广播里整天都在谈论战争。

就在几个星期前的 3 月 15 日，希特勒发动了最新一次突袭，纳粹军队开进了波希米亚和摩拉维亚。如此一来，希特勒彻底吞并了原属捷克斯洛伐克的领土。德军遇到的抵抗微乎其微，不可一世的希勒特在入侵第二天便进入布拉格，宣布第三帝国的版图再次扩大。从此，波希米亚和摩拉维亚成为德国的保护国，陷于柏林的严密控制之下。尽管英国首相内维尔·张伯伦仍然坚称，希勒特的吞并行为不是侵略，但是很多英国人都认为，张伯伦的绥靖政策已经走到头了。

琼和很多人一样，都感到了深深的不安，她担心英国在严重准备不足的情况下，就被拖入一场战争当中。但是当琼权衡基德森上校对她所说的一切时，获得一份全职工作和丰厚报酬的前景战胜了她对未来的恐惧。而且琼还年轻，尚未结婚，无拘无束。在一个古怪的单位从事一份古怪的工作，没准会给生活增添些乐趣。她说服自己这份差事"是一个有趣的好工作"，并且应该感谢基德森上校给了她这份工作。于是她答应第二天上午准时来上班。

琼认为加入这个"现实与虚构完美结合的办公室"非常令人兴奋，不过她不会把这个感受告诉基德森上校。[5]然而当琼从大楼里出来，走上卡克斯顿大街，她还是不禁加快了脚步，那个神秘的男人还在街角站着，琼故意避开了他注视的眼神。

还要再等 24 小时，琼才能了解她这份新工作的具体情况。在这之前，除了思考自己所处的奇怪处境，她什么也做不了。她的内心既有找到工作后的喜悦，也隐隐有几分焦虑，因为她不知道这份工作可能会牵涉什么事情。琼感觉自己似乎正被人引入一个奇怪的虚幻世界，在那里，所有受人珍视的规范都被颠覆了。

在 1939 年春天，感到自己的世界被颠倒的人不止琼·布赖特一人。在伦敦以北约 100 千米的贝德福德，一个名叫塞西尔·克拉克的房车发烧友正在位于塔维斯托克大街 171 号的自家院子后面的工作室忙碌着。这时，妻子喊他过去接电话。电话里有人找他。

克拉克拿起话筒，进行了一次意想不到的奇怪谈话。电话那边的人不是来询问房车的事情，这一点很清楚。他也不是来咨询克拉克最近新发明的悬挂减震系统。克拉克想向打电话的人探寻更多信息，但是那个人就是不说自己为什么打电话，并且非常警惕（他自己也承认）。[6] 他只说他们两人几年前曾经见过面，第二天自己会来塔维斯托克大街拜访克拉克。

挂断电话后，塞西尔·克拉克仍然很疑惑，他不知道这个人是谁，也完全不知道他想要什么。但是跟琼·布赖特一样，他隐隐约约感到自己的整个生活将变得更加刺激。

他的感觉没错，第二天那个人的来访将改变他的人生。

# 第一章

# 第三个人

塞西尔·克拉克对房车的热爱不亚于大多数男人对自己太太的感情。他喜欢给房车抛光，胡乱地摆弄房车，毫不吝惜地用里奇菲尔德牌汽车蜡擦亮房车的奶油色涂漆。

他的房车高度超过 4.3 米，比伦敦的双层公交车还高。车子的底盘很低，这是一处革命性的工程设计。不过，塞西尔这件设计中最能令人感到愉悦的是它奢华的车内装饰，房车内有盥洗室和几间卧室以及配套的浴室。车里不仅有冷、热自来水，还有自制的发电设备。除此之外，车载酒柜里也应有尽有。难怪塞西尔说自己的房车是"路上的铂尔曼酒店"。[1]

塞西尔的工作室在贝德福德郡自家的房子后面，他就是在这里打造了自己的房车。每逢周末，他就会把房车挂在家庭大游览车上，到当地的乡间小路上飞驰，对房车进行路测。妻子多萝西会紧紧抓着仪表盘，他们的两个儿子约翰和戴维则会在车后座玩闹。

当两个孩子听到爸爸宣布要带全家去北威尔士时，两个小伙子高兴地叫喊起来。他们在离开贝德福德的路上，经历了几个紧张的时刻：塞西尔在房车的第二层加装了一间卧室，结果这样一来车子就太高了，他不得不在每一座桥前停下，检查是否有必要的空间可以通行。

他们一到空旷的马路上，诸如桥梁之类的障碍就被迅速地抛到了九霄云外。塞西尔"烦透了"，直接"在他遇到的每一座桥下疾驰而过 —— 万幸的是，没有发生什么事故"。小约翰和小戴维为了"更好地欣赏乡间风景"，[2] 爬到了车顶上嬉戏，但是塞西尔似乎一点也没生气。

20 世纪 30 年代末，绰号"诺比"的塞西尔·克拉克成立了一家自己的公司罗罗德（LoLode），全称是低负载房车公司（the Low Loading Trailer Company）。塞西尔自任总设计师，他的夫人任公司秘书。罗罗德公司的所有房车都配备了一种独特的悬挂装置，确保乘客在路途中能享受比其他任何房车都更平稳的乘坐体验。塞西尔对此感到非常自豪，因为他既是设计者，也是制造者。

克拉克很胖，戴着眼镜，体态笨拙，身材高大结实，长着一双技工的巧手。他一半是科研工作者，一半是滑稽的小丑，很像诺曼·亨特创作的童书里的主角布兰斯多姆教授（Professor Branestawm）。他嗜烟如命，是个狂热的爱国者。街坊四邻都乐于拿他打趣。"他是一个理想的化身，"有人这么认为，"总是以自己的方式来为社会的进步而努力。"[3] 对塞西尔来说，"社会的进步"意味着打造出更舒适的房车。当住在贝德福德的邻居们看到"诺比"正在给他的爱车抛光时，彼此会露出会心的微笑，他们并没有意识到，克拉克拥有魔术师的双手和天才的头脑。

房车不是唯一能让塞西尔心跳加速的东西。他曾经作为一名年轻的志愿兵参加了第一次世界大战，在一支专门负责爆破的前锋部队中服役。他早早地体验到了"制造爆炸"的滋味[4]，还曾被授予军功十字勋章，以表彰他在维托里奥·维内托战役中打击同盟国军队，为战役胜利做出的贡献。虽然他在复员后比很多战友都更轻松地回归了正常生活，但是他内心深处仍然怀揣着制造大爆炸的梦想。

1937 年夏天，克拉克在自己最钟爱的《房车和拖车》（*Caravan and Trailer*）杂志上为罗罗德公司刊登了一则广告，将他的房车描述为"设计最先进的三厢房车"，[5]车子的后部甚至还有一间用人房。

《房车和拖车》的编辑名叫斯图亚特·麦克雷，他是一名受过正规训练的航空工程师，却阴差阳错地进了媒体行业。他被克拉克奇异设计的照片吸引住了，决定请一天假去贝德福德见一见克拉克。

但麦克雷刚见到克拉克的时候有些失望。克拉克"块头很大，讲起话来吞吞吐吐，他给我的第一印象是和蔼可亲，但并没有什么过人的智慧"。不过，麦克雷很快改变了看法。克拉克思维活跃，头脑运转起来像一台手风琴。他广泛吸纳各种想法，将它们糅合到一起，然后再用整体上更和谐的方式"演奏"出来。在大多数人遇到难题的地方，克拉克却能想出解决方法。

克拉克打开通向房子后院的门，向麦克雷展示"他智慧头脑创造的最新成果"。那是一个庞然大物，远比照片里看起来大得多，"而且是流线型的"。麦克雷惊呆了，他感觉好像看到了"某种来自未来的东西"。[6]

克拉克请麦克雷坐进房车，开车带他在贝德福德郡的乡间转转。于是麦克雷坐在舒服的邓禄普垫子上，尽情地享受了车载酒柜里的各种酒水。"因为那个时候还没有酒精测试仪"——酒后驾驶也不会有什么麻烦——他可以大摇大摆地开车回伦敦，不用担心被警察抓到。

第二天上午上班时，麦克雷的头还有点不舒服。他写了一篇报道，对克拉克的杰出设计大加赞赏。故事本可能就到此为止了，因为没过多久，斯图亚特·麦克雷就辞去了他在《房车与拖车》杂志的工作，在《扶手椅科学》（*Armchair Science*）谋得了一个编辑的职务。

但是1939年春天的一个上午，麦克雷的秘书接到了一个非常神秘的来电。"有一位叫杰弗里的先生打来电话，"秘书在办公室另一头说道，"他说有急事找您。"麦克雷接起电话，发现对方不叫杰弗里，而是米利斯·杰弗里斯。

杰弗里斯说，他对最新一期《扶手椅科学》上面提到的一个东西很感兴趣，迫切想要得到更多相关信息。"你们有一篇文章讲到一种新型的超强磁铁。我想马上得到关于这种磁铁的全部信息。"

来电者的粗暴态度让麦克雷吃了一惊，他追问对方更多信息，"呃，这有点麻烦，"杰弗里斯说，"我现在不方便告诉你这是怎么回事。"杰弗里斯提议他们一起吃顿午餐，私下再谈。

48个小时之后，麦克雷来到艺术剧院俱乐部，坐在他对面的是他见过的最特别的一个人。米利斯·杰弗里斯"长着一张皮革一样的脸，一具木桶似的躯干，长长的双臂将近垂到地板"。在麦克雷挑剔的眼光看来，"他看起来像一头大猩猩"。但是当这头猩猩一开口，"很快就显示出他拥有闪电一样的头脑"。

杰弗里斯自我介绍说，他在陆军部一个高度机密的部门工作，这个部门专门负责情报和研究工作。随着国际形势日趋紧张，他正奉命设计非传统武器装备，以备未来之需。

他之所以对磁铁感兴趣，是因为他正在尝试研发一种革命性的水雷。这种水雷外面覆盖有一层磁性材料，而且配有延时引爆装置。其设计构想是："先由一个潜水员把水雷放在船的一侧，它会吸附在上面，然后在适当的时候爆炸，把船炸沉。"[7]

对这种武器的需求确实存在，而且非常急迫。因为不到 6 个月前，也就是 1938 年冬天，希特勒启动了"Z 计划"，要立即开始大幅提升德国的海军力量。根据这项计划，德国要建造 8 艘航空母舰、26 艘战列舰和 40 多艘巡洋舰，以及 250 艘 U 型潜艇。英国没有能力与德国进行这种海军军备竞赛，不得不通过更具创造性的方式来平衡德国军力的增长。英国陆军部和海军部的高级官员们认为，击沉德国军舰比自己建造新军舰更划算。

但是杰弗里斯面临一个棘手的难题。他找不到可以在水下使用的磁性材料，也没有时间制造一种可靠的延时引爆装置。他深知这两样东西缺一不可，否则制造了一半的磁力水雷就起不了任何作用。

麦克雷饱餐了一顿，还喝了不少白兰地，然后他一口把这个项目应承下来。他之前的一份工作就是为低空飞行器设计投弹装置。他非常愿意接受这次新的挑战。杰弗里斯尽管惊讶于麦克雷的爽快，但他也很乐意让麦克雷来做这个项目。杰弗里斯说"他有一包私藏的黄金，至少可以支付我的项目开支"。[8]

那天稍晚的时候，当白兰地的酒劲儿过去了，麦克雷就开始后悔他的决定了。他对如何制造磁力水雷毫无头绪，也没有一个可以用来试验的工作室。正当他考虑如何着手的时候，他突然想到了塞西尔·克拉克，想到了他的房车和他在贝德福德郡的那个车库。于是他拨通了罗罗德公司的电话，没有说自己是谁，也没说打电话的原因，只是约定了见面的时间。第二天上午，他就带着一大包磁铁前去塔维斯托克大街171号求助了。

斯图亚特·麦克雷到访塞西尔·克拉克位于贝德福德郡的工作室时，国际关系出现了不祥的预兆。希特勒命令纳粹党卫军开进波希米亚和摩拉维亚之后没过几天，他又命令纳粹军队进军立陶宛的波罗的海港口梅默尔。梅默尔是一个说德语的飞地，在第一次世界大战结束后脱离了德国。希特勒多次否认对梅默尔有任何企图，但是在占领布拉格后，他就要求梅默尔投降。对立陶宛的外交部长来说，如果他不满足希特勒的要求，自己的国家就将有可能面临德军的全面入侵。他别无选择，只得同意。

一位英国记者写道："一个巨大耀眼的纳粹党徽向来往的人们宣示着梅默尔的政府已经易主。"纳粹军队进驻的时候，他恰好就在这个港口，因此根据亲身经历写出了这篇独家报道。"村庄的窗户里烛光闪烁，纳粹军队的阅兵一直进行到很晚。"

次日上午，希特勒以胜利者的姿态进入梅默尔，欢迎占梅默尔人口大多数的德意志人回到祖国怀抱。他宣布第三帝国"决心掌控自己的命运，即使这与另一个世界的意愿相悖"。这是个不祥的征兆。[9]

　　梅默尔被非法吞并后，英国首相内维尔·张伯伦依旧在寻求和平解决的方案。"今天，我跟 9 月时一样反对战争，这一点没有改变。"他所说的"9 月"是指 1938 年 9 月的《慕尼黑协定》，这个协定把苏台德地区拱手让给了希特勒。[10]但并不是所有人都赞同他的绥靖政策，有些人已经开始准备采取更加直接的行动了。斯图亚特·麦克雷和塞西尔·克拉克就是这样的人。

　　克拉克很高兴能再见到麦克雷，因为他们初次见面时相谈甚欢。这一次，他把麦克雷邀请到自己家里，并给他拿了一些点心。"他把几个孩子轰出了客厅，"麦克雷后来写道，"客厅也是办公室，他用果酱、面包以及一些难吃的包点让我填饱了肚子，然后我们就开始谈正事了。"

　　克拉克从一开始就显示出特别的热情。他对麦克雷说，用最简单的设备就能制造出致命的武器。不过麦克雷还是很惊讶，因为他们采购的第一站竟然是贝德福德大街的伍尔沃思超市。他们在那里买了几个锡制的大碗。接着，他们又到当地的一家五金店买了一些强力磁铁，然后把所有东西带回了克拉克的家里，他把家里"长凳上的垃圾清理掉，又轰走几个孩子，就这样搭建了一间实验室"。

　　克拉克在做这项工作的时候，喜悦之情溢于言表。他委托当地的一个铁匠打造了一个表面带沟槽的金属环，这个环可以拧到从伍尔沃思买的碗上。拧上之后，他往金属环上倒上沥青，把磁铁固定住。他的想法是把碗里装满甘油炸药，然后用一个临时的密封盖子把碗口封上。

关键是要确保水雷足够轻，能够吸到船侧。"我们用粥代替高爆炸药倒进碗里，把他家里的粥都用完了，我们反复调整重量和尺寸，好几次都把克拉克的浴室弄得遍地狼藉，最后终于成功了。"

设计武器是一码事，但真正让它发挥威力又完全是另外一码事了。克拉克和麦克雷来到贝德福德的公共澡堂，向那里的门卫解释说他们正在进行重要的军事研究后，门卫准许他们在澡堂关门后使用里面的大水池。

他们在池子最深处支起了一块大钢板，然后把焊接好的伍尔沃思锡碗捆到克拉克的大肚子上。"克拉克看起来好像怀孕好几个月了似的。他需要在来回游动时解开皮带，把碗取下来，然后用高超的技巧把它扔到钢板靶子上。"克拉克做得很成功。水雷每次都能吸到钢板上，而且很牢固。

不过还缺一样东西。炸弹要想爆炸，必须要有引爆装置，对于这种特殊武器，引爆装置必须绝对可靠。如果它过早爆炸，就可能会炸死水下的潜水员。

克拉克开始着手设计一种弹簧撞针，它由一个可溶解的小球固定在扳起状态。当这个小球在水中溶解之后，撞针就会触发，引爆炸弹。但是合适的小球可不好找。他们两个人尝试了各种方法，但是没有一种的效果能令人满意。用粉末做成的小球溶解得太快，太结实的小球又根本不能溶解。

最后，还是克拉克的孩子在不经意间帮了他们的忙。当塞西尔数不清第几次把孩子轰到工作室外面的时候，他打翻了孩子们装糖果的袋子，一大堆糖果滚落到地板上。麦克雷捡了一粒放进嘴里，然后用舌头拨弄糖果。他明显感到嘴里的糖果在均匀地变小。要的就是这个！小约翰·克拉克在一旁用愤怒的眼神看着爸爸把撞针装上了他们的茴香糖。每个弹簧撞针都被放进"一个大号的伍尔沃思平底玻璃杯里"，经过一系列的测试，克拉克终于得出了这种糖果溶解的准确时间。[11]

"对，35分钟。"克拉克在客厅一头喊道。[12]肯定没错，茴香糖会在半小时里慢慢溶解，然后撞针会突然释放。因为没有填炸药，所以试验造成的破坏仅限于玻璃杯，这些杯子无一例外，全都摔成了碎片，散落一地。克拉克夫人整个下午都在打扫这些玻璃碎片。

麦克雷和克拉克实现了他们的设想之后很高兴。"第二天，贝德福德的孩子们就没有茴香糖吃了，"麦克雷回忆道，"因为担心糖不够用，我们走遍了贝德福德，买了很多茴香糖。"

还有最后一个问题需要解决，那就是要找到一个合适的方法储存这种磁力炸弹。茴香糖一定不能受潮，要不然在存储期间就有爆炸的危险。麦克雷和克拉克又找到一个朴素但有创意的办法：他们往撞针装置上套了一个避孕套，避孕套是完美的防潮罩，而且还有弹性，能完美覆盖各种凸起和褶皱。

因此这两个中年男人走遍了贝德福德每一家药店，买光了它们店里的避孕套，"然后我们很冤枉地得了一个名声——床上运动员"。[13]麦克雷忘了统计，9个月后，贝德福德有没有出现短期的生育高峰。

在艺术剧院俱乐部初次会面的几个星期后，麦克雷就给米利斯·杰弗里斯展示了这种磁力水雷的原型，它的名字暂定为"帽贝炸弹"。杰弗里斯马上意识到,塞西尔·克拉克设计的这款武器是一件奇妙的技术杰作。他用不到6英镑的成本(包含人力成本)制作出了一款轻巧、易用但破坏性显著的爆炸装置。这种装置将来很有可能在战时成为扭转战局的利器。如果一个潜水员装备一个"帽贝炸弹"就可以摧毁一艘战舰,那么一支潜水队就可以摧毁一整支舰队。果真如此的话,这可真算得上是一款重量级武器。

而且,这种炸弹的用途非常多。它带磁力的表面意味着它可以用来摧毁涡轮机、发电机、火车以及所有金属制成的东西。这是一款绝佳的破坏武器:小巧、无声、致命,而且还有几分黑暗恶作剧的意味,这一点最吸引杰弗里斯。

塞西尔·克拉克回到了贝德福德继续摆弄他的房车,他不知道,一位秘密部门里的神秘人物已经在计划招募他进入一个非常神秘的世界,就连白厅的很多大臣都不知道这个部门的存在。

1939年那个看似平淡无奇的春天,琼·布赖特走进的也正是这个神秘的世界。

来卡克斯顿大街上班的第一天,琼·布赖特只知道自己在一个十分神秘的机构工作,一旦被纳粹抓获,将会受到严刑拷打。她以为自己只要开始上班,事情就会变得更加清楚。结果却恰恰相反,一切变得更加神秘了。她报到的时候,那栋楼里几乎空无一人,甚至基德森上校也没有过来跟她打招呼。她被带到4层等待其他同事的到来。

"我坐在新办公桌前,扫视四周",琼后来写道,办公室里有一台帝国牌打字机和一小摞文件,到处弥漫着难闻的烟味。地毯上、窗帘上，甚至木质家具上也全都散发着难闻的烟味。[14]

琼的目光扫过书架上摆放的书籍，她惊奇地发现，架子上竟然一本政府办公部门常见的书也没有。相反，她在架子上看到了托洛茨基的书和一些被翻旧了的爱尔兰新芬党宣传册，还有几本关于阿拉伯叛乱的书，包括劳伦斯的《沙漠革命》（*Revolt in the Desert*）。琼越看越纳闷，开始琢磨自己究竟进了一个什么部门。

没过多久，琼的领导走进了办公室，他手提公文包，头戴小礼帽，很有几分派头。琼很快发现，劳伦斯·格兰德是她见过的最古怪的人之一。他戴着一副墨镜，用一根很长的烟斗吸着烟，衣服纽孔上别着一朵红色康乃馨，很是显眼。他这一身行头完全是"畅销小说里面，王牌间谍的全套随身装备"。[15]就连他的头发也很像，他涂了很多发蜡，这让他看起来就像是电影《跳进来的新娘》（*The Perfect Specimen*）里的埃罗尔·弗林。虽然不能否认格兰德高大帅气，但是琼还是忍不住觉得"这个家伙真有点疯疯癫癫"。[16]

不过，格兰德至少是把琼当自己人看待。他对琼解释了基德森上校一直没有说明的所有事情。他告诉琼，她现在工作的机构是隶属于白厅的一个绝密部门，代号"D部"。"D"代指破坏（destruction）。格兰德和他的手下受命构想一种全新的战争形式。一旦与希特勒的纳粹军队开战，一小批经过专门训练的特工将会被投送到敌军的战线后方，开展谋杀、破坏和颠覆活动。

从事这项工作的都是"保密人员、间谍和破坏队员，这些人一旦被捕，英国政府既不会承认他们的身份，也不会保护他们"。他们的工作不受法律保护和限制，他们要借用游击队和黑帮的策略，比如爱尔兰的迈克尔·柯林斯和美国的阿尔·卡彭。签字加入"D部"，就相当于将生死置之度外了。

因为"D部"的工作争议很大，所以它受英国秘密情报局领导。政府里面很少有人知道这个部门的存在，就连财政部也一无所知。格兰德向琼重申了基德森上校的警告：决不能向任何人吐露半个字。

"D部"是卡克斯顿大街那栋公寓楼里面的两个部门之一。跟格兰德的团队一起办公的还有一个叫作军情研究处［MI（R）］的部门。委婉地讲，这是一个负责军事研究工作的军事情报分支机构。

军情研究处的领导名叫乔·霍兰。那天上午稍晚的时候，有人向琼引见了霍兰。霍兰给琼的印象跟劳伦斯·格兰德差不多。他是一个肌肉结实的战士，有着海报人物似的外表以及狐狸一样敏锐的头脑。霍兰成名于第一次世界大战期间，那时他是一名战斗机飞行员。他曾在作战中从驾驶舱探出身子，向下方的德军战壕投掷手榴弹。虽然那场战争已经结束20多年，但是他本性依旧，仍然喜欢从空中投掷炸弹。

很多访客都被发怒的霍兰像冰雹一样扔过来的书和文件砸过。琼也不例外，她后来跟女友们开玩笑说："某天我一打开他办公室的门，一本书就冲着我脑门飞了过来，我赶紧蹲下才躲了过去。"

琼在打字机上打印霍兰的信件时，一直密切注视着"亲爱的老乔"，当霍兰猛吸香烟的时候，琼呆呆地看着。他会憋住气，"一直含住那口香烟直至最后一缕尼古丁钻到脚底"。只有当他的脸憋得紫红的时候他才会"深深地舒一口气"。

那天晚上回家后，琼跟室友分享了很多流言蜚语。但是她谈得最多的既不是格兰德，也不是霍兰。办公室里除了他们两个之外，还有第三个人，他与另外两人非常不同，给琼留下了更加深刻的印象。这个人名叫科林·格宾斯。从一见面，琼就感觉这个人非常独特——她觉得这个人"注定要成就一番大事业"。[17]

科林·格宾斯长得短小精悍，戴着一双光滑的羊皮手套，走路时拿着一根银头手杖。他"肤色很深，个头不高，手指方正，衣服一尘不染"，[18] 很幸运地拥有和他着装相符的相貌，"瘦小但体格强健"。有人曾这样描述他，他有"尖尖的眉毛，一双锐利的眼睛和一副低沉沙哑的嗓音"。[19] 身边熟悉他的一些人觉得，他锐利的目光让人感到不舒服，因为那眼神看起来像冰霜一样无情。但是琼却认为，他的眼神中闪烁的光亮，显露出他的调皮和内心的不羁。

跟劳伦斯·格兰德一样，格宾斯也在他的衣服纽孔上别着一朵新鲜的康乃馨。但是他们二人的共同之处仅此而已。格兰德喜欢夸大其词，让人疲倦，讲起话来好像午餐会上喝完最后一杯白兰地后发表慷慨激昂的演讲一样。相比之下，格宾斯说话从不拖泥带水，他的胡子理得整整齐齐，外表端正。格宾斯的行为举止都像他工作时一样一丝不苟。

琼坐在帝国牌打字机的键盘后面偷偷瞥着格宾斯，至少对于琼来说，他是一个"说话轻声细语，充满活力，办事高效，富有魅力"的人。[20] 他是一个不折不扣的绅士，戴着从所罗门斯购买的胸花，用弗洛里斯牌的古龙水。不过，甚至在上班的第一天，琼就隐隐约约地怀疑，科林·格宾斯是一个不平凡的绅士，他会不断给人带来惊奇。

格宾斯几个星期前才刚加入卡克斯顿大街的这个机构，立足未稳。42 岁的他有着猎犬一样的活力，早已经历了九死一生。1897 年，他生于东京（其父在英国公使馆工作），在很小的时候就被送回马尔岛，交给直系的苏格兰姑妈们抚养，这些姑妈都令人恐惧。她们锤炼了格宾斯的性格：坚韧不屈、足智多谋、思想独立。他表现出的不羁，夹杂着几分邪魅，都是他身上独有的。

在格宾斯幼年生活的家里，当家做主的是埃尔茜姑妈。她是一个非常强势的家长，"要求标准极严"，对自己的苏格兰性格有强烈的自豪感。她不允许小科林在自己面前坐着，因为她说"这会诱发懒惰"。她给小科林灌输了一种思想：坚韧不屈是苏格兰人特有的优良品格。

凯利莫尔庄园是一座通风良好的苏格兰牧师宅邸，有着冰冷的走廊和灯光昏暗的客厅。"要是觉得冷，你就绕着房子跑跑"，这是埃尔茜姑妈的一句口头禅。[21] 每当冷雨从凯利莫尔庄园的屋檐上流淌下来时，科林就匆忙穿上浸湿的靴子，绕着房子跑。科林在这样一个严格的家里度过了自己的童年，不能大声欢笑，更不能在室内玩游戏。姑妈们对科林说，这都是些毫无意义的事情。他后来写道，欢乐被视为"毫无益处的干扰，会影响我们做正经事，例如填满食物储藏室，给我们常吃的主食增加些花样，粥和腌制鲱鱼似乎就是我们的主食"。[22]

在这样一个严格的家庭里，能让人敬仰的就是爷爷麦克韦恩了，他是一个穿着苏格兰短裙的鸟类学家，花了很多时间钻研亨利·伊尔斯·德雷瑟的《欧洲鸟类史》(*History of the Birds of*

*Europe*）。他每次一出门就要把自己心爱的鸟儿们轰到天上去。傍晚时分，当苏格兰高地上暗淡的夕阳慢慢落入基尔湾那冰冷的海水中，麦克韦恩爷爷就会坐在扶手椅上评说当天发生的所有事情。

1913 年，格宾斯通过报名加入伍尔维奇的英国皇家军事学院，逃脱了这个阴森的院子。他给其他新兵留下了深刻的印象，这某种程度上是因为他太鲁莽轻率了。一个跟他同一期的士兵看到他在运动赛场参加比赛的表现后，说他"太过拼命"。另外一个人说他"性格狂野，天不怕地不怕"。[23] 军事学院当即录取了他，将他列为绅士学员（gentleman cadet），他注定要打一场绅士战争（gentleman's war）。

在第一次世界大战中，格宾斯的战友说他是"一个了不起的小个子"，在与德国佬作战时展现了钢铁般的意志。格宾斯所在的旅曾遭到德军的狂轰滥炸，他一半的战友都被炸成了碎片。格宾斯把战友残缺不全的肢体从弗兰德斯的泥土里挖了出来，因此获得了一枚军功十字勋章。埃尔茜姑妈终于能够以他为荣了。

接下来"噩梦般的极端艰苦"[24] 让格宾斯觉得在凯利莫尔庄园的生活简直就像是野餐一样愉快。他生了病，被子弹打中了脖子，浑身发抖地熬过了战壕热。等他康复的时候，战争已经结束了。

朋友们叫格宾斯"旋风威利"（Whirling Willie），因为他跟这个著名的喜剧角色一样有着用不完的精力。在停战期间，他确实像旋风一样跑来跑去。他在萨伏伊酒店喝了个够，之后爬上酒店的一根柱子上晃来晃去，以此证明即便是苏格兰高地的人也不是一点都不会玩乐。然后，他跑去塞洛斯夜总会跳舞，一直跳到了凌晨。

　　大多数在西线作战过的英国士兵都目睹了太多的惨象，一辈子都不能忘怀。但格宾斯是个例外。他在伦敦无所事事地度过了几个月，带着姐姐莫丝在伦敦西区的剧场看了几场戏。但他的身体里流淌着战争的血液，他渴望战争。他在摩尔曼斯克短暂服役，见识了列宁的布尔什维克之后，被调往了爱尔兰。

　　这次调动将永远改变他的人生。他陷入了与迈克尔·柯林斯以及他领导的新芬党的持续巷战中，这是一场残酷、凶残而且充满不确定性的战争。他以前经历过战壕沟壑、枪林弹雨和弹震后遗症，但是他却从未经历过这样的战争。他向长官抱怨"遭遇篱笆后面戴着毡帽、穿着防雨衣的人的偷袭，却不准还击"。不过，这些戴着毡帽的人给了他一个永生难忘的教训：非常规作战人员，虽然只有简陋的自制武器，依然可以给正规军造成巨大的伤亡。

　　在英属印度驻防了一段时间后，格宾斯回到伦敦，进入陆军部从事军事情报的案头工作。1939 年春的一天，仍然在陆军部工作的格宾斯发现，"一只冷冰冰的手从后面拍了拍我的脖子。一个熟悉的声音问道：'今天中午吃点什么呀？'"。原来是乔·霍兰邀请他去卡克斯顿大街的圣尔敏酒店一起吃饭。

　　格宾斯回绝了霍兰的邀请，说自己马上要动身去桑当参加团里的比赛。霍兰拦住了他。"不，别去了。你得跟我一起吃饭去。"

　　圣尔敏是一家很有名气的酒店。格宾斯被带到这家酒店的一间私人套房。"我在那儿见到了真正做东的人，他正等着我们。"这个人就是"D 部"的劳伦斯·格兰德。

　　他们喝着咖啡和白兰地，两个小时之后，格宾斯接受了一份新工作。他受邀加入"左翼"（the left wing），霍兰喜欢用这个词代称他们的工作。格宾斯的任务是策划一场针对希特勒纳粹党的卑鄙、阴险、完全不用讲绅士风度的战争。

当格宾斯问起"左翼"的办公室在什么地方时，格兰德起身走到酒店客房的尽头，用戏剧性的夸张动作推开了一扇虚掩的暗门。[25]

"跟《男孩专报》（*Boy's Own Paper*）上刊登的故事套路一样，这间套房跟隔壁卡克斯顿大街 2 号'D 部'的办公室之间有一条密道。"[26]

正规部队里很少有军官打过这种不讲绅士风度的战争。格宾斯首先要做的就是撰写一份关于这类战争的行动指南，用简洁的语言来描述如何尽可能多地杀伤和制伏敌人。

他后来坦承："说来也怪，我面临的困难是，找遍所有图书馆里所有语种的图书，都没有找到任何一本是关于这个主题的。"[27]

格宾斯需要另辟蹊径，他要从新芬党、托马斯·爱德华·劳伦斯（即阿拉伯的劳伦斯）和阿尔·卡彭及其手下的芝加哥黑帮那里寻找灵感。这些黑帮会突袭夜总会，得手后马上就跑，这让整个美国感到恐慌，他们的汤普森冲锋枪被证明极具破坏力。格宾斯希望自己的团队也能配备类似的武器。他感觉"游击战的全部精髓就在于打击敌人最意想不到、最脆弱的地方"。游击队员不应把自己当作士兵，相反，他们应当是行动不受法律约束的匪徒，他们的任务是"在短时间内给敌人造成尽可能大的破坏，然后安全脱身"。格宾斯希望他们成为一个"移动的脓疮"，能够迷惑、消耗并最终打败希特勒的正规军。

格宾斯着手准备他的活动手册后，事无巨细地给出了很多实用的建议，包括用钢琴线勒死哨兵，用致命的杆菌污染供水系统等等。大约500到1000毫升的生物制剂就能毁灭整个城镇。一个精心安放的炸弹能够炸死数百人。此外，这份手册里还介绍了很多使用方便的小窍门，比如如何摧毁工厂和伏击火车。"只是朝火车开枪是不够的，"他写道，"首先得让列车脱轨，然后再开枪射杀幸存的人。"[28]

格宾斯已经开始着眼于更大的机会——能够破坏纳粹战争机器赖以存在的基础设施的机会，这将使战争发生质的改变。但是，他也知道，这种破坏活动只有专业人士才能做到。这些人应该是军队以外的人，他们得知道发电厂是怎么运作的，高架桥是怎么建设的。同时，也需要为这类破坏活动研发新的武器。

坐在办公室另一边的秘书琼，对格宾斯越来越着迷。她每次给格宾斯端下午茶时，都能看到他伏在案前，画着关于桥梁和高架桥的整洁清晰的示意图。这些图不是随手乱画的草图，上面的箭头和十字标示了破坏队员摆放高爆炸药的最佳位置。

琼情不自禁地觉得格宾斯彬彬有礼的外表下隐藏着一个更为躁动的灵魂。她认为格宾斯是一个"深藏不露的男人，像个十足的海盗，让不如自己的人低估自己的领导才能、勇气和正直的天赋"。

琼还发现格宾斯有一种劳伦斯·格兰德和乔·霍兰都没有的模糊的浪漫主义情调。她感觉在格宾斯上过浆的笔挺衣领下是一个"全副武装、不服输的男人，他内心深处的火焰像他的凯尔特人祖先当年在山谷之间点燃的篝火一样炙热"。[29]

　　琼对人的性格有敏锐的洞察力，她对格宾斯的分析非常到位。格宾斯奇妙地融合了苏格兰人的审慎和青年的不羁。琼按照要求在自己的帝国牌打字机上把格宾斯的游击战教材打了出来。格宾斯给这两本书定名为《游击战的艺术》（*The Art of Guerrilla Warfare*）和《游击队指挥官手册》（*The Partisan Leaders' Handbook*）。他强调特工必须能够迅速将这些手册悄无声息地处理掉，所以琼决定用口袋大小的可食用纸张印刷。这两本手册如果就着一大杯水，不到两分钟就可以全吞下去。

# 第二章

# 心要黑

琼·布赖特曾经在阿根廷、西班牙和墨西哥城生活过。在国外的生活经历让她认识到一个重要的事实：只有英国人是按照规则办事的。他们在公交站有序排队，在不需要道歉的时候说对不起。在她看来，体面正派和公平竞争是英国人不可或缺的一部分。

在体育活动中也是如此。在英国各地的乡村，能看到谈吐有礼、身穿白色法兰绒衣服的少年在周日打板球，板球的规则非常多，只有英国人才能玩得转。即使像拳击这样更加剧烈的运动也相应有一大堆规则。1867 年，第九世昆斯伯里侯爵（虽然他很难算得上一名绅士）以自己的名字命名了一套拳击规则，这套规则使得拳击比赛能以一种体面的方式进行。自此，在比赛中拳击运动员一旦被击倒，对手就不能再打他了，否则就会被视为是下作的。

随着 20 世纪 30 年代后期国际关系日趋紧张，《泰晤士报》的读者来信栏目出现了关于什么是绅士之战的激烈讨论。打响辩论第一炮的是牛津郡的一位 L.P. 杰克斯博士。他在给编辑写的信上说，他认为只有剑才能算是"一位绅士的武器"。他的推论是典型的英国式的。用剑进攻"更有可能给对手留下机会，所以战斗就更像是和对手之间的一场体育竞技"。[1]

并不是所有人都同意他的观点。爱德华·亚伯拉罕先生从自己圣詹姆斯区的俱乐部写了一封信，询问为什么"拿剑砍断一个人的颈部静脉"算是绅士的行为，[2]而用刺刀杀人为什么就不是。杰克斯博士如何看待那些非传统武器？例如芥子毒气，使用它是不是绅士的行为呢？

这个话题引发了其他读者的激烈争论。莱斯利·道格拉斯－曼坦承，他根本不在乎比赛规则。如果你想要赢——而且是要不惜一切代价地赢——绅士风度没有任何用处。无论是枪支、毒气还是手榴弹，总之你要做好使用肮脏手段的准备。他认为："拿狼牙棒打别人的脸和使用毒气给人造成的不愉快很可能差不了多少。"[3]

争论持续了数个星期后，恼火的杰克斯博士（就是那个最早引发争论的人）请求进行绅士间的休战。他写道："我说剑是绅士的武器，这是一种轻率的说法，我现在能否收回这句话？并且我希望使用更加谨慎的表述：剑是一种与毒气相比更不那么没有绅士风度的武器。"[4]

如果不是因为这次书信上的争执提出了一个很重要的问题，那它本来不会有什么长久的影响。在现代战争中，是否还需要规则？

最终下议院讨论了这个问题。大多数议员的观点非常保守，竭力捍卫规则。但其中一个议员却持不同立场。罗伯特·鲍尔是克利夫兰选区的保守党议员，他缺乏绅士风度的行为已经使他在议会里声名狼藉。两年前，他曾用一个粗鲁的种族主义玩笑侮辱了一位犹太后座议员，他使用的违反议会规则的言辞令他的保守党同仁们十分震惊。遭到鲍尔侮辱的伊曼纽尔·欣韦尔议员气得穿过议院大厅，径直走到鲍尔跟前，朝着他的脸就是一拳。

此时，鲍尔准备再次鲜明地显示自己不看重绅士风度的立场。希特勒已经践踏了现有的一切国际法，而他的保守党同僚仍然很温和地对待他，鲍尔对此表示震惊。他主张，在对待法西斯主义者时丝毫不用讲什么规则。"当你正在跟一个残酷无情的对手殊死搏斗时，不能用昆斯伯里的规则自缚手脚。"

他对那些抱着公平竞争的过时观念的前座议员嗤之以鼻，说他们中的大多数人宁可输掉一场战争，"也不愿意做任何不符合完美绅士标准的行为"。

议会里的同仁被鲍尔的言论震惊了，但是这位代表克利夫兰的议员还没有说完。鲍尔警告他们，如果英国墨守成规，就注定要走向毁灭。"我们必须拥有一个冷酷、残忍、无情的政府，"他说，"简而言之，我们政府里需要多几个流氓无赖。"5

科林·格宾斯从小接受严格的苏格兰式教育，被逐渐灌输了一种强大的道德感，但是他不屑于跟其他人争辩非绅士战争的对与错。他更关心如何对纳粹德国开展卓有成效的游击战。

格宾斯显然不能单枪匹马完成这项任务。他需要一个由专业人员组成的核心团队的协助，才能策划打击希特勒的纳粹战争机器的最佳方式。从正规部队中很难找到这样的专业人员。格宾斯需要能够打破常规的人：那些有丰富想象力而且喜欢搞恶作剧的奇才和怪才。

格宾斯来到卡克斯顿大街一个多星期后，米利斯·杰弗里斯也来到了这里，这个长得像猩猩的军官第一个提出了磁力水雷的构想。

"脸色红润，心地善良"，这是琼·布赖特对烟鬼杰弗里斯的第一印象。[6]他走过来时烟雾缭绕的，给琼的生活带来了更多的尼古丁。杰弗里斯刚到卡克斯顿大街的那几天，琼一直对他充满敬畏。他很粗暴，没有耐心，在永远文质彬彬的格宾斯身边显得更加粗鲁了。他的外套和裤子都皱巴巴的，给人的整体印象就是他完全不屑于军队的规矩。他姐夫说他看起来"不像是一个战士"，而更像是赛马场上的赌注登记人。[7]琼却不这么认为。她看到杰弗里斯红润的面颊，认定"他肯定来自皇家工程兵部队，绝不可能是其他部队的"。

虽然在接下来的几个星期里，琼仍然有点畏惧他。但是她很快便欣赏起杰弗里斯了，因为他比典型的"英国斗牛犬"要厉害得多。他充满好奇，极具创造力，最令人钦佩的是，他完全是自学成才的，他"是一个发明天才，所有梦想和想法都离不开各式各样的炸弹装置——爆炸越大，他的笑声就越大"。[8]

杰弗里斯灰暗的脸色，是长时间遭受印度喜马拉雅高海拔地区的阳光暴晒的结果。他是一名经过正规训练的工程师，在马德拉斯工兵团服过役，在动荡的英属印度西北边境省开始了他的职业生涯。他很快就显露出在桥梁和高架桥设计方面的非凡才能。《皇家工程兵杂志》（*Royal Engineers Journal*）形容他是"一位有极高发明天赋的杰出人才"，[9]他能够运用独特的数学知识和想象力跨过无法穿越的喜马拉雅峡谷。他的下属坦言，从来没有见过像他这样求胜心切的人。"困难存在的意义就是用来克服的，只要多一点想法和决心，就没有什么挫折是不能克服的。"

在 1922 年的瓦济里斯坦血战中，杰弗里斯在没有道路的群山中艰难穿行，终于在伊沙和勒兹默格两个战略要地之间开辟了一条可以通行的道路。这条道路的建设实属不易，杰弗里斯和他的阿富汗承建商在修路过程中还要一直提防隐藏的狙击手。"我敢保证，肯定没有另一个人能达到这种程度"，他身边一位少校这样写道。[10] 他被授予一枚军功十字勋章，以表彰他直面逆境的勇敢表现。更为重要的是，这次经历让他亲身体验了游击战争。

科林·格宾斯很快就发现了杰弗里斯粗犷的外表下隐藏着一项特殊技能，这项技能在瓦济里斯坦战役期间派上了大用场。他主持修建的浮桥和混凝土桩显示了他对应用数学的热情。杰弗里斯深信，任何问题都可以用代数解决 —— 不是学校教授的那种简单的代数方程，而是极其复杂的方程式。这实际上是他生命中的重大发现：只要努力观察，任何事物都可以写进一个方程式里。

他曾算出一个代数公式，用来解释为什么信天翁不扇动翅膀也可以停留在空中。他甚至还建立了一个方程式，假设猎犬的速度稍快于它的猎物，便能用这个方程式预测猎犬在特定跑道中捕获猎物的时间点。当 1939 年春天，琼初次见到杰弗里斯的时候，这样的事情看似无关紧要。但是杰弗里斯却不这么看，因为如果你可以预测猎犬会在何时捕获野兔的话，那么你也同样可以预测火箭在何时能击中飞机。这就显得代数和杰弗里斯非常重要了。

在英属印度西北边境省服役期间，杰弗里斯经历了一次离奇的彻底转变。在此之前，他的生命、呼吸以及梦想，都是关于桥梁的。但是在一次激烈的战役过后，杰弗里斯所在的部队损失惨重，当他步履艰难地返回伊沙镇的时候，他心中升起了一个强烈的欲望，特别想把自己修的那些桥炸掉。

杰弗里斯的变化引起了身边和他关系密切的朋友们的注意。一个为此感到困惑的人写道："米利斯·杰弗里斯已经讨厌桥梁了，而且他特别想给它们搞点破坏。"杰弗里斯的反感并不是凭空而来的。他在瓦济里斯坦的经历让他亲身感受到了铁路和桥梁重要的战略意义。如果你能破坏一座桥梁，那就可以阻挡一整支军队。

加入卡克斯顿大街的团队是杰弗里斯人生的一个转折点。他受命领导一个小组，这个小组隶属于格宾斯的团队，负责"设计和生产非传统战争的专用武器"。这些武器将决定格宾斯游击战的成败。

现在杰弗里斯不耐烦地坐在办公桌前，他黑暗的想法可能被转化为更加黑暗的现实。当他在活页方格纸上草草写着数字、字母和方程式，把复杂的公式有条不紊地转换成搞破坏用的示意图的时候，其他人都敬畏地看着他。计算完之后，他"拿出几张绘有 1/16 英寸（约合 1.5 毫米）方格的大绘图纸"，[11] 着手绘制高架桥的详细平面图，以找出破坏它们的最佳方法。他这项工作的成果将和格宾斯那两本可食用的手册一起配套出版。

杰弗里斯这本书的书名简单明了——《如何使用烈性炸药》（ *How to Use High Explosives* ），书里对如何炸毁桥梁、建筑、铁路和公路给出了非常细致精确的建议。书中还有插图指导"怎样在铁路枕木下安放炸药以及应该把致命的牛皮纸包放在桥梁下面的什么位置"。[12]

这本书里还介绍了很多小窍门，比如如何破坏火车活塞和转轨器，如何炸毁电缆塔（只能在塔的 3 个支脚上安放炸药，不能 4 个支脚都放，否则塔不会倒），以及如何破坏工厂。这本比《科学画报》（*Science Illustrated*）厚不了多少的小册子是一个历史性的创举，它是英国军事史上首个指导人们用小包炸药破坏民用目标的手册。

杰弗里斯并不满足于只提供如何使用武器的建议，他开始自己设计和制造武器。每次从办公室里传出一阵笑声，都说明某种致命的新式武器的构想诞生了。一个同事写道："最让他着迷的是炸毁铁路，其次应该就是烧毁浮桥了。"他特别得意的是他设计的一款炸药，这种炸药利用了火车本身当作引爆装置。他还设计了一种独具创意的漂浮水雷，这种水雷只要一碰到浮桥的浮筒就会引爆。

在业余时间，杰弗里斯还设计了各种诡雷，它们可以给任何一个不幸成为攻击目标的纳粹党徒意想不到的致命一击。其中最阴险的炸弹有一个听起来无害的名字——"释放开关"，它"可以被藏在一本图书或者一个马桶圈之类的东西里面，只要一抬起就会爆炸"。那些上厕所时不习惯抬马桶圈的男人总算为此找到了一个理由。

最邪恶的装置要数"阉割器"了，这是一种隐蔽性好，装有弹簧的装置，正如它的名字一样，这种装置的作用就是阉割。斯图亚特·麦克雷不无揶揄地说："这确实是一种控制德国生育率的好办法，既便宜又有效，每个只要 2 英镑。"[13]

所有这些炸弹原型都要进行测试。幸运的是，卡克斯顿大街的办公室秘密存储着一些塑胶炸药。这些炸药被锁在一个文具柜里。只有一个人有钥匙，他是一个喜欢恶作剧的伦敦人，"总是喜欢说些押韵俚语"。[14] 他以前为了谋生走私过军火，做过拳赛经纪人，给卡克斯顿大街的活动增添了几分非法色彩。

米利斯·杰弗里斯设计的一些大型武器是在贝德福德郡的一个农场试验的，这个农场属于塞西尔·克拉克的兄弟。这里是引爆杰弗里斯研发的威力十足的燃烧弹的理想地点。但是工作日时间太短，不能总是往乡下跑，所以杰弗里斯开始使用里士满公园作为替代的试验地点。

他测试时一边留意着公园里散步和遛狗的人以及小鹿，一边逐渐增加引爆的炸药剂量。曾有一枚与阿莫纳尔炸药紧紧地捆扎在一起的炸弹造成了一场威力巨大的爆炸，炸飞了大量的土块，留下了一个"非常惊人的弹坑"。[15]

制造游击战所需的武器是一回事，找到准备好被投送到敌后的游击战士就是另外一码事了。格宾斯一开始也不清楚，什么样的人愿意冒着生命危险参加这类任务。毕竟（正如基德森上校常说的）他们一旦被抓，将会遭受严刑拷打。

1939 年的英国陆军是一支由征兵制度招募来的士兵组成的志愿部队，人员训练严重不足，并不适合打游击战。英国远征军提供了更多可供选择的征募对象。这支部队是一年前希特勒吞并奥地利之后成立的，一些新入伍的士兵已经表现出了一定程度的能力。但是格宾斯知道，在那个紧张而充满了不确定性的夏天，远征军也抽调不出人手。

因此格宾斯在为自己的游击部队招募人员时选择了一个很反常的办法。他决定利用过去公学的人脉网，从伊顿公学、哈罗公学和温彻斯特公学等学校里，挑选那些经过英式橄榄球训练的毕业生。他尤其想要招募那些曾经做过极地探险者、登山者和石油勘探员的毕业生，因为这些人知道如何在残酷的环境下生存。

他与这些学校的老校友几乎没有任何联系，他们与格宾斯在苏格兰高地度过童年时的那个世界距离太遥远了。但是他意外得到了一个人的帮助。陆军准将弗雷德里克·博蒙特-内斯比特是伊顿公学的校友，具备无可挑剔的出身，他"身材高大挺拔、彬彬有礼、长相英俊，卷曲的胡子理得整整齐齐"。作为一名近卫军军官，这位有着广泛人脉的陆军准将已经被任命为英国军情局局长。他不久前刚刚草拟了一个名单，想招募名单上那些勇敢无畏、有进取心的年轻小伙子加入军情局。此时，向来以大方著称的博蒙特-内斯比特把这份名单给了格宾斯，供他挑选。

这份名单上的名字格宾斯几乎都不认识，所以他让琼·布赖特帮忙，因为琼比他更了解那个世界的人。琼后来回忆道："我被安排到陆军部进行初步的分类整理，然后挑选出看起来最适合接受非常规战争训练的人。"[16] 在博蒙特-内斯比特提供的名单上有几个一流的候选人。琼最初的备选名单共有 6 个人，其中 3 人分别是彼得·弗莱明（来自伊顿公学和牛津大学）、道格拉斯·多兹-帕克（来自温彻斯特公学和牛津大学）和杰弗里·豪斯霍尔德（来自克利夫顿学院和牛津大学）。在他们之后，琼又挑选了很多人。这些入围的人都有一个共同的特点：他们接受的教育虽然昂贵但是也让他们变得坚强，不惧怕任何艰险。

　　琼选好人后，就把名单交给了格宾斯。格宾斯于是开始在伦敦的各类绅士俱乐部进行考察，因为他了解到，名单上的很多人不是布德尔俱乐部的成员，就是布鲁克斯俱乐部或者怀特俱乐部的成员。格宾斯最初想要招募的候选人员之一是彼得·威尔金森（来自拉格比公学和剑桥大学）。彼得是一位年轻的绅士军官，刚加入皇家燧发枪团不久。1939年暮春的一天中午，威尔金森正在陆海军俱乐部用餐，一个穿着整洁的中年陌生人过来跟他搭话，这个陌生人的胡子修剪得很整齐，说话带着浓重的苏格兰口音。

　　威尔金森觉得格宾斯是一个有趣的人。他们聊了一会纳粹对苏台德地区的占领，然后格宾斯谈到他想学习德语。威尔金森向他推荐了一本新近出版的入门教材《德语基础》（*The Basis and Essentials of German*）。威尔金森已经用这本书熟练地掌握了德语。格宾斯谢过他，把咖啡喝完就走了。

　　关于这次见面，威尔金森并没有想太多。没想到两天后，他收到一份邀请函，邀请他到马里波恩路的一个私人地址吃午饭。这份邀请函还是那个叫格宾斯的人发过来的，这激起了威尔金森的好奇心。他按照邀请函上的地址来到了一座摄政时期风格的大宅院的后门，房子对面就是摄政公园。

　　一个用人请他进门，带他登上后楼梯，威尔金森愈发觉得奇怪。他发现自己"对面的好像是爱泼斯坦雕刻的保罗·罗伯逊头像，后来证明这确实是真品"。这个头像的上方挂着"一幅色彩绚丽的画，走近一看原来是科柯施卡的作品"。后来威尔金森才知道，这座宅邸属于爱德华·白丁顿-贝伦斯家族，这是一个喜爱艺术收藏的富有家族。

　　威尔金森无暇欣赏艺术。他被带到一间大客厅，看到格宾斯正在跟两个自己不认识的人聊天，其中一个是轻骑兵中尉，另一个是皇家恩尼斯基伦龙骑兵近卫队的上尉。威尔金森对自己收到邀请的原因依然是一头雾水，格宾斯也没有跟他解释。4个人一起吃了一顿美味的冷餐，喝了几杯蒙哈谢骑士葡萄酒，然后以野草莓收尾。直到咖啡端了上来，科尼亚克白兰地被倒入杯中泛起白沫，格宾斯才解释了请他们来的原因。他说，如果爆发战争，这种可能性很大，"欧洲的大片地区将被德国占领，一旦出现这种情况，在德国战线后方就有了开展游击战的空间"。

　　格宾斯坦承"自己在陆军部的一个秘密机构工作"，正在筹组一个精英团队"参加游击战训练"。他们不需要做任务规划：规划工作将由格宾斯和他的核心团队来做。他们也不需要为武器装备操心，这方面由米利斯·杰弗里斯负责。他们也不用担心训练问题，将会有专门教官向他们传授游击战的暗黑战术。他们的任务就是发挥尖刀作用：他们将被投送到敌人战线的后方。

　　彼得·威尔金森听了格宾斯的话，把科尼亚克白兰地一饮而尽，当场就签字报了名。不过这倒不是因为他特别渴望成为游击战士。"我觉得，任何一份工作，只要能吃到有蒙哈谢骑士葡萄酒的冷餐午宴，最后还能吃到野生草莓，这份工作就值得认真考虑。"[17]

　　另外两个人也没禁受住午餐的诱惑，加入了卡克斯顿大街，与慢慢组建起来的新团队见了面。这标志着一种新的生活即将开始，这种生活预示着热血激情、同志情义和重重危险。

　　格宾斯的活力和热情始终让琼·布赖特赞叹不已。他是个工作狂，经常午夜过后很久还待在办公室。但是白天的工作只是深夜漫长派对的序曲，因为格宾斯坚持一个原则：如果你工作努力，那你就赢得了尽情玩耍的权利。他让手下一个名叫 H.B. 珀金斯［人称"珀克斯"（Perks，有额外福利之意）］的人负责组织工作时间以外的娱乐活动。珀克斯对待这份工作的态度非常认真。

一个来到卡克斯顿大街办公室的新人对格宾斯"在这里如此地放松感到非常惊讶"。[18] 另一位新来者回忆说，他"沉醉于灯红酒绿，身边离不开女人"。[19] 他会花很长时间在聚会上，而且会玩得非常尽兴，喝得昏天暗地，"到凌晨三四点才睡觉"。[20] 然后，等到天一破晓，他就带着轻微的头痛回办公室上班了。

琼忍不住想知道，可怜的格宾斯太太有没有见过丈夫在聚会上的样子。对于这一点，她持怀疑态度，等她最终有机会见到害羞、内向的诺妮后就更加怀疑了。"她是一个不折不扣的家庭主妇，"琼写道，"在遇到科林后，就要更加费心费力操持家务了。"[21]

在 1939 年那个漫长的夏天，国际局势日趋紧张，卡克斯顿大街的办公室因此也不得安宁。格宾斯匆忙安排了两次去华沙的行程，以便与波兰的情报机构建立联系。人们十分担心战争一旦爆发，波兰将会成为希勒特的第一个目标。

格宾斯外出期间，琼在尽力给所有新招募来的人腾地方。被这么多衣冠楚楚的小伙子围着让她有点招架不过来。"我们在圣詹姆斯地铁站附近的办公室挤满了人，也成了各种思想的交汇地。"她帮忙安排了关于游击战争的基本课程，由乔·霍兰负责非正式授课，课程内容包括颠覆破坏、使用无线电和组织地方抵抗力量。授课的地点选在卡克斯顿礼堂，这个礼堂对于颠覆破坏活动并不陌生，因为在争取妇女参政权的运动中，它曾被用作"妇女议院"。琼有充分的理由选择这里，她意识到"这里不断来往的人流可以很好地掩护这群身着便衣、高度机密的年轻人"。[22] 在这些新人上课的时候，琼就在一旁观察。她觉得只要假以时日，他们将成为一支高效的部队。

但是时间并不站在他们这边。8 月 19 日星期六，格宾斯收到陆军部发来的一条令人震惊的消息。根据英国情报部门掌握的情况，希特勒准备在月底前入侵波兰。3 天后，约阿希姆·冯·里宾特洛甫和维亚切斯拉夫·莫洛托夫已经签署《苏德互不侵犯条约》的消息震惊了世界。此时波兰的命运似乎已经注定。希特勒派军队越过边境只是时间问题了。

格宾斯明白他不得不采取行动了 —— 而且要快。他需要把自己的"左翼"团队派入波兰，以便帮助组织抵抗入侵的德国军队。他还想重新建立与波兰高级情报官员的联系。然而不幸的是，他新招募的游击队员才刚接受完最基础的训练，几乎不知道如何开展地下斗争，更不用说让他们培训其他人了。但再去一次波兰还是有所帮助的，至少能让他们更真切地感受到波兰人的抵抗意愿。

速度是关键。格宾斯只有 3 天的时间集结团队奔赴华沙。这些人在路上要隐藏身份，尽可能保密，绝对不能让德国人察觉到。

彼得·威尔金森是被选中参加此次行动的人之一，他意识到能够畅饮冷藏蒙哈谢骑士葡萄酒的日子也许就要结束了。他不太清楚要为即将参加的对抗纳粹的游击战准备什么行李，于是去找自己的继父寻求建议，他继父是一名上了年纪的一战老兵。

老人很快给出了建议：打猎用的钢丝钳和液体棱镜罗盘，这两件是必备品。他让彼得去维多利亚大街上的陆海军军用品店挑选最好的买。彼得遵从了继父的建议，但他不知道液体棱镜罗盘对他打败纳粹能有什么帮助。

出发的日子很快就到了。琼到维多利亚车站为他们送别。"这20个男人都穿着便服，护照上显示他们是保险代理人、商务旅行者、演艺人员或者农业专家，"琼兴奋极了，"他们是从陆海空军队中挑选出来的秘密敢死队。"

不过，当琼给他们分发护照的时候，她吃惊地发现卡克斯顿大街的办公室犯了第一个重大错误。"这些崭新护照的号码是连续的，这说明我们在这方面还不够成熟。"[23] 这就好像是一群学校学生要上战场一样。在战时，这样的错误可能会让他们付出生命的代价。

如果说这次行动是以闹剧开场，那么它很快就变成了喜剧。彼得·威尔金森之前被警告过伪装出行的重要性，所以当他在维多利亚车站看到游击队的战友时心里有点失望。他们一点都不像伪装出行，更像是去参加化装舞会。

格宾斯戴了一顶亮绿色的平顶帽，手提着一个外交邮袋；休·柯蒂斯穿着一条紧身格子呢绒裤；"男孩"劳埃德-琼斯的伪装是一套灰色细纹西装和一顶破旧的圆顶礼帽。威尔金森瞥了他一眼，觉得"他看起来像是一个潜逃的银行家"。[24] 团队中的另一个成员汤米·戴维斯倒是穿着便装，但是却打着一条近卫旅的领带。

已经来不及换衣服了，火车马上就要出发去多佛了。琼向他们告别的时候，偶然往天上瞥了一眼，看到第一批防空气球已经完成了安装，"这些无声的白色气球预示着伦敦将要遭受无情的袭击"。[25]琼突然感到非常沮丧。虽然过去 4 个月她一直在协助准备应对战争，但到这时她才意识到现实的残酷。这些防空气球让她想起了第一次世界大战时期恐怖的童年经历。

为了避免引起德国人的怀疑，格宾斯带领团队兜了一个大圈子才到达波兰。他们首先坐火车到马赛，再从马赛坐船到亚历山大港，然后从亚历山大港乘坐飞机到达华沙。等他们赶到波兰为时已晚。德国军队在 9 月的第一天就大举入侵波兰，华沙的郊区已经弹如雨下。

格宾斯设法与波兰总参谋部第二处的负责人 —— 杰出的情报特工斯坦尼斯拉夫·加诺重新建立了联系。此外，他还抓紧时间跟刚刚组建的波兰抵抗组织的成员见了几次面。"这不幸的半个月没有片刻消停，他没日没夜地在凹凸不平的土路上驾车狂奔；努力搞清楚到底发生了什么状况并分析原因；匆匆赶回去给伦敦发电报，接着再奔赴某个新的活动区域。"[26]

没有时间开展游击战了：随着德军在波兰境内长驱直入，格宾斯知道游戏已经结束了。他让手下分散开来，采取一切可能的办法撤离波兰。格宾斯自己则带着彼得·威尔金森南下，威尔金森对他的第一次游击任务有些失望。他甚至连自己的钢丝钳都没用上。

格宾斯和威尔金森平安抵达了布加勒斯特，他们在恶名远扬的科罗拉多俱乐部喝得酩酊大醉，还与一个名叫"米老鼠"的酒吧舞女兼间谍调情。威尔金森想起来曾经在经常光顾的一家布拉格夜总会见过这个女郎。当威尔金森向她重新介绍自己的时候，她似乎很高兴与威尔金森重逢，并提起了他每天晚上都会唱的那句"宝贝，我能给你的只有爱"。

威尔金森和格宾斯喝完酒，跌跌撞撞地走到日本俱乐部，在那儿喝得彻底不省人事。他们跟"两个非常有趣的姑娘以及两瓶香槟酒"度过了那个夜晚——总共花了不到1英镑。这真是一种别样的游击战争。

威尔金森的母亲很想知道做一名游击队员是不是跟听起来一样浪漫。为此，他给母亲写了一本日记。不过，他在日记中省去了酗酒和风流韵事，甚至也省去了与波兰情报官员的秘密接触。他母亲对这本日记非常失望，抱怨说这本日记"可能是维多利亚时期参加老处女聚会的堂区牧师写下的"。[27]实情却远非如此。格宾斯和威尔金斯利用这次行程与波兰情报系统建立了至关重要的联系。

格宾斯10月份回到伦敦后发现自己有了一个新绰号。办公室里的所有人现在都管他叫"格宾斯基"（Gubbski），因为他与波兰人建立了友谊。琼向格宾斯打听他波兰之行的情况——不仅仅关于最近这次，还有之前的两次——但是格宾斯什么都不愿意透露。

由于缺乏重要信息，办公室里开始流传起各种谣言。有人说格宾斯领导了波兰和英国两国特工之间的秘密对话；有人说他们在波兰的贝利森林进行了一次秘密接头；最离奇的说法是，一个伪装很深的英国人（化名为三明治教授）组建了一支由英国和波兰专家组成的密码破译团队。

琼永远也不会清楚地知道格宾斯在波兰的工作情况。他们办公室存在的价值就在于隐蔽和欺骗，这不过是办公室里的又一桩秘密而已。不过，其他一些捕风捉影的人开始怀疑那个奇怪的三明治教授——一切事情的幕后推手——就是格宾斯假扮的。

关于格宾斯三次波兰之旅和三明治教授的资料几乎无据可查，这些资料（倘若它们还存在的话）至今仍未解密。不过，有一件事是可以肯定的：传言中在贝利森林的接头确实发生了，这次接头结束时，一个名叫威尔弗雷德·邓德代尔，绰号"比夫"的英国特工拿到一个鼓鼓的手提皮包。他受命将这个包紧急送往伦敦。

比夫往包里瞥了一眼，看到里面有一台样子古怪的机器，这台机器由一堆转动部件、齿轮和一个发光键盘组成，看起来像是某种未来派的打字机。这台机器价值连城，以至于军情六处的一把手斯图亚特·孟席斯要亲自到维多利亚火车站接收。

孟席斯得知这台机器马上就要送到的时候正在前往一场正式晚宴的途中。他的出现在车站大厅引起了一番骚动，毕竟他是穿着全套军礼服赶过去的，制服"纽孔上还别着玫瑰形的荣誉军团勋章"。[28]

如此隆重地迎接一个皮包并不为过，后来的事实证明，这个皮包在英国的作战当中发挥了巨大的价值。包里这台机器是从纳粹那里偷过来的，并且在格宾斯的波兰联系人的协助下转交给了英国。这台机器的名字叫作恩尼格玛（Enigma）。

它将被送到布莱切利公园。

# 第三章

# 为丘吉尔效劳

　　科林·格宾斯一直向手下强调卡克斯顿大街承担的工作的紧迫性。事实证明，他是正确的。1939 年 9 月 3 日上午 11 时 15 分，首相内维尔·张伯伦向国民宣布英国发给德国的最后通牒没有得到任何回复。希特勒拒绝从波兰撤军，这就意味着英国进入了战争状态。那天稍晚时，乔治六世国王在白金汉宫做了一次动情的无线电广播。他在广播中说："未来的日子可能是黑暗的，战争将不再局限于前线战场。只有心怀正义才能正确行事，在此虔诚地向上帝承诺。"[1]

　　每个人对宣战的反应各不相同。在贝德福德郡的塔维斯托克大街，塞西尔·克拉克在自家客厅对着无线电广播里的国歌行了立正礼。他的大儿子约翰听到第一次防空警报响起时很兴奋，"以为德国的飞机过来了"。[2]当发现这是一场虚惊后，他还有点失望。

　　近 100 千米外的伦敦，琼·布赖特整个下午在接电话的时候声音都很轻，因为大家不断提醒她"隔墙有耳"。那天晚上，她差点成为第一个死于二战的英国人。当晚由于灯火管制，她愚蠢地搭上了一个爱尔兰陆军准将的顺风车，这个军官想要炫弄一下车技，开着他的劳斯莱斯汽车急速飞驰。当他们在一片漆黑中行驶到托特纳姆宫路时，汽车"不偏不斜直接撞上了行人安全岛"，琼猛地向前撞去，[3] 不过幸运的是，她只划破了嘴唇。

宣战声明给卡克斯顿大街造成的影响立竿见影。办公室里有个人写道，"工作量一下子翻了两番"。[4] 科林·格宾斯突然发现，他的团队受到了少数几个知道他们存在的白厅官员的重视。就在张伯伦对国民发表历史性讲话那天，格宾斯接到通知，让他从卡克斯顿大街搬到陆军部，以便更加接近战略决策的核心。这是表明非绅士战争或许能派上用场的第一个迹象。

没有空闲的搬运工能来搬家具，所以琼不得不自己想办法。她让好友莱斯莉·沃科普过来帮忙搬家，并且把书籍、文件打包，把办公桌收拾好。当她们"抬着文件和打字机跌跌撞撞往白厅大楼走"的时候，看到跟在后面的男人竟然空着手，两人感到很失望。琼自嘲地想到，自己是"一场革命的先锋"，[5] 这场革命是由像她这样意志坚定的女人领导的。在 1939 年那个煎熬的夏天，在军情研究处工作，什么事情都有可能发生。

陆军部位于一栋爱德华七世时代的古朴巴洛克式建筑里，这栋宏伟的大楼约有 1000 间房间，走廊的长度加起来有 3 千米长。这栋大楼建于帝国的鼎盛时期，给人以坚固且耐久的印象，和某些宏伟的建筑一样拱卫着白厅的东侧。大楼对着剑桥公爵乔治的骑马铜像，这位剑桥公爵曾在维多利亚时期担任陆军总司令将近40 载。他的铜像傲然笔挺，身披厚重的大衣，头戴饰以羽毛的头盔，他似乎是旧式军事思想的象征。如果这位公爵知道陆军部楼上的两间办公室被分配给了致力于颠覆战争传统的"左翼"，肯定会很惊讶。

科林·格宾斯被分到了三楼的一间办公室，米利斯·杰弗里斯被分到了一楼的 173 号办公室。琼在两个办公室间穿梭时，不禁感叹命运的奇妙安排，她竟然在一个充满了汗水、污垢以及更多尼古丁的男人世界里工作。陆军部大楼是一座迷宫一样的破败建筑，卫生条件比任何一家寄宿学校都差，"通过楼道里不均匀的水印就能看出保洁员的手臂长度"。[6] 格宾斯的办公室看起来就像是一个废弃的牢房：这里有"两把椅子、一张桌子和一个脏兮兮的墨水池，还有一个用金属烟盒盖子做成的烟灰缸"。[7]

当白厅响起首波防空警报时，琼已经适应了在发霉的房间里熬过漫长的夜晚，这些房间"弥漫着香烟和浓茶散发出的难闻气味"。房间的肮脏程度似乎说明这里长期缺乏经费。如果连拖地板的清洁工都请不起，那还有什么希望能打败纳粹呢？

在这个男人的世界里工作只有一个好处。琼每次去洗手间的路上，年轻的军官都争相吸引她的注意，他们拿那辆破旧的茶水推车开玩笑。有一个人告诉她，这辆推车是"英国陆军唯一可用的坦克了"。[8] 大家都尴尬地笑了笑，因为他们知道，实际情况确实也强不了多少。

科林·格宾斯搬到新办公室没几个星期，就通知琼他要去巴黎出趟急差。表面上，他是作为陆军部委派的一个军事任务的负责人出访的，但是琼从他的语气中感觉，他只是以此掩护更秘密的工作。几个星期后，她才清楚格宾斯此行的真实目的。格宾斯出差期间，米利斯·杰弗里斯暂时接替他成为办公室的一把手。

杰弗里斯之前在卡克斯顿大街时的工作重点是制作烈性炸药的使用手册。现在，他的任务是为未来的破坏队员准备一个基本的工具箱。这个箱子要便于携带，里面要装有炸药、引爆装置和"帽贝炸弹"，可以炸毁桥梁和变压器等各种目标。

根据在英属印度西北边境省从军的经验，杰弗里斯明白，对于一个破坏队员而言，最重要的东西就是雷管和用于引爆炸药的引线。他也明白，陆军的比克福德引线肯定不能用在定向爆破上。破坏队员需要专门的引爆装置。

还在卡克斯顿大街的时候，杰弗里斯就开始这项工作了，他在那里研发出了一个微型的定时振动开关。此时，一个新的小玩意儿出现在了他的设计图纸上。杰弗里斯设计了一种压力开关，它体现了完美的工匠技艺，集瑞士手表的精准和妙趣十足的野路子于一体。正如其名字所示，这种压力开关是利用火车在铁轨上形成的压力来引爆炸药的。这里面的幽默感是杰弗里斯所独有的：让火车自己引爆炸弹。杰弗里斯很喜欢这个创意。

斯图亚特·麦克雷曾临时与杰弗里斯一同工作，他对杰弗里斯这个手指粗糙的家伙竟然能够制造出如此精巧的东西赞叹不已。杰弗里斯在郊区的铁路上测试了未装雷管的半成品原型，结果显示，杰弗里斯设计的产品精密度非常高。这种压力开关把精密度提高到了一个新的高度，它由一个弹簧撞针、一根经过硬化后非常脆的钢条和一个密封的压力舱构成。"火车驶来时，只要铁轨发生千分之几英寸的倾斜，就能引爆炸药。"

杰弗里斯用高等数学公式设计出了全新一代的武器装备。在麦克雷看来，办公室黑板上胡乱涂写着的代数式"充分说明了杰弗里斯的才华，他能够从一个新的角度来解决问题"。杰弗里斯丰富想象力的一个不幸的副产品是他"喜怒无常、暴躁易怒"的脾气，某种武器不能正常工作的时候就更是如此。"当有一个难题需要解决时，他就无法思考其他事情。"但是当他"休息的时候"，正如麦克雷所言，他脸上的愁云惨雾就会消失，并且恢复愉快的心情。杰弗里斯为破坏队员的工具包设计的其他工具包括"阉割器"、地下爆破炸弹和各种专用炸药。别看其中一些设备的大小跟火柴盒差不多，但是它们足以炸毁一个哨所，乃至一个大型的铁道枢纽。再加上几个塞西尔·克拉克的"帽贝炸弹"，"一名非常规战士兵或破坏队员完全可以随心所欲地炸毁任何东西"。

虽然陆军部大楼严格禁止携带爆炸物入内，但是杰弗里斯要研发破坏性武器，离不开专业工具和材料。每天早上一上班，他就把亨伯轿车停到院子里，从后座上取出几个打包好的包裹。大门处的保卫人员，一个上了年纪的陆军中校会给他敬一个礼，瞥着他胳膊下夹着的牛皮纸袋说："哈！你拿的是什么东西？我看是炸药吧。"

杰弗里斯会哈哈大笑并说道："没错，先生，这可是非常烈性的炸药。我们正在尝试攒够足够多的炸药炸了这个地方。"9 说完他就会径直走进 173 号办公室，把这些甘油炸药锁进文件柜里面。有时他的柜子里会存储多达 20 磅（约合 9 千克）的炸药，足以把陆军部大楼炸掉一大块。

偶尔也会发生不幸的事故。一天上午，麦克雷正在办公室帮忙，他接到一个愤怒的海军上将打来的电话，这位上将的办公室离杰弗里斯的办公室很远。他告诉麦克雷自己刚才在办公桌前坐得好好的，一个爆炸装置穿透地板并且在他的椅子下面爆炸了，差点把他的屁股给炸掉。

麦克雷很快就查清了事故原因。一个他认识的军官在"摆弄我给他的某个致命武器"[10]的时候不小心把它引爆了。

距离陆军部步行几分钟路程的斯特兰德大街上，坐落着闪烁着灯光的壳牌麦斯（Shell Mex）大厦，大厦里面坐着一个人，他甚至比那位愤怒的海军上将更讨厌米利斯·杰弗里斯的才能。此人名叫莱斯利·伯金，不久前刚被任命为军需大臣，这位面色憔悴的官僚，是下议院的自由党议员。他作为后座议员在下议院的最后一次发言是关于塞尔比的支路和收费桥梁令人头疼的细节问题。伯金被任命为政府核心部门的一把手后，被人说成是"又一匹来自卡里古拉皇帝粮草充足的马厩里的马驹"。[11]这句话的言下之意非常明显：伯金并不能胜任这个职务。

这本来跟杰弗里斯没有关系，但是所有的新型武器装备都需要通过伯金主管的军需部门管理。而且，伯金还掌管着皇家兵工厂，它以官僚主义和繁文缛节著称。没有几个月时间是办不下来必要的手续文书的，而要圆满完成试验，需要的时间就更长了。杰弗里斯的破坏队员工具箱即使获得批准，没有一年多时间肯定也无法完成准备工作。

伯金手下几个高级官员对杰弗里斯的工作有所耳闻，他们"对于这个不知道从什么地方冒出来的仿冒设计部门非常反感"。伯金本人也是如此。英国甫一宣战，伯金就开始牢牢控制新式武器的配发程序。在法律上，全国所有大型工程公司都要与军需部挂钩，这些公司"只有得到军需部的批准才能接受订单"。[12]

这对于杰弗里斯和格宾斯而言可能是致命的打击，对他们来说，速度是游击战的根本所在。为了避免延误，杰弗里斯做了一个史无前例的决定，他要绕过莱斯利·伯金和他的军需部，摒弃一切繁文缛节。自此，他只需要对自己一个人负责。他找到一些家庭经营的小企业，这些企业主都是他熟悉的人。他设计的所有武器都将由这些小企业秘密地生产，当然，这种生产是非法的。

其中一家企业是位于巴恩斯的布恩和波特工程公司，这家公司专门承接改进莱利牌汽车性能的业务。公司老板鲍勃·波特总是承诺向当地消费者提供"构想自由、执行迅速"的服务。[13] 此时，波特很想帮自己的老朋友一把，所以他安排位于卡斯特诺的整个车间团队开足马力生产杰弗里斯设计的引爆装置。

杰弗里斯之后找到的企业是位于伦敦西区的弗兰克公司，该公司的老板是斯图亚特·麦克雷的朋友。弗兰克公司是一家电气工程公司，为伦敦的商店提供店面照明设备。麦克雷觉得这家公司很快就会没有订单了，因为夜间灯光管制期间，"照明指示牌的市场需求显然不会太大"。麦克雷和弗兰克公司的经理接触之后，这位经理很乐意让工人们忙起来，开始生产武器。他让位于亨登的主厂区听从军情研究处的安排，"并且迅速重启了之前已经关闭的布里斯托尔厂区"。

杰弗里斯设计的定时振动开关是一个非常复杂的装置，这个装置的生产承包给了克拉肯威尔的电影放映机制造公司。这家公司的老板是一个自学成才的杰出工程师，名叫托马森先生。这位托马森先生行为古怪，就连麦克雷也觉得难以置信。"我想不出米利斯怎么会认识这样一个人，"他说，"他的车间破旧不堪，设备都很古老。"车间里根本没有什么安全规程。"看起来好像只要它

1000 米的范围之内发生爆炸，这家厂子就会轰然倒塌。"[14] 不过，托马森先生还是很热情地接受了订单，并且很快就投入了生产。

从杰弗里斯雇用的很多工人身上，麦克雷发现了一个有点滑稽的事实。当希特勒倚仗德国强大的工业制造实力 —— 西门子（Siemens）、蒂森（Thyssen）和法本（I.G. Farben）—— 的时候，杰弗里斯却不得不依赖像克拉肯威尔的托马森先生这样的人。不过，杰弗里斯最终将会笑到最后。因为他雇用的这些人都具备高超的工艺技能，能够高效快速地制造出复杂的武器装备，这一点甚至连西门子都无法匹敌。事实将会证明，托马森先生是所有人中工作最努力的，他日夜不停地生产，甚至在德军空袭英国的那些最糟糕的日子里也没有停工。

从一开始，杰弗里斯就意识到塞西尔·克拉克的"帽贝炸弹"是将来每个破坏队员必不可少的关键武器。此时，他问克拉克能不能利用罗罗德公司的厂房和设备制造出 250 个这样的炸弹。塞西尔非常乐意帮忙，不过他跟麦克雷说自己不知道该收多少钱。基本材料非常便宜：只需要一只伍尔沃思超市买的碗、一颗茴香糖，还有一个安全套（再加上炸药）。考虑到克拉克在贝德福德的企业日常经营费用也基本上可以忽略不计，麦克雷建议他每个炸弹定价 6 英镑。（协助制造水雷的）麦克雷给自己多加了每个 2 英镑的巨额佣金，这两英镑都进了他自己的腰包。他觉得这是合理的，因为如果不是他当初找到克拉克，这种炸弹也不会被造出来。

麦克雷在第一笔订单中赚了 500 英镑，克拉克赚的比麦克雷略少。他们俩从第二笔更大的订单中又赚了 2000 英镑。克拉克现在对那种茴香糖的使用量太大，不能再从当地的糖果店购买了。

因此在那以后他开始从糖果生产商贝赛斯公司直接采购。

克拉克还对原有设计进行了改进，大幅度减小了触爆装置的体积。这样一来，标准型号的安全套就太大了。于是，他委托一家橡胶生产商制造了一种特殊的迷你安全套。麦克雷写道："这也太小了，除了用在炸弹上，没有别的用处了。"[15]

杰弗里斯做事向来雷厉风行。第一批工具箱生产出来后，他就把它们打包，准备分发给巴尔干地区的地下联络人，格宾斯之前已经跟这些人建立了联络。

由于格宾斯仍然身在巴黎，无法监督运送，所以杰弗里斯过来帮忙。他的炸弹被送上豪华的辛普伦东方快车，火速运往贝尔格莱德，由两名军情研究处的人员陪同。一路上只遇到一个意外，当他们到达米兰时，列车突然停了。两名护送人员"不得不干坐在米兰火车站，看守35包装满了危险的炸药和定时引信的包裹，心里盼着在进入南斯拉夫境前，意大利千万不要对我们国家宣战"。[16]

他们最终成功带着炸药包裹抵达了贝尔格莱德。这只是第一次。后来英国又向在南欧策划抵抗运动的反纳粹主义者运送了大量炸药。此外，他们还向埃及运送了3吨炸药，以防希特勒在沙漠地区展开任何军事冒险。

一个周日的下午，斯图亚特·麦克雷的电话响了，来电话的米利斯·杰弗里斯说他的压力非常大，他连着每天工作14个小时。"我不能这么扛下去了，"他在电话里嚷道，"我需要你全力投入来协助我。"杰弗里斯从来不是一个客套的人，他直接让麦克雷向《扶手椅科学》杂志递交辞呈，然后加入军情研究处。"明天10点过来见我。"说完他就挂断了电话。

麦克雷自从跟杰弗里斯初次见面时就一直很想跟他共事，因为他觉得杰弗里斯是"天才中的天才"。但是加入军情研究处，他就不能再以自由职业的身份收取"帽贝炸弹"的佣金了。这确实是个不小的打击。因为几个月来，他一直向太太许诺他们就要发家致富了。但加入军情研究处，他就只能领取陆军上尉微薄的工资。他开车回到伦敦，喝下半瓶苏格兰威士忌，思索着他不确定的命运，然后拿着剩下的半瓶酒回家找妻子，"我把酒甩给她"（这是他的原话），跟她说了这个事。

令麦克雷感到惊讶的是，妻子表示她为丈夫能从事秘密工作感到骄傲，即便这意味着她得不到丈夫许诺的宾利汽车了。带着几分醉意的麦克雷只能得出这样的结论："女人比男人更爱国。"[17]

接到杰弗里斯电话的第二天一早，麦克雷就到173号办公室报到了。麦克雷的到来将改变军情研究处的命运。每个天才都需要一个帮手，疲惫不堪的杰弗里斯正需要麦克雷这样的帮手协助。多面手麦克雷恰好有一项特别的才能：说服不情愿的伙伴，让他们尽一切努力使军情研究处能够顺畅运转，以便让杰弗里斯充分发挥聪明才智。

麦克雷身材高大，体格结实，脸上挂着意味深长的笑容，眼里闪烁着光芒。他歪歪斜斜地戴着尖顶军帽，显露出几分俏皮，好像是在向"海盗"的成员们致意（他喜欢称呼军情研究处为"海盗"）。他的胡子跟头发一样都是浅色的，修剪得像年轻的特里-托马斯一样。他待人坦诚，同时又不失诙谐幽默，就像是一个亲切和蔼的骗子。他在办公室存了大量的威士忌和杜松子酒，还有更多的醒酒药。

除了他之外，没有人会承认自己以前从事的所有工作都不称职。就在几个月前，他接手了《园艺杂志》（*Gardening Magazine*）的编辑工作。他说："没有人比我更不懂园艺了。"但是这并不能阻止他给读者们提意见。"我会一本正经地向读者介绍朝鲜蓟在 9 月栽种好，还是在 3 月栽种好。"[18] 现在，他至少有了一份能够完全胜任的工作，他唯一要栽种的就是大肆破坏的种子。

在军情研究处工作没几天，麦克雷就发现杰弗里斯跟自己一样，都对房车非常感兴趣，这是受了塞西尔·克拉克的影响。英国参战后不久，杰弗里斯就做出一个常人难以理解的举动，他取消了在法纳姆的房子的租约，全家搬进了一辆豪华房车，并把这辆房车停放在埃奇韦尔以北、埃尔斯特里附近的旷野中。

现在，麦克雷也加入了他的行列，把自己的新房车停到了杰弗里斯的房车旁边。每天晚上，两个人下班后都结伴开车回家，然后把杰弗里斯的亨伯汽车停到两辆房车中间，起到一点隔断的作用，以便他们多一些私人空间。这样非同寻常的安排有一个很大的好处，那就是他们在讨论那些迄今为止还没有人想象得到的新型武器时可以一直商量到深夜。

麦克雷来到军情研究处没几天，又有更多人加入进来，他招募了一个"招人喜欢的热心肠小伙子"，名叫戈登·诺伍德，还招募了一个名叫比德古德的坏脾气中士。格宾斯还没有回来，麦克雷见到琼·布赖特的时间比以往多了很多，琼每天大量的工作时间都待在 173 号办公室。"愿上帝保佑她，"麦克雷说，"她差不多就是总管家。"琼控制着办公室的经费，确保这4个男同事的物资供给，甚至还不辞辛苦地给办公室铺上了地毯。这可让麦克雷深深迷上了琼，他决心要邀请琼去约会。大家都警告他说"琼不是那种女孩儿"，况且麦克雷自己已经是有家室的人了，可是麦克雷就是听不进去。在他的一再坚持下，琼同意跟他共进午餐。不过，麦克雷发现同事们说得没错，琼确实不是那种女孩。"那次约会纯粹停留在精神层面。"[19] 他后来不无遗憾地说道。

11月10日下午，军情研究处的5名成员正在努力工作，杰弗里斯的电话突然响了。来电者既没有亮明身份，也没有说明来电的原因。他只是命令杰弗里斯到白厅参加一场重要会面。在杰弗里斯的追问下，对方说要见他的是"一位海军长官"。[20] 杰弗里斯感到茫然和困惑，按照命令出席了会见，他做梦都没有想到，电话里提到的那位海军长官正是温斯顿·丘吉尔。

英国宣战当天，丘吉尔被任命为英国第一海军大臣。20多年前，丘吉尔就曾担任过这个职务，最终因为加利波利登陆的惨败而黯然离职。此时，在完全不同的境况下，丘吉尔又一次担任这一职务。丘吉尔后来这样写道："我坐在以前的老椅子上，身后就是我在1911年修好的那个木质的地图盒子，里面依旧装着那张北海的海图。"[21]

丘吉尔之前完全不知道米利斯·杰弗里斯从事的工作，也不知道他的团队，甚至也没有听说过科林·格宾斯。不过，他对"肮脏战争"却不陌生。20多年前担任军需大臣的时候，他就曾史无前例地对俄国北部地区的布尔什维克使用化学武器。他还曾支持对英属印度西北边境省的那些好战的部族使用化学毒气。当他的同僚对此提出质疑时，丘吉尔告诉他们，他"坚决赞成用毒气对付那些未开化的部落"，并且对他们的"过分敏感"大加鞭挞。[22] 作为第一海军大臣，丘吉尔在战争开始后的几个星期里，主要关心的是德国人正在部署的一种极具杀伤性的水雷。短短四个星期内，就有将近 30 艘船在英国沿海水域沉没。丘吉尔对于舰船在泰晤士河口沉没感到尤为恼火，"迫切地想要以牙还牙"。[23] 他的报复设想是在莱茵河布满潜水式水雷。丘吉尔后来写道："在我看来，既然德国人在英国港口无差别地击沉船只，作为报复，我们也应该在莱茵河布下类似的水雷，杀伤力也许会更大。"[24]

但是有一个问题需要解决，当丘吉尔向军队高层询问有没有适合进行这种打击的武器时，得到的却是否定的答复：这样的武器还不存在。

丘吉尔一直在打听，他"不知道从什么地方听说陆军部有一个部门正在研究特殊武器"。[25] 这就是米利斯·杰弗里斯在 173 号办公室的团队。现在，丘吉尔想在莱茵河开展一场大规模的布雷行动，他想知道杰弗里斯是否认为此类行动是可行的。

杰弗里斯在见到丘吉尔的震惊中缓过神来后对丘吉尔说，这样的行动应该是可行的。他承诺在两个星期内进行汇报，届时将提供一种武器原型工作原理的草图。

丘吉尔跟杰弗里斯一见面就感觉很亲近，因为杰弗里斯的积极态度跟莱斯利·伯金领导下的军需部职员形成了鲜明对比，丘吉尔觉得军需部的人"迟钝不堪，缺乏想象力"。[26] 丘吉尔表示将全力支持杰弗里斯的工作，但是他强调这种支持是需要回报的。

他想要得到实实在在、立竿见影的成果。

杰弗里斯很少有慌乱的时候。在英属印度西北边境省的经历早就让他明白，冷静的头脑是成功的关键。但是这次情况特殊，麦克雷发现杰弗里斯在跟丘吉尔见面回来后"精神非常亢奋"。在宣布这个重磅消息前，杰弗里斯把自己的团队召集到自己所在的绅士俱乐部，"要先稳定一下军心"。他们要协助他设计一个技术上非常复杂的水雷，而且只有两个星期的时间。（根据丘吉尔的要求）这种水雷要能够从飞机上空投，体积不能大于足球，而且要能够在莱茵河水面下悬浮。最重要的是，这种"W炸弹"——这是丘吉尔给它取的名字（W代表水）——要能够在被水流冲到荷兰境内前自动引爆，以免误炸友国船只。

杰弗里斯一直都是工作狂，他期望自己的团队每天也能至少工作14个小时。他们经常累得筋疲力尽，脑子一片混乱，但是杰弗里斯还是要让他们每天继续工作到凌晨。麦克雷觉得他像一个暴君，尽管是一个让他们尊敬的暴君。"如果他生活在罗马时代，我敢肯定他会成为一个在奴隶划桨的大船上，拿着鞭子的监工头头。"

杰弗里斯知道所有新式武器的关键部分都是引爆装置。在找到更好的解决方案之前，他开玩笑说要在"W炸弹"上再次使用茴香糖。"因为我们承担着工作的压力，而且需要酒精的刺激才能坚持下来，"麦克雷写道，"所以我在173号办公室存了一大堆我可舒适（Alka Seltzer）胃药。"[27]

他们把这些治疗胃病的药片跟弹簧撞针装在一起测试，发现药片的溶解速度非常均匀。最具挑战性的问题就这样被解决了。

"W 炸弹"成为首个既能炸沉舰船，又能缓解宿醉的作战武器。

11 月的第二个星期，丘吉尔给杰弗里斯施加了非常大的压力。首先，在这种武器的设计草图刚刚完成的时候，他就要求看到一个等比例的原型。另外，他还向内阁推销他进攻莱茵河的方案。早在杰弗里斯的"W 炸弹"还只是一个原型之前，丘吉尔就让杰弗里斯在他海军部办公室的桌子上一个特制的玻璃水箱里进行演示。丘吉尔对演示的效果非常满意，命令杰弗里斯"立刻投入生产"。

在跟丘吉尔初次见面后没几个星期，杰弗里斯就被吸纳进丘吉尔身边的核心圈子里，取得了特殊的地位。杰弗里斯经常参加丘吉尔的"午夜愚人派对"，也就是由高级将领和内阁大臣参加的深夜秘密会议。丘吉尔在从引爆装置到"肮脏战争"等各种问题上都征求杰弗里斯的意见，丘吉尔觉得他"像是一个会变帽子戏法的巫师，可以很快从一顶帽子里拿出新式武器"。

斯图亚特·麦克雷经常作为杰弗里斯的助理参加"午夜愚人派对"。值得一提的是，他有一次不小心把"W 炸弹"的原型摔到了地上，原型摔得粉碎，天线、钢杆和弹簧撒了一地。丘吉尔大发雷霆，"并且吼了一些话，其中包括'简直太无能了'这样的词"。

杰弗里斯反复提醒不要操之过急，他告诉丘吉尔，"W 炸弹"还远不能投入使用。但是丘吉尔一句也听不进去。"问题在于，丘吉尔天生就是一个爱出风头的人，"麦克雷写道，"'W 炸弹'就是他喜欢炫耀的那种东西。"

不久，丘吉尔决定带着自己的好东西出去炫弄一下，他要前往巴黎向法国人推销自己的"皇家海军行动"。他坚持要带上杰弗里斯和麦克雷一起去，还要带上他们还没有完全研发成功的"W炸弹"。麦克雷担心他们很快就会失宠。"我可以想到，没有什么比这更能毁掉一份美好的友谊了。"[28]

丘吉尔出行不喜欢带太多人，这次去巴黎也不例外。他的随行团队包括林德曼教授（他的老朋友，同时也是他的科学顾问）、他的保镖霍普金斯先生，另外还有其他几个人。

与丘吉尔同行就好像跟一个慈祥的单身汉同行一样，至少麦克雷是这么觉得的。丘吉尔渴求知识，但也嗜酒如命。至于谁来为他的酒买单也一目了然。作为随行团队中级别最低的人，麦克雷成为他们中的一名"荣誉成员"，这意味着他"要为他们买酒，每次大概会花掉八个便士"。

当这个小团队在紧张地横越了英吉利海峡，抵达加来后（其间没少喝红杜松子酒），他们搭乘了一辆私营的夜间火车前往巴黎。麦克雷跑到车上的酒吧柜台，想最后再喝上一杯，却碰到了丘吉尔。酒过三巡，（多少有点紧张的）麦克雷说起了一桩趣事，他曾写过一篇文章，讨论丘吉尔对帽子的嗜好。丘吉尔开怀大笑，又点了几杯白兰地，但他刚想递给麦克雷一支雪茄，却注意到麦克雷的肩章上只有三颗星。"他马上改了主意"，觉得"不应该在一个小小的上尉身上浪费一支上好的雪茄"。

一到巴黎，他们就被带到克里雍酒店，以便为次日上午的"W炸弹"演示做准备。丘吉尔那天晚上睡了不到两个小时，喝了大量的干邑白兰地，但是兴致依然很高。"W炸弹"的演示将在凡尔赛宫举行，参加的都是高级将领。丘吉尔坚持要"操着一口小学生的法语"亲自演示。

丘吉尔模仿着正宗的法语小舌音，激动地介绍着杰弗里斯研发的这种神奇的武器，他对听众们说，这种炸弹是史上最具恶作剧意味的武器。它可以以待发状态顺流而下，在水面下几英寸的位置悬浮数天。等这枚炸弹与自己的终结者，比方说一艘德国军舰相撞就会发生剧烈爆炸。"砰的一声，"他喊道，"一切都结束了！"[29]

这场演示让人眼前一亮，给在场的所有人都留下了深刻的印象。就连最严肃的法国将军们也禁不住叫好。但是"皇家海军行动"的最大障碍来自法国政府。法国总理爱德华·达拉第反对在莱茵河投放 10 000 枚杰弗里斯研发的"W 炸弹"，他担心这样做会激怒希特勒，导致他对巴黎发动报复性的空袭。

丘吉尔对于这种失败主义态度深表失望，对法国人大加嘲讽。"看来，这些善良、体面、文明的人在被打死之前是不会主动出击的。"他警告达拉第，按规则办事的时代已经结束了。希特勒正在准备"一台庞大的战争机器，这台机器正在向前推进，准备碾碎我们"。[30]可是看起来法国人却准备束手待毙。

直到 1940 年 5 月，法国才同意执行"皇家海军行动"，但为时已晚。希特勒的装甲部队已经深入法国了。丘吉尔得到消息，杰弗里斯的"W 炸弹"表现完美，这更加坚定了他的信念。投入莱茵河的约 1700 枚炸弹短时间造成了严重破坏，多艘舰船和多架桥梁被炸毁。

"卡尔斯鲁厄和美因茨之间的河道交通几乎全部中断了，卡尔斯鲁厄河坝和一些浮桥严重受损。"但是就连丘吉尔也不得不承认，造成的破坏太小，而且来得太晚了。"这种武器的成功被一系列洪水般的灾难事件淹没了。"[31]

但是米利斯·杰弗里斯设计的这个武器带来了一个意想不到的结果。军情研究处的小团队"引起了即将成为这片土地上最有权势之人的关注"。丘吉尔已经把目光投向未来，他充分意识到杰弗里斯工作的潜在价值。他现在誓要保护杰弗里斯不受其他大臣、将领和政府官员的干扰。麦克雷觉得这是一个转折点。"他将拯救我们，保证我们这个部门不被撤销或者吞并。"[32]

丘吉尔要做的还不止这些。"皇家海军行动"开始后没几个星期，他就给自己的首席军事顾问绰号"哈巴狗"的黑斯廷斯·伊斯梅将军发了一份备忘录。"告诉我杰弗里斯少校的情况，"他在备忘录里说，"他属于哪个部门？领导是谁？我觉得他是一个非常强悍且能干的军官，应该被提拔到更高的职位。他完全应该被擢升为陆军中校，因为这可以给予他更大的权威。"他接着说，杰弗里斯是个"杰出的军官"，有着"充满创意的天才头脑"。[33]他不能容忍这样的军官受到陆军部和军需部的重重束缚。

如果他们无法在白厅的条条框框里开展工作，那么他们可以直接为丘吉尔工作。

# 第四章

# 一无所有

1939 年的秋天，科林·格宾斯是在巴黎度过的。法国政府接到的通知是，格宾斯是为英国陆军部的军事代表团工作的。但是法国政府很快就起了疑心，觉得他"比起一般的军事联络，更像是来执行秘密任务的"。[1] 他们的怀疑一点没错。刚到巴黎，格宾斯就直奔距离卢浮宫咫尺之遥的雷吉纳酒店。这是一家建于 19 世纪末的豪华酒店。波兰总参谋部第二处处长斯塔尼斯拉夫·加诺就暂时栖身在这里。

3 个月前，格宾斯在华沙和加诺见过面。自那次会面以后，加诺的遭遇一言难尽。他落到盖世太保的手里，被关进了一所战俘集中营，但是他凭借过人的智慧逃脱了纳粹的魔爪，通过陆路逃到了巴黎。现在，他正在秘密谋划在波兰被占区域内组织抵抗。

加诺向格宾斯倾诉了他的同胞们从事游击斗争的悲惨故事。他们严重缺乏装备，急需无线电设备和半自动手枪。格宾斯答应提供帮助，并立即联系了伦敦的陆军部，但他得到的答复却令人沮丧。全英国只剩下两台多余的无线电设备，而且得等到明年春天才能使用。至于半自动手枪，陆军部根本就没有。他们唯一能提供的就是一些旧式的左轮手枪，而这种手枪根本不适用于游击战。

加诺将军难以相信堂堂英国竟然没有多余的物资储备，他觉得"英国不是没有，而是不愿意给"。[2] 他的判断完全正确。格宾斯提出的武器需求遭到了秘密情报局的阻挠，情报局的高层军官觉得，游击战是一种没有实效的方式，而且很有可能会让他们的秘密特工陷于危险之中。在特工（后来成为双面特工）金·菲尔比看来，他们"完全不能同意让大量的暴徒游荡在欧洲大陆"。[3] 正如莱斯利·伯金想要打压米利斯·杰弗里斯和他的工作一样，秘密情报局也想把格宾斯的团队排挤出去。这再次显示，政府里不是所有人都像温斯顿·丘吉尔一样热衷于非绅士战争。

格宾斯想要帮助加诺建立波兰的抵抗力量，却陷入了两难的境地。他住在梵汉纳街一栋非常舒适的公寓的顶层，从这里可以俯瞰罗丹美术馆的花园。他有一个管家（恰巧还是个厨艺高手），还有一辆雷诺大轿车，但格宾斯却无法施展手脚，把自己的游击战理论付诸实践。

到了晚上，格宾斯会去找一家"白俄罗斯人夜总会"，跟其他外国人一起，在一瓶瓶玫瑰香槟中寻求安慰。当乐队队长走到他们桌前演奏的时候，他就摇摇晃晃地跳起来，"热情地表演歌曲《黑眼睛》（Ochi chornye）和《斯坦卡·雷征》（Stenka razin），让其他顾客大吃一惊"。这种生活确实很快活，但却不是游击队领袖该过的生活。

琼·布赖特与格宾斯保持着定期联系，她感觉到他已经开始"焦躁不安了"。[4] 有这种感觉的不止格宾斯一个人。从波兰回到办公室的彼得·威尔金森也觉得，他应该为战争做一些贡献，哪怕是"去法国和比利时边境挖战壕"也行。[5]但是他却只能在皮卡迪利广场附近、克拉格斯街的单身公寓里享乐。

如果战争对军情研究处的人来说是不真实的,那么对普通民众来说就更是如此了。一个旅居德国的人回到伦敦后,对普遍的倦怠情绪深感震惊。他亲眼见到第三帝国在"大规模扩军备战,广泛动员青年"。但是在伦敦,他的朋友们"依旧醉心于板球、网球、黄金和赛马"。[6]

在大西洋的另一端,老练的美国观察家开始评论说这是一场并不存在的战争。参议员威廉·博拉抨击欧洲大国缺乏行动,这道出了很多人的心声。他说:"这场战争有些假。"[7]

"假"这个字被人们用来形容这一时期的战争:这是一场"假战争"(Phony War)。在法国东部边境的英国远征军钻进了战壕里,他们无事可做,只能静静等待德国人发起进攻。军官们感到非常无聊,为了消遣时光,甚至从英国带来了猎犬,他们"在开阔的旷野中,听着猎犬的吠声,呼吸着乡野间新鲜的空气,这一切都在提醒他们,理性与正义的传统依然存在"。[8]既然不能打死任何德国兵,那么他们至少能够宰杀几只狐狸。


1940 年 4 月 8 日午夜前的几分钟,"假战争"戛然而止。挪威"波罗 III"号(Pol III)巡逻船的莱夫·威尔丁·奥尔森船长在月光照耀的海平面上发现一队战舰正向奥斯陆峡湾口驶来。他很快就认出这是德国军舰,立即鸣炮示警。

奥尔森船长看到德国军舰无视警告,继续向峡湾驶来,他做出了一个重大决定——进攻。他开足马力,冲过奥斯陆峡湾,驾驶巡逻船猛地撞向德军"信天翁"号（*Albatros*）鱼雷舰。这是一次英勇的反抗，但也导致了他的牺牲。"奥尔森遭到机枪扫射，双腿多处中弹。"[9]最终死于失血过多，他成为德军入侵挪威的首位牺牲者。德军入侵挪威的消息数小时后传到了白厅，引发了一片恐慌。反对党领袖克莱门特·艾德礼马上调阅了陆军部关于挪威的档案资料，结果没想到档案夹竟然是空的，档案封面上有几个神秘的字母——"SFA"。艾德礼那天见到丘吉尔后跟他说："我猜这几个字母的含义可能是'一无所有'（Sweet Fanny Adams）。"丘吉尔回答说："我真心希望这些字母没有什么其他含义。"

两支远征部队被匆匆派往挪威，英国徒劳地希望他们可以阻挡纳粹军队向纳尔维克港挺进。这里是德国人的一个重要目标，因为中立国瑞典开采出来的所有铁矿石在冬季的唯一出海港就是纳尔维克。英军的登陆就是一场闹剧。没有军官会说挪威语，他们对于当地险恶的地形也毫无准备。在陆军部做完简报后，一位军官是这样跟即将开赴挪威的战士说的："你们想怎么干就怎么干，因为他们也不知道应该做什么。"[10]

在德军入侵挪威前夕，科林·格宾斯回到了伦敦。这让他松了一口气，因为在巴黎的日子实在太让人失望了。相比之下，伦敦的办公室里则很热闹，大家的思维都很活跃。现在，军情研究处已经有十多个工作人员，每个人都感受到了危险将至的气氛。办公室秘书琼感觉，每个人的心中都充满着同样的渴望，"渴望去冒险，渴望独立执行任务"。[11]

英军登陆挪威两天后，格宾斯参加了陆军部打字室的一场雪莉酒会。琼也勉强喝了几瓶，和大家一起庆祝了军情研究处成立一周年。但是格宾斯没有心情庆祝，他的心思全在另一件事上。德军入侵挪威，终于给他提供了一个试验游击战的机会，他可以派精兵深入挪威，"对敌人开展一些小规模的骚扰行动"。[12]

格宾斯把这个想法透露给了琼。琼现在是全英国最懂游击战的女人。他跟琼说，想派遣几支游击队，这些队员要能够"独立行动，自给自足，并且要知道在哪里以及如何使用他们随身携带的炸药"。[13]

格宾斯从来都是说干就干。4 月 13 日，也就是德国入侵挪威的四天后，格宾斯把自己的想法汇报给了陆军部。两天后，上面批准了他的申请，授权他组建特种作战部队，也就是未来人们熟知的"独立连队"。5 天后，他成为 4 个独立连的总指挥，这些连队被称为"剪刀部队"（Scissorforce）。同时，上级还批准他在苏格兰建立一个游击战训练中心。格宾斯在自己的办公日志中写道："虽然有点晚了，但毕竟有了可以推进的东西。"[14]

没时间对即将派往挪威的游击队员进行专业训练了。"剪刀部队"是由已经完成训练、准备派往法国的志愿部队拼凑而成的。从纸面上看，这支队伍实力可观。每个连队都由 20 名军官和 270 名士兵组成，包括工兵、信号兵和步兵。他们还装备有山地背包、雪地靴、长筒极地靴、皮坎肩、羊皮外套，这些都是为了抵御挪威春季的极寒天气准备的。

后来证明这些装备比人员配置更让人印象深刻。一名军官惊讶地发现"没有一个人知道如何使用雪地靴"，这是一个严重的疏忽，毕竟他们要在积雪深达 2 英尺（约合 60 厘米）的地方开展行动。[15] 同样让他感到惊讶的是，他被告知羊皮外套太占地方，运输不便，将被留在英格兰。作为补偿，会给他们额外配发一种用动物脂肪和蛋白质混合做成的胶状干肉饼。往好了说，这种肉饼尝起来像腌猪肉味的口香糖；往坏了说，它们就像是变了质的鲸鱼脂肪。

格宾斯在装备的事情上无能为力，但是他非常聪明，知道一支游击队的成功关键在于它的领导。在伦敦，没有合适的人选（他本人除外）。就算像彼得·威尔金森这样的人也只接受过最基础的训练。所以他给驻拉合尔的英属印度陆军总部发了一封电报，让他们立即选派 20 名最精干的军官回英国。他专门强调，要选派那些有在动乱的英属印度西北边境省开展游击战经验的军官。

这 20 位军官被送到了卡拉奇，在那里他们登上了大英帝国航空公司一艘名为 Cathay（中国）的水上飞机。这艘飞机的设计载客量是 17 人，所以有 3 个人在航程中只能挤在寒冷的行李舱，身体几乎被行李包埋住了。"那个地方噪声很响，有很浓的臭味，而且一片漆黑。"[16] 其中一人这样写道，他自嘲地把这个行李舱称为"中国黑洞"（Black Hole of Cathay）。

格宾斯对他这次挪威的游击任务不抱什么幻想。他无法阻止希特勒的入侵，也不能扭转德军的前进步伐。他最多只能减缓德军向博德、穆村、莫舍恩这 3 个重要城镇的行进速度。陆军部给他的命令也反映了这种现实的情况。上级授权他可以破坏公路、铁路和通信设施，格宾斯还被告知要"确保采取一切可能的手段破坏和扰乱德军行进"。简而言之，他的任务就是让希特勒的北进之路"缓慢且代价高昂"。[17]

要做到这一点，他需要米利斯·杰弗里斯的帮助。

科林·格宾斯的挪威行动获批准后不久，杰弗里斯就面临着巨大的压力。4月25日星期四，他收到一份备忘录，大意是：格宾斯手下的1200人需要在下个星期二之前全部配备破坏活动所需的武器。他们想要地雷、压力开关和定时振动开关，后面这两项装备将用来炸毁纳粹行军所用的铁路。

在格宾斯去巴黎的那段时间，杰弗里斯囤积了一些这类武器。现在看来，他当时的决定是正确的。凭借改装莱利汽车的鲍勃·波特团队、克拉肯威尔的托马森先生和弗兰克公司的专业人员的辛勤工作，杰弗里斯已经努力生产出了数量相当可观的武器。但这还不够。斯图亚特·麦克雷从他的"金袋子"——独立于白厅财政系统之外的无限制资金供给池——中拿出了更多的钱，以鼓励这些独立工匠们更加努力地工作。

生产线开始运转后，麦克雷便前往爱丁堡指导格宾斯的两个独立连队使用这些非常规的新式武器。比德古德中士则前往肯特郡的迪姆彻奇，然后又去了萨福克郡，指导临时驻扎在这两地的另外两个连队。"我们去的时候带了一些装备，"麦克雷说，"剩下的随后由公路或客运列车运过来。"为了确保173号办公室的正常运转，麦克雷又招募了更多的人，整个办公室都笼罩着一种明显的紧张气氛。麦克雷坦言自己这辈子从来没有如此努力工作过。"我起初对自己玩命工作还很得意，但是当我发现其他人比我工作更努力就后悔了。"[18]

生产顺利进行，这让杰弗里斯很满意，然后他向他的团队宣布了一个令人意外的决定：他要去海外短暂休假。麦克雷一猜就知道他要去哪里。杰弗里斯要去挪威以便"获取炸毁铁路线的第一手经验"。自从加入军情研究处以来，他一直想要试一下自己研发出来的武器有多大威力。现在，他给自己准备了1000磅高能炸药，还有压力开关、定时装置和足以炸毁半个挪威的甘油炸弹，"他那顽皮的脸上露出了笑容"。[19]

杰弗里斯让英国皇家空军把他从亨顿的飞机场送到苏格兰。他将从那里搭乘一艘桑德兰水上飞机前往德军占领下的挪威。他计划在横穿挪威中心地带的西部铁路上实施一次"闪电"行动，得手后迅速撤退。如果一切顺利，他将在格宾斯的人马出发之前返回伦敦。

杰弗里斯出发那天早上，陆军部的车队太忙了，所以他只能开着自己的车前往亨顿。由于遇到了交通拥堵，他不得不在芬奇利大道上一路飞驰，希望能够抢回耽搁的时间。但他车速太快，被交警逮到了超速行驶。第二天上午，汉普斯特德警局的一名警官来到军情研究处，通知说杰弗里斯被法院传唤出庭。

麦克雷毫不掩饰地表达了自己的愤怒。"我觉得车速限制在和平时期非常重要，但是在战时，应该明白军官在执行任务期间有权无视车速限制。"[20]他告诉那位警官，杰弗里斯正在忙着轰炸纳粹，无法出庭。警察对他的抗议无动于衷。杰弗里斯最后因为缺席出庭而被重罚了6英镑。

杰弗里斯安全抵达了位于特隆赫姆西南几百千米的翁达尔斯内斯，这是一个被大雪封住的渔港。他沿着铁路出城，走到与陆军准将哈罗德·摩根事先约好的碰头地点。摩根准将是德军入侵挪威后被派往这里的一支倒霉队伍的指挥官。这位陆军准将讲述了自己的悲惨遭遇。他的手下遭到德军飞机的炮弹和机关枪的持续攻击。杰弗里斯发现他们都饱受折磨，惊恐万分。"看到飞机朝自己飞过来，却找不到掩护，只能眼睁睁看着炮弹落下来，还有可怕的爆炸声，这给他们的精神造成了严重伤害。"[21] 不过，杰弗里斯的感觉却和他们不同，他嗅到火药味就觉得兴奋。自 20 多年前参加在喜马拉雅地区的战斗之后，他还没进入过战区。来到挪威后，杰弗里斯有一种回家的感觉。

杰弗里斯挑选了一名中士和两名二等兵，与他一起穿越德军前线，"以便沿路放置他最近研发的长延时炸弹"。为了给德国人制造一连串不受欢迎的"惊喜"，这些炸弹被设置在未来几个月的不同时间点爆炸。他挑选了两个重点目标，一个位于奥于厄尔，一个在利勒哈默尔。他首先到达奥于厄尔，在那里炸毁了一座具有重要战略意义的桥梁，给德军北上制造了重大障碍。然后他就赶往利勒哈默尔，在那里"布下了一个电点火的地雷，还有一个反坦克陷阱"，[22] 它们都用上了托马森先生制造的引爆装置。

由于德军进军速度太快，在这两个地方的任务完成后，杰弗里斯就别无选择只能撤回去了。他在敌人的狂轰滥炸下抵达了翁达尔斯内斯港，躲进了一艘单桅纵帆船。30 枚高爆炮弹落在他周围，"其中三分之一的炮弹都落在了不到一艘船距离的地方。"杰弗里斯总是很喜欢解数学难题，但是这次的答案太令人难受了。"他估计自己很可能活不过 3 天了。"[23] 幸运的是，没过多久他被从翁达尔斯内斯解救出来，并于 4 月的最后一天回到了伦敦。

杰弗里斯很快接到指令，要他给内维尔·张伯伦首相撰写一份报告，汇报挪威的战况。这也是在第二天的内阁会议上长时间讨论的话题。所有与会人员一致认为：留在挪威的英军凶多吉少，"陆军不可能抵挡在空军方面占绝对优势"[24]的纳粹军队。

如今唯一的希望就寄托在科林·格宾斯领导的先锋游击队身上了。5月5日星期日，他们登上"猎户座"号（*Orion*）、"皇家北爱尔兰人"号（*Royal Ulsterman*）和"北爱尔兰王子"号（*Ulster Prince*）出发前往挪威尚未被占领的地区，但是他们明白，纳粹侵略者正以惊人的速度向北开进，德军的指挥官是希特勒手下作战经验最丰富的将军之一。

尼古劳斯·冯·法尔肯霍斯特将军作战时像国际象棋大师一样注重战略。他是入侵挪威行动的总策划，进军计划的每一步都经过他精心设计，因为他知道输掉这盘棋几乎就意味着他要掉脑袋。

法尔肯霍斯特将军出身东普鲁士的显赫贵族，拥有一名条顿骑士的一切热情和勇气。他"是个不折不扣的战士"。他的一个手下这样评价他。[25]年轻时候，他把自己的姓氏从斯拉夫语的亚斯特岑布斯基（Jastrzembski）改成了听起来更像德语的法尔肯霍斯特（Falkenhorst）。在德语里，这个词的意思是鹰巢，很适合这位用鹰一样的敏锐眼睛观察着一切细节的军官。

1940年2月的第三周，希特勒任命他负责入侵挪威的行动，并要求他制订一个能确保胜利的作战计划。当这位将军问希特勒他有多长时间制订计划时，希特勒告诉他，当天下午5点之前就要完成。

冯·法尔肯霍斯特将军对自己即将入侵的这个国家一无所知。他后来坦承："我到市区买了一本旅游指南，想看看挪威到底是个什么样的国家。"[26] 他读了读相关的章节，研究了地图，当天下午就拿着一份可行的作战方案，走进了希特勒的办公室。

与短短八个星期前相比，他此时的生活发生了翻天覆地的变化。奥斯陆成了他的新家，他在挪威皇家汽车俱乐部找了一个朴素的住处。他的军队正在以惊人的速度向北推进。挪威南部已经成为他们的囊中之物。当德军向地处奥斯陆和特罗姆瑟中间的海滨城镇莫舍恩快速挺进的时候，遇到了让他们完全意想不到的敌手。

科林·格宾斯和他的"剪刀游击队"于5月5日吃过早餐后便从苏格兰乘船出发。他们带着雪地靴、干肉饼，内心越来越焦虑不安。他们对于自己的敌人所知甚少，对挪威的了解就更少了。没有人想到要带一本旅行指南。

面对极端恶劣的天气，大家纷纷后悔出发前把羊皮外套丢在了国内。他们戴着防雨帽冻得瑟瑟发抖，咒骂着从北海吹来的凛冽寒风。寒风伴着咸咸的水雾，夹杂着冰冷的雨雪从船尾袭来。[27] 当金属的甲板冻上了一层冰时，船上的战士们开始怀疑加入这次挪威远征是否明智。

他们出海后的第三天，午夜刚过，一名船员看到了白雪覆盖着的挪威山丘，这些山丘在北极闪耀的月光下闪闪发亮。如果不是因为这些山丘都已落入纳粹军队手中的话，这本应是个非常浪漫的场景。

"北爱尔兰王子"号和另两艘船于寒冷的黎明时分登陆，在博德港放下一队战士，格宾斯和其他人则继续南行，到达 80 英里（约合 128 千米）外的莫舍恩。在那里，他们遇到了科什上尉率领的一支法国阿尔卑斯山地猎兵部队（French Chasseurs Alpins）。科什上尉向格宾斯介绍了他登陆地点的危险局势。纳粹军队就在 20 英里（约合 32 千米）之外，而且挪威抵抗力量被"敌军飞快的进军速度吓住了"，很快便土崩瓦解了。格宾斯之前得到的许诺是，科什上尉和他手下携带了滑雪装备的山地战士兵将和英国的游击队并肩作战。不过，当他向上尉请求支援时，却得到了典型的法国式的摇头拒绝。科什表示，他接到"来自巴黎的直接命令"，要他在仍有撤退的可能之时撤军。

格宾斯和他的人此时处于极端危险的境地。他们暴露在一个港口，得不到空军掩护，也几乎没有过冬的装备。"惊慌失措"——格宾斯在自己的战争日记中简洁地写道。"北爱尔兰王子"号的船长也慌了。"该死的，赶紧滚下船，"他对船上的人喊道，"我得赶在轰炸机过来之前离开这儿。"[28]

格宾斯用了很多个月苦心研究游击战理论，他知道一个好的领袖应该具备哪些优点。"行动果敢、头脑冷静，身体和意志都要坚韧，还要有坚强的性格。"[29] 现在，他要证明自己能够在险象丛生的处境中领导好一支队伍。

他手下从印度调来的军官都佩服他的精力。在英属印度西北边境省，很少有人能在逆境中展现出他那样的勇气。格宾斯可以"毫不停歇地开汽车、骑自行车、徒步，甚至游泳，在各个分队之间来回奔忙"。[30] 在高原艰苦条件下的经历这下派上了用场。没有几个指挥官会游泳穿越一个峡湾去给自己的部队下达命令。

这位衣冠楚楚，纽孔上佩戴着新摘花朵的小军官已经变成了一个"穿着无袖卡其衬衣的粗人，他经常打着鼾睡上 20 分钟，然后机警地醒来，接着条理清晰地讲话"。就连他的外表似乎也发生了改变：他穿着迷彩服，看起来"又矮小又结实，胳膊粗壮，好像能击碎石头，双手一直垂到膝盖"。[31]

格宾斯从未幻想他能阻止德军前进，他甚至也无法阻止他们占领莫舍恩。但是他可以试验自己的游击战术，看看自己的人在压力之下的表现如何。即使他们没能杀掉任何一个德国人，也可以为他提供非常宝贵的经验。

挪威游击队提供的情报说，德军正在沿着一条大路向莫舍恩方向快速挺进，在他们的主力部队之前还有一支由骑自行车的士兵组成的庞大侦察部队。格宾斯的游击战信条简单粗暴："打死、烧光、捣毁"。[32]现在，格宾斯把防守莫舍恩道路的任务交给了普伦德加斯特上尉，并且给了他一个排的兵力。普伦德加斯特上尉是格宾斯手下最优秀的驻印度陆军军官之一，有丰富的经验。他们要给行进中的德国人送上一份让他们恶心讨厌的"小惊喜"。

普伦德加斯特是负责这次行动的绝佳人选。他深谙英属印度西北部阿富汗人的游击战术，这种战术主要是通过伏击达到破坏性效果。他深知，行动能否成功完全取决于战士们能不能隐藏好，能不能快速出击，然后撤退到茫茫雪原之中。他用了一个晚上寻找最佳的伏击地点。

当地的山坡阴冷荒凉，上面的积雪深达腰部，像奶油一样柔软，跟英属印度西北边境省表层结冰的积雪有很大不同。山洼里的雪已经凝结成块，看不见雪下面的地形，这使得他们每一步都变得缓慢而危险。"简直太难走了。"普伦德加斯特写道,他非常小心地避免脚下打滑,"有两次都是别人用刺刀把我从雪里挖出来的。"[33]

侦察了几个小时后,普伦德加斯特找到了最佳的伏击地点。德军要走的那条大路在距离莫舍恩几英里的地方要穿越一条湍急的河流,大路在此处变得狭窄,只能单向通行。道路的左侧是一个淡水湖,右侧是被冰雪覆盖的山脊。河上的一座长桥是德军的必经之路,如果能够在这里伏击过桥的德国人,他们将几乎无处可逃。

普伦德加斯特之所以选择这座桥,还有另一个原因。桥的两端都有小型路障,骑自行车的人需要下车把车子抬过去。如果普伦德加斯特能够准确地把握时间,那么这些德国侦察部队将完全暴露在他们的打击范围之内。

他下令让自己手下的游击战新手们在雪中安营过夜,并告诉他们伏击成功的要领。突然袭击是关键,速度也很重要。这是一场你死我活的战斗。如果他的人在德国人过桥的时候没能把他们全歼,那么情况就会急转直下。

早上5点半刚过,最后一个游击队员就位了。春季的拂晓时分,天空有几分灰暗阴沉,刺骨的寒风在雪原上肆无忌惮地吹着。气温远远低于零度。等待伏击德军骑自行车的侦察部队的游击队员们止不住地发抖。

普伦德加斯特上尉一直盯着路的前方,大半个小时后他听到远处有了动静。大约一分钟后,他看到了第一波骑自行车的德国士兵。他们两人一组,前后间隔10米左右,逐渐接近。这些德国士兵对即将到来的危险浑然不知。

普伦德加斯特上尉原以为这些德军会穿极地作战服，但却吃惊地发现他们竟然穿着普通制服，他们"身穿紧身短上衣和高筒靴"。这批德军的人数也令普伦德加斯特感到惊讶，他数了数，一共有 60 人。

普伦德加斯特密切注视着这群德国人逐渐接近长桥。他们减慢速度，停了一会儿，然后从车上下来，开始把车抬过路障，没有注意到有 14 双眼睛正在注视着他们。

普伦德加斯特跟手下强调过保持耐心的重要性。如果开火太早，就有可能错失目标；如果开火太晚，就会把自己暴露在不必要的危险之中。但是，看着德国人重新上车，开始骑车过桥，他们的内心非常煎熬。

然而普伦德加斯特还是耐着性子，等到最前面的德国人走到桥中间的时候才下令开火。瞬间，两架隐藏的机关枪开始扫射，一阵索命的弹雨扫向骑着自行车的德国士兵。

"在第一波射击中，所有武器都用上了，大部分德国士兵似乎都被打倒了。"他们你撞我，我撞你，一个个摔倒在地。"他们横七竖八地都倒在路上，显然都已经毙命了。"

在队伍最后面的几个士兵有反应的时间。他们从车上跳下来，钻到了桥边的一个沟渠里。但这都在普伦德加斯特的意料之中。"那个地方在我们的视线范围之内，从几个不同的角度都能看到，所以我们没费多大力气就全歼了那些漏网之鱼。"

普伦德加斯特曾特别强调，下手一定要狠，这是成功的关键。他展现出了冷血杀手的残酷无情，一点都没有心慈手软。他发现几个掉队的德国兵想逃走，"于是亲手开枪干掉一个"。[34] 他的手下解决了剩下的人。

德军勉强开枪抵抗了几轮，战斗就结束了。尸体清点的结果显示，60名骑自行车的德军侦察兵全部被歼。"多数德国士兵死于第一波攻击，剩下的一边高呼希特勒万岁，一边骑车绕过死去的同伴，最后也走向了死亡。"[35] 这场伏击快、狠、准，是一次教科书般的游击战。大战爆发以来，还从未有过这样的战斗。

格宾斯想要继续开展类似的战斗，但事实证明这是不可行的。德军北上的步伐势不可当，挪威有组织的抵抗力量已经土崩瓦解，这让格宾斯的人处境十分危险。普伦德加斯特上尉也反对继续开展行动。这些新兵没有受过冬季作战的训练，"很不适合这项任务"。他提醒格宾斯说，想要成功，游击战士必须能够忍受艰苦的条件。但是这些人已经"筋疲力尽，真不知道他们还能不能再坚持打一天"。[36]

于是，格宾斯的人北撤至博德，跟几天前留在这里的战友们会合。在撤退的路上，他们把能炸的都炸了。之后他们坚守着危险的阵地，但夜晚越来越短，他们的处境非常不利。因为就在几个星期前，米利斯·杰弗里斯就曾提醒内阁，德国人已经完全掌握了制空权。当格宾斯的人在博德等待救援的时候，尼古劳斯·冯·法尔肯霍斯特将军把所有的空中火力都对准了他们。

德国飞行员决心为遭遇伏击的战友们报仇。但德国空军刚开始发起攻击，威廉·费尔上尉就带着6艘拖网渔船组成的救援船队抵达了。威廉听到一阵低沉的隆隆声，便抬头仰望天空。"刚开始，一架侦察机在高空绕城盘旋，然后飞来一群又一群的轰炸机，飞机发动机的轰鸣声响彻了天空，接着伴随着不祥的哨音、尖叫声和更多的爆炸声，弹如雨下。"

轰炸进行得有条不紊，十分彻底。"从这头到那头，炸弹在整座城镇中到处爆炸。半个小时后，这座美丽的无辜小城陷入了一片火海。"共有100架飞机参加了这次空袭，它们对小城的轰炸又持续了3个小时。德军甚至将医院列为轰炸的目标，导致医院不得不紧急疏散。当病人被用轮椅推上大街的时候，他们又遭到空中机关枪的扫射。德军的凶残让费尔上尉感到震惊。"最后，博德被炸得面目全非，成了一个燃烧着熊熊大火的人间炼狱。"

英国士兵们也对这次袭击的凶残程度感到惊讶。"他们面容憔悴，精疲力竭，脸上都写满了绝望。"但是格宾斯看起来却一脸享受。费尔上尉不敢相信，"这个从不睡觉但经常露出迷人笑容的小个子将军"竟然有这么大的勇气。[37]他似乎是一个完全靠肾上腺素活着的人。"我不记得他是怎么睡觉的，也不记得他什么时候睡过觉，但是我知道他睡觉时间很少超过半个小时，而且从来不在床上睡。"

两个星期后格宾斯才回到伦敦。他受到了英雄般的欢迎。这次成功的挪威行动虽然规模不大，造成的破坏也很有限：打死60个骑自行车的侦察兵绝对不足以阻止一场入侵。但是，这次行动却显示——以一种小规模的方式——游击战是对抗纳粹的一种卓有成效的作战方式。

首先向他表示祝贺的是琼·布赖特。她满怀骄傲地听着战场上的故事，她说格宾斯"干得非常好，令人尊敬"。[38]还说，格宾斯首次指挥的游击战证明他"是最优秀的游击战指战员"，他的经验"也让他对指挥更大规模的战斗充满信心"。

更重要的是，格宾斯还得到了挪威盟军总指挥奥金莱克将军的褒奖。他说格宾斯是"一流的"[39]，推荐他统领"新军"（将军将游击部队称为"新军"）。这次行动也让格宾斯赢得了一枚勋章：回到苏格兰没几天，他就荣获金十字英勇勋章。

从这次"剪刀部队"的战斗中，格宾斯学到了让他永生难忘的重要一课，那就是如果英国游击部队想要打败纳粹，必须接受全面的训练，配备足够的装备。他的士兵和法尔肯霍斯特将军手下的士兵之间的区别显而易见。"德国步兵要卡宾枪有卡宾枪，要雪地靴有雪地靴，并且士兵们还懂得如何使用；他们是专门为在挪威作战训练和装备的，而不是普通意义上的步兵。"[40]

最重要的是，他的游击战士必须是被派往战场上的最精锐的战斗力量。"我们必须严格挑选军官，并进行全面训练，严格淘汰不合格的人，以确保忠于职守、充满战斗精神的人才能担任指挥员。"这里没有偷懒的人存在的空间。"能力不足的军官必须降级为一般士兵，与他们一起参加战斗。"

挪威之战也刷新了格宾斯对游击战的认识。面对纳粹，他准备采用"前所未有的战争手段"，因为"这是一场全面战争，而全面战争是非常残酷的事情"。[41]

格宾斯感觉将来还要到挪威开展进一步的行动。就在他的人在挪威跟德国人交战的时候，一份让人不安的情报已经送达伦敦——他回来后也看到了这份情报。被纳粹占领的多个设施中包括挪威海德鲁公司位于留坎的重水工厂。纳粹占领这里后采取的首批行动之一就是命令工厂"将弗莫克的重水（氧化氘）产量增加到 3000 磅（约合 1360 千克）"。这是个不祥的征兆，因为格宾斯十分清楚，重水是"德国企图制造的原子弹必备的一种材料"。[42]

　　这份情报引起了白厅的高度警觉。挪威海德鲁公司也成为未来要破坏的首要目标之一。

# 第五章

# 狂热的肯特游击队员

在距离伦敦 60 英里（约合 96 千米）的贝德福德郡乡间，塞西尔·克拉克研究出了一套打败纳粹的理论。若不是希特勒也认同类似理论，那它本可能会被当作不切实际的幻想。

在周末和深夜的闲暇时间，塞西尔便会放下房车业务，醉心钻研战争理论。他静静地研究着历史上的许多战争，沉迷其中，从阿苏夫会战和克雷西战役到第二次英阿战争和马尤巴战役，他分析了各场战役中获胜方所使用的武器：它们或是毛瑟枪，或是缠丝炮，或是立德炮。他还就自己惊人的发现写了一篇相关主题的精彩论文，题为《武器潜能的开发》。

克拉克认为，亨利·施雷普内尔上尉革命性的球形榴霰弹帮助英军赢得了维梅罗战役的胜利，而乔治·凯勒新发明的俯式炮架也为英军赢得直布罗陀大围攻做出了贡献。伊丽莎白一世时期，苏塞克斯郡制造的后膛枪在无数场海上战争中起到了决定性的作用，而伯明翰的 R. 布鲁克先生制造的精密燧发步枪帮助莫尔伯勒公爵赢得了他最辉煌的一次胜利。克拉克总结道：在过去近千年的战争史中，"要找到一个例子来证明英国军队未使用新式武器就赢得了胜利，即便不是完全不可能的，那也是十分困难的"。[1]

克拉克一直认为，要想打垮希特勒，盟军必须突破纳粹德国重兵把守的西部防线。那么，关键问题就来了。这条齐格菲防线是由 18 000 个相互交错的碉堡、反坦克陷阱和沟渠组成的一个坚不可摧的防御体系。曾有一份报告写道："这片土地上，布满了小型堡垒、机关枪工事和据点。"[2]

克拉克在一战中的堑壕战经验让他明白，在向坚固的碉堡推进时，最容易受攻击的就是步兵。对齐格菲防线的任何进攻都会激起德军防卫部队猛烈火力的反击，因而传统的进攻方式是注定要失败的。只有依靠技术手段才能攻破德军防守，不过这种技术必须是彻底原创的，那样才能打得德军措手不及。正是考虑到这一点，克拉克开始绘制液压挖掘机的设计草图，这种机器威力巨大，能够挖掘深渠穿过齐格菲防线，并将坦克陷阱和地堡及表层土连根掀起。

克拉克的挖掘机是一台名副其实的机器野兽，这样的机器从未在机械化运输工具史上出现过。它长 90 英尺（约合 27 米），重140 吨，装有革命性的液压泵系统以产生前进驱动力。如果开足马力，它能在一夜之间行进约 6 千米，挖出一条 10 英尺（约合 3 米）宽和 8 英尺（约合 2.4 米）深的沟壕。

克拉克对自己的设计感到十分自豪。因此，他罕见地直接给陆军部写了一封信，并附上了自己的设计草图。"我设计出了一种机器，它能通过液压驱动以一定的速度在地表穿行。利用最新的液压泵传动装置就能实现。"[3]

白厅官员们对克拉克的图纸感到惊讶不已，尤其是他们也一直在努力研究在德国防线上打开缺口的办法。为了他们的计划，他们已投入了 10 万多英镑，并在索尔兹伯里平原仿造了一个齐格菲防线。他们甚至还制造出了一个原型机，但发现该原型机有一个重大缺陷：每当碰到大的混凝土障碍，它便会卡住。

克拉克已经预见到了这个问题。因此，他设计的挖掘机配备有大量柱状炸药，其威力足够粉碎挡在路前的任何混凝土路障。此外，该机器能够碾压那些碎石渣砾，开辟一条通往防线另一侧的道路。

从各个方面看，克拉克的想法都很有开创性，因而被直接呈给了温斯顿·丘吉尔，丘吉尔对非常规武器的喜爱是众所周知的。他想立即了解这位特立独行的发明家，于是便让政府的首席科学顾问林德曼教授去见塞西尔·克拉克。他还给贝德福德郡的塔维斯托克大街 171 号写了一份私人信件，夸奖克拉克的卓越成就。

事情进展得非常迅速。克拉克见过林德曼教授后，便被召去白厅进行一次更为深入的面谈。这次面谈的记录随后被放在一个贴有"非常机密：上锁妥善保管"[4]标签的匣子里存档。

> 今天早上，克拉克先生如约来见我。他给我留下了不错的印象：真诚、率直、知识渊博，渴望全身心投入到战事中……克拉克先生习惯于从事秘密工作，而且能够使用一个特殊的海军研究所［贝德福德的游泳池］，他在那儿已经进行了一些试验。

与克拉克面谈的这位官员也去拜访了米利斯·杰弗里斯。因为是他发现了克拉克的天赋才发明了"帽贝炸弹"。杰弗里斯保证说，克拉克是个坚定的爱国者，"绝对可靠"，而且在设计非常规武器方面有着狂热的想象力。他是那种能为最复杂的破坏行动制造武器的人。

克拉克立刻得到了海军陆战部助理主任一职，负责研发他的巨型挖掘机。他当天就接受了这个工作，并给丘吉尔写了一封信感谢他的支持。"请您相信我，我会尽快全力推进这个项目。"[5]

克拉克的信于 5 月 10 日送达白厅。这是对丘吉尔，对整个国家以及科林·格宾斯在军情研究处的手下有着重要意义的一天。那天，电报机开始嘀嘀哒哒地工作，吐出一封急电时，琼·布赖特正坐在她的办公桌前。电报发送得十分匆忙，里面甚至还有一处拼写错误。若不是话题非常严肃，这一定会让人拿来取笑一番。电报写道："霍特勒①的军队已经占领了卢森堡；荷兰和比利时内阁向法国求助；霍特勒宣布比利时和荷兰战败；霍特勒扬言要踏平英国。"

格宾斯团队的一个成员向办公室在场的所有人宣读完电报，语带讽刺地对琼说，如果将霍特勒改为希特勒，"就能立刻明白它的意思了"。

德国入侵比利时、荷兰和卢森堡确实是严峻的威胁，但这却不是当天唯一的重磅消息。傍晚，内维尔·张伯伦辞去了首相职务，英国迎来了一位新的战时领袖。

"温斯顿入主白厅！"琼当晚写道。她还记录下了丘吉尔坚定

---

① 电报错将希特勒（Hitler）写成了霍特勒（Hotler）。——编者注

的信念：我们国家的未来完全取决于"这场战争的成败，战争就
在英国这片土地上，就在此时——这个夏天"。[6] 在她看来，只有
一个人能赢得这场战争，那便是科林·格宾斯。

6月10日星期一，科林·格宾斯才从挪威回到伦敦。那天，
坏消息不断传来：意大利对英国宣战；德国装甲部队正向西逼近
巴黎。虽然30多万盟军部队已经从敦刻尔克的海滩迅速撤离，但
是整个第51高地师——来自格宾斯家乡的1万多名士兵——却
被困在了圣瓦莱里-昂科。他们获救的希望十分渺茫。

格宾斯早就提醒过陆军部，希特勒可能会把对付波兰的闪电
战策略用在法国身上。在执行完华沙的任务回来后，他甚至还专
门将此提醒撰写成文。然而，他的这一警告却遭到"不同程度的
怀疑"，甚至是彻底的讥讽。白厅的官员们告诉他："德国的装甲
车战术绝不可能冲破马奇诺防线这样完备的防御体系。"[7]

现在这些官员不得不承认自己的错误。希特勒的装甲部队从
马奇诺防线以北切入，深入法国东部，完全避开了马奇诺防线。
随着重要的海峡港口纷纷落入德国之手，陆军部的官员们对格宾
斯的态度也发生了转变。6月22日星期六，他们出人意料地做出
了一个紧急而又机密的决定。

格宾斯被命令参加白厅的一个秘密会议，事前他对要发生的
事情一无所知。一到会场，他便清楚地知道了这次会议的重要性，
因为这次完全没有往常的开场白和寒暄。"简报会直奔主题。"格
宾斯后来写道，"我被告知德国随时可能会入侵，我们对此必须要
有心理准备。"[8] 希特勒会同时动用空中和海上的力量进攻，并且

有可能会采用闪电战，这个战略已经在波兰、法国以及低地国家获得成功。当纳粹侵略者试图登陆英国海岸时，每个人都将被动员起来，投身抵抗，但没有人怀疑显而易见的结果——希特勒的装甲部队几乎必然会成功地抢占滩头阵地。

纳粹军队似乎还准备夺取英格兰南部的战略要地，因为军事情报显示，大范围的空降"将使战线后方的一些地区落入德国人手中"[9]，肯特郡和苏塞克斯郡的大片地区很有可能会在德军入侵几小时内沦陷。

格宾斯在挪威的 5 个星期里，策划如何破坏纳粹占领下的滩头阵地的重任便落在了他在卡克斯顿大街的老同事，"D 部"的劳伦斯·格兰德身上。格兰德已经开始在可能被入侵地区的附近秘密藏匿炸药。但是格兰德做事一向带着一种奇幻的风格。他拒绝与警察或当地政府联系，这导致了一系列不幸事故。"D 部"的一个特工"身穿细条纹裤和黑色外套出现在某个村庄，要求困惑不已的邮政管理员——他们之前从未谋面——为其保管炸药"[10]。结果可想而知，邮政管理员打电话叫来了乡村治安官，立即将这个特工逮捕了。

劳伦斯·格兰德太不稳重，难以承担保家卫国之任，这也是格宾斯被召入白厅的原因。总参谋部的长官们决定让其负责英格兰南部的防务。他"受命组织一个团队到敌军战线后方去作战"。[11]这支秘密游击队要在德军可能占领的滩头阵地内部展开行动以破坏他们的供给线。

格宾斯的具体任务是制造巨大的破坏，使得纳粹军队无法进军伦敦。他获准招募任何他想要的人，包括他在军情研究处的同仁，也可以要求使用米利斯·杰弗里斯研发的任何武器。他还得到承诺，在这场生死较量中可以无限制地使用资金。他的确拿到了一张"空白支票"，然而他那苏格兰人特有的谨慎让他怀疑"银行里是否真的有这笔钱可以兑付"。[12]

安全保密至关重要。无论是德国还是在整个英国都不会有人知道这支秘密部队的存在。他"直接向艾恩赛德将军"——新上任的本土军队总司令和"首相汇报"。

格宾斯虽有疑虑，但还是立即接受了这个工作。他后来回忆道："离开房间时，我意识到这绝非一项特别简单的任务。"[13]但它却令人激动不已。他将会带领着自己的秘密游击队保卫国土。这支队伍将被称为"辅助部队"（Auxiliary Units），这是一个用来掩人耳目的平凡名字。格宾斯觉得这个名字掩盖了"行动的许多线索并且不会引起过多猜疑"。[14]

一想到希特勒的将军们正日以继夜地做着入侵的准备工作，格宾斯内心就被这种紧迫感点燃。"德军发动全面入侵前，我们至少有6个星期的时间。"[15]6个星期对于训练和武装一支游击队来说并不长。他的第一个决定就是从军情研究处挖来彼得·威尔金森。威尔金森曾展现出游击战所需的宝贵才能，包括专业能力、创造力以及快速学习的能力。他欣然接受了这个工作，并询问了自己的工作内容。格宾斯以他一向直截了当的风格回答："炸毁桥梁、割破轮胎、制造混乱局面。"格宾斯还补充道，他们可以采取任何他们认为合适的行动，威尔金森特别喜欢这种自由作战的方式。"那天下午，和格宾斯一起走过伦敦的公园时，"他说，"我们着手策划行动，这个过程一直持续了两个月甚至更久。"[16]

第二个被格宾斯招募的是拉加普塔纳步枪联队（Rajputana Rifles）的"比利"·贝茨，他是"一个外表看起来温文尔雅的正规兵"[17]，是跟随格宾斯在挪威执行任务的 20 名军官之一。肯特郡的海岸线与英属印度西北边境省的地理特征毫无相似之处，但是贝茨精通游击战，因而受命负责训练事宜。

格宾斯在陆军部大楼里的军情研究处办公室太小了，已经坐不下不断增加的员工。因此给他在白厅 7 号楼分配了新的办公室，那是一栋紧挨着唐宁街的无名白色石制建筑。较早被招募的成员之一——唐纳德·汉密尔顿-希尔惊讶于这个组织的机密性。其他所有的办公室"不仅标有部门名称，还有里面办公人员的姓名、职务、所属单位和奖章"。但是格宾斯的办公室没有任何标记，"门上什么也没有，甚至连个数字都没有"。[18]

格宾斯打算将他的"辅助部队"打造成训练有素的专业精锐部队：这支队伍"规模较小，从当地召集，行动结束后能迅速离开"。[19] 他们要完全不同于地方军（Home Guard），那些地方军成立没几个星期就暴露了他们的不专业。格宾斯将英国海岸地区划分为 12 个区，每个区都有自己的区域指挥官。在这 12 个区中，肯特郡无疑是最为重要的。大家普遍认为，希特勒的入侵军队会在肯特郡的东部海岸登陆，那儿宽阔的沙滩和低洼的草地对入侵者十分有利。滩头阵地以及争夺最激烈的地方很可能会在萨尼特地区，紧邻加斯顿、伍德奈斯堡和大蒙格翰的小村庄附近的区域。如果入侵者进一步向内陆推进，那么决定性的战役会发生在坎特伯雷和海岸线之间的肯特农田上。因此，这一地带的指挥官必须是最具才能的人。

格宾斯心中早有了人选。彼得·弗莱明有着罕见的绅士血统，他似乎拥有绅士的一切特质：电影明星般的面孔、一位富有魅力的妻子西莉亚·约翰逊［电影《相见恨晚》（*Brief Encounter*）的女主角］以及在伊顿公学精心培养出来的贵族气质。"他身材修长、富贵多金、温文尔雅，"有人这样写道，"他上班履行职责时，会身穿细致剪裁的马裤和擦得锃亮的马靴。"[20]

作为伊恩·弗莱明（"詹姆斯·邦德"系列小说的作者）的哥哥，彼得·弗莱明因披荆斩棘穿过亚马孙丛林寻找失踪的探险家珀西·福西特上校而声名大噪。他将那次经历撰写成了《巴西历险记》（*Brazilian Adventure*），迅速成为一名畅销书作家。

弗莱明是琼·布赖特的好朋友。他对舒适物质条件的蔑视给琼留下了深刻印象，大约一年前，琼首次建议他去军情研究处工作。琼写道："他是那种性格直率简单，喜欢独处的人，他不喜欢奢侈，能忍受艰苦环境，有着坚如磐石的品质，这使他成为最忠实的朋友。"[21] 弗莱明曾作为远征军在挪威服役，那时他便展现出了坚毅的品质。如今，他对这个在肯特郡下黑手的主意很感兴趣。

格宾斯向弗莱明详细介绍了他的肯特游击队组成人员所需的特质：他们要"对行动的区域就像对自己家一样了如指掌"，并且"不论白天黑夜都能够穿梭丛林之间，善于利用每一片灌木和沟渠"。弗莱明尤其要招募当地人中那些"能够痛击敌人，又能来去无踪的人"[22]。他们要在晚上行动以便利用黑夜做掩护，同时配备专业武器。

格宾斯很快就明白了招募那些与他们负责地区息息相关的人的重要性。这些人包括"偷猎者和猎场看守员、钓鱼的人和穿着吉利服的打猎者、新森林（New Forest）的王室护林官、农场主和农场工人、锡矿工和煤矿工、菜农和渔民"。[23] 关于地下洞穴和废弃酒窖的信息"对我们选定藏匿武器和给养的地方非常有价值"。[24]

12 个区的防御任务对技能的要求各不相同。因此，格宾斯亲自在英格兰寻访以招募合适人选。在林肯郡，他找到了沼泽地区的居民，"他们了解每一寸令人头疼的沼泽和湿地"。他们能以闪电般的速度打击入侵的空降兵，"然后回到自己泥泞的藏身处，这些藏身处会让任何尾随而来的士兵迅速迷失方向，淹死或困在泥潭之中"。

格宾斯接下来去了汉普郡，他在那儿招募了护林员，"他们能够如赤鹿般悄无声息地迅速出现或消失在森林中"。然后格宾斯去了至关重要的南海岸地区。他在那儿招募了一些捕虾人和捕鱼人。"这些人从孩提时代起就熟悉每一条小溪和每一个角落，能驾驶渔船从这些地方悄悄驶出并将炸药投向登陆的敌军。"[25]

经过 14 天忙碌的招募，弗莱明相信他的行动队伍能在德军的任何滩头阵地内部制造严重破坏。"游击队有很大机会，不仅可以短暂打击敌人，还可以让他们在数个星期，甚至数个月内如鲠在喉。"[26]

科林·格宾斯接手新工作不到 4 个星期，可能会发生的侵略就变成了恐怖的事实。1940 年 7 月 16 日，阿道夫·希特勒发布了第 16 号命令：入侵大不列颠。甚至连丘吉尔都觉得最后的决战就在眼前了。"局势迅速变得紧张，"他在给罗斯福总统的信中写道，"我们预计，不久后就会遭到伞兵和空降部队的袭击，我们已经做好了迎战准备。"[27]

希特勒的"海狮行动"（Operation Sealion）如陆军部担忧的一样规模宏大：入侵的纳粹军队包括一支由 67 000 人组成的两栖登陆部队，还有一支被空投到肯特郡和苏塞克斯郡的空降师支援。这第一波部队的目标就是要占据一个滩头阵地并修筑防御工事，之后再向他们的主要作战目标，从布里斯托尔海峡到埃塞克斯郡马尔登的前线阵地推进。

入侵计划制订周详——远远超过侵略挪威的计划——还涉及了占领区的一些细节问题。人们普遍认为，德国前任驻英大使约阿希姆·冯·里宾特洛甫将被任命为占领区总督：他上任之后，弗朗茨·西克斯博士的特别行动敢死队将进行一场"肃清"运动。3000 多名著名人士将会被捕，其中包括诺埃尔·科沃德、伯特兰·罗素和弗吉尼亚·沃尔夫。英国的 30 万犹太人将被拘禁，等待他们的将是更加悲惨的命运。

进一步的计划预计是要流放大批人口。"17 岁至 45 岁的身体健全的男性，除非当地局势要求特殊管理，否则都将被拘禁并送往欧洲大陆。"[28] 英国将受到比其他被占领国家更严苛的待遇。迄今为止，甚至连波兰都不曾遭受过如此残暴的统治。

希特勒颁布第 16 号命令后没过几个小时，格宾斯就召集他新任命的 12 名游击队指挥官开了一次会。彼得·弗莱明是他们的领导，其他人包括经验丰富的格陵兰探险者安德鲁·克罗夫特和唐纳德·汉密尔顿-希尔，他的祖辈曾在埃及抵抗拿破仑侵略时表现英勇。

格宾斯在会上通报了当前令人沮丧的现实形势。汉密尔顿-希尔说道："他用简明扼要的语言描述了当时英国所处的真实境地。"格宾斯提醒这 12 位新就任的指挥官，他们是游击队员，而非正规军，而且他们之所以被选中是因为他们"对待生活持一种独立而非军事化的态度"。[29]

彼得·弗莱明要展现出正规军队中极度缺乏的对游击战的专业性。在把尼特乡间的每一个犄角旮旯研究透彻后，他决定将游击队总部设在离东海岸大约 15 英里（约合 24 千米）的毕尔廷村一间被称为"加思"（Garth）的半木制农舍里。这里可能正好位于德军最初建立的滩头阵地的边缘，是弗莱明指挥行动的理想位置。它也是弗莱明主要的临时武器存储仓库——房子的旁边有个大谷仓，里面"从左到右，从地板到天花板，塞得满满的都是炸药、弹药和武器，还有半打长弓"。

弗莱明储藏长弓有足够的理由。他打算教会手下人用长弓"将燃烧弹射进德军的汽油仓库"。[30] 没有了燃料，希特勒的坦克和吉普车都将被困在滩头阵地。

弗莱明敏锐地意识到，如果要持续与纳粹占领军打非绅士战争，他的人可能会需要地下室。"没有基地的游击队员，"他告诉手下人，"和绝望无助的掉队士兵没有什么区别。"[31] 他也知道，如果游击队要持续行动数个星期，那么地下室一定要储存充足的物资。每个地下室要能自给自足，备有食物、爱尔生化学除臭马桶、无线电设备和大量的炸药。

地下室必须不能被德军发现。为此，他们用弯曲、爬满常春藤的根枝盖住出入口，同时，将通风烟囱和供水管道用树枝、树叶以及人造伪装物缠绕在一起。肯特地区一个重要的地下室为其他地下室确立了一个黄金标准：任何想要进入这个地下室的人都需要将一块弹珠扔进一个老鼠洞。这颗弹珠会顺着一根 12 英尺（约合 3.6 米）长的管道掉进一个锡罐，从而通知里面的人打开隐藏在树根下的活板门。

地下室的设计融合了上层阶级生活的精致。一群军官曾被邀请到其中一个地下室吃晚餐。他们以为自己可能会在一个地洞里吃些磨碎了的食物。但是从活板门滑下去之后，"他们看见的是一张铺着干净花缎布的晚宴长桌。枝状大烛台上放着蜡烛，桌上的餐具光滑锃亮"。[32] 即便是在为不讲绅士风度的战争进行训练，格宾斯的游击队们仍不忘像绅士一样用餐。

当格宾斯忙于指挥"辅助部队"的时候，他在军情研究处的同事们也非常忙碌。他们着手开展了被某同事称为"海绿花（Scarlet Pimpernel）系列使命"的工作，他们秘密地横跨英吉利海峡以达成少数几个意义重大的目标。基德森上校成功潜入了阿姆斯特丹并"带着数千磅的工业钻石惊险地回到伦敦"。路易斯·弗兰克潜入布鲁塞尔带回了大量的比利时黄金。汤米·戴维斯去了加来并从"镇上的考陶尔德工厂抢走了价值数十万英镑的白金"，[33] 差点当场被抓住。

这个扩张了的团队的其他人员被派往阿尔巴尼亚、希腊、匈牙利和埃及，为抵抗纳粹的爱国主义者开展游击战做准备。大家都非常希望上一年在波兰发生的悲剧——力量薄弱、准备太晚——不再上演。

与此同时，米利斯·杰弗里斯和他的团队正努力为"辅助部队"提供他们所需的所有武器。在斯图亚特·麦克雷的不懈努力之下，军情研究处得以从陆军部那个狭小的办公地搬入了波特兰坊 35 号，这里以前是国际广播公司的总部大楼。就在大楼里面一个像兔子洞一样的地下室里，麦克雷安装了车床、工作台和专业的工程工具。

"我不可能独自完成这项伟大工作，"麦克雷坦言，"这一切能实现全靠琼·布赖特可怜我，她似乎认识伦敦城里所有的将军，能把正确的话传到正确的人耳朵里。"这帮助团队加速制造出诡雷、磷弹、燃烧弹、引爆装置、阉割器和延时导火线。

其中一个反坦克手榴弹原型，堪称手工制造的典范。这种黏性炸弹（Sticky Bomb）是为特殊目的而设计：它要将轰隆隆驶过肯特村庄的德军坦克炸开花。它由一个装满硝化甘油的玻璃球制成，外面包着一个套壳（以防受外力挤压而破裂），套壳外又涂上了太妃糖似的胶。这层胶是哈特利先生发明的一种独特的混合剂，哈特利先生是位于斯托克波特名为凯伊兄弟的化学品制造厂的总化学师。

握住黏性炸弹上的无胶手柄可以将其扔出。一旦击中目标，套壳内的玻璃球就会破裂，里面的硝化甘油流到坦克上，然后就会发生爆炸，向内产生致命的冲击力，将弹片高速射进坦克内部。

一个黏性炸弹的原型被错误地呈递到了军械局（Ordnance Board），那儿的官员对文明人设计出如此卑鄙的武器表现出了强烈的反感。他们告诉麦克雷，它"打破了游戏的所有规则并且不能被批准使用"。

丘吉尔却不这么认为。生产令人沮丧地暂停了数个星期之后，丘吉尔给杰弗里斯写了一张措辞直白的便条。便条由丘吉尔亲手潦草地写在"唐宁街10号的专用纸"上："黏性炸弹。制造100万枚。温斯顿·丘吉尔"。

得到许可后的几个小时，杰弗里斯的独立承包商便开始投入工作。玻璃瓶由利兹市一个叫雨果·伍兹的人经营的专业玻璃吹制公司生产，用的胶则由凯伊兄弟工厂提供，该厂也负责手榴弹的组装。但是订单量太大了，麦克雷觉得有必要找其他工匠和小公司帮忙。"我们的承包商运作顺利，安排此次生产毫无问题。"他说，"一个公司制造手柄；一个公司制造金属封盖；一个公司生产玻璃球；还有一个公司制造毛绒套。"当这些配件都生产完后，黏性炸弹便会被运到位于苏格兰西海岸的阿迪尔的英国化学工业公司（ICI）战地工厂，在那儿给手榴弹填充炸药。

格宾斯的游击队员在学习如何使用黏性炸弹时发现它完全超出了预期的效果。它比正规军队使用的任何防御武器都要好。后来，美国在对它进行了一系列严格测试后，也给他们的军队装备了这种手榴弹。只有一个地方需要改变。它的名字——黏性炸弹——被认为过于平凡无奇。于是，它被更名为74号反坦克手雷（MKII No. 74 Grenade）。斯图亚特·麦克雷对这个结果很满意。数年后他写道："虽然我们是用'W炸弹'起家……但黏性炸弹让我们第一次有了名气。"[34]这名气虽然仅限于一小撮人中间，但是其中包括了首相和他的参谋长们。

温斯顿·丘吉尔一直担忧"辅助部队"武器配备不足。"这些人必须配备左轮手枪！"[35]他在一份备忘录的空白处潦草地写道。于是他们很快就拿到了左轮手枪，还有从纽约警察局送来的美国柯尔特 0.32 英寸自动手枪。此外，每个地下室还至少配备了一把汤普森冲锋枪。

　　每个星期五下午 5 点之后，科林·格宾斯便结束办公室的工作，和彼得·威尔金森登上他们的亨伯汽车开往肯特郡。整个周末，他们都在那儿帮忙训练彼得·弗莱明的游击队。这项工作让人筋疲力尽。"在这么短的时间里，"格宾斯写道，"我们必须要安排步枪和左轮手枪的训练；手榴弹、燃烧弹和黏性炸弹的训练；伏击战和突袭战的模拟演练；夜间行动训练；穿越包括带刺铁丝网在内的防御工事以及修建藏匿处的训练。"

　　最近是拉加普塔纳步枪联队的"比利"·贝茨中校负责周末的课程。他的专长——在英属印度西北边境省得到完善——是在悄无声息中夺人性命。他知道如何在黑夜中悄无声息地行动，现在，他向格宾斯的手下们强调行动最重要的是隐秘而不是迅速。"如果你晚上有 8 个小时时间，那么，用 4 个小时完成你的任务，用另外 4 个小时撤离。不要因慌乱而送命。"[36]

　　随着游击队逐渐壮大起来，格宾斯需要一个更大的基地用作专业的训练中心，最好是位于偏远的乡村。他请来一位地方军上尉迈克尔·亨德森去考察合适的地点。

　　亨德森恰好知道一个合适的地方。科尔希尔（Coleshill）是在威尔特郡的一处乡间庄园，它广阔的土地与亨德森兄弟的地产相邻。这座房子是由伊尼戈·琼斯设计的帕拉第奥风格大庄园，里面住着玛丽·普莱德尔-布弗里小姐和她年迈的姐姐（她们是拉德纳伯爵大家族的成员）。当被告知房子要被陆军部征用时，两位女士有些惊讶。她们获准可以继续住在房子里，虽然房子将住满游击队员。很快，她们就为继续住下来的决定感到后悔了，因为她们的爱犬被持续的爆炸声吓坏了，不得不喂给它们一些阿司匹林和白兰地。

科尔希尔庄园开阔的私人草地尚未翻垦过，还有许多水流湍急的小溪。这为格宾斯的秘密部队提供了一个理想的训练营。培训课程教授他们如何杀人，而且特别强调从身体最薄弱的部位下手。这个课程不适合胆小的人，其内容包括"割嘴、击破耳鼓、挖眼、剖腹、顶肋、'拱门'——使下颚暂时脱臼、裂耳、砍鼻、用靴沿击打胫骨、猛拉双肩"。实操练习包括在一个用橡皮筋绑在门上的填充人体模型上练习杀人。受训的学员被告知，在将对手开膛破肚的同时，对其进行阉割。

阉割是格宾斯对被俘纳粹分子实施的心理战中的一个重要部分。他的手下会"切下俘虏们的睾丸以打击其余人的士气"。[37]如果这个计划得以实施，那么肯特郡的树上将会挂满德国人的睾丸。

科尔希尔庄园的安保很严密，所有新招募来的人都要到附近海沃斯村的乡村邮政局报到。在那儿，他们需遵照头发花白的女邮政局局长梅布尔·斯特兰克斯的指令。她会要求他们出示身份证明文件和事前约定的密码，随后她便会去打电话。如果一切顺利，她会告诉他们，"有人来接你了"。[38]很快一辆民用汽车会风驰电掣地驶来，然后带着这些新人穿过草地到达庄园。梅布尔·斯特兰克斯对自己的安保工作感到自豪。特别是有一次，她让蒙哥马利将军等在车里，对他的身份进行了一轮彻底的审查。

到夏末，格宾斯建立的英国历史上第一支游击队已经初具规模。新招募来在科尔希尔受训的这3000人是一个古怪的混合体，他们当中大部分人被征召是因为具备某种特殊技能。他们并不都是绅士，陆军部称他们为"流氓"，其中确实有很多人声誉欠佳。有犯罪记录也无妨，相反，这往往是他们迅速被选中的原因。彼得·威尔金森将目光投向一批新来的成员，不禁对宿舍里的鱼龙混杂露出了笑容，"在王国内拥有庞大地产的贵族愉快地和偷猎者及判过刑的窃贼睡在了一起。这些窃贼是因为他们能够熟练地处理炸药或是会撬锁而被招募的"。[39]

格宾斯经常面临来自正规军的抱怨，他们的指挥官对游击战的想法深恶痛绝。格宾斯手下精力更为充沛的指挥员做出的行为更让这些人的恐惧有增无减。其中一个名叫约翰·格温的军官决定去测试一下蒙哥马利将军指挥部的防卫情况。这位将军曾扬言，他的指挥部坚不可摧。很快将军的话便被证明是错误的。格温悄悄爬过围篱，在草地下埋了许多杰弗里斯发明的炸药，并将它们设置在蒙哥马利进行晨间训话的时候爆炸。结果爆炸的效果非常好，彼得·威尔金森在现场目睹了爆炸后的尘土飞扬。蒙哥马利说："我永远也不会饶恕这类恶作剧，在接下来的战争中也永远不会配合任何非正规战行动。"[40]

温斯顿·丘吉尔一直密切关注着格宾斯的工作，并且称赞他组建"辅助部队"的工作缜密且富有想象力。他还表示，希望这些游击队员能在德军的滩头阵地战斗到底，"宁可在同归于尽中粉身碎骨也要不辱使命"。[41]

然而，这场殊死搏斗却意外地迟迟没有到来。一直以来，希特勒的入侵行动依托两个因素：制空权和海上优势。然而，随着夏天一点点过去，德军却明显没能获得这两项优势。纳粹空军并没能消灭英国皇家空军，其海军部队也因入侵挪威时损失了 10 艘驱逐舰而受到牵制。纳粹德国海军指挥官埃里希·雷德尔坚称，德国的海军力量不足以在那个夏天实施入侵。他警告道，"对英国人而言，德国入侵英格兰是生死攸关的大事"，它必定是一场"举国上下全力以赴的生存之战"。[42]

希特勒的高级军官们劝告他，在可预计的未来，入侵英国的计划是难以实施的，希特勒被说服了。9 月 17 日，他不情愿地下令无限期推迟入侵计划。尽管格宾斯的游击队并未得到考验，但他们已经取得了"临危备战工作中的一场胜利"。格宾斯在一开始就说过，"他们发挥作用的时间将会很短，最长持续到他们弹尽粮绝之时，最短持续到他们被抓或被杀"。但这便是他们存在的理由。"他们的组建、训练和准备都是为了应对一场特殊而又迫在眉睫的危机，这就是他们所扮演的专业角色"。[43]

同时，他们也让格宾斯对未来的事情有了准备。格宾斯明白，现在，对敌人展开全面的游击战只是时间问题了。到 1940 年秋天，他关于"辅助部队"的工作便告一段落。但格宾斯与温斯顿·丘吉尔的协作才刚刚开始。

# 第六章

# 内部敌人

1940 年夏天，米利斯·杰弗里斯变得越来越像他设计的一种武器了，或者说这是斯图亚特·麦克雷眼中杰弗里斯的模样。就像屠夫会长着香肠般的手指，葡萄酒商会有波尔图葡萄酒颜色的脸颊，杰弗里斯的脾气就如一根短引线一样一点就炸。重压之下的杰弗里斯已经濒临爆发边缘了。

麦克雷对他的上司经常以错误的方式和他人起摩擦越来越担心。杰弗里斯对规章的轻率态度不可能不引起白厅的注意。麦克雷不止一次提醒他，军需部"对我们不受他们的管制感到不满"，而且莱斯利·伯金对他们进行非法武器交易非常愤怒。最后不可避免要摊牌起冲突。然而令人惊讶的是，杰弗里斯对此一点儿也不在乎。

麻烦最先始于一通电话。某位叫温德姆的陆军准将给波特兰坊的车间打电话，对他们正在生产的野蛮武器表示不满。麦克雷反驳道，设计破坏性武器这项工作没有其他人能够胜任。因此，也没有其他人能够为格宾斯的"辅助部队"提供这样的炸药。他说："我们在波特兰坊 35 号开展的工作至关重要，并不准备由其他人接手。"如果由莱斯利·伯金负责为格宾斯的人提供武器装备，那么恐怕他现在还在处理文书程序呢。

温德姆不为所动。"轻蔑地哼了一声后，这位陆军准将宣布他要正式来拜访，好亲自验证我说的话是否属实。"

麦克雷最先意识到"情况十分严峻"。[1]温德姆准将是军事情报界的资深人物，人脉甚广。军需部以及军事管理部和武器设计部的领导全都支持他往波特兰坊的活动投下一枚官僚主义的黏性炸弹。

杰弗里斯很少让自己扯进官场纠葛中，因为经验告诉他，这些事情最好统统交给麦克雷处理。但是这一次，他的愤怒再也控制不住了。一天工作 14 个小时的压力，再加上某条生产线即将达到强度极限的事实，导致他前所未有地爆发了。"我拒绝将我的时间浪费在与这些人申辩或解释上，"他咆哮道，"我的观点就是，在制造战争武器方面，我的脑子更好用。"他怒骂伯金在军需部的手下是一群毫无创造天赋的笨蛋。"总之，如果让我一个人待着，我就可能制造出点什么来。"[2]

杰弗里斯确实制造了点东西。就在温德姆陆军准将视察波特兰坊时，杰弗里斯从他的魔术帽里扯出一只兔子，还是一只牙齿锋利的兔子。

他的魔术戏法能成功是因为数星期前的一次意外遭遇。当时，一个名叫斯图亚特·布莱克、自称是发明家的爱尔兰人来到波特兰坊，带来了一个形状奇怪的包裹以及一个更为离奇的故事。他向杰弗里斯介绍说，他是这个国度唯一一个试验性武器的自由发明家，他在很小的时候便从某次战争中使用的革命性的迫击炮获得灵感，进而开始了他的发明。他"用一些黑火药、一堆卷烟纸以及一个作为炮弹的槌球造了他的第一架迫击炮"，那个时候他还只是一个上学的孩子。事实证明，这架迫击炮制造得很成功。"他在200多米外轰炸了校长的暖房，场面异常壮观！"[3]

布莱克完全符合一个疯狂发明家的所有特质。他的右眼夹着一个单片眼镜，脖子异常粗大——这是在一战中被德国王牌飞行员从飞机上射中脊柱所致。他和杰弗里斯有很多共同之处：他也曾在英属印度西北边境省服役，也能说一口流利的普什图语，"对官场有着病态般的憎恶"。他尤其瞧不起那些公务员，称他们为"白厅里令人厌恶的人"。[4]他的憎恶是有充分理由的。当他将新研制的新奇武器呈给陆军部时，那儿的人礼貌地将他请了出去。

两年来，布莱克一直坚持说服他们采用自己的武器，但这两年里，陆军部一直没有表现出任何兴趣。"在米利斯看来，"麦克雷说，"这一定程度说明那肯定是个好点子。"杰弗里斯对陆军部的看法自始至终未曾变过："他认为迄今为止他们没有做对过什么事情。"[5]

杰弗里斯饶有兴趣地看着布莱克打开那个奇怪的包裹，里面是一个管状炮筒，布莱克称之为他的"掷弹机"（Bombard）。他住在佩特沃斯村，这个武器是他和当地的钟表匠共同制造的，他解释说这是一个反坦克炮。杰弗里斯立即认定它是一个极具创造力的作品。它的炮筒并非用于发射炮弹，相反，它自身就是朝坦克发射的炮弹，炮筒前端装有炸药，后端装有平衡尾翼，就像一枚原始的导弹。

但这款"掷弹机"也存在问题，就如布莱克本人也有问题一样。"他不懂数学。"[6]'杰弗里斯直言，他觉得这的确是一个非常严重的缺点。但是，布莱克这件自制武器——一种超口径迫击炮——是一个爆炸效果惊人的杰作，因而，杰弗里斯花了数个星期修正它的不足。到了夏末，他已经将这种迫击炮改造得十分完美，可以在任何前进的德国坦克上炸出一个洞。

在征得布莱克的同意之后，杰弗里斯将"掷弹机"带回了军械局，想要告诉那里的人拒绝采用这款武器是一个多么错误的决定。然而，军械局的人听不进他的解释。他被告知："即使全能的上帝支持这种超口径迫击炮，我告诉你，军械局也还是会拒绝使用。"[7]

林德曼教授听闻此事后，要求在首相的乡村别墅进行一场演示。麦克雷觉得这样做风险很大。"这款武器还处于试验阶段，"他说，"而且波特兰坊 35 号的工作车间必须 24 小时轮班赶工，才能解决武器的所有问题，并将它送到首相的乡村别墅，以免武器爆炸伤到首相和他的随行人员。"

杰弗里斯的团队到达首相的乡间别墅时惊恐地发现，丘吉尔还邀请了戴高乐将军和史末资将军。似乎没人对这个有着短粗的炮管和张开的金属支架的武器感到特别吃惊。即使连麦克雷都觉得它"看起来一点也不像一门炮，反而更像是英国漫画家希思·鲁宾孙想象出来的某个东西"。然而，这个管状物体其实是一个圆锥形的炮弹，装有大量的炸药。

杰弗里斯从他的团队中挑选了两名最能干的成员来演示这个武器。拉尔夫·法兰特是一名有着罕见天赋，能击中远处目标的炮手，而诺曼·安吉尔在制造这个迫击炮的过程中扮演了关键角色。形势万分紧迫。尽管黏性炸弹已配发给了"辅助部队"，但国家仍然急需威力更大的反坦克武器。

法兰特选择向首相乡村别墅院子里的一棵大树开炮。对麦克雷来说，这棵被选中的大树"看起来非常非常远"。在诺曼·安吉尔校准武器的时候，悲剧发生了。迫击炮意外地走火了。炮弹旋转着划过天空，差点击中在场政要们的脑袋，现场响起一片刺耳的尖叫声。

"那发炮弹差点就杀了戴高乐将军。"惊慌失措的麦克雷说。他知道丘吉尔对这位自由法国领导者的反感，还说："事后，一些不安好心的人说，是首相之前以某种手段贿赂了诺曼，让他故意这样做的。"这发炮弹几乎与戴高乐将军擦身而过，奇迹般地正中目标大树，粉碎了树的枝干，将其烧为了灰烬。在场的所有人都认为这是"一次巨大的成功"。[8]

丘吉尔对杰弗里斯又成功制造出了一个武器很满意。他转向杰弗里斯，语气稍显正式地说道："作为首相，我命令你尽快开发这款优秀的武器。"他提供了5000英镑的初始资金，并承诺一旦"财政安排妥当"，将会提供更多经济支持。

在得知军需部引起的麻烦之后，丘吉尔做出了一项重要决定。除了已担任的诸多官职，丘吉尔已经任命自己为国防大臣，尽管国防部并不存在。现在，他决定将杰弗里斯的团队纳入国防部，成为其中的一个部门，这个部门被命名为国防部一号实验室（MD1）。"为确保行动迅速，"他写道，"漂亮的点子或小发明，可以免除一切部门行政流程，作为国防大臣，我决定直接管理杰弗里斯少校组建的这个实验机构。"

林德曼教授将充当杰弗里斯和丘吉尔之间的联络人，首相的私人军事顾问伊斯梅将军将保护杰弗里斯不再受任何干扰。国防部一号实验室只对丘吉尔负责。"我利用他们的头脑，"丘吉尔后来写道，"以及我的力量。"[9]

麦克雷很高兴看到这个结果，很快他又收到了更好的消息。首相告诉军需部："他们必须提供我们想要的任何东西，将我们照顾妥帖，并且对我们的工作不得有任何异议。"温德姆准将从此以后就保持了沉默。他"受挫退隐"[10]，再无音信了。

1940 年那个漫长的夏天里，米利斯·杰弗里斯还遭遇了其他麻烦，其中一些来自家庭。露丝·杰弗里斯对房车的热情始终不及她的丈夫。当她回到家，发现因为她的便携式炉子突然坏掉，"所有东西都蒙上了一层厚厚的黑灰"时，她的热情彻底被浇灭了。斯图亚特·麦克雷的妻子玛丽同样厌倦了房车里的生活。这两位妻子私下商量着要过上平常人的稳定生活，于是到伦敦的北部租房去了。她们很快就在米尔山找到了一处正在出租的舒适小屋，这个小屋租金实惠、环境温馨并且离纳粹空军袭击目标比较远，相对安全。

新环境虽然让两对夫妻的日常生活变得更加轻松，却仍然无法平息两位妻子对各自丈夫积聚已久的不满情绪。麦克雷首先承认了"女士们很不开心"。但实际上他也低估了妻子们对他们每天午夜才酒气熏天地回家而产生的忿恨。

杰弗里斯处理婚姻问题如同他对付纳粹一样：用尽一切可用的重型武器。当露丝和玛丽抱怨从未收到过花时，杰弗里斯发动了一场铺天盖地的鲜花闪电战。他和麦克雷开车去了亨顿中心的一家花店，给女士们买回了她们终生难忘的花。"请将店里所有的花打包。"杰弗里斯一边掏支票簿一边对目瞪口呆的花店老板说，"并且麻烦您送到这个地址。"刚开始，妻子还以为他在开玩笑——毕竟，还打着仗呢——但是杰弗里斯是认真的。"那天晚上到家时，我们都快进不去房子了，"麦克雷说，"到处都是花，就连盥洗室里都放着一棵棕榈树，都没有地方坐了。"杰弗里斯的办法似乎奏效了，因为露丝和玛丽完全沉默了。"关于花的抱怨，"麦克雷说道，"再也没有被提起过。"[11]

战争开始的第一年，随着秋季不知不觉到来，麻烦也接二连三地出现。首先，国防部一号实验室设在亨顿的仓库被德军的燃烧弹夷为了平地，摧毁了杰弗里斯所有的破坏武器库存。接着，波特兰坊的总部遭到直接袭击，"彻底瘫痪"了。堪称奇迹的是，没有一个人受伤。杰弗里斯本人似乎很享受轰炸袭击，他觉得这也就比一场突如其来的大雨稍微麻烦一点。"当警报声和爆炸声四处响起时，他大摇大摆地走在伦敦街道的中央，没有比这更让他高兴的事了。"

林德曼教授曾答应要做一个"强有力的幕后推动者"，他确实说到做到了。一个名叫罗斯先生的文职人员被委派给了杰弗里斯的团队，他带着一张空白的征用证明来到被轰炸过的办公室。罗斯先生告诉麦克雷，他获准征用任何可供国防部一号新实验室使用的建筑。

麦克雷带着罗斯先生去了白金汉郡，希望在乡下找到一处安全的房子，作为他们的新总部。很快他便发现了一个完美的地点。菲尔斯（Firs）是一个伊丽莎白一世时期风格的半木质结构庄园，位于惠特彻奇村外一片隐蔽的土地上。这里是一位名叫亚瑟·亚伯拉罕斯爵士的乡绅的乡村住宅。闲暇时，他会开着自己豪华的劳斯莱斯汽车在白金汉郡的乡间游览。菲尔斯庄园有砖制的外屋、宽敞的马厩和一些小屋。麦克雷留意到，庄园后面隐蔽的花园可以用作破坏活动的最佳试验场所。

　　亚瑟爵士最近才将这处房产投入市场出售，得知有来自伦敦的中意者，他很开心。"举止得体的男管家以为我们可能要买下这里，一开始就带我们参观了一圈。"麦克雷说，因此，"当罗斯先生拿出征用表，告知他这里现在归我们使用时，他有些惊讶。"[12]麦克雷补充道，亚瑟爵士"并不是很开心"[13]——这显然是有意轻描淡写——但他对此也无可奈何。战争时期，每个人都要为击败纳粹贡献一己之力。

　　现在，菲尔斯庄园成了杰弗里斯团队的乡间总部，由麦克雷负责改造整修此地。丘吉尔在资金方面的慷慨大方使得这项任务变得更为简单了。麦克雷发现，自己掌握着一个"取之不竭的银行账户"，这使他得以雇用更多的员工——不仅包括发明家和工程师，还有木匠、建筑工和盖房顶的工人，他们的任务是将外屋改造成宿舍。麦克雷想要将此地改造成一个主要的武器制造基地，得知杰弗里斯非常支持自己的这个想法，麦克雷内心十分欣喜。杰弗里斯告诉他："将菲尔斯庄园快速改造成一个规模可观的研究机构十分必要，因为这样一来，他就可以立即启动许多项目了。"

　　当地村民开始好奇在亚瑟爵士的老房子里到底发生了什么。卡车从伦敦运来了重型机械、车床和工作台。房子被改成了办公室，草坪变成了靶场。据说两个巨大的泳池也在建设当中，这在战时是异常奢侈的设施。接着在某一天，村民们醒来后发现，这处房子冒出了大量的天线、管道和电线。"电力部门为我们提供了一台巨型变压器为我们供电,"麦克雷写道,"电话部门也为我们拉了新的电话线。"

每当有人询问菲尔斯庄园新主人的身份时,得到的回复都是沉默。如同政府设在此地东北方向仅12英里(约合19千米)外的布莱切利园(bletchley park)的密码破译中心一样,菲尔斯庄园也由一圈秘密的警戒线所包围。

随着国防部一号实验室搬到乡下,杰弗里斯的反对者们最终也投降认输了,虽然他们仍然对自己的失败耿耿于怀。麦克雷无意间听到,他们中许多人都轻蔑地称菲尔斯庄园是"温斯顿·丘吉尔的玩具店"。他迅速对任何在意此事的人反驳道:"我们制造的玩具都非常危险。"[14]

科林·格宾斯从科尔希尔庄园回到伦敦后发现,他已经错过了伦敦最好的差事。就在希特勒宣布入侵英国的那天,温斯顿·丘吉尔在唐宁街召开了一次午夜会议。这次会议只有一个人受邀出席,会议议程上也只有一件事。战时财政大臣休·道尔顿被委任全权负责游击战争。

在与道尔顿交谈时,丘吉尔表现出了特有的直率。他告诉道尔顿,在可预见的将来,依靠传统军事行动来抗击纳粹是毫无希望的。希特勒战争机器的铁蹄已碾过了低地国家和法国。现在,德国不论是在人员还是在武器上都十分强大,从敦刻尔克撤退回来溃不成军的英国军队无法与之抗衡。破坏和袭扰活动可能是唯一的反击办法,所以丘吉尔命令道尔顿成立——他称之为——

一个非绅士战争部。

虽然这个机构的名字很好笑，但其职能却绝非如此。它要颠覆战争常理——专打下三路——并且与杰弗里斯在菲尔斯庄园的团队一起合作。任何德国目标，无论其多么弱小，都会被当作合理的攻击对象，并且任何武器都可以用上。"行动的方式是重中之重。"丘吉尔说道。

非绅士战争部不仅是一个秘密机构，还是一个"与众不同的部门"。[15]军情研究处和"D部"的剩余职员都被吸纳进了这个新机构，它的目标是"通过破坏和袭扰的方式配合打击敌军的所有行动"。这个机构的官方名称是特别行动处（Special Operations Executive），但这个名称是保密的，永远不会被使用，甚至在内部备忘录上都不能出现。在白厅，它被称为军种研究局（Inter-Services Research Bureau）。这个机构的成员则直接称它为贝克街（Baker Street），这是他们总部所在街道的名字。

丘吉尔强调，知道它工作内容的人要控制"在一个极有限的范围内"。即便是内阁成员也不需要知道它的日常活动，这部分原因在于，他们大多数人都不支持可能采取的"不正当"策略。某位大臣对外交大臣哈利法克斯勋爵打趣道："永远不应该征求您的意见，因为您永远不会同意任何此类事情。您永远成不了地痞流氓。"[16]

选择休·道尔顿领导一个极其强调个人忠诚的机构是很奇怪的。他的绰号是"发电机博士"（Dr Dynamo），意指其精力充沛且人品可靠。然而，他那和蔼的外表下却包藏着阴险的内心。他手下的工作人员认为他是一个粗鄙的恶霸，有着刺耳的嗓音和古怪的眼神，用一个同事的话说，"他的眼珠经常以一种令人害怕的方式滴溜溜地转动"。[17]

"他是我见过最大的混蛋。"与他竞争过大臣职位的某个人曾如此描述他。丘吉尔也这么认为，他曾说过："让那个人离我远一点，我受不了他雷鸣般的嗓门和贼溜溜的眼睛。"[18]然而，首相和道尔顿却有一个共同点：他们都相信，只有使用比纳粹分子更卑劣的战争手段才能打败他们。道尔顿爽快地接受了这个工作，想到从此可以过上隐秘的"黑暗生活"，甚至连他的家人都不知道他的工作内容，他便暗自兴奋。

当他转身要离开首相的书房时，丘吉尔给了他最后一道著名的命令："现在让熊熊烈火在欧洲燃烧起来。"[19]那些知道道尔顿缺乏才干的人说，他更有可能让白厅燃起熊熊烈火。

科林·格宾斯显然是领导新机构实际运作的最佳人选。但是1940年的夏天，格宾斯专心忙于"辅助部队"的工作。因此道尔顿转而找到了保守党前任后座议员弗兰克·纳尔逊。他几年前从议会辞职以专心从事气动管传输系统的工作。百货商店可以用他发明的这套系统将钱从现金柜台运送到财务室。

这份工作并不刺激，但是纳尔逊也不是一个寻求刺激的人。他是一个挑剔的工作狂，有着光溜溜的脑门和一头非常油腻的头发，琼·布赖特（在那个夏天见过纳尔逊）认为，他是"一个严肃又有些冷漠的人物"，[20]不像格宾斯那样英俊潇洒、气质不凡、温和友好。甚至连他的朋友都承认，他"冷酷无情却有着不可动摇的意志力"[21]。一名较早被招进贝克街工作的员工吃惊地发现，纳尔逊搬进了一个政府的公寓套间，以便住得离办公室更近。"他似乎没有家庭生活，一个星期7天，每天从早上大约8点45分到接近午夜时分都待在办公室里。"[22]

　　然而很少有人知道,纳尔逊一直过着一种秘密的双重生活。除了他的生意,他还一直在巴塞尔从事情报工作。巴塞尔是20世纪30年代末英国的一个重要情报站。正是这份情报工作——而不是他对气动管传输系统的兴趣——让他被休·道尔顿招入麾下。

　　那个夏天,道尔顿雇用了他通过人脉结识的一批人,包括银行家、会计师和国际律师。"很快,"一个被招募的员工说,"我们聘请了伦敦金融城里大多数商业银行的一名或多名代表人物。"道尔顿还雇用了为司力达律师事务所(Slaughter and May)工作的大部分合伙人。到夏末秋初,拟开展的游击行动仍未启动。办公室里一个爱开玩笑的职员揶揄说:"我们这里似乎全是'美好的愿望'(May)而无'屠杀'(Slaughter)。"[23]

　　道尔顿雇用的人员让很多人感到困惑,但这也不是毫无道理。他坚信,抵抗纳粹的力量将会来自平民而非士兵。如果是这样的话,他那拥有雄心壮志的团队将很适合被培养成抵抗力量。但是在格宾斯核心圈工作了一年的琼·布赖特觉得,道尔顿还活在梦境之中,没有认清现实情况。"战争早期,在被占领的欧洲大地上,除了少数热血沸腾的爱国者,多数人仍处在战败的震惊中,他们别无他求,只愿和平。"[24]要在被占领区抵抗纳粹,就必须由在英国受训的游击队打头阵。

　　在接手新工作两个月后,道尔顿意识到了自己的错误,他立即找到刚从肯特郡回来的格宾斯,让他担任贝克街行动和训练处主任一职。

格宾斯本想欣然接受这个工作，但是当看到道尔顿聘用的那些衣着考究的银行家们，他犹豫了。这些人完全不是他想要招募来用非常规手段对抗纳粹的那类人。格宾斯的犹豫为他赢得了更好的待遇。他被晋升为陆军准将，并且得到了比在正规军队的那些同僚们丰厚得多的薪水。他还获准重新招募任何曾在卡克斯顿大街为他工作的手下。这些好处或许使他动了心，但他最终接受这个工作是因为他坚定不移地相信："在欧洲大陆上的游击战或许会在与希特勒单枪匹马的斗争中起决定性作用。"[25]

11 月 18 日星期一，格宾斯去新办公室上班了，这间办公室完全不同于军情研究处设在陆军部里那间肮脏的办公室。贝克街64 号是一栋规模恢宏的大楼，一共有 6 层。陪同格宾斯一起来的是彼得·威尔金森，他在"辅助部队"时，在格宾斯手下干得相当出色。当这两人被介绍给道尔顿聘用的那些银行家时，他们明显感觉到气氛很僵硬。威尔金森很快明白了其中缘由：他们是穿着军装来上班的，而办公室的其他人都穿着敞领衬衫。那些严肃的脸孔表明了一切：他们对格宾斯的到来"十分怀疑"，威尔金森说，他们担心"这预示着军方力量即将接管这里"。[26]

格宾斯本来一直期待着能在主楼里办公，但他被告知这不太可能。他新成立的行动和训练处——代号"SO2"——被分配到伯克利苑的两间阴暗肮脏的公寓里办公，对面是贝克街地铁站。当被带到这栋后街的建筑时，格宾斯和威尔金森都很不满意。"一些阴暗拥挤的爱德华七世风格的公寓集中在贝克街的最北端"，他们的办公室便在"其中一套公寓里"。[27]甚至连办公室里面的家具看起来都像是别人废弃不要的。在威尔金森敏锐的眼光看来，这些房间里的家具像是从托特纳姆宫路买来的残次品。更糟糕的是，他觉得伯克利苑位于文明世界的边缘。"这里太偏了，都没办法去某家俱乐部吃午饭。"他沮丧地说。[28]

格宾斯对不受重视的处境怡然自得：这就是游击战的一切。当他得知道尔顿已经聘用了一些他之前在军情研究处的同事时，他立即将这些人调到了自己的部门，这些人包括他的波兰语专家 H. B. 珀金斯，绰号"珀克斯"，就是那位天生善于组织工作后聚会的"不同凡响"的上校[29]。珀克斯在漫长的夏天里研究出了宴会上玩的一个新花招。"他真是我见过的唯一一个能双手掰弯拨火棍的人。"他的某个同事惊叹道。[30]

格宾斯也留下了基德森上校——那位负责招募工作、让人害怕的军官，也是他当初警告琼纳粹分子会用大头针扎她的脚指甲。这几个月来，他在面试时的态度依然很强硬。当一个名叫比卡姆·斯威特-埃斯科特的年轻银行家前来应聘时，基德森"丝毫不差地说明了该机构令人毛骨悚然的目标"。他还警告斯威特-埃斯科特必须注意保密。"出于安全考虑，我无法告知你工作的性质。我能说的就是：如果你加入我们，你就必须不能害怕造假，也不能害怕执行谋杀行动。"[31]斯威特-埃斯科特吓了一大跳。他以为自己只是要在陆军部做些常规的日常工作。

一旦被招募的新成员在基德森的文件上签字，就没有回头路了。他们会得到代号、伪造的身份和工作，每个"在此工作的人都有与他们从事的工作相配的掩护故事"。[32]

格宾斯的第一项任务就是找个秘书来代替能干的琼·布赖特，因为她已经被留在了陆军部。要与她分开，格宾斯感到遗憾，因为她的工作干得非常出色。格宾斯承诺会和她保持联系，他也确实说到做到了。他每个星期都要去看琼几次。琼是少数几个格宾斯信任并可以告知自己工作秘密的人之一。

代替琼的是玛格丽特·杰克逊，一个33岁的妖娆妩媚的可人儿，最初在巴黎与格宾斯一起工作。她在纳粹入侵后弃职逃到了海岸边，和她一起出逃的还有那些"挡风玻璃上装着机关枪、车顶上搭载着床垫的汽车"。格宾斯很快又重新聘用她到科尔希尔庄园工作，在那里，她表现出的冷静务实态度给格宾斯留下了深刻的印象。在评价玛格丽特的能力时，格宾斯写道，她有着"强烈的责任感，工作积极主动并且能力出众"。[33] 玛格丽特和他一样是苏格兰人。她还是一流的组织者，会说法语和西班牙语，并为自己的忠诚感到自豪。有时她会表现得轻佻，她后来坦言，自己有4个人生目标："实现抱负、受人尊敬、俘获人心以及竭尽全力吸引有魅力的年轻男性。"[34] 其中一个被他吸引的年轻男人——利奥·马克斯告诉格宾斯，玛格丽特"拥有我们渴望从一个女人身上获取的一切，但却无法拥有她"。[35]

玛格丽特是第一个承认自己被上司迷住的人。事实上，当格宾斯在办公室里抽着烟，吐出一圈圈淡蓝色烟雾，并不安地来回踱着步子时，她发现自己难以将眼睛从他身上挪开。"他所有的动作都是那么干脆利落，而且总是充满了活力。"[36] 在伯克利苑的每个人工作都很努力，但格宾斯似乎更拼命。他"就像一股电流"，玛格丽特说。

格宾斯对细节的注重到了让人讨厌的地步，尤其是在一天冗长的工作即将结束的时候。他坚持要求玛格丽特应该以正确的方式折叠办公室的地图，"附录也要清楚地标记好"，并且他在口述备忘录时，也会说出精确的停顿位置（告诉她在什么地方使用逗号，什么地方使用冒号）。过了好几个月玛格丽特才意识到，格宾斯对精确的要求并不是毫无道理的，这正是游击战的精髓所在。偶尔她会觉得工作压力太大。这种时候，格宾斯便会鼓励她喝杯茶歇歇。"欲速则不达。"他会这样说。这句谚语还是他孩童时在苏格兰高地追踪野鹿时学到的。"追踪猎物，"玛格丽特思忖道，"有必要暂时停一停，考虑一下猎物的下一步动作。"37

即便是在战争初期，安全保密也是最重要的。格宾斯不断提醒玛格丽特，他们很快就要将破坏队员送往纳粹占领区。这些都是危险的秘密任务，容不得半点差错。"总是要用到符号和代号，还要记住电话号码及分机号码，"她说，"我们这里是行动总部，安全至关重要。"

有些规矩永远要遵守。办公室每天晚上都要将文书清理干净，文件要锁进保险箱。玛格丽特甚至还要清空废纸篓，这是一项烦人的工作。她将所有的废弃文件收集到一起后，"要销毁所有内容，这样清洁工过来时，所有信息都已经处理得一干二净了"。38

玛格丽特回家前还有最后一项工作，她要拿走各个记事簿上的吸墨纸，以防这些纸上的印记泄露某个秘密特工的身份和行踪。

科林·格宾斯很早就做出了两个重要决定。第一个决定是将贝克街的整个机构按地区划分成不同部门，每个被占领区都由相应的部门和人员负责。各部门之间完全独立，甚至拥有各自的培训学校，供学员学习破坏技能、炸弹的使用以及提高忍耐力。出于安全的考虑，有理由这样安排。被送往挪威的破坏队员必须对被送往希腊或巴尔干半岛地区的同事的工作一无所知，以免他们禁不住酷刑，泄露其他人的任务细节，这一点至关重要。

第二个决定是格宾斯独自做出的。他要雇用女性——大批的女性——而且不仅仅是做秘书工作。她们会被给予需要承担责任的关键职位。玛格丽特是第一个注意到格宾斯"丝毫不歧视女性"的人。即便如此，她也只是隐约感觉到，在贝克街工作的年轻女性在不断增多，直到有一天，她坐在办公桌前抬头一看，才发现自己周围已经有几十张女性面孔了。

最重要的行政工作当数地区登记员。这些登记员掌握着所有秘密文件，其中包括玛格丽特称之为"神经中枢"的各地区分部的档案。这个"中枢"包括所有破坏队员的敏感情报，以及关于目标工厂和设备的破坏计划。因此，它隐藏着贝克街的许多秘密。

格宾斯坚持要女性来做登记员，因为他发现女人比男人更可靠。他还坚持要求建立一个严格的等级结构，由一个令人敬畏的人来管理这些登记员。"莱斯莉·沃科普是登记处的女王"，玛格丽特说。莱斯莉是琼·布赖特的闺密，自信骄傲，思维敏捷，还幸运地"拥有一张无忧无虑的圣母玛利亚一样的面孔"。她很清楚如何调教男人。玛格丽特觉得她"很有智慧"，并且"不会拍虚荣做作之人的马屁"。

同样令人敬畏的还有琼·阿姆斯特朗——一家室内装修公司的老板。她已经被格宾斯提拔为斯堪的纳维亚地区分部的负责人。不仅男人欣赏她那模特般的魅力，玛格丽特看着年轻的琼·阿姆斯特朗将斯堪的纳维亚地区分部的文件归档时，也不禁感叹："太有魅力了。"[39]

对于那些老派绅士，进入这个男女地位平等的崭新世界，让他们感到无所适从。就连年轻的小伙子们也都陷入了混乱。一位穿着军装的新成员杰克·罗伯逊坦言，当他被介绍给格宾斯手下的高管之一——活泼聪颖、年轻时髦的安娜贝尔时，他完全被吓住了。安娜贝尔上下打量着他，然后用罗伯逊自上预备学校后就未曾听过的口吻告诫他："天啊，年轻人！到底是什么原因让你穿着军装来这儿的？真受不了有你这样的家伙穿着军装在这儿晃来晃去。"

罗伯逊承认，"她把我吓坏了"，但很快他便发现，贝克街有很多安娜贝尔这样"举止优雅、能说会道、聪明机智的淑女"，她们有着无可挑剔的家世，都来自伦敦周围各郡的豪门大宅。"她们都有诸如克劳迪娅、贝蒂娜和乔治娜之类的名字，她们都直呼上司的教名，个个干脆干练，看上去大概二三十岁的样子，个个娇贵。"[40]

此外，格宾斯还雇用了急救护士志愿队（First Aid Nursing Yeomanry），其成员清一色都是女性，她们担任司机、电报员和信号专家。格宾斯手下一位很了解他的人——休·赖德说，格宾斯"女性做这类工作要比男性干得出色"的观点导致他在白厅各部门里都交不到什么朋友。"战时内阁和外交部的人非常反感格宾斯。他们无法接受他的说法。"[41]

当糟糕的1940年即将接近尾声时，格宾斯怂恿每个人都去参加一年一度的新年派对。在这个派对上，无论男女，无论职位高低，都可以尽情跳舞狂欢、畅饮美酒，并且借机谈情说爱。

格宾斯穿着他的苏格兰方格呢短裙，"领着大家跳苏格兰舞，一直跳到了天明"。那些年轻活泼的"安娜贝尔"和"乔治娜"们则由专横跋扈的菲莉丝·宾厄姆夫人负责招待,她就像一位维多利亚时代的监护人兼家庭教师。在她那阴森眼神的注视下,女孩们保持着淑女的举止。琼·布赖特说:"我们就像参加女子学校期末晚会一样端庄。"但是,琼也知道,期末晚会未必会在女校长上床睡觉时真正结束。

格宾斯带着派对迷们彻夜狂跳吉格舞和高地里尔舞,将"高级军官不应参加全级别舞会"的规矩完全抛诸脑后,尽情狂欢。"他与众不同,"琼说,"在对待下属方面,就如在其他方面一样,他都走在他那个时代的前面。"[42]

格宾斯开始他的新工作时几乎一无所有:只有两间阴暗的房间和几个工作人员。几周内,他就雇用了许多人,不得不"将另一间公寓也并了进来"。[43]几个月内,他便已经将他的团队搬进了贝克街的诺吉比楼(Norgeby House),那是一幢气派的现代办公大楼。"每次我们来这儿,"有人说,"各个部门的办公室似乎都会变化。"[44]

临时的行动办公室设在二楼,"完全与所有人隔绝"。当第一批重要任务进入最后策划阶段时,本就严密的安保措施变得更加严格了。就连玛格丽特都发现,她也"仅仅被告知她需要知道的内容"。她收到严格命令,不得与她的女性朋友们闲谈。对此,她无力地笑了笑。"本来也不可能在办公室里走动闲聊。根本没有时间。"[45]

格宾斯知道,如果他想要压制白厅里许多人对他的非议,那么他必须行动——而且要尽快行动。在格宾斯身边工作的一个人说道："我们不断被施加压力，要求展现成果。"[46]尽管如此，格宾斯也觉得事情终于在向前推进了。当他把目光投到自己的属下身上时，他看到了"无限的热情，每个人都在日以继夜地工作，他觉得这是一个开始，是我们能够快速回击敌人并证明同盟国仍有能力反击的开始"。[47]

现在，他唯一要做的就是行动。而他所构想的特殊任务，还需要塞西尔·克拉克的帮助。

## 第七章

# 第一次大爆炸

当希特勒的军队扫荡法国和低地国家时，塞西尔·克拉克的巨型液压挖掘机的设计工作正在收尾阶段。纳粹的胜利意味着这样一个机器已经没有用处，至少短期内用不上了，因为齐格菲防线已经变得无关紧要。虽说如此，克拉克本人绝对大有用处。他很快就被情报部队挖走，并被派到了赫特福德郡的一个研究所阿斯顿（Aston House）工作。

塞西尔无论到哪儿总能引起骚乱，到了阿斯顿也不例外。研究所的指挥官——陆军中校兰利对安保工作一丝不苟，他在研究所周围设置了带刺的铁丝网、岗哨和武装警卫。所有来访者都必须到警卫室报到，在那里接受询问和搜身以检查是否带了武器。斯图亚特·麦克雷在去过研究所之后说道："这里的确让人印象深刻。"

大多数来访者都将安检视作理所当然。克拉克却将其视为一次考验。他"想方设法避开所有安检措施"，慢慢地挪动结实的身体，爬过带刺的铁丝网圈，避开警卫，然后穿过大片的杜鹃花。短短的几分钟后，他便敲响了兰利中校的房门。

兰利对这种违反安检程序的行为怒不可遏，当即斥责了麦克雷，"指责我手下的一位军官竟然做出如此行为"。麦克雷指出，克拉克本人该对其行为负责，这更激怒了兰利。他说，虽然他无法将克拉克驱逐出去，"但也绝不允许他待在这座房子里，也不会为其提供伙食"。[1] 这种惩罚更适用于寄宿学校而非政府研究所。

在阿斯顿，克拉克行为古怪：他对同事很热情，但却性格孤僻，只沉浸在自己的世界里。他的特立独行总是引起大家的议论。他嘴里总是嘟哝着什么[2]，把少得可怜的闲暇时间用来写打油诗。他随手抓起油渍斑斑的碎布就用：从擦火花塞到擤鼻涕，都用一块布。

克拉克让自己的太太掌管罗罗德公司的事务，公司奢华的房车停在塔维斯托克大街前，似乎象征着一个更为幸福的时代。现在，罗罗德公司为数不多的员工都在忙着制造"帽贝炸弹"和军用拖车。克拉克偶尔骑自行车回家和家人团聚一晚，但这段路程既累人花费又大。他和妻子多萝西开玩笑说，他每骑行 8 英里（约合 12.8 千米）就得喝 1 瓶酒，这意味着来回一趟得停下 4 次去当地酒吧。等回到阿斯顿，他绝对已经喝高了。

阿斯顿的采购员塞西莉·黑尔斯早已习惯为阿斯顿工作的研究人员购买各种千奇百怪的东西，其中包括"钼、不锈钢、软钢和钢琴丝"。但克拉克要的材料更离谱。一天，塞西莉偷看了他的抽屉，发现里面竟有"一大堆避孕套"，很可能是用于他正在研发的一款新型"帽贝炸弹"。她开始怀疑克拉克沉迷于研究避孕，这个怀疑得到了物资供给负责人马克斯·希尔的证实。他承认，克拉克让他去找"避孕套生产商杜蕾斯"，购买"各种尺寸和厚度的"避孕套。塞西莉为希尔先生不得不承担这种令人难以启齿的任务而感到遗憾。"他们一定把他当作一个醺醺的糟老头子了。"[3]

在阿斯顿的那个秋天的几个月里，克拉克挤出时间为破坏行动写了一本实用指南。他的《蓝皮书》(*Blue Book*)提供了从伪装到使用炸药等各种行动的建议，同时还彰显了他的文学气质，他把炸弹比作"糖果"，把引爆装置比作"玩具"。然而一如往常，克拉克的滑稽语调只是一种伪装。他的建议来源于他对破坏行动的深刻理解。"行动干得漂亮与否，"他说，"在于它看起来是否像一次意外、天灾，或者是否难以解释。"[4]不能留下任何蛛丝马迹，这不仅能让破坏队员撤退时不被察觉，还能减少遭到报复的概率。

科林·格宾斯一直密切关注着克拉克的工作，并且对自己所见深感震撼。克拉克的方法是如此新颖，似乎是对付纳粹的完美对策。格宾斯决意将他从情报部队挖过来。1940年的圣诞节前不久，格宾斯联系了他，给他提供了一个新的职位。克拉克将被提升为代理少校，代号 D/DP，任布里肯唐布雷庄园指挥官一职。布里肯唐布雷庄园是一座乡村宅邸，格宾斯正计划将其改造成一处主要训练中心，以培训未来的破坏队员。训练中心将以科尔希尔庄园为样板，但要建得更加专业。克拉克将负责教授新招募人员破坏技艺。

克拉克立即接受了这份工作，斯图亚特·麦克雷对此并不感到惊奇。"这正对诺比[克拉克]的胃口，"他说，"而且能让他成为敌人更大的威胁。"[5]这份工作也让他跻身格宾斯的核心圈子，这个圈子里的人都一心一意地追求非绅士战争。

布里肯唐布雷庄园是一处雄伟壮观的詹姆斯一世时期风格的

宅邸。经过数代人的拓建，庄园内庭已经大到说话都带回音，这成了负担而非乐趣。这座庄园曾属于皮尔森家族，其名义上的领袖爱德华爵士重建了南边前院的房子，新建了更多的房间，并且设计了一个詹姆斯一世时代风格的宴会厅。然而，爱德华早于妻子 10 余年去世，他的遗孀苏珊娜夫人觉得房子太大，住得很不舒服。1939 年夏天，她将这座庄园卖给了一位名叫欧内斯特·葛切尔的富商，后者刚拿到庄园的钥匙就被告知，它已经被政府征用了。

在战争最初的几个月里，布里肯唐布雷庄园是劳伦斯·格兰德的"D 部"在使用。格兰德的部门解散后，似乎这处房产还没有明确安排。格宾斯知道后，在接受贝克街工作任命不久便去参观了一番。据当时住在那儿的金·菲尔比说，随同他一起来的还有"一群面带稚气的军官，他们互相大嚷大叫，对我们也是这样"。[6] 格宾斯喜欢布里肯唐布雷庄园，很快便将它拿到了手，重新命名为十七所（Station 17）。

与菲尔斯庄园一样，这里也将成为这个国家最隐秘的地方之一，甚至连它的主人葛切尔先生在战争结束前都不得踏入半步。在此期间，无论是他还是任何当地村民都对那道浓密的绿叶屏障后面发生的事情一无所知。

在接管布里肯唐布雷庄园的数日后，格宾斯将这块新活动区域的钥匙交给了塞西尔·克拉克。克拉克很快给这里打上了他独特的个人印记。第一批破坏技术的学员刚从伦敦来到这里就意识到，他们将接受与众不同的训练。其中一个名叫彼得·肯普的学员不明白克拉克到底是疯癫还是聪明，抑或是两者兼而有之。"他

**01**

# 《五四运动史：
# 现代中国的知识革命》

[美] 周策纵 ｜著

陈永明 / 张静 ｜译

110.00元

**02** 《丝绸之路新史》

[美] 芮乐伟·韩森 ｜著 张湛 ｜译 49.80元

**03** 《来自纳粹地狱的报告：奥斯维辛犹太法医纪述》

[匈] 米克洛斯·尼斯利 ｜著 刘建波 ｜译 68.00元

**04** 《东大爸爸写给我的日本史》

[日] 小岛毅 ｜著 王筱玲 ｜译 68.00元

**05** 《东大爸爸写给我的日本史2》

[日] 小岛毅 ｜著 郭清华 ｜译 60.00元

**06** 《十二幅地图中的世界史》

[英] 杰里·布罗顿 ｜著 林盛 ｜译 99.80元

**07** 《BBC世界史》

[英] 安德鲁·玛尔 ｜著 郭邢科 / 汪辉 ｜译 88.00元

**08** 《北京的城墙与城门》

[瑞典] 喜仁龙 ｜著 邓可 ｜译 99.80元

**09** 海洋与文明

# 《海洋与文明》

[美] 林肯·佩恩 ｜著

陈建军 / 罗燚英 ｜译

128.00元

**10** 《命运攸关的抉择：1940—1941年间改变世界的十个决策》

[英] 伊恩·克肖 ｜著 顾剑 ｜译 88.00元

有一个令人不安的习惯，上课时他会向我们展示他的'一只宠物'〔他用宠物来称呼他的炸弹装置〕，他会把装有大量炸药的装置放在面前的桌子上，然后打开开关，宣布：'它将在5分钟后爆炸。'"

然后他就继续上课，不管嘀嗒嘀嗒响着的炸弹，而学生们却紧张地数着时间。"在最后30秒时，他的声音几乎都被椅子——尤其是前几排——移动发出的吱吱嘎嘎声淹没了。到了最后5秒，教室里所有人都把头低了下去，此时，他才会突然想起来还有炸弹，然后拿起那可恶的机器，若有所思地看一看，再若无其事地将它扔出窗外，炸弹落在草坪上不到1秒便炸开了。"[7]

金·菲尔比说，克拉克"有一种让人暴躁的幽默感"。[8]很快，每个到过布里肯唐布雷庄园的人对此都深有体会。"他没有在这个宏伟的庄园门口设置守卫。人们可以直接开车进入，然后因触动了绊线而被周围的超口径迫击炮连连击中。"对于车主们而言，万幸的是这些炮弹是空心的。"诺比〔克拉克〕面露微笑地说，如果是实弹，车上的人早就没命了。"这固然是有惊无险，"却苦了司机，他不得不去解释车身是怎么撞得如此严重的。"[9]

克拉克的最新发明——树型迫击炮（tree spigot）是专为破坏活动而设计的。它是由米利斯·杰弗里斯在首相乡间别墅第一次演示的那种迫击炮巧妙改良而来。克拉克给它装上了一种特殊的消音器，用来控制炮弹尾部的气体、火焰和烟雾，从而让人几乎无法定位到开火的地点。美国人后来购买了大批这种武器，还制作了一部军教片演示它的用法。"最开始的加速启动了特制导火索，当炸弹碰到目标，冲力使引爆装置将撞针推进雷管当中，从而点燃传爆药。"[10] 3 磅（约合 1.36 千克）重的炸药，威力足够摧毁任何车辆。

有时候，尤其是希望给来访的高官要员留下深刻印象时，克拉克便会在演示过程中使用装有实弹的迫击炮。他会"用长度合适的绳索拖着一辆旧车，给司机一些保护"。然后，在毫无预警的情况下，绊索便引爆了其中一架树型迫击炮，炮弹瞬间射向车的侧面。"通往布里肯唐布雷庄园的那条道路本是绿树荫荫，而一次次的树型迫击炮演示却让这些绿树上覆盖了一层旧车的碎屑。"[11]

在过去更为幸福的时光里，布里肯唐布雷的花园备受园艺杂志青睐：在杂志上刊登的大量照片里，能看到荷兰风格的花园、攀缘而上的玫瑰和悬于庄园周围壕沟之上的树枝低垂的高大白蜡树。然而现在，这儿的花草树木却都成为克拉克各种迫击炮的靶子。

克拉克最喜欢的把戏是将参观者带到白垩矿场——他用来测试威力最大的炮弹之地。在这儿，他会向参观者展示"将丰富的想象力、各种装置和一点塑料糅合在一起能创造出什么东西来"。在休·道尔顿以及一些精心挑选的白厅官员来访时，他表现得尤为兴奋。"克拉克为他们设置了各种陷阱，他们所过之处脚下都是爆炸声，手榴弹滚到他们脚边，这些官员像泥泞路上的猫一样两腿僵直地挪到了防弹观察堡垒中。这些客人在乡村待了一天并且见识了海盗般的家伙们后，表示给他们留下了深刻印象。"[12]

作为贝克街的头儿，弗兰克·纳尔逊也许是个工作狂，然而他在办公室里长时间的工作却没有转化成任何行动。比卡姆·斯威特-埃斯科特固定在周三和所有地区的负责人会面，然后撰写一周工作进展报告。"这些会议让人十分不快，"他坦言，"而且我们总是带着不安的心情等待周三的带来。"新年伊始，他终于可以记录下在巴尔干开展的几次破坏活动，以及在挪威的几次行动。"然而其他地区的进展缓慢，"他承认，"而且我的报告令人沮丧。"

格宾斯的到来驱散了这里沮丧的气氛，他为贝克街注入了活力和坚定的意志。有一种终于有了一个人为贝克街接通了电源的感觉。格宾斯来到伯克利苑没几天，经验丰富的破坏队员汤姆·马斯特曼就被偷偷送进了贝尔格莱德，他要建立一个破坏队员的地下联络网。另一个特工——"一位招人喜欢又忙忙碌碌的律师"乔治·波洛克被派往开罗去建立一支能在整个中东地区展开行动的队伍。波洛克很高兴能从事秘密工作——这和当律师并无太大差别——他还超越了自己任务的范围，策划了一系列刺杀中东地区亲纳粹政客的宏伟行动。结果他失望地得知，白厅拒绝制裁这些政客。"我们只好推测，冷血的谋杀并不是我们行动准则的一部分"，斯威特-埃斯科特写道。[13] 或许现在还不是时候，但格宾斯已经在考虑刺杀纳粹领袖的可能性了。

特工们被派往直布罗陀、马耳他、里斯本，甚至是开普敦。一大批牛津大学贝列尔学院的毕业生也被派往开罗与波洛克会合。在一个名为路易斯·弗兰克的人的帮助下，格宾斯甚至在法属西非建立了一支队伍。弗兰克是"一位优秀的运动员和杰出的语言学家"。[14] 更重要的是，他和戴高乐将军也有私交。他的任务是监视维希政权里的通敌者。

最后，"能力出众且冷酷无情的"乔治·泰勒被偷偷送进了巴尔干半岛。据说,他有着"冷静而清晰的头脑"。[15] 他的任务是去组织数支善于隐匿于山林之中的破坏队伍。

格宾斯与他的特工们一样拼命工作,在加入贝克街几个星期内,他就策划了第一批破坏行动。情报显示,在法国的德军第100轰炸机联队的飞行员,每晚会乘两辆大巴前往瓦讷机场。格宾斯想要空投一小队游击队员到布列塔尼,伏击大巴并射杀里面所有的飞行员。

这次行动很快遇到了障碍。空军参谋长查尔斯·波特尔强烈反对这种不讲绅士风度的行为,拒绝让他们使用皇家空军的飞机。"我觉得空投一批穿平民服装的人员去试图杀死对方军队的士兵这种行为,不应该和皇家空军有什么牵连。"他说,在他国偷偷安插一个间谍和"空投仅能被称为刺客的全新计划"之间在道德上存在巨大差异。

尽管如此,格宾斯还是不管不顾继续推进工作,他成功地将一小队法国破坏队员空投到了法国境内。但是,这些人到得太迟了。德国飞行员已经不再坐大巴去机场,因此,被称为"草原行动"(Operation Savanna)的计划不得不作罢。然而,这次行动也绝非一无所获:破坏队员在返回时将"宵禁制度、骑行规定、烟草价格、身份证明文件、定量供给卡等大量有关日常生活的情报信息"[16] 带回了英格兰。事实表明,在接下来的几个月,这些详细情报起到了极其重要的作用。

在格宾斯的目标列表里,有一个更有吸引力的大型目标——位于波尔多附近佩萨克的一座大型变电站。那附近绵延的海岸线以及大西洋沿岸地区都已经沦陷,这一带被认为具有非凡的战略价值，不能交给维希政府，所以成为德国在法的占领区。佩萨克是德国入侵者最初的目标之一，德军指挥官迅速意识到这个变电站的重要性。佩萨克变电站的 8 台变电器向位于圣纳泽尔和巴约讷之间的沿海地区的主要工厂供电。此外，它们还向目前被纳粹占领的波尔多地区的化工制造厂供电。但是对格宾斯来说，这些因素完全不及一个事实：佩萨克正为波尔多郊外的大型德军潜艇基地提供电力。如果他的人能摧毁这座变电站，那将会沉重打击德军的 U 型潜艇在北大西洋的活动。

最初的想法是对佩萨克进行一次空袭，但因为空袭的准确性得不到保证，这个想法被推翻了。如果飞行员未能瞄准目标，那么炸弹很有可能会落在居民区。剩下唯一的选择就是空降一小队破坏队员到佩萨克。他们要前往变电站，翻过围墙，躲开或杀死哨兵，再硬闯进主楼。如果他们没被俘获，成功地进入了主楼，就要找到变电站机器的关键部件然后布下炸药。

这个办法单从理论上看就已经十分艰难了，但事实上还有更多的困难。佩萨克的工业规模非常之大，对德国的潜艇战也意义重大，因此变电站周围早已筑上了坚固的围墙，据悉 24 小时都有守卫把守。破坏队员一旦被抓住，就会被这些守卫杀死。

格宾斯很了解现实，他知道对佩萨克的攻击只能由法国的破坏队员来完成。因此，他向新成立的自由法国分部（Free French Section）求助，寻找志愿者来实施"约瑟夫 B 行动"（Josephine B）——此次任务的代号。立即就有 3 个人表示愿意执行这项任务：让-皮埃尔·福曼中士、雷蒙·卡巴尔少尉和安德烈·瓦尔尼耶少尉。

对于领导此次任务的最佳人选，自是毋庸置疑。在训练过程中，福曼中士就充分证明了他的能力：他"非常英勇，积极主动，并且智慧超群"。[17]福曼还是一个完美的破坏队员，因为他耐心十足、冷漠无情，对纳粹占领自己的家乡恨之入骨，但又不会被仇恨冲昏头脑。和格宾斯一样，他相信冷酷的攻击才是打击德国占领者的最佳方式。

格宾斯最开始将这项任务的筹备工作交给了两个同事：休·巴里少校和自由法国分部的负责人埃里克·皮盖-威克斯。巴里少校对必定要承受极大风险的任务表现出惊人的轻松态度。"我们要做的就是为他们提供炸药，而他们必须设法穿过铁丝网，攻击目标然后撤离。"[18]经他这一说，这个任务就好像是午后去公园散个步。

塞西尔·克拉克对于福曼中士和他的同志们所面临的危险更是一副漫不经心的样子。他拟订了在布里肯唐布雷庄园进行的一个为期两个月的强化训练项目，此项目显示出了克拉克对专业化的投入，在这一点上，他有别于巴里和皮盖-威克斯。他的训练项目有两个主要目标，这也将成为未来所有任务的关键：摧毁目标和活着撤回。任何任务最终是否成功就取决于破坏队员能否回到英格兰。

1941年春天，那几位法国志愿者来到布里肯唐布雷庄园，彼时格宾斯在伦敦的团队已经掌握了变电站大量的相关情报。空中侦察拍到的照片展示了变电站的布局和各个建筑物的方位。照片甚至拍出了8台变压器的位置。当克拉克即将开始训练执行任务的破坏队员时，这些情报对他来说至关重要。

变电站离佩萨克村大约3千米，位于树林茂密的乡下。这为准备进攻的破坏队员提供了很好的掩护。他们最大的困难在于如何进入变电站，它由高达16英尺（约4.9米）的高墙围着，围墙上面还有铁丝网。破坏队员必须在不引起任何站内工作人员注意的情况下翻过围墙。

克拉克比大多数人更了解变电器。这些机器通常会有薄铁盒来放置绞缆机。盒子里面有用作冷却剂的油。显然，"破坏线圈，让油外泄并点燃，就能造成最大程度的破坏"。[19]如果福曼中士和他的队员能够制造一场火灾，佩萨克变电站可能将在6个月或是更长时间里陷入瘫痪。

克拉克对于如何炸毁变压器信心满满。他的"帽贝炸弹"便是理想的武器。它能吸附在钢铁上，如果安放的位置得当，几乎难以被发现，而且能够给破坏队员留下足够的时间撤离。

克拉克先教这些任务人员破坏和拆毁的入门知识。"弄清楚每个细节。"这是他的口头禅。"记住，登陆目的地5分钟以内，你很可能被敌方人员盘问。"他特别强调，3个执行任务的队员必须对变电站的运行了如指掌。事实上，他觉得"让这些满怀激情的外国志愿者积攒一些实施袭击行动的'实战'经验是十分重要的"。

有一个可以轻易获取经验的方法。距离布里肯唐布雷庄园仅19千米处，有一座卢顿电站，它在许多方面都和佩萨克电站很像。这里也有高高的围墙，也有军队把守，夜间还有哨兵巡逻。它的变电器也和佩萨克电站的相似。因此，卢顿电站成为福曼中士和他手下演练即将实施的破坏行动的绝佳地点。

克拉克的儿子约翰困惑地看着他的父亲用陆军部的公文纸伪造了一个通行证，上面写着："此通行证持有者塞西尔·克拉克少校有权视察卢顿电站。"带着这张通行证和一麻袋未装炸药的"帽贝炸弹"，克拉克领着3名破坏队员前往卢顿电站。他准备夜里给电站的总经理制造些惊喜。

暮色降临时，他们到达了卢顿电站。克拉克和小约翰躲在潮湿的灌木丛中，注视着3位破坏队员向着围墙匍匐前进。"他们用云梯爬过了围墙"，约翰回忆道。看到3人在未打草惊蛇的情况下翻过围墙，他很是高兴。接着他们进入主楼，并按照克拉克之前的吩咐，将磁性"帽贝炸弹"装在了金属变压器上。一切办妥后，他们匍匐爬出了变电站，再次翻过围墙，最后与克拉克和他的儿子在灌木丛中会合。他们没有触动一个警报，行动完成得相当漂亮。

克拉克很满意，现在他决定找些乐子。"他走到变电站前门，要求跟保卫处长官说话。然后，他挥舞着那张假通行证说：'我要进行例行检查。'"

那位官员对突如其来的检查感到很吃惊，但他别无选择，只能让克拉克进来，毕竟他拿着一张陆军部的官方通行证。"他举着一个超大的火把四处参观"，然后将火把凑向变电器。"他说：'那是什么？'负责保卫工作的年轻中尉回答道：'我不太确定是什么，长官。我觉得它像是一枚炸弹。'"克拉克继续查看，并向紧张的中尉一一指出空壳炸弹的位置。中尉惊恐万分：在他的监管下安保竟然被突破，他将会受到严厉的惩罚。

但是克拉克并不想找他的麻烦，因此表示自己不会采取任何措施。"'好啦，伙计。'他说，'你不要跟任何人说，我也会闭口不言。但是，你得吸取教训啊。'"[20]

3 个破坏队员同样也会总结经验教训。一次演练就可以决定他们的生死。

5 月 11 日晚上约 9 点，福曼中士和他的团队乘坐经特殊改装的惠特利轰炸机，从萨福克郡的英国皇家空军斯特拉第歇尔机场出发飞往法国。深夜的空气十分冷冽，他们知道升空以后还会变得更冷。前些天来，飞行员们便一直抱怨驾驶舱里的温度都低至零下 25 华氏度（约合零下 31.6 摄氏度）了，他们不得不将舱内玻璃上结的冰刮掉。

破坏佩萨克电站的任务恰好赶上了满月，这对这些将盲降到法国乡村的队员来说是一个重要的有利条件。他们的装备和炸药被小心地打包进一个坚硬的金属箱，箱子也要从飞机上空投下去。

克拉克以外科手术般的精准策划了"约瑟芬 B 行动"，期望它能展现出完全不同于轰炸机司令部实施的空袭行动的效果。就在 24 小时前，英国皇家空军对纳粹德国展开了迄今为止最猛烈的轰炸，向汉堡和不来梅市投下"一波又一波的烈性炸药和燃烧弹"[21]。空袭的代价是高昂的：11 架轰炸机坠毁或被击落，没有人能够确认那些投下的炸弹是否击中了目标。和格宾斯一样，克拉克一直认为轰炸是一种效果很差的手段，伤害的平民远多于士兵。破坏行动的最大优势就在于精准。

执行任务的破坏队员装备了专业武器。福曼带着一把半自动手枪、4 枚手榴弹，以及一把格斗匕首，以便在被德国哨兵发现时可以使用它近身搏斗。他还带了一些钢丝钳、一个指南针、一个手电筒和一捆绳梯。他要用的炸弹主要是"帽贝炸弹"。克拉克设计的这款神奇武器即将接受实战考验。

任务按计划展开。午夜过后不久，惠特利轰炸机便到达了波尔多地区，所有队员跳入了黑色夜幕之中，紧接着，他们的宝贝金属箱也被空投下去。他们在距离目标地区大约 5 千米处着陆，那是一片林区，但他们成功地让降落伞避开了树枝，没有被缠住。天快亮的时候，他们才找到挂在树上的金属箱。队员们把箱子拉下来，并按照塞西尔·克拉克的指令，将其埋了起来。

福曼将他们带到波尔多一处"安全屋"，却发现他们的联络人不在家中。这是个失误，但他们成功住进了一家旅馆并且没有引起任何怀疑。第二天早晨，他们找来自行车，骑着前往佩萨克。福曼想要在袭击开始前察看一下情况。

他们对佩萨克电站的侦察既带来了好消息，也带来了坏消息。变电站由 9 英尺（约合 2.7 米）高的混凝土墙围住——比想象中的要矮——但墙的顶部安装了高压线，这使得爬墙而入几乎变得不可能。更令人担忧的是，围墙内有哨兵不断巡逻。他们的出现让福曼进退两难。他收到明确命令："除非被变电站的哨兵发现，否则不得开火。"[22] 然而，很难想象他和手下可以在不交火的情况下进入电站，而一旦交火，他们 3 人几乎必死无疑。

福曼决定推迟发动袭击，去和乔尔·勒塔克商量对策。勒塔克作为刺杀德国轰炸连队飞行员行动的成员被空投到法国，该计划流产后，勒塔克留在了法国，为尚缺乏经验的法国抵抗运动工作。他说服福曼要更细致地观察变电站的情况，并告诉他德国占领军对他们的安保工作越来越得意自满。他甚至自愿加入此次任务，福曼当然也欣然接受了。

雷蒙德·卡巴尔少尉被选派去更仔细地侦察变电站。他冒着极大的风险走到电站大门口，和当值的法国哨兵闲聊起来。从他口中，卡巴尔得知了一个重要信息：晚上哨兵确实会松懈些，并且他们习惯在午夜前脱离岗位稍作歇息。他还发现，哨兵们睡在变电站东北角的临时营房里，届时主楼便无人看守。

得知这一情报，破坏队员们决定第二天晚上在黑夜的掩护下，骑自行车从波尔多出发展开行动。卡巴尔和瓦尔尼耶在晚上 10 点左右首先抵达，然后他们来到之前埋"帽贝炸弹"的潮湿林地。雨下得很大，脚下的泥土踩上去吧唧吧唧响。瓦尔尼耶发现炸药的定时导火线被浸湿了。于是，他切掉了受潮的部分并重新接上了引信。

大约在午夜时分，福曼和勒塔克来到林地与两位战友会合。他们又做了一次快速侦察以确定哨兵的情况，发现电站里没有人巡逻。

福曼严格遵循指令行事，"尽可能快速地沿着变电站西边 300码（约合 274 米）外架线塔到小树林一线移动"。他没用梯子便爬上了围墙，然后翻过了高压线，攀上了围墙里面的一座高压线铁塔。接着，他从铁塔跳到院子里松软的地面，朝着变电站的大门匍匐爬去，准备从里面将门闩打开。"开门时发出了相当大的声音，但似乎没有引起任何注意。"

于是，其他破坏队员也悄无声息地进入了变电站，趁着夜色向变电器所在的建筑走去。那座建筑在春日苍白的月光下显得轮廓分明。让人吃惊的是，大门没有上锁，于是他们毫不费力地进入了电厂。里面空寂无人，工作人员都已入睡，只剩下变电器嗡嗡的低鸣声。

电厂里没有灯光。但破坏队员接受的夜间训练也不是白练的。他们不费吹灰之力便找到了8台变电器，眨眼间便将"帽贝炸弹"装在了每台变电器的金属箱上。唯一的小问题就是，他们发现有些变电器比较潮湿，"帽贝炸弹"难以吸牢其表面。即便如此，这个问题也被解决了。在事后写的任务报告中，破坏队员们对自己的行动感到很满意。"我们在变电站里待了整整半个小时，没有人被发现，也没有受到一丁点的干扰。"23

他们无意再四处转悠。"帽贝炸弹"一装上，队员们便溜出了大门，骑上了留在围墙附近茂密林地里的自行车。

他们刚骑上自行车准备"全力蹬车"时，身后就响起了一连串低沉的轰鸣声，打破了夜晚的宁静。紧随着轰鸣声之后，"爆炸的回响震彻天空，火光直冲云霄"。24队员们匆匆向后望去，看到火焰冲到了40多米的高空。"我们也听到了另外7颗炸弹的爆炸声"，时间一秒不差。25塞西尔·克拉克的"帽贝炸弹"完美地完成了任务。

破坏队员带着成功完成任务的兴奋奋力骑行。他们"借着油气燃烧发出的亮光以及德国人寻找轰炸机的探照灯的灯光骑回了藏身的地方"。26福曼知道，探照灯光意味着好消息：德国人显然认为这次袭击是来自空中。

福曼和他的团队后来得知，袭击佩萨克电站造成的破坏正如他们所希望的那样具有毁灭性。8台变电器中有6台严重受损，从而切断了德国潜艇基地的所有电力供给。事实上，这次破坏的程度如此巨大，德国人维修设备要花上一年多的时间。

德国人立刻尝试改由南边约 70 英里（约合 112.6 千米）处的达克斯发电站输电来恢复电力供应。但是，"结果也仅仅是烧坏了许多保险丝，因而德国人不得不放弃这次尝试"。[27] 波尔多到西班牙的沿海铁路也受到严重的干扰，停止了运营。最终，德国人不得不放弃电力机车，使用之前已停用的蒸汽机车。

当德国军事情报机构发现对佩萨克电站的袭击是由破坏队员实施的而非来自空中时，德国哨兵受到了惩戒。12 名哨兵全部被捕，据说后来都被枪毙了。当地的法国人也受到了惩罚，但并不严重。大约有 250 人被捕，当地社区被处以 100 万法郎罚款。

科林·格宾斯很高兴自己领导的第一次重要破坏行动大获全胜。这成功地证明他推崇非绅士手段的正确性。"这次行动展示了几个训练有素的英勇之士 —— 为特定工作受训并配备恰当武器的家伙 —— 能够做些什么。"[28] 3 位破坏队员勇敢地穿越西班牙和葡萄牙后，最终在 8 月的第三个星期回到了英格兰，这是最好的消息。他们的安全抵达值得庆祝。另一个值得庆祝的事情是：福曼成功地在法国建立了第一个重要的地下特工网络。他被授予军功十字勋章，以表彰他"对发展抵抗敌军的力量做出的实质性贡献"。

对于"约瑟芬 B 行动"的成功，休·道尔顿同格宾斯一样高兴，他还给温斯顿·丘吉尔写了一封"最为机密"的便笺，告诉他 8 枚小小的"帽贝炸弹"造成的破坏程度"有力地说明，对许多工业目标，采用特种破坏行动的方法要比空袭更为有效"。

　　道尔顿还补充道，此次行动充分证明了专业的破坏行动组织以及塞西尔·克拉克的布里肯唐布雷庄园训练项目存在的合理性。"我们第一次采取这类行动便获得成功（这是训练和行动处主任格宾斯准将的巨大功劳），这的确非常鼓舞人心。"[29]丘吉尔对此表示赞同。

第八章

# 培训学校

从某种程度上看，科林·格宾斯决定偷袭佩萨克变电站的目的是显而易见的。切断 U 型潜艇基地的电力供应，就破坏了敌人潜艇的作战能力。但与此同时，这个聪明的想法横向延伸，打开了一个具有很大可能性的全新领域。军事工厂、机场和工业码头，突然间，纳粹的这些软肋看起来都不堪一击。

"约瑟芬 B 行动"的唯一不足在于未能解决在海上活动的德军 U 型潜艇部队。纳粹海军司令邓尼茨拥有近 100 艘在役潜艇，它们给海运造成了严重的损失。几乎每天都有船只遭殃的消息传来。3 月 1 日，"卡迪拉克"号（*Cadillac*）被 U-552 号潜艇击毁。3 月 2 日，"奥格维尔德"号（*Augvald*）和"太平洋"号（*Pacific*）沉没。5 天后，又有至少 7 艘船只被击沉，其中包括一艘改装成供给船的巨型捕鲸船。它被经验丰富的 U 型潜艇指挥官贡特尔·普里恩指挥的潜艇击毁。贡特尔·普里恩是第一个因精通潜艇战而获得骑士十字勋章的人。

在白厅下面的地堡里，温斯顿·丘吉尔记录着令人痛心的统计数据。"我回想起了 1917 年的 2 月和 3 月，"他写道，"当时被 U 型潜艇击毁的船只数量曲线逐步飙升，以至于人们怀疑协约国还能坚持几个月。"[1] 正是这些 U 型潜艇——大西洋上的灾难——成为米利斯·杰弗里斯锁定的目标。

在过去的几个月里，杰弗里斯在乡村的组织——菲尔斯庄园——发展迅速，这为他策划海上破坏行动提供了良好条件。庄园摇摇欲坠的砖制外屋，曾经被用来储存花盆，现在已经被改造成专业实验室，麦克雷还新建立了一个新式武器工厂，"在某人的眼皮底下抢来数台自动化机器和其他大批机床，让莱斯利·古尔德斯通——一位天才无线电专家——来掌管全套装备"。他们还在庄园后院的花园挖出了两个水池，员工们以为他们在空余时间可以来这里游泳。但麦克雷很快纠正了他们的想法，告诉他们这两个水池"不是用来游泳的，而是供各种设备进行水下试验的"。

每个星期都有新人来到菲尔斯庄园。其中不少是机械专家和工程师，他们被麦克雷招来改进杰弗里斯那些富有想象力的战争武器。这些新成员中确实有一些性格古怪。其中一个名叫威尔逊先生的人曾在波特兰坊工作过，当时他选择住在"一个不到 4 平方米的单人间里"。在麦克雷看来，他就像玻璃缸里的一条鱼。"这个单人间仅能放下一张画板，他在上面迅速地创造出了令人惊叹的漂亮作品。"

麦克雷还在宽敞的土地上建立了一个小型工厂，这样，菲尔斯庄园不仅能发明武器还能制造武器。但这需要劳动力，于是他从周边的村庄招募人手。那些年纪较大的人和无业者很高兴能得到一份有收入的工作。很快，麦克雷发现自己雇用了太多的当地人，不得不租用一个巴士车队送换班的工人回家。

米利斯·杰弗里斯就像一个不修边幅的帕夏，在菲尔斯庄园那些装饰简单的房间来回巡视，而麦克雷则扮演着永远忠诚的维齐尔的角色。麦克雷已经成为这个研究所的管理者，这里的生产线也已经高效地运作起来。"实验车间开足马力，我们建立了临时仓库，卡车拉着我们的产品轰隆隆地进进出出。"

最能彰显菲尔斯庄园重要性的就是麦克雷设法从陆军部骗来的一辆铮亮的豪华轿车。这辆车停在院子前面，每个人都能看见，这是成功的至高象征。"这类车辆是供将军们使用的，车内设备一应俱全，包括玻璃隔墙、传话筒以及现代化生活设施。"

随着破坏武器产量的增加，麦克雷开始着手组建一支由卡车和司机组成的小型车队，以便更高效地将炸药运给格宾斯的特工们。他还成立了一支建筑小队以便在广阔的场地上建造更多的实验室。此外，他还在艾尔斯伯里的米兰银行开立了一个"2号特别账户"，开发资金如瀑布般不断涌进这个账户。他带着惊讶和满意的心情记录道："资金有近100万英镑。"有温斯顿·丘吉尔做金主，明显好处多多。

随着战争在欧洲大陆上不断蔓延，越来越多的破坏队员被派往格宾斯遍及各处的前哨站——开罗、贝尔格莱德、阿尔巴尼亚和希腊，他们还开始订购大量炸药为即将到来的战斗做准备。就连麦克雷看到炸药要运往的目的地都感到惊讶。某天夜里，一批炸药被运往了孟买。第二天，他的团队忙着往卡车上装货，以便将"仓库里的武器运往码头，装上去澳大利亚的船"。仅过了几天，"又有一批最紧急的货物要运往中东地区"。

似乎就只有杰弗里斯本人对目前这种进度还不满意。一天，他把麦克雷叫到办公室，直接警告了他。"他严肃地告诉我，他现在每天至少工作 16 个小时，而他认为，我和这里的其他人也都应该如此。"[2]麦克雷试图劝说他放弃这种折磨人的管理方法：像威尔逊先生这些人已经工作到了深夜，他们的脸色都是苍白的。但是杰弗里斯不为所动。他对麦克雷说，他唯一的让步"就是允许在每个月的最后一个星期六进行娱乐活动"。麦克雷发誓要让这场娱乐活动对得起大家的等待。[3]

科林·格宾斯定期到访菲尔斯庄园，潦草地在办公日志本上为每次会议做记录（但他记录的从来不是会议内容）。林德曼教授也是常客，他通常与发明家和科学家们一起来。其中一位名叫查尔斯·古迪夫的科学家，是一家大学学院热力学专业的讲师，发表了诸如《关于视紫红质和指示黄质的电泳测量法》之类的文章。这些文章的受众并非普通读者。

古迪夫是一个发明天才。他前额高凸，长着一个大脑袋。曾在战争爆发之初见过他的一个人评论道："我一生中遇到过很多怪人，而这个人具备了怪人的所有外在特征。"[4]然而古迪夫是一个思维敏捷的怪人，他曾受命掌管一个名为"多种武器发展部"（Department of Miscellaneous Weapons' Development）的海军实验机构，也正是因为这份工作，他才被带到菲尔斯庄园与米利斯·杰弗里斯会面。

这两人有着诸多的共同点。他们都是工作狂，都有着古迪夫所说的"奇思妙想"。[5]他们也都知道，英国皇家海军的反潜深水炸弹已经完全落伍了，其技术已经多年未曾改进过。

古迪夫曾考虑设计一款武器，能在水中将深水炸弹引爆，但也只是随便想想。现在，随着两人思想的不断碰撞，杰弗里斯提出了一个全新的点子。他建议将他的超口径迫击炮改装成水下导弹。

听到这个点子的零星想法时，古迪夫的思维正处于最活跃的状态。他灵光一现，构想出了一种更具破坏性的武器。"你觉得我们能用你的超口径迫击炮台发射一整圈炮弹吗？"他的想法是设计一个具有多个开火口的发射台，将数十枚炮弹同时射进水里。如果这些炮弹可以获得向下和向内的推力，超口径迫击炮就可以被改装成反击希特勒 U 型潜艇的真正致命武器。

这种武器的可行性取决于迫击炮的数理结构。杰弗里斯将他的超口径迫击炮设计"搬回到画图板上"，进行了一系列的计算。没过几天，他就向古迪夫展示了"一个似乎确实可行的设计方案"。[6] 在图纸上，它看起来不同于以往发明的任何武器：24 个超口径迫击炮，装有最先进的引爆装置，其头部和管状尾翼里各装入了 30 磅（约合 13.6 千克）炸药，以保证其在空中和水中的稳定性。杰弗里斯设想这些向天空发射的迫击炮弹，能够在空中划出一个完美的椭圆弧度，然后以不断减小的直径落入海中。如果计算没错的话，它们可以击中处于深海中的目标。

如同其他在菲尔斯庄园工作的人一样，古迪夫对杰弗里斯的数学知识惊叹不已。古迪夫曾经只有一些平庸的研究设施，完全不足以开发新的武器，而杰弗里斯恰恰相反，他拥有一切，包括"填充炮弹的设备、引爆装置和引信，以及测速用的一种特殊电子仪器和大型水箱"。[7] 古迪夫试探性地问麦克雷，他是否可以"让他的一些人来"[8] 菲尔斯庄园。麦克雷立即同意了，他希望更多人的加入能够激发更多的聪明点子。

新来的员工发现，菲尔斯庄园的生活从来不会枯燥无味。炸弹会毫无征兆地爆炸，棚屋会起火。还有一次令他们难忘的经历：屋子里一个"堆放着致命液体"的角落发生了剧烈爆炸。在屋主亚伯拉罕斯得知这个消息前，房屋被匆匆修好了。

古迪夫的一个下属留意到，"出事情时，最不关心的旁观者恰恰就是这个组织的创立者——杰弗里斯"。杰弗里斯给每个人留下的印象是"喜欢穿着口袋里塞满雷管、小电池和一截截电线的衣服四处走动"。[9]他没有把自己炸飞简直是个奇迹。

反 U 型潜艇迫击炮是第一种新一代精密武器，杰弗里斯和古迪夫都清楚，还需要大量的时间去完善它。开始制造武器原型时，杰弗里斯想到了那些值得信任的工匠们，他们一直以来都一丝不苟地为他工作。这款武器的复杂支架由布里斯托尔一家专业锅炉制造公司制造，炮筒部分则由乐器制造商博浩公司（Boosey and Hawkes）的天才工匠负责。

还有一个问题需要解决——武器的名称。古迪夫以一瓶雪莉酒来悬赏能给这个武器起一个最佳名字的人。结果奖品被他的团队成员——伊恩·哈斯尔拿到了。哈斯尔认为，应该叫它"刺猬炮"。这个名字很好地显示出了"愤怒的意味"。此外，它也精确地描述了这种武器的外形，一排排的迫击炮筒"像极了刺猬后背上防御用的刚毛"。[10]

武器原型的制造工作在 1941 年的晚春完成了，正好赶上杰弗里斯要向首相演示他最新研发的武器。这次演示在首相乡间别墅附近的一个白垩矿场进行，堪称一场"壮观的表演"，丘吉尔十分高兴，甚至询问是否可以亲自操作一些武器。"他拿起一把汤普森冲锋枪，向一辆废弃的军用卡车的轮胎射击，打了很长时间。"首相表现得毫不顾忌安全问题，而那些旁观者则纷纷躲在了他那结实的身躯的后面。丘吉尔很享受这个过程，"他把枪口转向卡车的3层防护玻璃，用子弹在上面扫射出了他姓名的首字母"。所有子弹打光后，他又要来更多的子弹，并把枪递给了他的小女儿玛丽，"她朝着那千疮百孔的卡车疯狂地扫射起来"。

看到首相兴致很高，古迪夫提议他匀几分钟时间去菲尔斯庄园观看"刺猬炮"的演示。丘吉尔对这个新项目很感兴趣，但他也饿了，便说改天再看。然而，小玛丽一直在听菲尔斯团队成员乔克·戴维斯介绍这个不可思议的神奇武器，包括它有趣的名字和毁灭性的威力。当她的父亲正要上车时，她抓住了他的胳膊。"我们必须去看看戴维斯上尉说的那种迫击炮，"她请求道，"现在就有时间。"[11]

丘吉尔只得从命，命令车队开向菲尔斯庄园。在那里，"刺猬炮"的原型已经装填完毕准备好演示了。杰弗里斯和古迪夫知道，丘吉尔特别喜欢戏剧性的大场面，于是预先设定了让"刺猬炮"快速连射24发的程序。结果场面非常壮观。惠特彻奇的村民们已经对在传统节日盖伊·福克斯之夜（Guy Fawkes Night）举行的烟火秀习以为常，但他们却从没有见过此番景象。"这些炮弹升到空中，划出奇妙的优美曲线，在到达最高点时，它们如训练有素的牵线木偶一样慵懒地转身，然后迅速冲向地面。"炮弹在一个事先在草地上钉出的潜艇形状的木桩周围完美地依次着陆。

丘吉尔被这个试验性武器迷住了。他要求再发射一次，然后又要求演示了第三次。观看的人一致认为："这看起来就是能逆转与 U 型潜艇作战局面的终极武器。"[12]

当米利斯·杰弗里斯正致力于将大批德国人送入水下坟墓时，科林·格宾斯在集中精力研究一个更为冷酷的杀敌方法。他在挪威的经验告诉他，毫不心软地对敌人痛下杀手并不容易。许多士兵即便看不到目标的脸，在扣动扳机前也会犹豫。更多的士兵发现，近距离射击时更难下手。尽管如此，格宾斯很快就会需要他的人去执行任务，而这些任务有可能要求他们徒手杀人。

这样的工作只能由那些受过被格宾斯称为"潜行者本能"项目训练的人承担。他们要像狙击手一样训练有素，"完全信任自己的武器"，并且还要学会如何像一帮兄弟一样共同行动。格宾斯需要的是"完全信赖自己的战友，能够一同战斗的人"。[13]训练大家掌握杀人技术是格宾斯在战争爆发时面临的最大问题之一，然而到 1941 年春天，他觉得自己已经找到了解决办法。在 4 月 13 日，复活节的那个星期日，他坐上了前往苏格兰的快速列车，以便亲自验证这个解决办法。

能够逃离办公室让格宾斯很高兴。因为早前的几天，残酷而令人沮丧的消息如洪水般不断传来。不到 12 个小时前，贝尔格莱德已经向入侵的纳粹军队投降。萨洛尼卡也已经落入希特勒的军队之手。格宾斯让游击队在南斯拉夫和希腊境内开展持续活动的想法似乎正变得越来越不可能了。

稍微鼓舞人心的消息是 3 个波兰特工已经成功空降到了波兰。这次飞行是后勤保障的一次胜利，很少有飞机能够飞行如此长的距离。执行任务的这架惠特利飞机必须进行大规模改装，在机身里加装了一个副燃油箱以完成 14 个小时的往返飞行。和特工们一起空投到波兰的还有一个圆柱形的金属容器，里面装着用于破坏行动的设备和炸药。最终，金属容器和破坏队员都成功到达了华沙。

第二条好消息来自贝尔格莱德的汤姆·马斯特曼。离开伦敦时，他向比卡姆·斯威特-埃斯科特撂下了一句狠话，承诺要推翻德拉吉沙·茨维特科维奇领导的亲希特勒政府。此时，他获得了巨大成功——这不完全是依靠他自己的力量（正如斯威特-埃斯科特很快指出的那样），但是他在幕后发挥了重要作用，帮助西莫维奇将军掌握了政权。他的工作"第一次推翻了希特勒控制下的此类政权"，[14] 因而鼓舞了贝克街的士气。

马斯特曼成功的消息是在格宾斯动身前往苏格兰的两个星期前传来的，格宾斯希望在苏格兰能听到更为振奋人心的消息。他在因弗内斯短暂停留，开了一个会，接着就前往威廉堡镇，在那里换乘火车，登上了被人们亲切称为"河豚列车"（the puffer）的小型蒸汽火车，沿着乌厄夫湾空旷的海滨咔嚓咔嚓地前行，然后转向北驶往渔港马莱格。

格宾斯很高兴有机会能重返自己童年时期生活的苏格兰高地的荒野。在这儿，他真正感受到了家的感觉：在这片大地上，浅灰色的海湾形成一道道狭长的沟壑，让海岸变得支离破碎，海中的埃格岛和马克岛在雾气中犹如淡紫色的墨迹若隐若现。然而格宾斯并不是来欣赏景色的。他来这里是为了拜访两位个性古怪的人，他们既不是军人，也不为军队工作。他们都是年事已高的绅士，身材健壮，一起住在盖尔湾边上一座简朴的维多利亚时期风格的狩猎小屋里。

　　埃里克·赛克斯和威廉·费尔贝恩第一次引起陆军部关注是在一年前。当时，他们刚从远东地区回来，突然就在白厅安顿下来。两人都已接近退休年龄，来此是为抗击纳粹德国贡献力量的。乍看上去，他们并不太像是一对新兵，似乎最适合去地方警卫队执行巡逻任务。穿上卡其色的衣服，扛着草耙和铁锹大步走在郊区，这至少能让他们感觉到自己正在与希特勒的战争中发挥作用。

　　他们带着令人难以置信的传奇故事（和与之对应的简历）来到伦敦，这让他们无法轻易被忽视。他们当中的埃里克·赛克斯，被他的朋友们称为"比尔"——这个名字来自狄更斯的书中一位臭名昭著的人物。他身材强壮结实，戴着水晶玻璃眼镜，微笑时会露出酒窝，看上去是个连苍蝇都不会伤害的人。一个熟识他的人说，他拥有"和蔼可亲、年岁已长的牧师所特有的外表和举止"。其他人则被他"温柔的语调欺骗，被他亲切笑容迷倒"。[15]然而，赛克斯既不仁慈也不是一位牧师。他是隐秘杀人方面的专家——冷酷、无情，据说他的每句话都会以"然后踹他命根子"[16]这样的语句结束。

　　赛克斯曾作为两家美国武器公司——柯尔特公司和雷明顿公司——的代表在上海工作。他枪法精湛，可能是世界上最优秀的神枪手，而他的专长就是速射。有人曾震惊地亲眼看见了他的这套动作，只见他手里拿着枪转身"背对着目标，从两腿之间开枪射中了那个壮汉的眼睛"。[17]

　　赛克斯的战友威廉·费尔贝恩，绰号"上海坏小子"。费尔贝恩同样身体壮实，眼睛深度近视，看起来"身型小于实际体格，有着长长的胳膊，略带驼背，这让他看起来就像是一只正在学人类走路的猴子"[18]。和赛克斯一样，他也有着英格兰牧师的气质。"角质框架的眼镜和慈祥的表情为他赢得了'执事'的绰号。"[19] 然而，他这个"执事"的布道词却让人非常难受，他的口头禅是"要么杀人，要么被人杀"。

和费尔贝恩交流得到的回应通常只有两个词："是"和"不是"，而且他对人体解剖学的讨论从来都不会过分地超出他的词汇量。"他从未试图了解各种骨头或肌肉的名称，在整场简短而又干巴巴的解释中，他只会说'这根骨头'或'那块肌肉'，然后用他的手指指一指或者摸一下它。"[20]

他的朋友都叫他"精致的丹"，但他却称自己是"谋杀让一切简单"先生。在教授学生"如何拧断人的脖子或用膝盖顶碎脊柱"[21] 时，他脸上会挂着善良的笑容。

两个人中，费尔贝恩年纪稍长些，是个58岁的恶棍，在15岁的时候便离家出走，靠着欺骗伎俩加入了英国皇家海军陆战队。最初，他在英国驻汉城的公使馆工作，是刺刀战斗队的一员，后来在与日本武术专家的武术比赛中进一步磨炼了自己的技艺。日本人告诉他，枪托有和刺刀完全一样的威力。用力撞击对方的脸部能够造成严重的内出血，足以迅速致其死亡。

1907年，费尔贝恩被上海公共租界巡捕房挖去，他在那里一待便是33年。当时上海这个城市因武装黑帮、毒品贩子和暴力罪犯而声名狼藉，也因此被认为是世界上最暴力的城市。费尔贝恩的工作就是平息帮派冲突，而他也乐在其中，甚至有人怀疑他本人就是个流氓。他精挑细选出了120人，迅速组建了自己的防暴队，这些人还接受了他称为"阴沟战法"（gutter fighting）的近身格斗术训练。

他手下所有人都是神枪手，但是费尔贝恩自己更喜欢近身肉搏，而非使用枪械。"他的搏斗技法融合了粗暴的击打、擒拿和抱摔，这些主要取经于日本刺刀技术、柔术、中国的拳法、锡克教的摔跤术、法国摔跤术以及康沃尔人的站立式摔跤术，再加上臀后射击和短刀搏击的专业技术，并结合了汤普森冲锋枪和手榴弹的使用方法。"[22]

一生的格斗在他身上留下了很多印记。他的鼻子已经断了，还有一条长长的伤疤从耳朵延伸至下巴。然而，多数人却震惊于"他那一口闪闪发亮的大白牙，那么多次的重击都不曾让它们松动"。[23]

除了格斗，他生活中的主要兴趣就是他的宝贝金鱼。他养的金鱼是中国最好的——总共 10 万多条，养在专门建造的水池里。

费尔贝恩因为在柯尔特和雷明顿武器公司工作的缘故结识了埃里克·赛克斯。1926 年，他拉赛克斯加入了自己的防暴队，而赛克斯很快便证明自己的加入让防暴队受益匪浅。这两人都喜欢卑鄙的杀戮，他们共同编写了一本名为《为生存而射击》（Shooting to Live）的著作，这本书对手枪射击技术产生了深远影响。他们还写了其他一些作品，包括:《全民战斗》（All-in Fighting）、《强硬起来》（Get tough）和《妇女与女孩的自我防卫》（Self-Defence for Women and Girls）。

赛克斯和费尔贝恩向陆军部介绍了他们的技术，结果可想而知，英国军队里没有他们的位置。正大光明的战斗也让他们反感。

但他们引起了科林·格宾斯的注意，格宾斯立即雇用了他们。派他们前往苏格兰高地前，他将两人暂时送到了布里肯唐布雷庄园。到1941年春天，他们已经成为格宾斯核心团队中的重要人物，如同米利斯·杰弗里斯和塞西尔·克拉克一样，他们在格宾斯即将展开的行动中会起到举足轻重的作用。

首次来到人烟稀少的苏格兰西海岸，赛克斯和费尔贝恩发现自己进入了一个秘密地区，如果没有必需的军事许可证，任何人都无法进入这里。格宾斯的独立连队完成任务从挪威归来后，在几个星期的时间里便建立了这片受保护的区域。格宾斯本人已经得到批准，可以征用苏格兰荒原的一大片土地以及十几处乡村房产。

住在离格宾斯孩提时期的房子不远处的拉沃特勋爵（Lord Lovat）被派往北方征用"威廉堡-马莱格公路和铁路线间的所有可用房屋"。他还征用了周围的荒野和山林，包括"6座鹿林（deer forest）和它们的小屋，这是一块占地面积不少于20万英亩（约合8万平方米）的大片乡村荒地，主要用于训练"。[24]

这里的确很荒凉。格宾斯童年常去的是一个湖泊、沼泽和稀疏美丽的山峰交错分布的地方，快速飘过的云朵在这片空旷的大地上投下了影子。这样的荒野正是训练潜行追踪、耐力、定向越野和划船技能的绝佳地点。

第一处被征用的是罗海勒特附近的一处豪宅茵维雷勒特。它是位于埃尔勒特湖前方的一座维多利亚风格的狩猎小屋。茵维雷勒特成为格宾斯的独立连队历经殊死搏斗从挪威回来之后的临时营房。

他们在疗伤期间便开始接受大卫·斯特灵（他后来创建了英国特种空勤团）和拉沃特勋爵（后来成为拉沃特侦察队队长）的战术训练。同时，他们还向经验丰富的极地探险者乔治·莫里·利维克学习了生存技能。乔治·莫里·利维克曾随斯科特上尉到南极探险，并且幸存下来，向人们讲述了他们的传奇故事。

"我知道这么一个人，他总会在射杀海豹之后迅速在其头上破个洞，吸吮仍温热的新鲜脑子。"利维克总是这么告诉他的学员们。"年幼的狐狸和狗十分美味可口，如果配上伍斯特辣酱或者番茄酱，味道会更好。"[25]但他却忘了告诉他们如何在敌军阵线的后方战斗时找到番茄酱。

战争期间，茵维雷勒特一直会是耐力训练中心，附近的阿里赛格则将成为赛克斯和费尔贝恩的主要杀人技能培训学校。这是他们的私人领地——一处维多利亚时期风格的宅子，宅子山墙的一端正对着盖尔湾，稳固地立于风急浪高的岸边。阿里赛格的雕饰墙上并没有轻浮的装饰，也没有巴洛克式的螺旋形曲线和花样。在一年中少有的风和日丽的日子，阿里赛格海湾那被腐蚀了的岩石和如玻璃般通透的水面会显露一种斯巴达式的简朴美感。然而，当狂风鞭笞烟囱、摇晃矮树的时候，这种简朴中透着的阴郁便随处可见。被称为英俊王子查理（Bonnie Prince Charlie）的查尔斯·爱德华·斯图亚特曾从这片偏远的荒地逃亡到法国，当地忠诚的渔民一直对其行踪守口如瓶。"当时他的人头被悬赏 3 万英镑，"一位当地人说，"但没有一个人走漏一点消息。"[26]现在，这些当地人要保守另一个秘密了。格宾斯命令赛克斯和费尔贝恩建立一所与众不同的训练学校。事实上，他赋予他们完全的自由，可以教授他们认为有必要的任何方法。"除了我，不用顾忌任何人。"格宾斯如此说道。[27]

格宾斯所言不虚，两位训练员告诫他们的学员，规章制度早被丢到垃圾桶里了。"我们要成为恶棍，就得掌握恶棍的本领，"其中一人说道，"但是，如果有可能，还是要保持绅士的举止。"[28]

赛克斯和费尔贝恩每天都往返于阿里赛格和茵维雷勒特，指导学员们为最危险的任务做好准备。新招募来的人员会领教费尔贝恩特有的欢迎方式。"在这场战争中，"他会说，"过分讲究是种奢侈。要么你把别人杀死或抓住，要么你被别人杀死或抓住。为了胜利，我们要变得强硬，我们要变得冷酷无情。"

费尔贝恩会给学员们讲述在上海发生的那些令人惊骇的奇闻轶事，然后透过角质框架眼镜注视着他们。"我想要你们做的就是用你们脑子里面能想到的最卑劣、最血腥的方法干掉一个人。"他让他们忘记有关公平竞争的一切观念，"我即将向你们展示的格斗不是一场运动比赛。它是一场殊死搏斗，并且总是如此。"

新学员们在接受了高强度的体能训练——在空旷荒野上的耐力跑、负重徒步以及武术练习——之后变得更加顽强了。他们学习如何诱发心脏病，如何打断敌人的尾椎以及如何勒死哨兵。这套训练法不适合胆小鬼。费尔贝恩会教给每一个新人"十几种能折断手腕、胳膊或脖子的手刀击打法；扭打和撕扯的搏斗术；窒息敌人的动作；能折断敌人腿或者背的摔掷方法；粉碎肋骨、胫骨和脚骨的踢踹动作"。[29]他吹嘘自己能用一张折叠的报纸杀人，而且曾用手指戳瞎了上海的许多恶棍的眼睛。

费尔贝恩尤其喜欢在餐厅里的日常教学部分。他向学员们演示了如何在冲向桌子时迅速掀起桌布，然后"在对手摔倒在你身下时用桌布包住他的头，最后再把酒瓶中剩的酒灌进对手的嘴里，用瓶子砸碎他的脑袋"。[30]

短刀格斗是阿里赛格的主要训练项目之一：费尔贝恩和赛克斯两人设计了一种突击队双刃匕首，其刃长20厘米，还有一个横档和带棱纹的握把。他们要教授新人砍刺技术。然而费尔贝恩知道，捅刺稻草填充的假人是一回事，而将刀插进血肉之躯又是另一回事。于是他将学员们带到了当地的屠宰场，面带邪恶笑容地说："我们要让你们变得血腥起来。"

"我们每人都必须将匕首捅进刚被宰杀的动物身体，以感受将刀捅入仍在颤抖的人类肉体的感觉。"一位新兵说。安排这样的训练是有原因的。"这是要让我们了解，当你把匕首刺入任何生物体内时，它的肌肉会像这样紧缩起来，因此要将匕首拔出来相当困难。"[31]

这样的训练对于即将开展的任务至关重要。格宾斯的目的是要打造世界上最精锐的突击队。他拥有赛克斯和费尔贝恩这两个世界上最杰出的教练。

这两个人经常受到陆军部的批评，但格宾斯一直支持着他们的工作。但当那些高级将领们站出来发难时，格宾斯要保护他们就变得更加困难了，这种情况经常发生。有一次，费尔贝恩带着他最得意的学员威廉·皮尔金顿到格拉斯哥参加一个地方军培训项目。他们正教听众如何用一把锋利的泥铲切断某人的颈动脉时，房间后排传来了一声怒吼："立即停止这一切！"

没有人注意到，这次培训活动引起了一位老派的高级军官——爱德华·斯皮尔斯少将的注意。他对刚刚的所见所闻感到震惊不已。

"这太不像话了，"他喊道，"不要参与这种可怕的培训。记住，我们是英国人。我们不能堕落到使用恶棍的伎俩。我们不能在背后捅刀。我们要像男子汉一样战斗。我们从不用暗箭伤人。这一切必须立即停止。"

费尔贝恩勃然大怒。他从不尊敬权威，对于斯皮尔斯少将的指责大为恼火，于是他直接以最生动形象的语言对少将破口大骂，说他就是一个笨蛋。若不是有一位更加位高权重的人到场，费尔贝恩恐怕会被立刻送上军事法庭。没人注意到，温斯顿·丘吉尔跟着斯皮尔斯少将悄悄溜进了房间：这两人是一起来格拉斯哥视察的。丘吉尔咧嘴笑了笑，口水顺着雪茄往下滴。他挂着一根手杖站稳了身子，大声叫道："嘿，得啦，伙计，看在上帝的分上，你已经说得够多啦。走，喝一杯去。"然后，他连拖带拉地将斯皮尔斯拽了出去。

"干得漂亮，"他朝屋里大声喊道，"继续吧。"[32]

温斯顿·丘吉尔知道一些斯皮尔斯少将不知道的事情。格宾斯去阿里赛格的4个月前，已经获准组建自己的秘密突击队伍，这支小部队可以执行秘密的游击偷袭任务。根据计划，这支队伍的人数不得超过12人。因此，格宾斯安排了11个人。队伍的规模或许并非随意确定的。埃里克·赛克斯总是喜欢告诉他手下的人：他们在阿里赛格接受训练是为了忘掉板球的游戏规则。事实上，11人正是一支板球队的人数，然而板球是格宾斯的这些手下最不可能进行的运动。1940 年圣诞节前不久，格宾斯面试了这支队伍的队长候选人，并立即对其超群的自信心产生了深刻的印象。古斯塔夫斯·亨利·马奇-菲利普斯 32 岁，是从敦刻尔克撤回来的幸存者，他勇猛冷酷，无视规矩，曾在英属印度西北边境省偏远山区的一个炮兵部队服役，与叛乱部落打了一场肮脏的战争。长时间暴露在喜马拉雅山的阳光下，他形成了难以改变的习惯。"他的眼睛为躲避热带地区阳光而收缩眯起，给人一种在质询或是洞察一切的感觉，甚至令人生畏。"[33]

早在 12 个月前，他便加入了新成立的突击队 —— 从格宾斯的独立连队中分组出来的一支精锐部队。丘吉尔本人支持组建这样一支队伍，他要求"这些受过专业训练的狩猎部队"在法国北部沿岸地区"掀起腥风血雨"[34]。

马奇-菲利普斯一直是同辈中的佼佼者，他坚韧的性格很快便引起了上司们的注意。他受命领导第 7 突击队 B 小组。然而，马奇-菲利普斯自我要求甚高，这支突击队难以令他满意。几个星期后，他开始召集一个由志同道合的专业人士组成的小团队，期望组成一个精英小队。

对任何人来说，和马奇-菲利普斯的会面都是一次难忘的经历。他年轻的妻子觉得，"如果从正确的角度观察，他看起来非常的英俊帅气，但是如果角度不对，就能看见他的鹰钩鼻子，还有一张美丽的带刀疤的嘴"。马奇-菲利普斯将所有的事情都做到极致，甚至包括他的信仰，他对罗马天主教的信仰无比坚定，每晚都要虔诚地祈祷 10 分钟，然而，他的内心却是反传统的，"完全蔑视那些时常令军旅生活枯燥乏味的烦琐规章"。

如同他痛恨肥胖一样，马奇-菲利普斯也厌恶懒惰。他"很瞧不起那些身上多长出一点儿脂肪的人"。他的朋友都认为，他是个典型的"文艺复兴人"，果敢、机智且涵养颇佳。"从传统意义上来说，他是一位英国乡村绅士，"某人说道，"他既有十字军战士般的理想主义，又有一名职业士兵的严谨。"[35] 现实生活中，他是一个自由冒险家，内心深处希望能像某些法兰西斯·德雷克爵士的后代一样去周游地球。格宾斯在贝克街面试了马奇-菲利普斯，对他印象深刻。格宾斯说他"富有创新精神，敢于尝试，能力突出，充满自信"。[36] 他立刻征募了马奇-菲利普斯，并让他负责领导那支 11 人小队。

马奇-菲利普斯的副手是杰弗里·阿普尔亚德。阿普尔亚德一生都很拮据。他作为剑桥大学凯斯学院划艇队队长获得过冠军，而且他还是剑桥大学成就斐然的滑雪健将，是那个年代最了不起的滑雪运动员之一，他在 1938 年的冬季锦标赛中带领英国队击败了挪威队，取得了史无前例的胜利。

阿普尔亚德最初被任命为马奇-菲利普斯的第 7 突击队的分队长。现在，他加入格宾斯的队伍，成了这个尚无队名的突击小队的二把手。就像他喜欢具有海盗性质的工作一样，他也喜欢自由地选择战争方式。"没有繁文缛节，没有文书工作，没有军队中的一切规章制度，"他写道，"就是纯粹的行动，它的成功与否主要取决于你自己以及你本人挑选出来与你一起行动的那些人。这太棒了！这是一次革新，很难想象这种革新会发生在我们的传统军队当中。"[37]

马奇-菲利普斯为他的这支精锐部队招募了一个又一个成员。

到了 1941 年晚春，队伍就只剩一个空缺名额。格宾斯知道，马奇-菲利普斯正在寻找第 11 个队员。所以当格宾斯到访阿里赛格的时候，他问赛克斯和费尔贝恩是否有合适的人选可以派到未知地区去执行任务。两人毫不犹豫地推荐了他们最优秀的学生——绰号"维京人"的安诺斯·拉森，他是最近刚来接受训练的 10 个丹麦籍新兵之一。拉森有着浅色的眼眸，散发着贵族气质，具有十足的狂野气息，他和马奇-菲利普斯一样对军规不屑一顾。"拉森最突出的品质就是坚不可摧的自信。"他儿时的朋友——丹麦的格奥尔格王子（Prince Georg）如此评价他："事实上，这已经不仅仅是自信了。"[38] 他有着一副战无不胜的傲慢神态。

拉森必定给阿里赛格的每一个人都留下了深刻印象。一天，他和一起受训的同伴外出来到荒野中，他发现远处有两头体形庞大的雄鹿。"我要拿下它！"他手里拿着突击队匕首，一边咆哮着一边紧追上去。受饥饿驱使，他健步如飞，很快便扑倒了那头不幸的野兽。他的同伴们看到这一幕目瞪口呆。"他用匕首刺入它体内，"其中一人说道，"一下就把它宰了，这头鹿体形庞大，接下来的几天，我们都吃上了美味的烤肉。"[39]

胆量过人、无所畏惧并且动作敏捷——这些正是格宾斯最为欣赏的品质。事实上，拉森的举止更像是一名海盗而非一名士兵。格宾斯告诉赛克斯和费尔贝恩，他要带拉森回伦敦。他需要的正是一名海盗。

# 第九章

# 格宾斯的海盗们

普尔的羚羊酒店是一家伊丽莎白时期风格的汽车旅馆,供应大量优质麦芽酒和多种不错的食物(考虑到现在是战争时期)。绰号"汽水"(Pop)的旅馆老板亚瑟·贝克明智地在战争爆发前数个月开始囤积物资。现在,到了战争爆发的第二个夏天,他的地窖里仍然物资充足。

1941年8月10日,科林·格宾斯一大清早就从伦敦出发,上午10点30分刚过便到达了这家旅馆。那天早上的新闻一如既往令人沮丧。希特勒大举入侵苏联之后才过了7个星期,纳粹军队就已经兵临列宁格勒城下。往南的乌克兰境内,两支苏联军队刚刚全军覆没,10万士兵被俘。苏联红军前线最高指挥官谢苗·铁木辛哥元帅意识到战势非常危急,提议立即发动游击战。"联合游击分队,在敌军后方发起进攻,摧毁德军的护送车队和后勤补给队,"他说,"要对敌人展开无情的打击,实施全面而持续的复仇。"[1] 这也正是格宾斯的想法。

格宾斯一路向南来到普尔,与即将前往热带水域执行一项开创性任务的队伍道别。古斯·马奇-菲利普斯和他的队伍将要出发,开始他们人生中最大的一次冒险。

　　从一开始，格宾斯就希望他的秘密突击队能够执行对纳粹基地的近海袭击、水陆两域破坏任务和游击偷袭行动。开展这样的行动需要一艘船，并且是一艘在航行时不会引起任何怀疑的船。马奇-菲利普斯找到了这样一艘船，它就停泊在布里克瑟姆港。"荣耀少女"号（Maid Honour）是当地一艘55吨的拖网渔船，是这次行动的理想之选。它的船体是木制的，能够免受磁性水雷的影响，深棕色的船帆意味着在夜晚航行时几乎不会被发现。这艘船看起来就是一艘毫不起眼的渔船。

　　马奇-菲利普斯"完成了一次只有他才能做到的壮举"。他先向船主征用了这艘船，然后才给格宾斯发电报，请求获得必需的批准。格宾斯对他不守规矩并不感到意外，尽管如此，他仍然对马奇-菲利普斯这种大胆的越界行为感到惊讶。据一位队员说，他立即批准了马奇-菲利普斯的行动，并且"在任何情况下都全力支持我们，这赢得了队员们的感激"。[2]

　　在得到"荣耀少女"号后，格宾斯请米利斯·杰弗里斯和塞西尔·克拉克帮忙，将它从双桅纵帆渔船改造得适用于特种作战。尽管看起来仍和渔港里的其他拖网渔船没有两样，但改装后的船已经配备了武器，不仅能用来捕鱼了。船内胶合板制的甲板室里藏着可怕的武器，其中包括一门维克斯马克舰炮、四把布朗式轻机枪、四把汤普森冲锋枪和大量的手榴弹。船上还储藏着许多由菲尔斯庄园提供的专门用于破坏行动的雷管，以及大量的塑性炸药。更重要的是，它还装载了4架超口径迫击炮——那种由杰弗里斯设计，后经克拉克进一步完善以便在海上使用的武器。

　　"荣耀少女"号的首次战斗任务大约是在4个星期前、格宾斯邀请马奇-菲利普斯在伦敦共进午餐时就开始策划了。格宾斯的队伍计划从普尔出发，前往西非的赤道地区，在那儿"开展海上和陆上的破坏活动"。他们的具体目标是德军海军司令邓尼茨那些在西非沿海游荡的 U 型潜艇。在过去的几个月里，它们击沉了至少27 艘盟国的商船。据悉，U 型潜艇隐匿于维希政权控制地区的泥泞小湾和红树林沼泽，它们在这些地方加油并进行补给。这也是它们最容易遭到攻击的地方。马奇-菲利普斯宣布，只要他见到一艘U 型潜艇，就会"用超口径迫击炮在它身上炸个窟窿"。[3]

格宾斯提醒马奇-菲利普斯，搜寻 U 型潜艇只是他们未来任务的"一个大体的方向"[4]。他们的任务有可能——事实上非常有可能——会改变。正如格宾斯经常告诉他们的那样，灵活变通是一切的关键。

格宾斯到达普尔时，"荣耀少女"号已经全副武装。塞西尔·克拉克也来到了普尔的海滨。他从布里肯唐布雷庄园南下来此，为的是见证超口径迫击炮在海上的首次试射。自从掌管布里肯唐布雷庄园后，克拉克的工作量迅速增加，来自十几个国家的百余名特工正在那里接受训练。尽管如此，改良后的超口径迫击炮仍然是他的特殊项目，因此他还是抽时间来到普尔，迫切希望能用他的手持摄像机记录下来这次试射。

试射在普尔的港口进行，结果显示超口径迫击炮在海上的威力与在陆地上完全一样。试射的时候，马奇-菲利普斯队中的一名成员格雷厄姆·海斯正坐在"荣耀少女"号的甲板上安静地抽着烟。突然出现的一道亮光和一阵轰鸣吓了海斯一跳。冲击波将他从甲板上抛起，抛入水中。当他浑身湿透从水中冒出来时，已经头晕目眩了，烟斗和短裤也全都不见了踪影。马奇-菲利普斯的队员对于超口径迫击炮的威力感到非常吃惊 —— 没有多少武器能震掉人的衣服。

试射活动结束之后，他们在羚羊旅馆举办了送别午宴。格宾斯坐在餐桌的主位，犹如一个备受爱戴的军阀在主持一群恶棍的饭局。羚羊旅馆的老板，无愧他"汽水"的绰号，从他那储藏丰富的地窖里拿出了好几瓶香槟。吃完最后一道甜品，他们漫步到港口，登上了"荣耀少女"号。格宾斯表现出了他苏格兰式的多愁善感的一面，他把一根代表幸运的白色石楠树枝别在了船的前桅上。"维京人"安诺斯·拉森觉得，他们想要生还需要的不仅仅是幸运。"我们的长官疯了，"他向队中一位同伴坦言，"我们这次肯定在劫难逃。"[5]

除了狂暴的大风和茫茫的大海，去往西非的航行没有遇到什么麻烦。他们一路横跨比斯开湾，途经马德拉群岛以及加那利群岛的西边，然后驶向塞拉利昂的弗里敦。他们本来很容易被 U 型潜艇甚至是德军飞机发现，但他们遇到的唯一麻烦却是"荣耀少女"号的引擎因生锈而失灵了。绰号"巴兹"的队员珀金斯拆下引擎将它修好了。

安诺斯·拉森用上古老的航海生存技巧补充了他们匮乏的食物。他把一个锡罐刺穿，里面放上加了酒的碳化物做诱饵，然后把它扔进了水中。尾随渔船的众多鲨鱼中的一条吞食了锡罐，当碳化物与鲨鱼胃中的酸性物质混合，锡罐便爆炸了。接下来的几个小时，他们不停地从水中捞起漂浮着的鲨鱼肉块。

历时 6 个星期，航行了约 5000 千米后，"荣耀少女"号在 9

月 20 日抵达了炎热的弗里敦。现在，队员们要等待格宾斯的明确指令，他们感觉是在度假而不是在打仗。"说真的，这次任务对我们来说是一次度假。"[6]杰弗里·阿普尔亚德写道。他挣扎着从太阳椅上站起来，又拿起鱼叉去捕鱼了。

科林·格宾斯已经暗示过这些人，他们的任务重点可能会有变化。情况确实如此，在"荣耀少女"号到达热带西非后没过几个星期，格宾斯就收到了一份最恐怖的情报。情报提供者是路易斯·弗兰克，大约一年前，他被派往英国殖民地尼日利亚的首都拉各斯。弗兰克的代号为"W"，任务是密切监视法国维希政权在其非洲沿岸一带领土的活动，并报告发生的任何异常情况。

为了有效开展工作，弗兰克建立了自己的间谍和情报网络，他们的触手已经覆盖了整个热带地区。其中之一是维克托·拉维萨奇——代号"W4"，他是拉各斯一名会说西班牙语的特工。另外一位特工是理查德·李皮特——代号"W25"。还有其他一些特工，他们都以各自的代号开展活动。

那份恐怖的情报正是来自其中一个名叫科林·米基的特工。米基是英国驻费尔南多波岛的副领事。费尔南多波岛距离非洲西海岸约 40 千米，像一个热气腾腾的温室。这个让人昏昏欲睡的热带岛屿，主要由一个金字塔形的火山和大片交错在一起的热带雨林构成。半个世纪前，探险家理查德·伯顿爵士来到此处，形容这里是一片"极其荒凉贫瘠之地"。[7]此地多数居民都住在圣伊莎贝尔这个小港口，圣伊莎贝尔是一处与世隔绝的西班牙殖民地，有着一片片粉刷成白色的房屋和一个马蹄形的火山湾。在这个远离尘世的地方，战争看似遥不可及。然而，正是在这个海湾——米基警告说——藏匿着一艘严重威胁盟军船只的舰艇。

"达奥斯塔公爵夫人"号（*Duchessa d'Aosta*）是一艘意大利大型班轮，一年前就已经停靠在此，声称要在这个西班牙控制下的中立港口避难。米基有理由怀疑这个说法。他知道，费尔南多波岛的西班牙长官维克托·桑切斯-迭斯上尉绝非中立。他是"狂热的纳粹支持者"[8]，会为了帮助轴心国打败同盟国而不择手段。

更令人担忧的是，桑切斯-迭斯上尉本应该屏蔽"达奥斯塔公爵夫人"号上的无线电信号，但他却没这么做。米基得知，这艘船实际上是一艘窃听船，任务是向德国情报机构提供盟国船只活动的详细情报。这些情报会被送往位于拉斯帕尔马斯的一家德国捕鱼公司，并从那里再转发至柏林。

这的确事关重大，而且最近又有"利科马巴"号（*Likomba*）和"布隆迪"号（*Burundi*）两艘德国船加入了"达奥斯塔公爵夫人"号的队伍，情况更令人担忧了。这3艘船的船长已经成了亲密的酒友，经常会到卡西诺露台餐厅痛饮狂欢。他们组成了一个危险而邪恶的三人帮。大量盟国船只和成千上万条生命皆因出现在圣伊莎贝尔的这3艘敌舰而受到威胁。

格宾斯一直苦思冥想着如何消灭这一威胁。他在拉各斯的特工路易斯·弗兰克提醒说，桑切斯-迭斯上尉大力加强了当地的驻防力量，在港口增派了哨兵，并成立了一支高效的殖民警卫队。他说："几乎不可能开展行动。"[9]

几乎不可能不等于完全不可能。格宾斯最直接的做法就是派马奇-菲利普斯的队伍去破坏那3艘船。利用可拆卸的小船和塞西尔·克拉克的"帽贝炸弹"，不用费太大力气就能击沉它们。然而，这样的行动存在巨大风险，因为它势必会激怒亲德的西班牙弗朗哥政权。更糟糕的是，它有可能将西班牙引入战争，加入轴心国一方。那将会是一场灾难，特别是对西非的所有英国殖民地，包括塞拉利昂、黄金海岸（今加纳）、尼日利亚、英属喀麦隆和其他一些地区。

还有另外一个选择，一个绝对更符合格宾斯想搞恶作剧的心理的选择。他经常说，他希望能"攻击敌人然后不留痕迹地彻底消失"。[10] 于是，他开始策划一次海盗式的突袭，类似于弗朗西斯·德雷克爵士对西班牙美洲殖民地的袭击行动，自那以后这种策略便不曾出现过。在当前这样的情况下，格宾斯想的是如何不留任何蛛丝马迹而不是公然触怒西班牙。

格宾斯的计划是让马奇-菲利普斯和他的战友表演一场史上最伟大的海上戏法，让停泊在圣伊莎贝尔的3艘敌舰凭空消失。这场表演既不需要魔术师，也不需要魔术棒，它需要的是狡猾、勇气和少量的塑性炸弹。

确定行动方案后，格宾斯向他在西非的特工网络发出行动指令。路易斯·弗兰克策划了一项代号为"邮政局长行动"（Operation Postmaster）的任务，这次任务将充分利用他手中的一切情报资源。

弗兰克首先联络的是科林·米基，正是他最早提醒了"达奥斯塔公爵夫人"号带来的威胁。米基做了相当多的情报准备工作，甚至说服了当地一个飞行员带他环岛飞行了一圈，并得以拍下停靠在海港的3艘船的谍照。照片显示了敌舰的精确位置以及它们在海岸边的排列方式。此外，米基还成功得到了当地西班牙长官和他的非洲情妇双双赤裸身体、寻欢作乐的暴露照片。在他的策划下，那位长官看到了这些照片，他十分担心被敲诈勒索，因此提出放松对费尔南多波岛那一小群英国人的严密监控作为交换条件。米基欣然接受。

在收到航拍照片之后，格宾斯很快又得到了更好的情报。早在 3 月份的时候，他就已经招募了代号为"W10"的特工伦纳德·吉斯（Leonard Guise），他是尼日利亚殖民政府里一名有才干的公务员。此时，吉斯伪装成一名外交信使登陆费尔南多波岛，这真应了他的名字（"Guise"有伪装之意）。他因此得以进行极为精确的侦察，甚至连"达奥斯塔公爵夫人"号系泊缆的强度也包括在内。

在岛上的时候，吉斯得到了当地英国牧师马卡姆教士的帮助。马卡姆教士对国家的忠诚超过了对上帝的忠诚。一次宴会中，马卡姆教士经过精心伪装成功地溜上了"达奥斯塔公爵夫人"号。他发现船员们对安保极其松懈，而且生活都非常堕落。"至少有 4 人因病被送回了西班牙，"马卡姆教士写道，"还有许多人患有性病。"[11]

收集情报需要时间，但是到圣诞节时，格宾斯已经充分策划好了任务，马奇-菲利普斯也已经清楚地知道行动的目标。最后一项工作是将计划通报给西非军队总司令乔治·吉法德爵士。因为要在他的地盘上行动，需要得到他的许可才行。

听了他们准备实施的海盗式袭击，吉法德很吃惊。他认为格宾斯的人并不比一群不受管制的地痞流氓好多少，他大声叫嚷着，不允许格宾斯把人派去费尔南多波岛。"方榫装不进圆凿，他们根本不适合干这些事。"他说。

吉法德的反对态度得到了南大西洋皇家海军总司令阿尔杰农·威利斯中将的支持。他认为格宾斯策划的任务是"毫无必要的挑衅行为",并给伦敦发了一封电报。电报在午夜刚过几分钟,也就是圣诞节的凌晨送达伦敦。如果没有这份圣诞礼物,格宾斯可能已经干成这一票了。威利斯和吉法德以行动过于阴险狡诈为由,命令"暂缓行动"[12]。"邮政局长行动"还未开始便不了了之了。

马奇-菲利普斯和他的战友很幸福,听不到外界反对任务的声音。他们在尼日利亚内陆地区一处名叫欧洛克美吉的迷人小屋度过了圣诞节。这个小屋曾是殖民地总督伯纳德·鲍迪伦爵士的度假屋。这儿远离窥视的耳目,他们毫无忌惮地用机枪扫射,用塑性炸药在丛林中炸出一片片空地。马奇-菲利普斯的副手杰弗里·阿普尔亚德觉得自己度过了人生中最美好的一个圣诞节。他们被"直接从森林的树上摘下的甘甜水果包围,这些水果无籽还很多汁,有橙子、葡萄柚、椰子以及和葡萄柚一般大小的橘子"。

乔治·吉法德爵士和威利斯中将一直阻挠"邮政局长行动",直到他们得知格宾斯已经成功获得外交部和海军部的支持。现在,尽管不情愿,他们也还是同意了这次行动。"老实说,我不喜欢阴谋诡计,"吉法德说,"而且我永远也不会喜欢。"

在圣诞节休假期间,马奇-菲利普斯做了两个决定。首先,"荣耀少女"号不适合即将开展的任务。他需要大马力的拖船而不是一艘布里克瑟汉姆的拖网渔船。为此,他找到了总督鲍迪伦。鲍迪伦慷慨地提供了"伏尔甘"号(*vulcan*)和"纽尼顿"号

（*Nuneaton*）两艘船。

马奇-菲利普斯的第二个决定是招募更多人手，因为他担心在圣伊莎贝尔的意大利人和德国人在火力方面胜过他们。总督鲍迪伦又一次伸出了援手。马奇-菲利普斯获准可以从尼日利亚殖民管理机构中随意挑选他需要的人手。

他选择了17名受过军事训练、体格强壮，并且热切渴望参与行动的人。他们给格宾斯的特工伦纳德·吉斯留下了深刻印象。"他把尼日利亚能找到的恶棍都挑出来了。"[13]

1月10日，任务得到了批准。同一天，马奇-菲利普斯接到了来自格宾斯的一则电报："祝你们成功。我相信，你们会尽最大努力成功完成任务并避免造成不利影响。"[14]

马奇-菲利普斯回复电报说："我们会竭尽所能。"[15]

他确实说到做到了。


1月11日星期天，在天快亮时，"伏尔甘"号和"纽尼顿"号悄悄驶出了拉各斯港，开始了前往费尔南多波岛，为期4天的航行。驶过沙洲后，大海上翻滚的波涛让两艘船不停颠簸，船上的人就像是坐在漂流瓶上。大家的晕船情况非常严重。但是没有一个人抱怨，因为大家都知道，"古斯的臭脾气将会如雪崩般爆发，把气都撒在他们身上"。[16] 海风就像洗脸用的毛巾一样潮湿，热带地区的阳光很快变得炙热无比，人稍微一动，汗水便会从额头上滴下来。

马奇-菲利普斯想要利用航行的每分每秒来进行更多的射击训练和海上攻击训练。尤为重要的是，他新招募的"暴徒们"应该熟悉武器。在海上的第一天，当夜幕降临时，"纽尼顿"号的船员将"富尔伯特"号（*Folbot*）小艇放到水中，以"伏尔甘"号为目标，进行了一次突袭演练。"非常成功，"马奇-菲利普斯写道，"'富尔伯特'号小艇逐渐靠近目标，在几码远的地方仍然没有被发现。"[17] 每个人都要熟悉自己所承担的任务，这至关重要。

需要做的事情还有很多。队员们擦拭了武器，磨利了格斗匕首并练习使用了布朗式轻机枪和汤普森冲锋枪。"要尽可能采取恐吓的方式，"马奇-菲利普斯说，"如果不行就使用武力。速度是关键。"[18]

1月14日，当热带的晨曦划破天幕，一个模糊的翠绿色小点隐约出现在地平线上。几个小时后，这个小点开始清晰地显现出来，行动队员们第一次看见了圣伊莎贝尔岛上那金字塔式的山顶，浓雾笼罩着山顶周围植被茂密的斜坡。温热的雾气同样低低地笼罩在水面上，这对马奇-菲利普斯和他的冒险家们十分有利：浓雾掩护了他们的两艘船，就连费尔南多波岛眼神最敏锐的哨兵也看不到他们。

当天的午餐是冷食，因为船上的厨房区域正在被用来熔化和浇铸塑性炸药。下午，队伍中的每个人都领到了汤普森冲锋枪、手电筒和手枪，还有能够在悄无声息间置人于死地的短棍。这种专门设计的短棍，是一根30多厘米长的金属螺栓，外面包裹着橡胶套。

在下午余下的时间里，大家都在等待着黄昏的到来，那时他们的任务将正式开始。最令他们担忧的是"纽尼顿"号发动机的糟糕状态。自出发以来，这艘船的发动机在海上已经出现了数次故障。如果在圣伊莎贝尔港发生类似的情况，他们便只能坐以待毙了。

夜晚逐渐降临，雾气随之慢慢上升，天气也有所好转。晚上10点，两艘拖船都停在了离岸边约6.4千米的地方，圣伊莎贝尔岛上的灯光像点点磷火在水面上闪烁着。马奇-菲利普斯一直紧张地看着手表倒数时间。很快，11点15分到了，是时候发动引擎了。

两艘船迅速靠近盖福尔莫苏（Cap Formoso）灯塔，在它的指引下驶往圣伊莎贝尔港。他们发动突袭的时间就定在11点30分，马奇-菲利普斯是一个十分守时的人。

"纽尼顿"号打头阵，可是它驶进港口的速度慢得让人恼火。压力一大，马奇-菲利普斯说话便会结巴。这会儿，他在黑夜里大喊："你他……他……他妈的要么往前开，要么出……出……出来。我要进来了。"

就在他们准备进入港口时，马奇-菲利普斯意识到自己在计划任务时犯了一个致命的错误。岛上的发电机一直以来都是在晚上11点30分停止发电，届时港口的所有灯光都会熄灭，他们便可以趁机动手。马奇-菲利普斯原以为费尔南多波岛和尼日利亚的时间是一样的。但事实并非如此。费尔南多波岛采用的是西班牙时间，比拉各斯晚一个小时，这意味着他们早到了一个小时。

马奇-菲利普斯肾上腺素飙升，他想要不顾一切强行动手，即便这意味着要冒着在灯火通明的港口与敌人交火的风险。这太疯狂了，因此在拉各斯加入此项任务的伦纳德·吉斯严厉地斥责了他。"我觉得古斯本人十分勇敢，几乎是勇敢过了头，因为这次任务不是真正意义上的军事行动。这是一次盗窃，而窃贼是不开枪的。"他说服了马奇-菲利普斯再忍耐一个小时，等到灯光熄灭后再行动。

经过紧张的等待，岛上的发电机终于关掉了，整个城镇陷入了黑暗之中。"黑暗来得十分突然，"吉斯后来回忆道，"刚刚还灯火璀璨，突然就一片黑寂了。"[19] 当时的情况确实如此。岛上仅有几处微弱的灯光还亮着：闪光浮标、一盏码头上的灯和海滩边"达奥斯塔公爵夫人"号上的一个电灯泡。黑色的天幕上甚至一点月光也没有。

两艘船悄悄进入了港口，没有被任何人发现。黑暗中的微弱灯光让"达奥斯塔公爵夫人"号清晰可见，两扇舷窗中透出的亮光表明船上有人。"利科马巴"号和"布隆迪"号停泊在黑暗中，笨重的船体在水中颠簸着。马奇-菲利普斯和他的人都保持着绝对的安静，他们知道，哪怕是低语也会通过夜风传播而变成喧嚣。他们是时候上场表演独一无二的魔术戏法了。


圣伊莎贝尔的卡西诺露台餐厅在那天晚上异常忙碌。这里举办了一场晚宴，有 25 个人参加，其中包括"达奥斯塔公爵夫人"号的船长翁贝托·巴列以及他的 8 个船员。在场的还有"利科马巴"号的船长施佩希特。就这两位船长所知，这顿晚餐是当地一个人脉很广的掮客阿贝力诺·索里利亚组织的。索里利亚的工作通常是安排诸如今晚这样的宴会。两位船长并不知道，索里利业实际上在为格宾斯驻圣伊莎贝尔的特工之一理查德·李皮特做事。李皮特花钱请索里利亚在卡西诺安排了这场晚宴，以此分散敌人的注意力，让马奇-菲利普斯能够实施他的盗窃行动。

索里利亚十分高兴能够帮上忙，他内心是反对法西斯主义的，而且他也不喜欢德国人出现在他家乡的小岛上。于是，他精心准备了一场会让两位船长永生难忘的晚宴。索里利亚对细节的注重尤其让人印象深刻。从卡西诺餐厅的窗户往外能够俯瞰整个海港，他便精心安排了座位，让所有官员都背对着窗户。他还确保酒水的供应非常充足。此外，他还为餐厅点上了蒂利石蜡灯，这样，宴会在晚上 11 点 30 分镇上的发电机按时断电后就可以继续进行。

这天晚上，理查德·李皮特在该城的一个西班牙银行经理的陪伴下，漫步到卡西诺露台餐厅。他们在那儿喝了几杯。当李皮特在晚上 9 点左右前去结账的时候，他假装不知情地向女经理询问楼上晚宴的情况。经理回答说，她只知道宴会是提前预订的，而且买了异常多的酒。李皮特内心窃喜：索里利亚的晚宴正按计划进行。

接着，李皮特走到海港，他欣喜地发现，殖民地护卫队丝毫没有察觉那天晚上将要发生的事情。"他们毫无防备，事实上，有几个哨兵都已经进入了梦乡。"[20] 他抬头望向夜空，看到有闪电不时划过，还伴随着滚滚雷声，他感到很满意。运气站在了他们这边，雷声将会掩盖之后的爆炸声。

马奇-菲利普斯的两艘拖船"伏尔甘"号和"纽尼顿"号在小镇主要的灯光熄灭后便很快驶进了海港。"纽尼顿"号在离港口约 90 米处停了下来，以便放下"富尔伯特"号小艇。与此同时，"伏尔甘"号缓慢地驶近"公爵夫人"号。船长科克尔先生成功地将船的左舷和"公爵夫人"号的右舷摆成平行。尽管"公爵夫人"

号的舷窗仍透着几点亮光，但并没有人注意到他们的靠近。

两艘船一接触，马奇-菲利普斯和5位队员便在"伏尔甘"号舰桥上的布朗式轻机枪掩护下跳上"公爵夫人"号。"伏尔甘"号撞到"公爵夫人"号，轻微地往回弹了一下，不得不再次缓慢地向前凑，让另外的6个人登船。接着，马奇-菲利普斯队伍的最后一波人也以同样的方式爬上了船。他们"没有遇到什么抵抗"，马奇-菲利普斯后来在他的报告中如此写道。[21] 实际上，唯一的意外是一位队员不小心被一只在甲板上溜达的猪绊倒了。

把船固定要比预想中的简单。"维京人"拉森将船绳的一端拴在"公爵夫人"号的一根系桩上，然后将另一端扔给同伴罗宾·达夫。"拉，罗宾！快他妈使劲拉！"[22]

与此同时，马奇-菲利普斯和绰号"肉馅羊肚"的泰勒"一手握刀，一手拿枪"来到船桥。[23] 然而他们发现这里空无一人。其他人去到甲板下面，俘虏了所有没被邀请去参加卡西诺餐厅晚宴的意大利人。有几个意大利人试图反抗，但是马奇-菲利普斯的手下亮出了他们的警棍（也被他们称作"说服器"）。一位队员不得不"拿出他的说服器，像弹琴一样在这些人头上打了一顿"。[24] 这迅速说服了那些反抗者放弃抵抗。

当上船的这群人踢开其中一扇锁着的门后，他们发现一个名叫希尔达·特尔西的女乘务员蜷缩着躲在船舱里。这是当晚唯一的意外。面对着一伙痞里痞气、涂黑了脸，还带着警棍的突击员们，她吓得晕了过去。

马奇-菲利普斯占领船桥时，杰弗里·阿普尔亚德正在"公爵夫人"号的船缆上安放炸弹。这是整个行动的关键，成败在此一举。没有人能够保证塑性炸药一定可以炸断粗重的金属缆索。

炸药引燃时确实产生了巨大的爆炸力。伦纳德·吉斯描述说，当时"爆发了一声巨响，伴随着一道闪光，照亮了整个岛"。[25] 即便如此，还是有一根缆索未被炸断，阿普尔亚德不得不又放了一个导火索非常短的炸弹。最后那根缆线被炸断时，又发出了一道亮光。接着，将"利科马巴"号和"布隆迪"号两艘船固定在海港岸壁上的缆索也被炸断了。

现在，"公爵夫人"号由"伏尔甘"号的舵柄控制了。"伏尔甘"号拖船启动螺旋桨，船长科克尔先生展示了熟练的航海技术。他"给'公爵夫人'号施加了两个侧向力，一个在左侧，一个在右侧，就像把瓶塞从瓶子里拔出来一样"。[26] "当这艘巨大的班轮突然摇晃一下开始向前滑动时"，阿普尔亚德惊呆了。他及时跳上了甲板。"公爵夫人"号"丝毫没有停留，以超过每小时 3 海里的速度，直线穿过 3 个浮标，驶向了远海"。[27]

不一会儿，"纽尼顿"号也朝远海驶去，后面拖着"利科马巴"号和"布隆迪"号。不到一分钟，马奇-菲利普斯的两艘船，连同他们拖着的战利品，便消失在茫茫夜色中。


岸上乱成了一团。一连串的爆炸声响彻整个圣伊莎贝尔，引起了极度的恐慌。报警的军号声响了起来，人们尖叫着在城镇中四处逃窜，"警报！警报！"大多数居民都以为海港遭到了空袭。"一听到爆炸，防空炮便出动，向着天空一通扫射。"

没人意识到，仍然处于黑灯瞎火中的海港受到的是来自海上的袭击。当地的西班牙人都冲向殖民地警卫队去拿枪。警卫队队长也边跑向大楼边喊："发生什么事了？"[28]

爆炸声和防空炮的开火声让卡西诺露台餐厅里的人感到困惑而不是惊恐。他们大部分人都喝得烂醉如泥，几乎无法走路。有些人还去了当地的妓院，结果好事却被外面的骚乱给搅黄了。此时，他们都摇摇晃晃地赶往港口，却发现他们的船居然不见了。由于喝了太多科尼亚克白兰地，他们仍然双眼迷离，头晕目眩。他们揉了揉眼睛，再次看向船停泊的方向。他们并没有看错：船真的不见了。

英国领事彼得·莱克和他的新副手、副领事戈登目睹了接下来的骚动。他们无意中听到了当地非洲人和西班牙人在搞清楚发生了什么事情后发出的响亮笑声。而"利科马巴"号的船长施佩希特就笑不出来了。大约在凌晨1点30分的时候，他来到英国领事馆，推开没锁的前门闯了进去，大声叫道："我的船呢？"

"他喝得酩酊大醉，嘴里骂骂咧咧的。"领事莱克写道。他立即命令施佩希特出去。"结果他一拳打在了我的脸上。"[29]

比起在深夜的夜总会闹事，副领事戈登更擅长外交的艺术。然而在眼下这个场合，他证明了自己的左勾拳也相当不赖。他"冲向施佩希特，请他吃了一顿北苏格兰人的重拳，居然真的把他屎都打出来了"。当施佩希特意识到戈登要向他开枪时，"他瘫倒在地，裤子掉了下来，大小便失禁，散了一地，弄得到处都是"。戈登叫来他的手下，将臭气熏天的施佩希特交给了警察。[30]

第二天早晨，两艘船被盗的消息便传开了。当理查德·李皮特和他的西班牙朋友蒙迪亚夫人去羽毛球场打球时，发现那儿已经被士兵包围了。他们告诉他，港口有3艘船被神秘偷走了。（几个小时前，李皮特就已经知道了这个消息。）蒙迪亚夫人对他说："干得漂亮，英国人真聪明。"李皮特回答说："不，英国人永远不会做这样的事情，尤其是在西班牙人的海港。"蒙迪亚夫人笑了笑。"等着瞧吧。"她说。

彼得·莱克高兴地发现，没人能够把责任归咎于英国。"第二天，满城风雨，"他回忆道，"自由法国、维希政权、美国、英国，甚至是反对长枪党的西班牙海盗都遭到了同样的怀疑。"他还补充道，破坏队员剑走偏锋的冒险行为引起了一阵轰动。"许多西班牙人对于此次行动之精彩，时机把握之精准公开表示出欣赏和愉悦之情。"[31]

德国海运代理商海因里希·卢尔称，这次行动完成得如此精彩，只有德国人自己才能够实现。他认为，如果真是如此，那每个人都应被授予铁十字勋章。然而，在海港水面上发现的漂浮着的"自由法国"组织的帽子——马奇-菲利普斯临别时留下的一个小礼物——暗示这次行动很有可能是戴高乐的人干的。

马奇-菲利普斯指挥了一次教科书般干脆利落的行动，没有留下任何蛛丝马迹。但在控制这3艘船之后的数小时中，他们并非没有遇到麻烦。刚离开海港，"纽尼顿"号拖着的"利科马巴"号和"布隆迪"号就开始相互撞击起来。他们不得不将"纽尼顿"号熄火，并用一根更长的绳子拴住"布隆迪"号。但很快绳子便磨坏了，安诺斯·拉森不得不表演了一段让人胆战心惊的杂技。他利用从赛克斯和费尔贝恩那儿学来的技巧，在连接"布隆迪"号和"纽尼顿"号的绳索上表演起了杂技。"他腰上系着一根引缆绳，爬过磨损了的拖绳。"[32]好几次他都差点掉下去，但幸运的是，他又重新找到了平衡，最终他成功地登上了"布隆迪"号，将新的绳索绑在了船上。

"达奥斯塔公爵夫人"号由杰弗里·阿普尔亚德和一批骨干船员一起掌舵。他们十分高兴能够偷走这3艘船，并且俘虏那些现在被锁在甲板下面的意大利人，因此，他们在主桅上升起了骷髅旗。马奇-菲利普斯看到这面旗帜在晨风中飘扬时勃然大怒。"我们都挨了一顿臭骂，并且被命令不可以挂骷髅旗，"伦纳德·吉斯回忆说，"这个老古斯，真是一个对规矩一丝不苟的人。"[33]

理论上来说，"达奥斯塔公爵夫人"号停泊在圣伊莎贝尔港时是不能碰的，因为这里是一个受国际法保护的中立港口。然而此时它驶入了公海，尽管这不是它自愿的，但现在任何碰巧发现它的同盟国舰船都可以攻击它。这也正是马奇-菲利普斯任务的第二步。事前经过筹划，英国皇家海军"紫罗兰"号（Violet）会在海上拦截"达奥斯塔公爵夫人"号，将其作为敌舰抓获并扣留。如果一切按照计划进行，几小时后，那些意大利俘虏会再遭一次罪。

但到了约定的时间，英国皇家海军的"紫罗兰"号并没有出现，直到1月20日下午它才靠近马奇-菲利普斯的小舰队。尽管"紫罗兰"号来晚了，但这丝毫不影响结果。3艘船被"俘虏"后不久，即下午6点刚过，6艘船就都驶进了拉各斯港，马奇-菲利普斯和他的人在那里受到了英雄般的欢迎。

"我们受到了热情接待。"一位队员说道。[34] 他们得到了总督伯纳德·鲍迪伦爵士的接见，伯纳德手拿着威士忌和苏打水，站在他的私人浮桥码头上激动地欢呼着。

更令人意想不到的是，他们还得到了吉法德将军的欢迎。他曾竭尽全力阻挠这项任务，但是现在任务成功了，他急切地想要把功劳揽到自己身上。"［他］走了过来，把我们看作是自己人，因为我们出色地完成了一次行动。"[35]

当马奇-菲利普斯看着这些欢呼的人群时，他为自己的队员感到由衷的自豪。他们已经没日没夜地工作了了"一个星期，几乎没有合过眼，虽然环境艰苦且危险，却都斗志高昂，无私忘我"。[36]

任务成功完成的消息迅速传到了格宾斯那里，讯息上用粗体写着：

> 人员伤亡情况：我方完全没有伤亡；敌方除少数人头部受伤外，无其他伤亡。俘虏：德国人，零；意大利人，男性二十七人，女性一人，还有当地居民一人。

格宾斯立即给拉各斯回电。"向参与这次计划周密、实施完美、大获全胜的行动的全体人员表示最大的祝贺。"

当外交部，甚至是内阁纷纷发出祝贺电报，乔治·吉法德将军觉得自己也应该写一封祝贺信——一封令人颇为尴尬的信——给参与此次行动的一个主要特工。"由于无法言明的原因，我觉得我不得不反对我们的任务，"他说，"这一点也不会减少我对你们精湛［此处文字丢失］、胆量和成就的钦佩之情。"接着他补充说，他"衷心祝贺，并希望未来若有类似计划时，情况能允许我去助一臂之力而非横加阻挠"。[37]

还有一个尚未解决的问题需要去处理。此时最重要的是，绝不能让西班牙人发现一支英国突击队明目张胆地无视他们的中立地位，偷走了他们的 3 艘船。马奇-菲利普斯一抵达拉各斯的首个任务便是封住意大利俘虏们的口。因此，在"达奥斯塔公爵夫人"号上的所有俘虏都被赶往地处丛林深处的一间俘虏收容所，此地位于距拉各斯 240 多千米的内陆。他们将在那里忍受到战争结束。

接着便是要对外散布一系列谣言，以掩盖所发生的一切。首先，休·道尔顿给丘吉尔写了一封信。"有理由认为西班牙政府知道是一艘国籍不明的大拖船进入了海港将船拖了出去，但这大概是西班牙人所知道的全部。"他写道，马奇-菲利普斯手段相当高明，没有留下任何蛛丝马迹，以至于"我们相信，他们无法证明那艘拖船是英国的，此外，我们还采取了最严密的预防措施以保证在拉各斯不会泄露任何消息"。[38]

在行动开始的几小时后，英国第一次做出了官方回应：这是一场瞒天过海的好戏。1 月 19 日午夜，一则公报清楚地表明了英国的立场。"英国海军部有必要声明，没有任何英国或盟国的舰船在费尔南多波岛附近出现。"声明还表示，德国谴责英国参与此事，这是性质严重的指控，因此英国在西非的总司令已从拉各斯派出侦察舰队搜寻真正的犯人。

西班牙国内对于发生的事情感到恼怒。尽管没有证据表明这次事件是英国人干的，但是西班牙亲纳粹的外交部部长塞拉诺·斯诺尔还是直接将矛头指向英国。早在马奇-菲利普斯的船队到达拉各斯前，他便称此行动是一次"对于我们主权的无法容忍的侵犯"。他还说"这种藐视任何权利，并且是在我们管辖的水域内进行的海盗行为，必然激起每一个西班牙人的愤怒。"[39]

纳粹媒体同样怒不可遏，人民观察家报（*Völkischer Beo-*

*bachter*）公开指责英国实施了一次非法且离谱的海盗行为。

英国驻马德里领事塞缪尔·霍尔气势磅礴地平息了这场纷争，他对西班牙政府"贸然将英国政府与在圣伊莎贝尔或'达奥斯塔公爵夫人'号上发生的所有事情联系在一起"表达了深深的失望。他重申，英国政府"与在公海上截获敌舰之前所发生的事情没有任何关联"。[40]

和英国其他的声明一样，这也是彻头彻尾的谎言。在战争进行了两年之后，英国政府和它的公职人员终于学会了如何像无赖一样行事。

# 第十章

# 致命的爆炸

科林·格宾斯在西非取得的胜利使得陆军部中那些反对他的人稍微转变了对他的态度。一年多以来，那些高级将领们跟他说话时，仿佛他是"一个品行有些不端的孩子"，他的目标"不值得认真考虑"。有些人甚至觉得他的团队是"一群没有任何战斗力、关在密室里的精神病患者"[1]，并且认为应该解散整个贝克街的组织。现在他们才意识到，格宾斯已经构建了一个由特工和破坏队员组成的稳固网络，这个网络从热带非洲一直延伸到了北极圈。

不仅"邮政局长行动"取得了成功。另一项稍逊风采却同样成功的任务是所谓的"设得兰公交车行动"（Shetland Bus）。格宾斯利用渔船将特工和炸药偷运进纳粹占领区，从而成功在设得兰群岛和挪威之间建立了定期联系。到1942年春天，已有近百名破坏队员和150吨炸药被运进了挪威。一系列大胆的破坏行动正在酝酿之中。

然而在挪威，有一个目标是格宾斯的人无法攻击的，虽然它就停泊在峡湾。"提尔皮茨"号（Tirpitz）是希特勒海军部队的最新成员，也是世界上最强大的战舰。这艘战列舰满载排水量52 600吨，是一艘名副其实的海上巨无霸，船上布满了鱼雷发射

器和高射炮。一旦它被部署在北大西洋，会给那些已经遭受德国
U 型潜艇重创的护航船带来严重威胁。

1 月 25 日，丘吉尔在给高级将领的一封备忘录中写道："最重
要的目标就是它。在当前这个阶段，战争的整体战略取决于这艘
战列舰。"在他看来，"摧毁或者哪怕是让这艘船受损"是"最为
紧急而且至关重要"[2] 的事。因此，他要求皇家空军轰炸机司令部、
海军航空兵和皇家海军驱逐舰通力合作，他同时也在考虑任何可
以阻止"提尔皮茨"号被部署在北大西洋的计划，包括采取破坏
行动。

然而，事实上无法使用破坏行动攻击"提尔皮茨"号，甚至
连格宾斯在挪威的特工们也办不到，因为它防御严密，周围由支
援船环绕，而且这艘战列舰体积庞大，"帽贝炸弹"也很难将其炸
沉。但是，它最大的优势——体积——同样也是它最显著的弱
点，因为庞大的体积意味着容易暴露并且易受攻击。每个船长都
深知，一艘战舰的好坏取决于其使用的配套船坞，而大西洋沿岸
唯一一个可以服务"提尔皮茨"号的船坞就是位于圣纳泽尔的诺
曼底船坞。海军部的官员们一直坚信，如果无法使用诺曼底船坞，
希特勒便不敢将他这艘最大的战舰部署到大西洋，因为这样的话
它需要维修时就不得不返回德国，这意味着它在经过英吉利海峡
时会置身于无法承受的危险之中。现在，破坏诺曼底船坞一下成
为最重要的任务，科林·格宾斯受命策划他迄今为止最大胆的冒
险活动：对世界上最大的干船坞实施两栖突击。

这次任务说起来容易做起来难。单就数据来看，任务就惊人
地复杂：诺曼底船坞长 360 多米，由巨大的钢筋混凝土块建成。

更有挑战性的是位于船坞两端的巨型钢制沉箱式大门。任何破坏行动要想成功就必须冲破闸门，但普遍认为它们是坚不可摧的。这些门由可拆卸的沉箱组成，锁进地下深处的凹槽里，闸门由超过 10 米的加厚钢筋建造，比一座房子还高。

侦察照片显示情况的更糟糕。圣纳泽尔对纳粹而言十分重要，因此这里有重兵把守，还配有大炮、高射炮、重型迫击炮。其中有许多武器是用来保护直接通往船坞闸门的航道。这条人工挖掘的航道离海岸线仅数米，任何经海路而来的袭击者都会暴露在极度危险之下。

在研究了诺曼底船坞所有能找到的相关示意图和照片后，格宾斯得出了结论：至少需要 38 个人和 900 磅特制的炸药才能“完全摧毁闸门”。他还提醒说：“如此大规模的队伍进入船坞区域不可能不引起交火。”[3] 攻击圣纳泽尔船坞的任务还需要数百名受过专业训练的突击队员的支持。

由谁来完成这项自杀性的任务还未完全确定。一种方案是派古斯·马奇-菲利普斯和他的队伍去。他们在结束短暂的西非之行后回到了伦敦，正摩拳擦掌期待新任务。“邮政局长行动”之后，格宾斯获准将他们扩充成一支约有百人的部队，他们自此以第 62 突击队的名义行动。马奇-菲利普斯当然拥有足够视死如归的战友，可以尝试进攻诺曼底船坞，然而格宾斯却觉得他的队伍规模仍然太小，不足以去进攻圣纳泽尔。

第二个方案是空降破坏队员到港口，毕竟这个办法已经在佩萨克获得了巨大成功。但是，佩萨克的行动只需要 8 枚小型“帽贝炸弹”去摧毁机械设备。但炸毁圣纳泽尔船坞的浮箱闸门需要大量的炸药，空运根本不可行。因此格宾斯放弃了空降的办法，他不情愿地总结说，破坏希特勒的最大船坞"超出了贝克街的能力"，至少短期内做不到。[4]

若不是从其他角度思考而得到了绝妙的启发，这件事就要被搁置了。格宾斯一直认为，必须打击敌人最薄弱的地方。1942年的1月末，"提尔皮茨"号最薄弱的地方不是战列舰本身，甚至不是诺曼底船坞，而是在很有前途的海军指挥官——约翰·休斯-哈利特的脑子里。与朋友迪克·科斯特巴蒂漫不经心地翻阅一张法国大西洋沿岸的航海图时，休斯-哈利特脑海中出现了只能被称为"灵感顿现"的时刻。如同阿基米德一样，休斯-哈利特解决这看似难以攻克的问题的办法要依靠过量的水。

当休斯-哈利特研究卢瓦尔河口的水深时，他意识到圣纳泽尔船坞的防御有一处重要的漏洞，一个至今仍被完全忽略的漏洞。在春季，当满月和少见的大潮同时出现时，水面就会上升到很高的高度，浅吃水船不需要通过人工航道便能到达南边的浮箱闸门。这意味着一艘船能够在不遭到岸边防线狂轰滥炸的情况下靠近闸门。每年仅有那么几个小时，诺曼底船坞会赤裸裸地暴露在危险中。

休斯-哈利特上校向他的朋友查尔斯·拉姆上校讲了自己的发现，查尔斯·拉姆又和联合作战司令部司令蒙巴顿勋爵进行了汇报。蒙巴顿认为这是一个可以把握的机会，就在1月底的一个下午，把他的参谋召集到里士满广场的总部，重述了拉姆上校在午餐会上告诉他的信息。"让我们做件不同寻常的事吧。"他说。[5]

这个即将进行的行动不仅仅称得上不同寻常，在规模和大胆程度上更是个突破。进攻部队的人员从蒙巴顿的突击分队中选出，而炸药和专业训练则由格宾斯负责。和大多数高级将领不同的是，蒙巴顿深深地佩服格宾斯，并"很快注意到"，他提供了"一条独特渠道，似乎能源源不断供应特殊武器、炸药和其他技术设备，这些武器都是联合作战司令部既没资金也没设备去自行生产的"。[6]

格宾斯满怀热情地开始工作。休斯-哈利特上校从航海图上发现新突破口后没过几天，格宾斯就要求与他见面。一个计划迅速成形，他们的想法是用一艘旧驱逐舰装上延时引爆的烈性炸药，高速撞击船坞南闸门。这枚炸弹将是有史以来最恶毒的武器——包裹在厚重的钢筋水泥中，会以骇人的力量爆炸。蒙巴顿将它描述为应对当前棘手问题的一个"恐怖的解决办法"[7]。它能将诺曼底船坞炸成扭曲破碎的废墟。

然而，还可能存在一个困难。任务能否成功完全取决于炸药的引爆装置和导火索。炸药至少需要延迟 7 个小时引爆，让行动队员有时间杀开一条路下船去破坏船坞，然后再逃离圣纳泽尔。

格宾斯早就意识到需要一种简单但可靠的延时起爆导火索。"我们的人经常要在黑暗潮湿的夜晚活动、爬过铁丝网和碎玻璃，因此必须保证装置尽可能简易、尽可能小而且操作要尽可能简单。"[8]

米利斯·杰弗里斯留意到了格宾斯的话，因而一直在醉心研发他的"L 型导火索"，这是一种小巧的导火索，其性能精确度尚不明确。字母"L"代表铅：杰弗里斯发现，铅丝在拉力作用下的拉伸非常规律。他想用这种"拉伸"特性来制造一种能精确到毫秒的延时导火索。然而，"L 型导火索"仍处于原型制造阶段，来不及在圣纳泽尔春潮来临前投入使用。

其他的延时导火索要么依赖一种很不可靠的机械钟，要么依赖一种仅适合短时延时的耐燃结构。而它们都无法用于一艘发动机振动会严重破坏精度的船上。

唯一的选择就是"时间铅笔"——一种有着极差记录的导火索。"一个十分不可靠的装置，"斯图亚特·麦克雷如此评价它，"使用它的人必须非常勇敢。"这种装置最显著的特点就是简单。一根钢琴线拉着一根用弹簧顶住的撞针，线外面是一个装满酸性液体的易碎玻璃管。当玻璃管破裂，酸性液体就会流出并腐蚀钢琴线，线一断便会释放撞针引爆炸药。

这种结构也暴露了这种装置的缺点：没人能确定这根线多久才会断。"理论上，在非常炎热的天气里，长时延时导火索会在数分钟内引爆。"麦克雷说，他曾对此进行了上百次试验。"在非常寒冷的天气里，它也可能完全不会引爆。"[9]

然而已经没有其他选择了。对圣纳泽尔的袭击成功与否就要取决于这根与铅笔大小差不多且精确度极差的导火索。如果引爆过早，突击队员连同他们的船都会被炸上天。当然，它也有可能完全不会引爆。

对圣纳泽尔的突袭行动规模巨大，共需要600多人参加，其中许多人参加过之前在挪威的冒险行动。但有3个人需要承担更多责任，他们要在一次打破所有战争规则的任务中发挥重要作用。

第一个人是斯蒂芬·贝蒂，34岁，赫特福德郡一位牧师的儿子。每个人都喜欢斯蒂芬：他"性格迷人，有着沉稳平和的气质、稳健理性的判断力，个性腼腆"。他的朋友都觉得他是一个典型的英国绅士。"身材高大修长，留着黑色胡须，拥有一双蓝色眼睛"，[10]忠于妻子菲利帕和他们的 3 个孩子。此外，他碰巧还是个天才船长，拥有十足的冒险精神，这些特质让他获得了领导一次突袭法国海岸的海盗行动的机会。

斯蒂芬曾经指挥过英国皇家海军"薇薇安"号（*Vivien*）保护北极护航舰队冒险穿越北海。据说"没有什么事能让他紧张或惊慌"，这正有益于他指挥一艘装载了 4 吨半烈性炸药的船。要在海上将自己的船炸毁，对他来说还是第一次。

关系到任务能否成功的第二个重要人物是炸弹专家奈杰尔·蒂比茨。他是一个极具天赋的海军学员，"长长的脸庞透着敏锐和智慧，总是带着淡淡的微笑"。年仅 28 岁的他已经获得了比多数人一生能得到的还要多的资格证书。他经常获奖：在海军考试中得了 5 次第一，在鱼雷射击中获得过奥格尔维奖章。如果命运没有鬼使神差地将他带到圣纳泽尔，他很可能因在数学理论方面的天赋而被米利斯·杰弗里斯招募到菲尔斯庄园的团队里去了，那样的话，"他就会激情澎湃地探讨数学理论中高度抽象的概念，并时常爆发出阵阵笑声"。[11] 他已经和查尔斯·古迪夫一起共事了数个月。这位古怪的科学家正帮着研发"刺猬炮"。

突袭圣纳泽尔的主要目的是要毁掉诺曼底船坞的沉箱闸门。然而在得知炸弹可能不会爆炸后，格宾斯决定派一组破坏队员登陆，其任务是尽可能多地摧毁诺曼底船坞的绞缆机和泵机。这些破坏队员由 28 岁的比尔·普理查德上尉指挥——"邪恶三人组"的第三位。普理查德是威尔士人，嗜酒如命，爱搞破坏，尤其喜欢对既定目标的破坏行动。和格宾斯一样，他很久前就觉得飞机轰炸的效果很差。"你们可以炸出许多大洞，制造很多麻烦，但无法让船坞瘫痪。"能确保破坏绞缆机和泵机的唯一方法就是"派些家伙进去将炸弹放在关键位置"。[12]

普理查德看起来是个彻头彻尾的捣蛋鬼：身材高大，体格健壮，在计划"他喜欢的恶作剧或破坏行动"时，他那双调皮的棕色眼睛便"闪烁着诙谐的光"。此时，他要负责领导他人生当中最大的一次恶作剧，带着他的队伍登陆，炸飞所有的叶轮泵和液压绞盘。

普理查德拥有当时最好的爆炸装置，包括"火罐""柏油宝宝"以及用来切断枪筒的"香肠炸药包"。但是最主要的炸弹还是"帽贝炸弹"和"贝壳弹"，后者是麦克雷为满足小型炸弹需求，根据克拉克的"帽贝炸弹"改造而成的迷你版本。"虽然这种炸弹只含有 200 多克炸药，"他说，"但英国化学工业公司为我们制造了一些高速材料，能够让爆炸覆盖相当大范围内的目标。"[13]

被选中执行任务的突击队员都驻扎在苏格兰高地紧临阿里赛格的罗海洛特。虽然在被送去接受埃里克·赛克斯和威廉·费尔贝恩训练时，他们隐约感觉这次任务会很艰巨，但他们对目标一无所知。

他们对要接受"两位仁慈的方块头牧师"的训练感到很惊讶，但他们很快便发现，自己的生命将依赖于这些专家的技艺。一位队员柯兰·珀登中尉被带到阿里赛格的地下室，学习如何在黑暗中杀人，包括"在放有沙袋的地下室靶场近距离射击，里面还会有从暗处突然出现的移动目标"。

珀登和他的战友们学会了如何利用一切可以想象到的武器杀

科林·格宾斯在他 1939 年那本有争议的小册子《游击战的艺术》中主张要破坏铁路。"光是射击列车是不够的，"他写道，"首先得让列车脱轨，然后再开枪射杀那些幸存的人。"

塞西尔·克拉克展示他 1939 年发明的"帽贝炸弹"，这种炸弹重量轻、用途广、杀伤力大。

米利斯·杰弗里斯发明的威力巨大的黏性炸弹。温斯顿·丘吉尔曾下令："要造 100 万枚黏性炸弹。"

科林·格宾斯，毫无争议的游击战大师。高级军官们不信任他的作战方式。

米利斯·杰弗里斯，英国最杰出的炸弹专家，深得丘吉尔赏识。

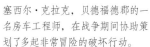

琼·布赖特，1939年夏天成为卡克斯顿大街游击战总部的关键人物。

塞西尔·克拉克，贝德福德郡的一名房车工程师，在战争期间协助策划了多起非常冒险的破坏行动。

1940年秋天，斯图亚特·麦克雷参与创立了位于菲尔斯庄园的秘密武器研究所。他风趣幽默，富有魅力，曾监督管理数百万破坏武器的生产。

塞西尔·克拉克的房车是工程学的杰作，也使得他引起了陆军部的注意。他们家这辆1936年加拿大产别克牌汽车曾属于英王爱德华八世。

绰号"比尔"的埃里克·赛克斯和"上海坏小子"威廉·费尔贝恩是秘密杀人技术的世界顶级专家。他们曾想为陆军部工作，但是被拒绝了。科林·格宾斯当机立断将他们招入麾下。

费尔贝恩-赛克斯突击队匕首最先由威尔金森剑公司（Wilkinson Sword）在1941年生产，专门用于近身格斗，英国和美国都为突击队员配发了这种武器。

位于苏格兰高地的阿里赛格庄园，这里是科林·格宾斯的秘密杀人学校，建立于 1940 年，由埃里克·赛克斯和威廉·费尔贝恩负责管理。

科林·格宾斯位于贝克街的总部，创立于 1940 年的夏天，成为他游击战帝国的中心。这座建筑外部无任何显著特征。

布里肯唐布雷庄园，一所为工业破坏行动设立的精英学校。塞西尔·克拉克和乔治·瑞姆设计了特训课程，包括谋杀、破坏以及游击战等方面。

距离布莱切利公园仅 11 千米的菲尔斯庄园，这里是米利斯·杰弗里斯的私人领地，生产了数以百万计的炸弹、引爆装置和诡雷。

米利斯·杰弗里斯（右起第二位）在菲尔斯庄园，与他一起的是他最得力的三名下属，（从左到右分别是）诺曼·安吉尔、斯图亚特·麦克雷和拉尔夫·法兰特。

温斯顿·丘吉尔正在检查一支汤普森冲锋枪。他特别热衷参加米利斯·杰弗里斯的武器演示。

塞西尔·克拉克发明的"空中开关"。破坏者们将这种炸弹藏在德国飞机内部，气压将会在半空中将其引爆。

塞西尔·克拉克最大的机械怪兽——"大东方"——是一种架桥机，它能利用先进的火箭技术跨越各类河流水道。

肯特郡加思农舍。1940 年春天，它成为科林·格宾斯秘密游击队的总部，用于开展反纳粹入侵的行动。

米利斯·杰弗里斯威力巨大的反 U 型艇"刺猬炮"的研发耗时两年，它能潜入水中，有着潜艇的外形，发生撞击时便会爆炸。美国军舰"英格兰"号在 12 天里击沉了 6 艘日本潜艇，是"刺猬炮"创下的战时纪录。

一张米利斯·杰弗里斯（图中）和丘吉尔以及弗雷德里克·林德曼教授在一起的珍贵照片。杰弗里斯得到了首相坚定的支持。

米利斯·杰弗里斯在战争的第一年里住在伦敦北部的一辆房车中。斯图亚特·麦克雷就住在他隔壁的房车里。

米利斯·杰弗里斯在菲尔斯庄园的发明家得到了一群来自威尔士的女士们的协助。她们在令人敬畏的"仙女"宛德小姐手下工作。

马奇-菲利普斯无所顾忌、天资出众、胸怀大志，他于1942年对费尔南多波岛发动了一次海盗式的袭击。"达奥斯塔公爵夫人"号（上图）是这次勇敢的"突袭"行动的目标。

破坏行动的代价：1942 年 3 月对圣纳泽尔的袭击导致 169 名英国突击队队员牺牲，215 名队员被俘。

奈杰尔·蒂比茨，炸弹专家，也在阵亡名单当中。

史蒂芬·贝蒂，英国皇家海军战舰"坎贝尔敦"号船长，"坎贝尔敦"号是用于袭击圣纳泽尔诺曼底船坞的一颗漂浮炸弹。

"坎贝尔敦"号撞击了圣纳泽尔的船坞。在拍下这张照片的几小时后，隐藏的炸弹被引爆了，给德国人造成了灾难性的损失。

莱因哈德·海德里希，希特勒的"布拉格刽子手"，他是一次惊人的刺杀行动的目标。两名刺客（下图）约瑟夫·盖伯瑟克和扬·库比斯由格宾斯的团队负责训练。

塞西尔·克拉克自制的炸弹正中海德里希所乘汽车的后轮。

位于希腊的戈尔戈波塔莫斯高架桥。每天有 50 辆列车通过这座桥给隆美尔在北非的部队运送必需的武器装备。

被破坏的高架桥在 1942 年 11 月和 1943 年 1 月之间至关重要的 6 个星期里无法使用。

埃迪·迈尔斯领导了破坏高架桥的英勇行动。

迈尔斯的副手克里斯·伍德豪斯（蒙蒂）在希腊领导了一场对抗德国人和意大利人的残酷的游击战争。

位于挪威的海德鲁重水工厂，于1943年2月遭科林·格宾斯的破坏队员袭击，希特勒因此失去了获得原子弹的机会。

挪威水电集团坐落在悬崖峭壁上。破坏队员不得不在冬天的漆黑夜晚攀上岩壁。在峡谷底部的几个人——包括几名执行任务的破坏队员在内，在1948年的一部挪威电影中重现了他们当年执行的任务——让人们感受到了他们攀登的那个峭壁多么凶险。

头脑冷静的约阿希姆·伦内伯格，23岁，他是挪威破坏队员的领袖。这张照片是他执行任务前在伦敦拍摄的，如果他不幸牺牲，这张照片就会寄给他的父母。

这张照片的中央就是挪威水电厂，它位于冰雪覆盖的哈当厄高原上。照片前方的木屋便是破坏队员在发动进攻前最后的藏身之所。

甚至就连冯·法尔肯霍斯特将军也对这次行动赞叹不已："这是我在这场战争中见过最出色的一次奇袭。"

克努特·豪科利德爬上了"海德鲁"号并在上面放置了一颗延时炸弹。这艘船沉没了，与之一起沉没的还有希特勒仅剩的重水。

哈里·雷以一名和平主义者的身份开启了战争。他是格宾斯团队中的一名重要成员，破坏了法国的标致工厂。

标致工厂雇用了6万名工人。它在1940年落入纳粹的手中，在1943年11月被雷手下的队员们破坏。

破坏铁路的行动非常有效。它使强大的纳粹党卫军第二装甲师——帝国装甲师——在盟军登陆时无法及时赶到诺曼底。

汤米·麦克弗森,游击战争的专家。他对于帝国装甲师展开的残酷作战为他赢得了艾森豪威尔将军的称赞。

帝国装甲师正前往诺曼底。游击行动使得该部队两天的行程变成了一个长达17天的噩梦,在此期间他们不断受到破坏行动以及"打完就撤"的攻击的骚扰。

战后电影《危险学校》(*School for Danger*)的两张剧照，哈里·雷（位于两张剧照的右边）在其中扮演了战时破坏队员的角色。

哈里·雷和杰奎琳·尼尔内收到了一份关于他们将要通过降落伞空投到的那个区域的详细作战指示。

在诺曼底登陆之前，雷学会了破坏一个火车头的最佳方案。

1944年晚春，超过4000吨的破坏装备和炸弹已经被空投至法国，为盟军登陆诺曼底做准备。

人，"包括站着使用博斯反坦克步枪，迅速地发射 2 英寸迫击炮"，这些都是能将人炸飞的武器。突击队员们被警告说：如果使用不当，他们很可能会"肩膀骨折、屁股开花"。[14]

此外，他们还被提醒，在黑暗中袭击一个有重兵防守的船坞，意味着他们的枪支很可能派不上用场。费尔贝恩在上海时有过晚上抓捕歹徒的经历，这让他有了相关经验。"他们朝你过来时，你不得不跳起来反击，"他说，"而且，如果彼此十分靠近，那就只有更强的搏击者才会赢。"于是，他开始教授突击队员们用匕首近身搏斗的技术，并且强调，自信是成功唯一重要的因素。"如果自信，你会本能地进攻，只要主动进攻，无论对手体重和力量如何，你都能取胜。一直防守则是最致命的。"[15]

为突袭圣纳泽尔任务而开展的训练不仅强度高而且很折磨人。珀登中尉以及一同受训的队员"进入及臀高的冰水，穿过峡湾河口，手举巨石蹚过冰冷的激流，爬上看似永无尽头的高山，沿着陡峭的碎石坡奔跑而下"。[16]到 3 月的第三周，他们已经做好准备去执行任务了。

用来撞击钢制沉箱闸门的船是英国皇家海军战舰"坎贝尔敦"号（Campbeltown），它是一艘一战时期留下来的旧船。这艘从美国租借来的军舰，即将有机会创造最后的荣耀。为了能通过圣纳泽尔的浅滩，它必须大幅减重。因此，所有重型装置，包括鱼雷发射管都被拆卸搬离。重型甲板炮也被拆掉，燃油量也减至最低。

甚至船上的两个烟囱都被拆除了，这不仅仅是为了减轻重量。他们希望德国哨兵从岸上看到"坎贝尔敦"号那黑色的轮廓时，会误认为是德国海鸥级驱逐舰，尤其是船上还挂着纳粹党徽。欺骗和诡计是突袭圣纳泽尔行动的重要元素。

给甲板装上了装甲护板后，贝蒂船长就开始试驾了。他心想，这艘船开起来真他妈糟糕，如果要驾驶着它撞向诺曼底船坞的南闸门，还得随机应变。

"坎贝尔敦"号最后的改装是最重要的。一枚巨型炸弹被吊进甲板下方，在那里它将造成最大破坏。这枚炸弹自重4吨半，相当于一辆卡车的重量，外面用铁皮密封后再用水泥包住。它爆炸时——如果会爆炸——能造成巨大的破坏。

斯蒂芬·贝蒂已经听说了许多关于"时间铅笔"不稳定的传闻，他向炸弹专家奈杰尔·蒂比茨谈及了自己的恐惧。"如果我们遭遇大火，导火索系统迅速燃烧，会怎么样？"他问。蒂比茨说，他希望不会发生这样的事。"否则领导行动的那个家伙——也就是你——会被炸飞。"[17]蒂比茨耸了耸肩。他们确实是在进行一场豪赌。蒂比茨担心船撞向船坞闸门时会触发导火索，那他们会早早地被炸死。他深爱的妻子埃尔姆斯利也有同样的担忧。对丈夫这次任务，她内心十分痛苦，"那种再也见不到彼此的恐惧总是萦绕心头"。[18]

直到出发前夕，队员们才被告知他们要去执行代号为"战车行动"（Operation Chariot）的任务。行动指挥查尔斯·纽曼上校向他们通报了情况。"先生们，"他说，"我很清楚你们一直想知道为什么要来到这儿，现在我来告诉你们。你们一定很高兴，因为我们被选拔出来去执行一项非常美好、俏皮的工作，而且这无疑是突击队有史以来承担的最重要的任务。你可以认为这是自大海盗德雷克的事迹后最大胆的事情。"[19]

　　3月26日下午2点，"坎贝尔敦"号从法尔茅斯港出发，随行的还有2艘海军驱逐舰、1艘鱼雷艇、1艘炮艇和12艘载着突击队员的汽艇。突袭的机会转瞬即逝，必须在3月29日午夜12点到3月30日凌晨2点之间发起攻击。这段时间内，满月和春季大潮理论上能帮助"坎贝尔敦"号溜过圣纳泽尔的岸边浅滩，从而避免通过靠近海岸线的航道。如果潮汐计算错误，船则会搁浅在河口的泥滩里。

　　虽然已经得知要执行的任务，但突击队员们仍然不清楚任务的目的。现在他们已经出海，不可能将信息泄露给敌人，斯蒂芬·贝蒂便将他们召集到甲板上，向他们做了说明。这些人很高兴自己被选中，用笑声和互相加油来掩盖自己的紧张情绪。"他们大笑着，互相开了些粗俗的小玩笑，然后回到了各自的舱铺，心脏怦怦直跳。"[20]随后，他们升起了带纳粹党徽的旗子，还嘲讽地朝旗子敬了礼，并拍下了照片。

　　3月29日夜幕降临不久，这支小舰队在海上做了最后一次集结。此时他们离法国海岸仅有40海里（约合74.08千米），是时候向两艘驱逐舰告别了。整个晚上这两艘驱逐舰都会待在海上，以便第二天早上和汽艇集合。在此之前，"坎贝尔敦"号以及随行的汽艇、炮艇和鱼雷艇将失去护卫舰的保护。

　　晚上11点整，奈杰尔·蒂比茨爬进了船里黑乎乎的内舱，也就是存放巨型炸弹的地方。里面闷热得让人窒息，这会影响到导火索，而引擎轰隆隆的振动更让人担忧。

　　蒂比茨摸索着走向占据船头甲板下大部分空间的那个钢筋水泥组成的大块头，小心翼翼地启动了3个定时8小时的"时间铅笔"导火索，它们将在第二天早上 7 点引爆炸弹。这是他人生中压力最大的时刻。从他释放腐蚀钢琴线的酸性液体那一刻起，"坎贝尔敦"号上的所有人就坐在了一个巨大的自杀式炸弹上。不管是酸性液体还是钢琴线，任何一个出现一丁点闪失，都会触发引爆装置。

所有人都知道，在"时间铅笔"引爆炸弹前，仍然有无数的危险摆在面前。他们希望能够伪装成德国驱逐舰，溜进卢瓦尔河河口，但不可能永远伪装下去。在某个时刻，他们必定会被识破。

临近午夜，"坎贝尔敦"号从海上到达了河口处。半小时之后，舰桥上的人看到了"兰开斯特里亚"号（Lancastria）半露在水面上的残骸，那是早在两年前的一次德军空袭中被击沉的一艘船。此刻，他们离目标只有约 11 千米，进入了危险的浅滩。

突击队员在甲板上打着哆嗦，他们能感觉到船"搅起了水底的淤泥"。[21] 某一时刻，船骨甚至擦到了河底。尽管如此，贝蒂船长在压力下仍然保持着冷静的头脑，驾船稳稳地驶过了淤泥。

对于在卢瓦尔河河口东岸的德国海军高射炮营指挥官洛塔尔·布尔亨内少校来说，这是一个沉闷枯燥的夜晚。这个晚上，他已经花了许多时间用夜视望远镜观察天上盘旋着的英国轰炸机。这些飞机的行为非常反常，它们毫无章法地飞着，零星投下几枚炸弹，看起来像是在转移注意力。

凌晨 1 点刚过不久，布尔亨内将望远镜转向深灰色的河口。借着微弱的月光，望远镜里看到的景象让他身体一紧。一支小型舰队正驶向船坞的方向。

布尔亨内一把抓起电话，连珠炮似的将这个信息报告给了港务局长，却被劝说不要犯傻。他又打给自己的上司梅克上校，报告了看到的情况。头顶上英国轰炸机的反常行为已经引起了梅克上校的怀疑。此时为了谨慎起见，他向把守河口的所有部队发出了警告信号："严防登陆！"约1分钟后，船坞上的一盏探照灯被打开，照向河口的灯光照亮了一艘像是德国驱逐舰的船，它随行的还有十几艘小艇。

"坎贝尔敦"号上，信号员派克几个小时前就开始期待这一刻的到来。在这千钧一发之时，他用德语发出信号："两艘受损舰艇请求立刻进入船坞。"[22] 这条信号让岸上的人很惊讶，从而又骗过了德国人5分钟时间。然而，在经历一阵慌乱急促的电话之后，凌晨1点28分，德国人拆穿了谎言：河口的船不是自己人而是敌军。

几秒过后，十几盏探照灯齐刷刷地照向河口的舰队，岸上所有武器都开始朝"坎贝尔敦"号开火。速射炮、机关枪和沿海炮台密集发射着炮弹，"坎贝尔敦"号的上层甲板暴露在致命的枪林弹雨之中。如果这艘船走的是那条人工航道，它立刻就会被击沉。

当贝蒂船长将"坎贝尔敦"号加速至18节时，连续不断射来的子弹打中了舰桥，穿透了薄薄的钢板。"炮弹一个紧接着一个在船边炸开了花"[23]，弹片和冰冷的海水都溅到了甲板上。蒂比茨被这些炮弹吓坏了。如果有一个炮弹落在"坎贝尔敦"号的船头，便有可能引爆船上的炸弹，造成毁灭性的后果。

威尔斯戴德上士紧紧握住方向舵，不顾一切地努力驾船穿过刺眼的探照灯光和纷飞的弹雨。他左躲右闪着避开机关枪的扫射，但是敌人的火力太强，最终他被击中身亡。很快有人顶上了他的位置。舵手努力保持贝蒂船长指挥的方向，结果自己也中了一弹。

一位破坏队员鲍勃·蒙哥马利正要前去掌舵，奈杰尔·蒂比茨按住了他的肩，说道："让我来，伙计。"

此时，"坎贝尔敦"号四面受击。烟囱和舰桥千疮百孔，机关枪的子弹直接射穿了锅炉房。甲板上一度发生了巨大的爆炸，"就像有人拿着大铁锤砰砰砸铁门一样响"。一颗炮弹在破坏队员斯图亚特·钱特身边炸开，弹片深深扎入他的体内。黑暗中，他伸出胳膊，吓了一跳。"我的腿湿湿的、黏黏的，右胳膊在冒血，一直流到了手上。"[24]

炮火太过猛烈，贝蒂船长发现很难锁定目标。在缥缈的水雾中，根本找不到诺曼底船坞的钢制浮箱大门，就连相邻的防波堤也看不见了。就在他透过雾气和追踪炮火张望时，一个德军探照灯正好照到了旧防波堤，帮他完美地定位了方向。他朝蒂比茨大喊，让他转左舵。他们还要前进 500 米。

贝蒂加足了马力。当速度达到 20 节时，船开始猛烈地颤抖起来。还有不到 60 秒。方向正确，沉箱闸门就在正前方。

"坎贝尔敦"号响亮的汽笛声穿透隆隆炮火，提醒大家振作精神，做好准备。当船拖着防鱼雷网驶在海床上时，队员们感觉到它稍稍被绊住了。随后，就在凌晨 1 点 34 分，船猛地撞向了闸门。

一名突击队员科普兰少校在甲板上被猛地甩向前方。他感觉贝蒂像是"在一辆小车上使劲踩了一下刹车"。撞碎了的船头碎片如雨点一般向后散落在甲板上。"火花、灰土和木条漫天飞舞。"[25]

贝蒂船长掸了掸身上的土，看了一眼手表，笑了起来。"好，我们干成了，"他冷静地说，"比预计的时间迟了 4 分钟。"[26]

斯蒂芬·贝蒂船长最紧急的任务就是检查闸门的损毁程度，然而，在火焰、探照灯和燃烧着的燃油发出的昏暗光亮中，完成这项工作并不容易。他小心翼翼地往前挪，高兴地发现自己完美击中了目标。"坎贝尔敦"号的船头被撞进去了 10 多米，和沉箱闸门破损扭曲的金属缠绕在了一起。

此时，贝蒂船长紧急下令打开阀门让船尾沉入水中。这样，德国人就无法在第二天早晨船爆炸之前将它拖离闸门。在他检查毁坏情况时，其他突击队员跳上了岸，在雾气、探照灯以及持续不断的枪林弹雨中向目标推进。

比尔·普理查德和手下要破坏的关键目标是泵房。据悉，在地下约 12 米深处的一个设防房间，有 4 个巨大的叶轮泵机。泵机是除闸门之外最重要的破坏目标。没有了它们，诺曼底船坞就不能蓄水也不能排水。

斯图亚特·钱特被任命为领队，带着其他 3 人去破坏泵机。尽管因炮弹爆炸受了重伤，他还是带着战友穿过炮火纷飞的船坞向泵房前进。这几个人都背着 20 多千克的帆布包，里面装满了特制炸弹。他们用塞西尔·克拉克的"帽贝炸弹"将紧锁的铁门炸开，然后摸黑走下环形铁梯。

钱特的伤口还在不停流血，但他仍然跳进响着回音的泵房，其他 3 人也跟着跳了下去。在地下深处，唯一的声音就是远处传来的爆炸声，直到一个破坏队员阿瑟·道克瑞尔开始唱起了歌："多佛的白色陡崖上将有一群蓝色鸟儿飞过。"[27]就连道克瑞尔自己也觉得这一刻犹如梦幻，但歌声却消除了紧张气氛。

他们在黑暗中布下炸弹。钱特和道克瑞尔让其他人先回到地面上，他们则留下设置引爆装置。90 秒后炸弹就会爆炸，他们几乎没有多少时间沿旋转楼梯返回地面。就在他们刚到达安全区域时，60 多千克烈性炸药就炸碎了主叶轮泵机，爆炸声之大，都"震裂了我们的耳膜"。[28] 一块巨大的混凝土块被抛向空中，窗户都震碎了，地面剧烈颤动，地下的泵房被炸得乱七八糟。

比尔·普理查德和他的队伍还摧毁了操作船坞北闸门的机器设备。在他们行动时，其他突击队员则不停地向德国的炮位射击，给他们提供火力掩护。船坞此刻就是一片人间地狱，燃油燃烧发出的可怖的火光照耀着一切。汽笛声和警报声混杂着汤普森冲锋枪的开火声，其中还有伤员和垂死之人痛苦的尖叫声。

许多突击队员还在汽艇上。德军炮火来回扫射，他们因此受困而无法登陆，只能坐以待毙。一半的汽艇都已被炸成碎片，水面上到处漂浮着恐怖的尸体，一半浮在水面，一半浸在水里。

船坞的战斗一直持续到凌晨 3 点，猛烈的枪声才逐渐减弱。有四分之三的突击队员阵亡或受伤，德国人开始搜捕幸存者。全身而退已经不可能了，只有两艘汽艇和机动小炮艇在这场激烈战斗中得以幸存。此时，它们正返航与在海上等待着的驱逐舰会合。

许多伤员都被留在了船坞。查尔斯·纽曼上校仍然在指挥战斗，并试图带着少数人突围。但这是徒劳的。德国人已经包围了圣纳泽尔，纽曼和大多数生还者都将成为战俘。

那一晚，能够生还全凭运气。斯蒂芬·贝蒂和奈杰尔·蒂比茨在一艘汽艇上商量对策时，甲板遭机关枪扫射。贝蒂没有受伤，但是蒂比茨被击中掉入水中。从此再也没有人见过他了。

最后，贝蒂在挣扎着靠岸时也被俘了。他赤裸着身体，全身都湿透了，但仍在计算着"坎贝尔敦"号爆炸的时间。

当圣纳泽尔迎来黎明破晓时分，出现在被俘幸存者眼前的是一片惨烈的屠杀景象。地上到处都是尸体和弯曲的金属，烟雾在寒冷的晨风中懒懒地漂游着。贝蒂知道，船被设置在早晨7点爆炸，作为战俘，他度过了紧张的几个小时，等待着教堂的钟声敲响的那一刻。最终，7点的钟声响起，过后却是一片寂静。什么也没有发生。

蒂比茨曾提醒说，爆炸可能会延迟多达两小时。他还说，如果炸弹在早晨9点30分还没爆炸，那说明"时间铅笔"可能已经在撞击沉箱闸门时遭到了致命损坏。时间一点点流逝——8点、9点——贝蒂害怕出现耻辱的结果：炸弹被德国人发现并拆除了。

到了早上10点钟，大量德军人员来到"坎贝尔敦"号，包括海军军官、炮手、潜艇指挥官以及许多参与了前夜战斗的士兵。他们爬下甲板，将头探入一片狼藉的甲板舱、船舱甚至是驾驶室。不一会儿，船的上层甲板就站了150人，下层的人更多。

贝蒂继续数着时间，然而，又一个小时过去了，他很不情愿地得出结论："时间铅笔"失败了。炸弹不会被引爆了。

他试图勇敢地面对这样的结果。叶轮泵机已经被毁坏，这是一个值得高兴的理由，船坞也严重受损。可是即便如此，沉箱闸门仍然完好无损，在他看来，这意味着任务失败了。奈杰尔·蒂比茨白白牺牲了。

接受德国情报人员审问无疑是对贝蒂的最后侮辱。这个情报人员得意地用英语说:"你们显然不了解这扇闸门有多么厚重,想用一艘破烂的驱逐舰来撞碎它,真是鸡蛋碰石头。"

就在他说话时,圣纳泽尔的大地像地震一样震动起来,威力之大,好像地面都要裂开了。"爆炸的威力难以置信。"这是该城的市长助理格里莫先生当时的感受。"坎贝尔敦"号的烟囱旋转着飞向了清晨的空中,船体一块 12 多米长的残骸飞进了圣海花园。这就像一个巨人正在用一个小巧的玩具搞破坏。

听到爆炸声,贝蒂暗喜。他一如既往地冷静,面带微笑地对那位审讯他的人说:"我想,这能证明我们并没有低估闸门的厚度。"[29]

爆炸产生的冲击波的威力比贝蒂想象的更具破坏性。"坎贝尔敦"号炸成碎片时,坚不可摧的钢制闸门受到冲击,被炸成了160 吨重的巨大残骸飞了出去。闸门崩塌后,潮水随即涌入干船坞,冲过"坎贝尔敦"号那支离破碎的残骸。船坞里的两艘油轮"沙尔施塔特"号(Schledstadt)和"帕萨特"号(Passat)也遭受了水流的猛烈冲击。它们被巨浪掀起,猛地撞向船坞的墙面。

匆忙赶到船坞的人,发现映入眼帘的景象是如此令人毛骨悚然,他们将终生难忘。码头、吊车和仓库满是支离破碎的尸体,这些都是"坎贝尔敦"号爆炸时还在船上参观的数百名德国人留下的。精确的死亡人数永远无法统计:有人估计高达 400 人。

得知这次破坏行动,希特勒暴跳如雷。他命令冯·伦德施泰特元帅立即展开调查。因为对调查结果不满意,他又指派约德尔将军进行了第二次调查。结果也不能令他满意。事实的确让人很难接受:突击队员成功完成了任务,就连蒙巴顿勋爵都认为这项行动是"绝无可能成功的",但他们却"出色地完成了"。[30]

得知诺曼底船坞被毁，温斯顿·丘吉尔很是开心。他评价说这是一次"辉煌且英勇的壮举"，并称其"是一次采用了高明策略的光荣事迹"。参与任务的人都赢得了他们应得的荣耀。头脑冷静的斯蒂芬·贝蒂等 5 人被授予维多利亚十字勋章。4 人获得了金十字英勇勋章，17 人获得了杰出服务十字勋章，其中包括牺牲的奈杰尔·蒂比茨。但这次行动也付出了沉重的代价：有 169 人阵亡，215 人被俘。

接下来的十几年，诺曼底船坞仍是一片恐怖阴森的废墟。它遭到的破坏之严重，在战时不可能修复好。至于"提尔皮茨"号，在接下来的战争中，它都不曾冒险驶入大西洋。

早在 3 年前，格宾斯便写道，成功的破坏行动要出其不意、行动迅速并且随机应变。他还补充道，最有效的行动往往是在夜里悄悄进行的。"时机成熟了，"他说，"就拿出最大的勇气行动。"[31]

他的队员正是这么做的。这是一次教科书式的游击战，完美应用了他本人和米利斯·杰弗里斯合著的那本小册中的理论。

## 第十一章

# 破坏大师

1942 年春末，露丝·杰弗里斯越来越觉得自己像一个在战争中丧偶的寡妇。在丈夫被派去菲尔斯庄园后不久，她便带着孩子搬到了白金汉郡，在卡德灵顿租了一间破烂的小木屋 —— 玫瑰小屋。卡德灵顿是一个离惠特彻奇约 5 千米的村庄。要不是总有一个人不着家，这儿本来非常适合她 3 个年幼的孩子 —— 约翰、戴维和杰里米，也是一个理想居所。但米利斯从不在家。

当初米利斯给米尔山的房子布满鲜花时，露丝真心被感动了。这个举动让露丝很意外，也部分抵消了丈夫因工作而长期不在家所引起的不满。但是，那次事儿已经过去了两年，早已成为一场回忆。现在，米利斯偶尔回家时也是闷闷不乐，因为"他的心思全都在工作"。[1]最糟糕的一次是米利斯提出开车带露丝去乡间兜风，在 60 多千米的车程中，露丝期望能听他讲讲自己的情况，并分享孩子们的故事，结果他在整个过程中都一言不发。杰弗里斯满脑子都是武器，一句多余的话都懒得说。

一天晚上，他们在准备就寝的时候吵了起来，露丝气得带着行李箱摔门跑了出去。刚走出几米远，她便听到后面传来了光脚跑在路面上的声音。米利斯从后面追了上来，说要给她提箱子。

听到这个，露丝心软了，她原谅了这个心思不在家庭的男人。现在是战争时期，她的丈夫有重要的事情要做。

最终，露丝决定掌握自己的命运。她申请到菲尔斯庄园工作，也好离丈夫近一些。在夏初，她来到庄园负责炸弹的部门工作，帮助把致命的混合物装进特殊设计的弹壳。和她一起工作的还有"十几个威尔士小姑娘"，她们受雇于斯图亚特·麦克雷。麦克雷遵循格宾斯的提议，雇用了女性员工以应对日渐繁重的工作。第一批女员工报到之后，紧接着又来了第二批，然后是第三批，人数一直增加到几十名，她们和数量日渐庞大的发明家和工程师们一起工作，由一个身着硬领服饰的福利干事——宛德小姐——监管。宛德小姐是众人眼中毫无争议的仙女。

最开始的时候，女孩们对被派往菲尔斯庄园感到很不高兴，不停地跟麦克雷抱怨。"起初，她们很讨厌菲尔斯，希望能回到威尔士。"然而，在混乱的酒吧里有人慷慨地请客，再加上身边有血气方刚的男人的陪伴，她们很快便改变了想法。其中一个女孩不得不多次被从岗亭里拉出来，因为她夜夜流连于某个守卫的怀抱。"令人惊奇的是，"麦克雷说，"明明是一个大块头姑娘，却偏偏喜欢一个瘦小的哨兵。"他问这个哨兵有何特别之处，姑娘推了他一把，眨眨眼说，他的"身材特别"。

随着工作量越来越大，就连干其他活的人都被临时拉来制造武器了。布赖德尔先生的职业是理发师，特别擅长用油性混合药膏修复受损的头发。在剪完所有人的头发，并给有需要的人头发抹上他那滋养头发的药膏之后，他便帮忙往弹壳里装烈性炸药。麦克雷看着他工作，惊讶于他的勇敢。"布赖德尔先生看似是一个安安静静、谦恭有礼的人，我本以为一丁点火药都会让他胆战心惊，但是他对自己的新工作并没有表现出一丝害怕。他的工作只要出一点差错，就会把他和我们都炸上天，可是这种想法似乎从未出现在他脑海里。"

许多员工都遵守杰弗里斯定下的每天工作 16 小时的规定，工作极其努力，以至于经常会忘了当天是周几。"当我们要给别的部门打电话时，才会发现那天是星期天。"麦克雷说。杰弗里斯规定一个月只能在一个周日娱乐，但是麦克雷意识到，有必要开展室内娱乐活动，因而推翻了他的决定。他建立了一个长期开放的酒吧，一个装有 35 毫米放映机的电影院，甚至还发行了菲尔斯庄园杂志。一位擅长搞笑的员工戈登·诺伍德（Gordon Norwood），还被邀请定期表演一系列舞台剧，"剧名是《伐木工舞会》（*Woodchoppers Balls*），就在他的木匠铺里表演"。这个双关语绝对是有意为之。

斯图亚特·麦克雷努力让菲尔斯庄园有序运转，但他却被杰弗里斯逼得心烦意乱。杰弗里斯总被那些和战事无关的事情吸引过去。"当我们在惠特彻奇忙得不可开交之时，"沮丧的麦克雷说，"他却在全神贯注地研究着质数理论，很难让他想些别的事情。"林德曼教授鼓励杰弗里斯钻研玄虚的抽象概念，这让麦克雷更加无助。他绝望地看着杰弗里斯"沉浸在那些数学难题中无法自拔，并且在设计新武器的过程中，还能写出一篇论文来论述压缩弹簧在不同负荷下运动的计算公式"。

格宾斯每个月都会开车来菲尔斯庄园和杰弗里斯会谈。得知自己的"L 型导火索"马上就能投入使用，杰弗里斯很高兴。经过多次试验，他发现澳大利亚布罗肯希尔斯矿山产的纯度最高的铅丝与 5% 的碲混合在一起，在高压下能够以绝对均匀的速度拉伸。这是他寻求已久的突破，这个发现意味着高精度的导火索能够实现了。制造这种导火索的设计原型是个复杂的过程，需要最新型的自动机床。铅必须以十万分之一英寸的精度拉伸，这一过程最初也经历了反复的试验。然而，在铅丝被成功拉伸，并和撞针连起来时，这种导火索展现出的精度是战争史上前所未有的。

就连军械局里那些对杰弗里斯持最激烈批判态度的人都不得不承认，杰弗里斯的"L 型导火索"是天才之作。他们规定，自此以后所有部队以及所有破坏活动和游击行动都只能使用这种"L 型导火索"。规定出台后没几天，第一批 500 多万个"L 型导火索"就开始在菲尔斯庄园的生产线上组装。战争结束时，麦克雷写道："它们日后被应用到世界各地，而且没有任何关于它们失效或发生事故的报道。"

来自突击队和贝克街的订单数量如此之大，麦克雷都感到惊讶。他还惊诧于他们希望自己免费提供武器。作为一个精明的人，他委婉地要求格宾斯在贝克街的特工们应该为武器付钱。毕竟，"他们有一麻袋一麻袋的钱"。双方达成了交易，麦克雷安排了送货，他还"从 500 个'帽贝炸弹'的货款中多挣了 500 镑现金，因为他们都没有要发票。"麦克雷很高兴，说这钱"是我的新钱袋入账的漂亮开始，我们能用它立即招募新员工了"。麦克雷"甚为细致地做账来掩盖这些不正当交易"，[2] 免得有朝一日被陆军部查问，但是他不让杰弗里斯插手这些文书工作。杰弗里斯为人正直，会被这些事儿给吓坏。

温斯顿·丘吉尔频繁要求提高菲尔斯庄园的产量，同时也对武器生产数量不断增长而感到惊讶。仅在 1941 年的秋天到 1942 年春天的 6 个月里，杰弗里斯不断扩大的工人队伍——现在已经组成了一条生产线——就制造了 1.5 万枚"帽贝炸弹"，1 万枚"贝壳弹"和 60 万个引爆装置。它们都被装船运送给全球各地的破坏队员，不仅包括欧洲占领区的，甚至还有远在开罗、亚历山大港、新西兰、仰光和孟买等战场的。

林德曼教授提醒丘吉尔，正规部队也在使用杰弗里斯的发明。"我相信订单价值接近 1800 万英镑，"他说，"考虑到实验费用每年仅约 4 万英镑，我想这应该是一项令人满意的收益。"[3]

菲尔斯庄园生产的武器质量和全国上下其他研发机构生产的武器形成了鲜明对比。位于韦林的 9 号实验基地研发了各种样式的原型机器，但是很少有能被投入使用的。赫特福德郡的茅草谷仓 15 号基地总是生产些稀奇古怪的东西，如"爆炸耗子""自爆骆驼粪"之类，后者是设计在北非地区使用的。大家觉得这些东西很有意思，但却被杰弗里斯和麦克雷看作是糊弄人的玩意儿，永远也不可能指望它们扭转战局。他们认为，只有菲尔斯庄园在制造那些破坏行动所需的最有效的武器。

丘吉尔也同意这种评价，并在 1942 年的新年表彰名单上加上了米利斯·杰弗里斯的名字，授予他大英帝国司令勋章。麦克雷终于看到了一个能把他老板从工作岗位上拖走的机会。他在艾尔斯伯里的牛头酒店安排了一场庆功晚宴，邀请了杰弗里斯夫人、诺曼·安吉尔以及杰弗里斯手下的几名高级职员。手工书写的晚宴菜单充分彰显了麦克雷的个人特色。主菜烤野鸡肉（faisan roti à la bombarde）——喻指迫击炮（Bombard mortar），布丁是黏性炮（bombe sticky）——意指杰弗里斯的另一项发明。在菜单的最下面，他还引用了一个办公室笑话。上面写着菜单"随时都可能被修改和完善"。[4]

1942 年春天，科林·格宾斯也建立了一个规模较小却实力强大的核心团队。塞西尔·克拉克便是其中一颗冉冉升起的新星。他在布里肯唐布雷庄园日以继夜地工作，训练着越来越多的未来的破坏队员。接受过他培训的人的数量惊人：667 名挪威人，258 名波兰人，209 名捷克人，118 名英国人，以及来自其他 8 个国家的人。这些人多数是在 1940 年春天来到英国的，但其中也有一些人——尤其是挪威人——是在"设得兰公交车行动"中完成横渡北海的危险航程后才陆续来到英国的。现在这些人要被送回纳粹占领的欧洲。克拉克已经送走了 80 名挪威人、65 名法国人和 151 名其他国籍的人。他们的任务是建立地下联络网，并创建武器存放地，为将要开展的袭击行动做好准备。

塞西尔·克拉克绝不是格宾斯的机器中唯一的齿轮。在距伦敦近 1000 千米之外，赛克斯和费尔贝恩已经拓展了活动范围，正训练着数百名即将投入战斗的游击队员掌握杀人技艺。此外，格宾斯还在曼彻斯特附近的灵韦设立了一所专业的跳伞训练学校，在比尤利设立了一所"精修学校"，训练男女学员掌握在敌占区秘密生存的能力。贝克街的队伍也迅速发展起来。两年前，格宾斯还在卡克斯顿街工作时，他的全部团队就只有 4 个人、1 名秘书以及 1 间比起居室大不了多少的办公室。现在，他手下有数百人，正策划在十几个国家开展游击行动。这些行动的策划不受那些用来约束正规部队的制度限制。只有最高级别的官员掌握相关情况，他们直接向丘吉尔和参谋部的领导汇报。格宾斯已经预见到，有一天这些行动将不需向任何人汇报便能执行。

他一位能力出众的下属比卡姆·斯威特-埃斯科特去了一趟中东，回来后发现一切都变了。"现在，我们通过无线电与在挪威、荷兰、比利时、法国、波兰以及捷克斯洛伐克的抵抗组织的核心力量保持着紧密且固定的联系。"格宾斯刚加入贝克街时，在欧洲占领区还没有任何一台无线电在运行。在 8 个月的时间里，60 多名特工接受了训练，然后带着精密的无线电设备被投送到了欧洲西北部的各个地区。

飞机的短缺一直是令人头疼的问题。空投破坏队员和供给品必须使用飞机，因此，格宾斯一直锲而不舍地争取更多飞机。空军和轰炸机司令部却都在尽全力阻挠他的请求，他们告诉丘吉尔，所有可用的飞机都要用于轰炸攻势。格宾斯巧妙地为自己辩护，他提醒参谋长们："100 架轰炸机也可能击不中目标，但是一架飞机就能空投一批破坏队员，他们却很有可能完成任务。"

格宾斯的坚持终于取得了成功。他获准使用 10 架哈利法克斯轰炸机，它们的飞行范围"能覆盖整个西欧，并且每架能负载 15 个重达 300 磅（约合 136 千克）的集装箱"。[5] 他还得到了一队莱桑德式联络机——这种小型飞机能够用于在法国接送人员。在进一步施压后，他甚至还得到了使用贝德福德郡滕斯福德机场的权力。这对在欧洲占领区开展行动至关重要。

格宾斯的办公室从伯克利苑的背阴房间搬到了诺吉比楼，这让他更方便地建立了集中化的行动指挥室，使他能够在任何特定时间里对所有策划中的任务有全局性的掌控。在一位旁观者看来，作为人员训练和任务实施这两项工作的负责人，格宾斯已经成为"贝克街的中流砥柱"。

休·道尔顿和弗兰克·纳尔逊两人很快认识到格宾斯能起到关键作用，于是让他直接掌管两个法国分部以及比利时、荷兰、德国和澳大利亚分部。这还不包括波兰和捷克分部，这两个地区从一开始便是由他负责。此外，他还密切关注着马奇-菲利普斯及其第 62 突击队，他们在法国北部沿岸实施了许多次漂亮的"游击式"突袭行动。其中一次"黑陶瓷行动"（Operation of Basalt）袭击了德国占领的一个海峡群岛。该行动让希特勒勃然大怒，他颁布了突击队命令（Commando Order），下令将所有被俘的突击队员枪决。

贝克街中的一些银行家和会计人员对于格宾斯日益扩大的权力感到不快：他们坚持在占领区利用群众起义来推翻纳粹统治的想法。为了帮助"安抚因格宾斯帝国的崛起引起的不满"，[6]弗兰克·纳尔逊成立了一个委员会，每星期召开一次会议，让每个人都能对正在筹划的行动各抒己见。

即便定期开会协商，格宾斯个人的责任还是每个月都在增加，他已经会被邀请去参加军方要员们的讨论。琼·布赖特自任黑斯廷斯·伊斯梅将军的秘书以来会定期见到格宾斯。据她所言，格宾斯现在进入了核心决策圈，"他不仅与参谋长以及许多盟国流亡政府的首脑们讨论最高级别的政策和未来的战略方针，还在一个快速扩张并通常招募生涩且未受过训练的军官的机构中任职，经常不得不去监管各个地区分部的细节工作。"到 1942 年春天，"毫不夸张地说，他已经成为贝克街的中坚力量"，并将它变成了一个备受重视的机构。[7]

一直以来对格宾斯忠心耿耿的秘书玛格丽特经常会工作到凌晨，以跟上自己老板的节奏。格宾斯每天大部分时间都在开会，一直到很晚才回办公室，这时，他会要求玛格丽特将当天所有重要的决议都打印出来。玛格丽特常常感到筋疲力尽，需要用浓茶提神。然而，即便是"被手动打字机和皱巴巴的复写纸折磨着"，她也很开心"能做好自己的本职工作"。[8]等所有文件都打印好，晚上办公室的人都走光了以后，他们俩才会去坚果俱乐部，和其他人一起喝上几杯。

2 月 21 日星期六下午，格宾斯听到了一些流言（随后得到了证实）。贝克街的领导——"发电机博士"休·道尔顿被调离了岗位。丘吉尔决定把他调到贸易局（Board of Trade），但是道尔顿并不愿意接受。事实上，一想到要离开贝克街，道尔顿就感到非常沮丧，他坦承，"这让我心里很难过"。[9]他努力向丘吉尔争取，但是首相已经下定决心。道尔顿没有办法，只好接了新工作——很快他就告诉议会的同僚们，他升职了。

道尔顿的位置由塞尔伯恩伯爵接替，他本人和领导游击队的工作一点也不搭。琼·布赖特说，"塞尔伯恩身材瘦小，驼背，外表看起来文雅善良"，[10]她喜欢给白厅里每个高级官员贴上标签。塞尔伯恩是一个官僚，性格阴郁，爱穿灰色西装，实际上朋友们都觉得他完全缺乏痞气。"我敢说他可以胜任，但是他并不那么能鼓舞士气。"一个白厅内部人士评论道。[11]

在这个讨厌的惊喜过后没几个星期，格宾斯又得知了一个更爆炸性的消息。负责贝克街运作的弗兰克·纳尔逊递交了辞呈。"他疯狂工作，快要连命都丢了。"琼说，她惊讶于纳尔逊身体的每况愈下。[12]纳尔逊连续18个月每星期工作7天，每天工作16个小时。现在，他已经精疲力竭了。

格宾斯显然是替代纳尔逊的最佳人选，也必定是最能胜任这份工作的人。然而，旧派势力集合力量，推举出了国际银行家查尔斯·汉布罗爵士，他当初因金融界的关系被道尔顿招募进了贝克街。曾是伊顿公学板球队队长的汉布罗有着敏捷的头脑、十足的魅力，在欧洲各地都有许多重要人脉。"他是个多面手，我认识的所有人都比不过他。"道尔顿曾如此为汉布罗的任命辩护。[13]其他人则嘲讽说，汉布罗能兼顾很多事情，但他无法专心于其中的任何一个。

格宾斯"对汉布罗的魅力持怀疑态度"，他向同事坦言，"轻易相信他，把这么棘手的问题交给他处理，对此，他稍有不满"。[14]他并不是唯一一个怀疑汉布罗的过分自信能否承担如此高要求工作的人。"他靠着虚张声势和个人魅力活着。"有人说。[15]任命汉布罗还有一个不利之处——他已经有3份全职工作。他是英格兰银行的董事、汉布罗银行的常务董事和大西部铁路公司的董事长。

汉布罗肯定不会延续他前任的习惯每天工作16个小时。比卡姆·斯威特-埃斯科特留意到，他的新老板会悠闲地开始一天的工作，"早上待上一两个小时"，然后一天余下的时间就去追逐自己的商业利益，"直到晚上很晚才会回来，一直工作到下半夜"。[16]

就连这种夜间长时间伏案工作也并不常见。每当纳粹德军空袭大西部铁路公司的铁路时——这是经常的事——他便会离开办公室去查看损毁情况。贝克街里普遍流传的看法是：他一年之内便会离职。

所有人的目光都集中在了格宾斯身上，大家公开议论，都认为他会接替汉布罗。就连汉布罗本人也承认，格宾斯具有独一无二的天赋，并提拔他为行动"副指挥"，这让他能有效管理正在策划当中的所有破坏和游击行动。

杰出的政府雇员格拉德温·杰布已经关注格宾斯的活动一年多了，他也预测格宾斯很快会成为自己帝国的领袖。"我很少见到有比他精力更旺盛、更能鼓舞人心的战士，而且也没有比他更有政治头脑的人了。毫无疑问，他是现在这部机器的关键部件。"[17]

塞尔伯恩也同意这个说法，他说没有人"能比格宾斯准将在保障这个组织持续运作上更为重要"。他还补充说，格宾斯从一开始便是游击战的主要创造者，现在也毫无争议地成了贝克街这台机器的灵魂人物。"他具备的技术、知识和经验确实无人能及……没有人是不可取代的，这个道理不言而喻，但是就我解释的众多理由来看，格宾斯准将却几近不可替代。"[18] 温斯顿·丘吉尔对塞尔伯恩伯爵的这个评价给予了肯定："他对贝克街而言是不可缺少的部分。"[19]

格宾斯发现身边忠诚的追随者越来越多，他们都钦佩他身上的两个主要品质：机敏的才智和无穷的精力。有人评价说，他是"一个性格开朗、精力充沛、胸怀大志的人"。[20] 然而，格宾斯还有一种品质吸引了这些人会聚到他周围，那是一种让人难以言明的品质。"他身上有种东西让他与众不同。"他的朋友彼得·科利说。[21]

几乎可以肯定，这种所谓"难以言明的东西"，其实就是在说，格宾斯是个圈外人。他的追随者的名单很能说明问题：阿弗加·赫斯基思-普里查德、道格拉斯·多兹-帕克、爱德华·贝丁顿-贝伦和比卡姆·斯威特-埃斯科特。这些人都就读于同一所大学，并且自预备学校起就彼此认识。他们的上司却来自一个与英国那些含着金汤匙出生的豪门地主相距甚远的世界。格宾斯16岁就离开了学校，没有上过大学，也无法像现在这些为他效命的人一样建立校友情谊。

如果说他们敬佩工作时候的格宾斯，那么他们几乎可以说崇拜玩乐时的他。在坚果俱乐部，年轻员工喝了太多威士忌的时候，格宾斯仍然活力四射，大家对他佩服得五体投地。某个累得筋疲力尽的属下说，"他是一个伟大的派对狂"。[22]直到大部分年轻人都左摇右晃站不住脚，格宾斯才叫来他"神奇而忠诚的"勤务兵[23]，开车送他回诺丁山的家，在黎明之前躺到双人床上睡上一个小时左右。

崇拜格宾斯时间最长的是他的青梅竹马诺妮，格宾斯在23岁时娶了她。但是现在，随着工作时间由每天15个小时延长到18个小时，诺妮·格宾斯开始有了和露丝·杰弗里斯一样的感觉。她的大儿子迈克尔同赛克斯及费尔贝恩一起在阿里赛格工作。她的小儿子罗里在寄宿学校读书，只在假期才回家。夜晚，当光线暗淡下来，拉下百叶窗后，他们在坎普顿山路的房子显得特别空荡。

许多婚姻都经受着战争的考验，但科林和诺妮的关系非常紧张，濒临崩溃。在贝克街做同事只能进一步凸显他们两人之间的差异。诺妮和她那善于交际的丈夫截然相反。诺妮不喜欢运动（格宾斯却很喜欢），诺妮害怕参加盛大的社交场合（格宾斯却如鱼得水）。诺妮很早就发现自己缺少丈夫那种"行乐精神"，[24] 但这也在情理之中。她 7 岁丧母，父亲也在 3 年后去世。现在，她看起来也将失去自己的丈夫，夺走他的不是秘书或情妇，而是一帮公学毕业的游击队员。

格宾斯工作日的相当一部分时间都待在贝克街总部的核心——行动指挥室。他已经将战略规划工作交给了能干的道格拉斯·多兹-帕克。多兹-帕克是早在 3 年前就被招募来的第一批人员之一。"他不仅有着非常广泛的人脉关系，"琼·布赖特这样描述多兹-帕克，"而且在校友关系网中也有很强的活动能力。"

高效是多兹-帕克的座右铭。他经手的每件事都"让人联想起一所令人振奋的牛津北部预备学校。"[25] 这也正是格宾斯期望看到的。但是，对于那些经过选拔，能够出入行动指挥室的少数人而言，这里给人的整体感觉却是自然而宁静。多兹-帕克将行动指挥室设在诺吉比楼这座爱德华时期风格公寓里的一间客厅，这里宽敞空旷，多兹-帕克和他的密友们在里面（高兴的时候）可以抽烟、喝酒来休息放松。

这个房间装有内窗，能够俯瞰诺吉比楼的中央楼梯，然而格宾斯坚持要将它们封死，以防止任何人偷窥。他觉得"尽最大可能保证我们数百项独立行动的安全至关重要"。[26] 这种对安全的保障必须始于并终于行动指挥室。这儿的每一寸墙壁上都贴着地图，许多地图上面还有彩色的小图钉，每颗图钉都代表一位被空降到纳粹占领区的特工。

作为额外的保护，多兹-帕克在地图上又挂了一层黑帘。只有需要仔细研究某一特定国家时，帘子才会被拉开。一旦某个行动进入策划阶段，才会拿出更多的地图，包括城市和乡村的大比例尺平面图。这些都会摊开在屋子中间那张长木桌上。

秘书玛格丽特·杰克逊的同事达芙妮·梅纳德有机会瞟了一眼行动指挥室，她为此激动不已。达芙妮注意到，桌上铺着一张大地图。"每个人都俯身看着它，"她说，"并在上面推着小块的东西。"房间里肃静无声，仿佛是一间图书馆的阅览室。即便是在白天，灯光也开得很亮，每个人都聚精会神，无声地研究着地图，"计划着飞机从哪儿起飞，在哪儿降落"。[27]

格宾斯和多兹-帕克的工作得到了现役飞行员的帮助。他们被请来提供有关跑道、机场和可能的空降地点等方面的建议。看到这些人身上可怕的伤疤时，达芙妮吓了一跳。"其中一位名叫比尔·辛普森，他没有手也没有眼睑。"她不敢问发生过什么事情，但这使她深刻地认识到了游击战的危险。"他的一只手上有一个钩子，可以拿起电话，另一只手用皮革包着。"后来她才知道，这个钩子是维多利亚女王医院的专家给他做的，这家医院开创了外科整形手术的先河。

另一个也在行动指挥室工作的飞行员，更坦率地讲述了自己工作的危险。他告诉达芙妮一个特别的故事：在跳出被击中的飞机后，他的降落伞打不开了。"他听到了声音，才意识到是自己在尖叫。然后，他非常兴奋，一边大笑着，一边将口袋里的东西往外扔。"最后，他毫发无损地落在了树上，奇迹般地活了下来。

"等缓过神来"，[28] 他已经被派到行动指挥室工作了。

行动指挥室不是放松的理想之地，因为它是贝克街压力最大的地方。工作的压力压迫着每一个人，甚至包括格宾斯。有一次他从办公室出来，发现一位工作人员将自行车停在了他门前的中庭。他"看了一眼自行车，跳了上去，飞速地绕着喷泉骑了6圈"。[29] 然后，他将车靠墙放回原处，平静地坐回办公桌前，压力稍稍减轻了一些。

虽然这里的工作让人疲惫不堪，玛格丽特却很高兴。"事情进展得非常迅速，"她说，"就像不得不登上一列快速列车，这给人一种紧迫感。"[30]

玛格丽特还有一种强烈的兴奋感，因为她刚刚发现了一个几乎无人知晓的秘密：一个惊天动地的刺杀行动即将展开。

# 第十二章

# 捷克的伙伴

在玛格丽特·杰克逊为科林·格宾斯工作的 9 个月时间里，她逐渐意识到自己工作的独特性。其他英国人每天的消息来源是"报纸或那些经审查后发布的信息"，玛格丽特却和她们不同，她可以"直接接触国外正在发生的事情"[1]。她还知道最高层的决议，因为正是她负责将秘密基地开展的工作打印成字，也是她负责为格宾斯与参谋们的会议做记录。事实上，她对所有正在策划中的遍及欧洲各处的秘密行动都了如指掌。若是被纳粹抓住，她有可能会泄露无价的情报。

格宾斯的工作职责之一是与捷克斯洛伐克流亡政府保持联系。1941 年夏天，温斯顿·丘吉尔承认这个流亡政府能够代表捷克斯洛伐克。贝克街已经同意着手训练那些早在一年多前就逃到英国来的捷克士兵，并认为"未来采取任何行动的基本前提是与被占领下的捷克建立起安全的无线通信联系"。[2]一名捷克志愿兵专门为此受训，在经历了数月的训练和"多次错误的开始"之后，他才被空投到捷克，结果却意外降落在了奥地利而非波希米亚，但最终他还是成功地溜过了国界。自此以后，伦敦和布拉格之间就建立了无线电联系。

早在 1941 年的 9 月，捷克人便向格宾斯透露，他们正在密谋一项行动，其机密程度之高，就连英国军情六处和任何高级别英国政客都不曾知晓半分。这个机密行动由捷克情报机构老谋深算的首脑弗朗迪斯科·莫拉韦茨上校直接策划。莫拉韦茨住在伦敦，和他的流亡政府并肩作战。18 个月前，他和部下冒着暴风雪逃离了祖国捷克斯洛伐克，当时希特勒的军队正越过边境。

莫拉韦茨对于逃离祖国非常难过，因为他抛下了所有。"我失去了妻儿，他们被扔在了受侵略的国家，就在大雪纷飞中的某个地方，任由侵略者蹂躏。"[3]只有一件事让人稍感安慰。他花了几个月时间指导一个反纳粹的德国双面特工成功开展了一系列活动。这次经验告诉他："即便是一个如希特勒统治下那样残酷的极权国家，也是有可能渗透进去的。"[4]

他目前策划的渗透行动规模堪称宏大，正如 9 月他与格宾斯会面时承认的。捷克斯洛伐克流亡政府的总理爱德华·贝奈斯（他在帕特尼格温德伦大街一所城郊别墅里办公，名义上管理着捷克斯洛伐克的国家事务）已经批准对布拉格纳粹政府的"某位显要人物实施恐怖袭击"。[5]格宾斯追问莫拉韦茨才得知，这位显要人物不是别人，正是波希米亚和摩拉维亚保护国总督莱因哈德·海德里希。

格宾斯清楚地知道，海德里希是个惊人的目标。波希米亚和摩拉维亚在 1939 年春天并入了第三帝国，作为这个保护国的总督，海德里希完美地诠释了冷酷无情的含义。"聪明、有野心、狡猾、残忍"，莫拉韦茨如此评价他。海德里希是犹太人灭绝行动的主要始作俑者，并且正"带着嗜虐般的狂热"[6]在他的领地开展种族清洗。

上任后不久，海德里希便发誓要将"捷克寄生虫德国化"，[7]但他只想德国化经 X 射线扫描确认为雅利安人的那些人。其余的人则都要被清除。自他到达布拉格起，他的统治就是"一连串的谋杀"，而他的残暴恰如其分地验证了希特勒对他的描述："这是一个铁石心肠的人。"[8]

格宾斯对刺杀海德里希的计划很热心，他知道这是处于困境中的贝奈斯总统急需的一次行动。贝奈斯正不断受到来自苏联人的指责，他们指责他没有采取足够的措施破坏波希米亚的工厂，这些工厂为纳粹德国生产了大批武器。刺杀海德里希将证明他确实有所作为。

格宾斯告诉莫拉韦茨，"他坚定支持这次行动"，但同时也要他谨慎行事。刺杀为白厅里很多人所不齿，内阁大臣们之前就曾反对贝克街策划的刺杀中东地区某位支持纳粹的领袖的行动。安东尼·艾登甚至称它是"犯战争罪的行为"。格宾斯建议莫拉韦茨应该"将知晓捷克行动，尤其是知晓目标身份的人控制在一个很小的范围内"。[9]莫拉韦茨表示同意。他说，"牵涉其中的人越少越好"，特别是在刺杀行动"被认为是国家走投无路时的自发之举"的情况下。他希望"海德里希死后，人们真的能自发起来抵抗"。[10]

此外，格宾斯还提醒他，刺杀行动哪怕没有成功，也可能要付出代价。它会招致"大规模报复"[11]，导致成千上万无辜的捷克人牺牲。莫拉韦茨早已下定决心。海德里希已经实施的对平民的大屠杀，规模前所未见。自他到达捷克后，已有 5000 余人被捕，抵抗组织的所有主要领袖都已被"迅速而系统地消灭"。莫拉韦茨还告诉格宾斯，多亏无线电通信，他才能定期收到秘密特工的消息，阅读他们的报告让人不寒而栗。"每天都有警车从布拉格阴森的庞克拉克监狱开往克比里西的靶场和库兹恩机场的空地，德国的行刑队就等在那儿。"[12] 总之，对平民的大肆屠杀已经发生了。

莫拉韦茨上校问了格宾斯一个事关整个行动成败的问题。他问格宾斯"是否能提供这次任务所需的训练和特殊武器"。莫拉韦茨知道，没有专业人手，刺杀成功的机会微乎其微。

格宾斯"毫不犹豫地同意了"，[13] 为莫拉韦茨开了绿灯。几个星期后，埃里克·赛克斯和塞西尔·克拉克以及其他几个人会参与到这次刺杀计划中，其中还包括格宾斯的秘书玛格丽特·杰克逊——她正写着一份非常惊人的报告。

"行动目的，"她在抬头带有红色"最高机密"字样的信纸上打字，"是刺杀捷克斯洛伐克的德国总督海德里希。"最初的研究显示，刺杀他的方式可以有多种，包括炸毁他的私人火车或者"在他出席某个仪式时射杀他"。[14] 然而，进一步的研究却提供了完全不同的选择——一个更为诱人的方法。海德里希选择住在离布拉格北部约 19 千米的帕农思克·布勒扎尼的一座巴洛克风格的乡村庄园。庄园由驻扎在附近村庄的一支纳粹党卫军连队守卫。虽然海德里希喜欢在帕农思克·布勒扎尼处理公文，但多数时候他还是必须到布拉格市里办公。他总是拒绝护送，觉得这样会有损德国人的威严：他不希望被人觉得他担忧个人安危。海德里希只让"身材高大、健壮魁梧"[15] 的党卫军区队中队长，司机约翰内斯·克莱因陪同。

在用打字机上打出各种情报的过程中，玛格丽特得知，在海德里希往返于帕农思克·布勒扎尼和布拉格之间时袭击他的车是刺杀计划的最佳选择。"试验证明，这种袭击汽车的刺杀方式必须在车拐弯时动手，因为那个时候车不得不减慢速度。"玛格丽特写道。[16]

莫拉韦茨上校设法弄到了一张从帕农思克·布勒扎尼到布拉格的大比例尺路线图，并且进行了"详尽无遗的研究"。[17] 他发现有一个地方非常适合。当海德里希的奔驰轿车进入布拉格郊区霍勒索威斯时，在一个斜坡的十字路口处有一个拐向特罗伊桥的急转弯。轿车在靠近十字路口时必定要减速，那时，海德里希便暴露在危险之中。

霍勒索威斯还有一个便利条件：它离帕农思克·布勒扎尼和位于市中心的布拉格城堡的德国党卫军驻地都有相当远的距离。理论上，刺杀者可以有时间撤离。

格宾斯提出让刺杀者在阿里赛格的培训学校接受训练，这让莫拉韦茨欣喜不已。然而，他首先得找到两个愿意承担这个极度危险的任务的人。

英国有大约2000名捷克士兵，大部分都在利明顿温泉的兵营里。其中一些已经成为骨干力量。莫拉韦茨面试了这些人，并且选拔出来最有希望的二十几个人去接受特训。这些人对计划中的任务毫不知情，莫拉韦茨告诉他们的全部信息仅仅是他们需要具备"一个突击队员应有的所有素质，如身体强壮、头脑敏锐、掌握多种技术"，以及一项特殊的品质。大家问这种品质是什么，他说："你们是否准备好为国献身？"[18]

给出肯定答复的人被火车送往阿里赛格去接受秘密刺杀的培

训。他们到达的时候，威廉·费尔贝恩并不在，由埃里克·赛克斯负责训练事宜。他很快发现，莫拉韦茨的人都很专业，"他们训练有素，完全不同于法国分部的人"。[19]尽管如此，他们仍需要至少6个星期接受体能、刺杀和射击方面的训练。

莫拉韦茨上校对戴眼镜的赛克斯训练他带来的人的方式很惊讶。"这些人与外界隔绝，学习使用各种类型的小型武器、手工制造炸弹、柔道、在荒野中依靠合成食品生存的本领、地质学、地图测读和隐藏设备的方法。"即使按照突击队的标准，赛克斯的训练项目也是"十分苛刻"的，他迫使接受训练的这些人挑战自己的耐力极限。[20]

学员们接受了艰苦的攀岩训练，然后又接受赤手空拳的搏斗训练。"受训者竭尽全力去应对压力巨大、艰苦而严酷的训练，暴露自己在身体上或精神上的所有潜在弱点，这些弱点很有可能让他们送命。"赛克斯逼迫他们"挑战自己的心理极限"，这不是因为他是虐待狂，而是因为他想知道每个人的崩溃底线。这是剔除那些"在战场上遭遇巨大压力后就无法战斗"的人的唯一办法，他们将经常面临告密者的威胁。

6个星期后，有2名士兵脱颖而出。约瑟夫·盖伯瑟克身材矮小健壮，"绝对可靠"，有着优秀的领导能力。他很小便成了孤儿，如今刚满28岁，哪怕是打翻一杯酒之类的小事也能让他暴跳如雷。"他像火箭般一点就着，会突然爆发，火星四溅；过一会儿，他又会觉得自己的怒火荒谬可笑，然后笑一笑平静下来。"他的脾气是一个缺点，但是他的勇气和决心恰好弥补了这一缺点。要说谁最值得信任去刺杀海德里希，那就是约瑟夫·盖伯瑟克。

第二个人选是扬·库比斯，"一个内向害羞、说话轻声细语、从不发火的人"。"训练有素、谨慎而可靠"的他是盖伯瑟克的完美搭档。他还是一个狂热的爱国者，曾对上司说他"为了祖国捷克斯洛伐克，愿意付出一切"。[21] 如果是空降到自己的祖国去完成一项近乎自杀的任务，他很乐意加入。

莫拉韦茨上校想要完全确定挑选出去执行任务的人选是正确的，因此，他找来埃里克·赛克斯私下谈话。赛克斯在过去的 12个月里训练了数百人，然而，他却几乎没有遇到过如此有天赋的一对。"他说，他们在柔道训练中表现得几近完美。他们出色地通过了判断力测试。"莫拉韦茨本人还目睹了他们在靶场的表现。"我能看出，他们是使用手枪、步枪和冲锋枪的高手。"更重要的是，"他们能够精准地将手榴弹投到百米开外"。

能够找到合适人选，莫拉韦茨感到很高兴。接下来，他必须确定他们是否自愿承担这项任务。他将两人带到一边，告诉他们说，他们是刺杀行动的首选人员，但这个行动也可能带来杀身之祸。"在刺杀过程中，如果能侥幸活下来，"他告诉他们，"他们将面临两个选择：或者在捷克斯洛伐克努力生存下去，或者努力逃出国回到伦敦的基地。"最有可能的情况是，他们会被杀害。"我觉得他们有权知道全部真相。"

两个人面无表情地给出了答案。盖伯瑟克告诉莫拉韦茨，"他把执行这次任务当成上战场，上战场就自然会有阵亡的可能。"库比斯只是表示感谢莫拉韦茨上校"选中他来执行如此重要的任务"。[22]

刺杀者在阿里赛格受训时，科林·格宾斯则一直在协助落实任务的技术细节。他任命年轻睿智的剑桥大学毕业生阿弗加·赫斯基思–普理查德领导捷克分部。这是一个明智的选择。赫斯基思–普理查德曾经住在布拉格，十分了解那个城市。现在，他的任务就是辅助此次刺杀活动的详细策划。

技术问题成了主要难题。"难中之难就是要找到一种炸弹，既能藏于手提箱用于近距离爆炸而不会炸伤操作者，同时还要具备足够的威力，能穿透那位德国总督所乘公务车的装甲板。"[23]

海德里希的车在霍勒索威斯的十字路口减速时，大概只有4到5秒的时间会处在攻击范围内。标准型号手榴弹上的导火索太长，不适合用在对速度要求极高的袭击行动。此外，没有一种手榴弹能保证穿透奔驰轿车的装甲板。阿弗加·赫斯基思–普理查德意识到，要特殊设计和制造一款爆炸装置。米利斯·杰弗里斯在菲尔斯庄园的团队具备成熟条件研发这样的武器，然而1941年的最后几个月，他们要做的工作实在太多，无暇顾及其他。于是，赫斯基思–普理查德去求助塞西尔·克拉克，克拉克对超口径迫击炮的改造，充分证明了他也有炸飞汽车的高超本领。

克拉克也认为，标准型号的手榴弹炸不穿海德里希所乘轿车的装甲板。他也清楚，反坦克手榴弹几乎能在任何装备上炸出个洞来，但要被扔过马路却太过笨重。这种手榴弹有近30厘米长，重约2千克，并不适合刺杀行动。这次行动需要的是一种混合设计的手榴弹，威力要足够炸穿装甲板，同时重量要轻，能被扔出去。克拉克于是以73号圆柱形反坦克撞击手榴弹为模型，构思了一款独特的具有毁灭性的炸弹装置。这种炸弹带有螺纹旋帽，看起来就像一个温水瓶。克拉克决定进一步改进，在它的顶端装上了 1 磅（约合 450 克）硝甘炸药。又减轻了炸弹三分之一的重量，更易于被投掷出去。然后，克拉克又给手榴弹装上了由黑胶制成的 247 号导火索，"这种导火索只要发生碰撞便会启动，无论手榴弹是如何落地"。[24] 不管怎样，它都会爆炸。

炸药是用胶布捆绑住的，因而这种手榴弹看起来简陋且不实用。但是，克拉克设计的武器绝不是临时凑合的。它爆炸的威力非常大，金属弹片会以惊人的力量刺穿车体，给车内的人造成严重伤害。它的杀伤力非比寻常，因此两个刺杀者被提醒，要极其小心地"避开威力巨大的冲击波"。[25] 他们需要在扔出炸弹数秒内躲开。

克拉克提醒他们躲起来或许还有另外一个原因——一个必须绝对保密的原因。他可能在手榴弹上加入了肉毒杆菌毒素，这种毒素是波顿实验室生化战部门研发的一种致命毒药，代号为"X"。发明"X 毒素"的波顿实验室科学家保罗·法尔兹是生化战方面的天才。他后来向两位科学家透露：海德里希的死，他"也牵涉其中"。事实上，他告诉美国生物学家阿尔文·帕彭海姆，谋杀海德里希"是我人生中第一次杀人"。[26] 他的话没有其他记录可以证实，而且克拉克本人也从未承认使用过任何生化制剂。但是，克拉克明显对生化战感兴趣，曾经有一次，他还设法从巴利港的一艘船上拿到了自己需要的毒气，要用此交换一大箱塑性炸药。"没人认为他真的换了。"当时在布里肯唐布雷庄园训练的伊夫利·纽曼说道。[27]

克拉克发明邪恶武器的能力总是让纽曼和他的战友惊叹不已，他们没有意识到，克拉克正在与纳粹展开激烈的个人战斗。这场战斗源于第一次世界大战最后时刻，他在意大利前线的一次经历。1918 年 11 月，克拉克走过堆着尸体的皮亚韦河时，偶然发现一位中弹垂死的奥地利士兵，这个士兵伸出胳膊哀求着，"带着试探的表情"疑惑地看着他。克拉克内心涌起一股他从未有过的情感。"当我握住他的手，"他写道，"一种新奇的感觉传遍我全身，周边环境也变得更加明亮耀眼，仿佛是太阳光变强了，我感受不到自己的肉体存在了。"他灵魂的这次神秘之光"持续了大约两秒"，然后就被一股冰冷的寒意取代，他眼睁睁地看着那个士兵死去，而几乎与此同时，停战协议也达成了。[28] 一年多之后，这一幕仍在克拉克脑海中挥之不去。

战后，那次让人心酸的遭遇彻底让他精神崩溃了。他感到十分痛苦，甚至拒绝和任何人谈论那件事，相反，他更情愿将自己的私密情感写在日记本上。然而，这件事最终改变了他的人生，从精神崩溃中振作起来后，他形成了自己的一套以最少伤亡赢得战争的理论。破坏行动和有针对性的刺杀 —— 单独消灭像海德里希这样的魔头 —— 远好过屠杀被征召入伍的平民。

他为刺杀海德里希设计的手榴弹能否奏效，以及刺杀行动本身能否成功，完全取决于扔手榴弹的人手法是否精准，这一点至关重要，因此，两个刺杀者被带到赫特福德郡的阿斯顿，在塞西尔·克拉克、阿弗加·赫斯基思-普理查德和彼得·威尔金森的帮助下接受高强度训练。和赫斯基思-普理查德一样，彼得·威尔金森也曾在布拉格住过。在"秋日阳光的照耀下"，这些人"花了几个下午在乡村田野中用一辆旧的奥斯汀牌轿车进行现场试验"。为了保证试验尽可能精确，轿车"被装上了装甲板，并且由一辆拖拉机拉着"。第二辆用来实验的车是加拿大产的别克牌轿车，这辆车还有着相当精彩的历史。它是国王爱德华八世的两辆别克车之一，曾拉着他到温莎城堡发表退位演说。战争开始前不久，克拉克买下了它，并借给了布里肯唐布雷庄园用于军事试验。

两位捷克刺杀者和他们的教练根据不同的车速演练。赫斯基思-普理查德第一个扔手榴弹，结果轻松击中了目标，他感到很惊讶，他认为这可能是因为自己继承了家族里板球队员的敏捷基因。他的父亲在一战前曾作为绅士队（the Gentlemen）的一员参加了在罗德板球场对阵球员队（the Players）的那场比赛，阿弗加和他父亲一样也是一个技艺高超的投球手。事实上，"击中以每小时40千米速度移动的目标根本难不倒他"，而这正是海德里希乘坐的轿车靠近霍勒索威斯的十字路口时预计的最大速度。

"因为成长历程中不曾受过板球文化的熏陶"，[29] 盖伯瑟克和库比斯觉得扔手榴弹比较困难。两人特别担心错失目标，因而决定再额外带上些武器，结果他们简直带了一个武器库。除了克拉克研制的 6 枚撞击手榴弹，他们还带了 2 把柯尔特手枪、4 盒备用弹匣、4 枚米尔斯炸弹、1 架克拉克研发的树型迫击炮、1 把斯登冲锋枪、10 磅（约合 4.5 千克）葛里炸药和"一个致命的皮下注射器"。[30] 对于最后这个武器，他们没有给出解释。和克拉克的手榴弹一样，任何提到生化武器的地方都被小心翼翼地从记录中删除了。

在布里肯唐布雷庄园的时候，盖伯瑟克和库比斯是与其他人隔离开的。保密一直是塞西尔·克拉克最重视的，而这次任务更是机密中的机密。休·赖德在盖伯瑟克和库比斯之前不久到达布里肯唐布雷庄园，她被告知要闭上耳朵和嘴巴。"来到这儿的任何人都不应该问问题。你会知道自己需要知道的事情，但永远要守口如瓶。"[31]

在伦敦，秘书玛格丽特还有最后一份备忘录要打——一份详细陈述这次刺杀细节的文件。盖伯瑟克和库比斯会伪装成街道清洁工，"在选定的拐角处打扫街道。他们的炸弹和武器将藏在清洁工推车里"。如果克拉克的炸弹没能炸死海德里希，他们会"用柯尔特手枪近距离"[32]射杀他。

两个人接受了跳伞训练，了解了布拉格街道的每一处转角之后，被阿弗加·赫斯基思-普理查德和彼得·威尔金森带到剧院放松了一晚。他们的行为着实让其他人吃了一惊。当演员在台上拥抱时，"他们觉得极其滑稽而大声狂笑"。但是，在整个搞笑的部分，"他们始终保持着冷淡阴郁的神情"。为了再找些乐子，他们一行4人之后又去"吃了一顿高级晚餐"。威尔金森发现，盖伯瑟克和库比斯"绝对可靠，绝对英勇，绝对忠于自己的事业"。他深受感动。"我对他们佩服得五体投地。"[33]

出发前夕，盖伯瑟克和库比斯又被带了出去。这一次带他们出去的是莫拉韦茨上校。他带他们来到贝斯沃特的一家意大利餐馆，几人在那里吃了一顿大餐，开着玩笑。用餐期间，莫拉韦茨递给他们最后一件装备——"两颗速效毒药，供他们在无法忍受酷刑时使用"。两人什么也没说。

出发那天，他们被直接用车送去了苏塞克斯的坦米尔空军机场。在深冬的黄昏时分，他们抵达了机场，见到了空军上尉罗恩·霍基。罗恩的任务是驾驶他的哈利法克斯型轰炸机飞往德国占领下的捷克斯洛伐克，并在夜空中将盖伯瑟克和库比斯空投下去。

登机的时候，盖伯瑟克对莫拉韦茨上校说："相信我们，上校，我们会按计划完成任务。"[34]

一个多月过去了，两个刺杀者音讯全无。伦敦方面觉得一定是哪儿出了严重问题。事实确实如此。两人实际被空投到的地方离预期着陆地点皮尔森相隔甚远，而且盖伯瑟克在着陆的过程中还受了伤。但幸运的是，当地的居民听到了头顶哈利法克斯轰炸机的声音，猜测是在空投特工。于是他们展开了搜寻，并在一个矿石场发现了盖伯瑟克和库比斯。

盖伯瑟克和库比斯极不情愿地接受了他们的帮助，因为这样就违反了任务的第一个规定：不得和当地抵抗组织接触。然而他们也明白，没有这些当地人的帮助，行动肯定已经流产了。在接下来的6个星期，他们被藏匿在安全的处所，计划着袭击的地点和时间。

在获得抵抗组织成员约瑟夫·诺沃特尼提供的重要情报后，他们最终确定了行动日期。约瑟夫·诺沃特尼在布拉格城堡里负责敲钟，他无意间听到了海德里希在5月27日的详细行程安排，包括他的车进入布拉格的精确时间。盖伯瑟克和库比斯决定不再等了：就在那天动手。

两人对袭击的方方面面都信心满满。只有一个例外，他们仍然不相信塞西尔·克拉克的撞击手榴弹。袭击的那天早晨，在去往霍勒索威斯十字路口的路上，除了克拉克的手榴弹之外，他们还谨慎地带上了斯登冲锋枪和柯尔特手枪。这些武器都被放在一个破旧的箱子里，箱子上面盖着厚厚的一层草以防警察检查。这听起来很奇怪，但实际上布拉格当时食物短缺，许多人都开始饲养兔子。为了喂养它们，有人会从当地的公园收集野草。

盖伯瑟克和库比斯坐火车到了齐兹科夫城郊，在事前约定的地点拿到了预先安排好的自行车。然后，他们骑车来到霍勒索威斯路口，见到了一位帮手约瑟夫·瓦尔西科，他会站在坡顶，在海德里希的车进入视野后晃动镜子用反光发出信号。

此时，两位刺杀者已经在海德里希乘坐的车要减到步行速度的地方就位。盖伯瑟克组装好了斯登冲锋枪，而库比斯准备好了克拉克的撞击手榴弹。两人都注视着坡顶上的瓦尔西科，紧张地等待着信号。

海德里希迟到了。钟声在 10 点响起，接着又过了 15 分钟。他们不知道，这位总督当天决定和妻子及 3 个孩子绕城堡花园散步。当他最后上车，坐进身材高大的司机约翰内斯·克莱因旁边的前座时，已经比往常要晚了许多。

盖伯瑟克和库比斯越发紧张。他们已经在街上徘徊了快半个小时，有可能已经引起行人的怀疑了。他们正猜想着还要等待多久时，就在 10 点 32 分，瓦尔西科晃动镜子发出了信号。海德里希的奔驰轿车快速进入了视野。

刺杀者们为这一刻已经训练了数个星期。盖伯瑟克给斯登冲锋枪上膛，然后冲过马路来到拐弯最急的地方。库比斯从包里拿出一枚克拉克的手榴弹。两人都看到海德里希的车越来越近。车速很快，但在靠近弯道的地方明显减慢了速度。机会来了！当车减到步行速度时，盖伯瑟克举起了枪。瞬间，他确定海德里希已经进入了射程之内。他扣动了扳机。

什么也没发生。只有一声轻轻的咔嗒声。斯登冲锋枪没有打出子弹，可能是因为杂草卡在了里面。盖伯瑟克就这么站在路边，完全暴露了，手里还拿着一把卡住了的枪。

司机约翰内斯·克莱因受过如何应对这种突发情况的专门训练。他的职责就是立即加速驶离险境，并迅速将海德里希送往安全的地方。然而，海德里希对想要置他于死地的企图勃然大怒。看到盖伯瑟克的枪卡壳了，他便命令克莱因停车，拿出自己的自动手枪准备杀了这个要刺杀他的人。就在此时，库比斯从暗处走出来，将塞西尔·克拉克的炸弹猛地扔向轿车。他已经为这个时刻练习了无数次，但是在这千钧一发的时刻，他失手了。克拉克的撞击手榴弹撞到奔驰轿车的后车轮，发生剧烈爆炸，玻璃碎片和弹片飞溅，穿透了车体。炸弹的威力之大，连海德里希和克莱因叠放在这辆软篷轿车后座上的纳粹党卫军夹克都被震飞，挂在了附近有轨电车的钢索上。

库比斯被飞溅的弹片击中，鲜血流进了他的眼睛里。透过一片血污，他看见克莱因跳出车，拔枪向他跑来。盖伯瑟克躲过了飞散的弹片，但他却惊恐地发现海德里希爬出了轿车，举枪瞄准了自己。他摇摇晃晃地往前走，一边准备开枪，一边疯狂地喊叫着。盖伯瑟克扔掉了那把卡壳的斯登冲锋枪，掏出柯尔特手枪，躲到电线杆后面向海德里希一阵乱射。

库比斯擦掉眼睛上的血，躲避着克莱因的子弹，跳上了自己的自行车。克莱因再次瞄准他射击，想要阻止库比斯逃走。但他的枪也卡壳了，库比斯得以逃脱。在扔出手榴弹后不到 10 分钟，库比斯就逃到了一个安全的处所。

而盖伯瑟克的处境则更为惊险。他被和海德里希的枪战拖住了，这样下去他要么会被射中，要么会被抓住。但就在他躲避子弹的时候，突然间，意想不到的事情发生了。海德里希蹒跚地走到路边，然后痛苦地倒在地上。两位刺杀者都不知道，塞西尔·克拉克的手榴弹完美地完成了它的任务。当外壳碎裂时，它释放的力量使得轿车内饰的金属片、玻璃片和碎马毛深深地刺进了海德里希的脾脏。

"抓住那个混蛋。"这位德国总督指着逃跑的盖伯瑟克向他的司机喊道。[35] 当克莱因追向刺客时，海德里希痛苦地抓着残缺不全、冒着烟的轿车引擎盖。没有一个目击者上前帮忙。

莫拉韦茨上校是英国第一个得知袭击消息的人，他是从布拉格电台中听到的这个消息。"要的就是这个，"这是他的第一反应，"盖伯瑟克和库比斯完成了任务。"[36] 他立即通知了格宾斯，格宾斯于是开始口述一份备忘录，让玛格丽特打出来。这个备忘录只需交给一个人：塞尔伯恩伯爵。"我要求将这份报告标记为绝密。"他还强调，要保证无人知晓贝克街和这次刺杀行动有关，这一点"至关重要"。

格宾斯说："哪怕海德里希死不了 —— 大家真心希望他死掉 —— 他也必然会有很长一段时间无法工作。"他很高兴盖伯瑟克和库比斯能够成功袭击如此高级别的纳粹官员。"这是一件最重要的事情，我们应该感到庆幸，因为即便是在德国，像他这种既有非同凡响的能力又有非同一般的残暴性格的人也是屈指可数。"

在表扬过捷克分部和老谋深算的莫拉韦茨上校后，格宾斯还称赞了自己的团队：埃里克·赛克斯、塞西尔·克拉克、阿弗加·赫斯基思-普理查德和彼得·威尔金森，"他们在准备这次行动和必要物品时一丝不苟"。[37]如果说格宾斯本人对这次袭击的专业程度印象深刻，盖世太保亦是如此。格宾斯成功得到了他们关于此次刺杀行动的官方报告，报告承认"此次袭击行动极为娴熟专业"。那枚与众不同的手榴弹对于行动的成功起到了至关重要的作用。"那是一枚威力巨大的炸弹，"盖世太保的报告写道，"炸弹最后只剩下导火索和少许弹片。"

德国人很快找到了刺客丢弃的公文包，发现里面还有两枚克拉克制造的手榴弹。它们被立即送去解析。拆除它们的专家从未见过类似的武器。很明显，这些炸弹是"英国制造的"，同样明显的是，"这种炸弹所用的导火索和英国军队在北非使用的反坦克手榴弹上的是同一种"。但是，它们已经被某位专家巧妙地改装了，目的就是最大程度破坏一辆有装甲的汽车。

克拉克的手榴弹确实造成了致命结果。海德里希断了一根肋骨，横膈膜破裂，弹片深深刺入了他的脾脏。他被迅速送往医院并接受了急救手术，然而，克拉克的手榴弹确实是一件非常卑鄙的武器。海德里希很快出现了败血症的症状，在遇袭后的第八天，他咽下了最后一口气。

海德里希的医生将他的死归咎于卑鄙的炸弹，他们说海德里希的死亡是"炸弹碎片将细菌和疑似毒素的东西带入重要器官导致的"。

对于这次刺杀事件，希特勒怒不可遏。刚开始，他责备海德里希本人坐车出去不带摩托车护卫和党卫军保镖，这"简直是愚蠢至极"。[38] 但他很快又将怒火转向刺杀者，而他们的身份和行踪仍然不明。

除非刺杀者被找到，否则在此之前，捷克的平民将为海德里希的死付出代价，他们要面临一连串肆意、残暴而毫无意义的屠杀。利迪策村成为第一个目标，德国人怀疑这个村庄和刺杀者有联系，但这个理由根本站不住脚。村子被封锁，199 名男性被盖世太保枪杀。195 名女性和 95 名儿童被逮捕并被送往拉文斯布吕克集中营，在那儿，大部分人都死于毒气。

莱夏基村是第二个目标。33 名成年村民全部被枪杀，大部分孩子也都被杀害了。盖伯瑟克和库比斯侥幸逃脱，他们先后躲在几个安全住所，最后躲到了圣西里尔与圣美多德教堂潮湿的地下墓穴。躲在这里的还有另外 5 名抵抗战士，德军正挨家挨户地搜查。7 个人都祈祷能逃过一劫。

然而，他们不知道自己就要被一位同是特工的战友卡雷尔·科尔达背叛。6 月 18 日凌晨 4 点 10 分，因为卡雷尔·科尔达的出卖，党卫军找到了他们的藏身之处，教堂遭到猛烈袭击。经过两个小时的激烈枪战，党卫军最终进入唱诗班阁楼：2 名战士已经身亡，库比斯也受了重伤。他被迅速带到医院，党卫军不顾一切想要让他活命，但是 20 分钟后，他因伤重不治而亡。

其他 4 名战士，包括盖伯瑟克，仍然藏在教堂的地下墓穴中，但他们的行踪最终还是暴露了——受到惊吓的牧师弗拉迪米尔·彼得雷克向党卫军告了密。起先，党卫军想要用水将他们逼出来，便命令捷克消防队往地下墓穴注水。发现这个办法行不通，他们又从通风口向里扔手榴弹。最终，在催泪弹的雾气中，戴着面罩的党卫军用炸弹炸开了主入口，冲进了墓穴。

纳粹党卫军走在及腰深的水中时，遭到了那4名幸存的捷克战士的猛烈枪击。德军暂时被击退了，当他们准备发动新一轮进攻时，传来的4声枪响打断了他们的行动。抵抗者们用最后的子弹结束了自己的生命。

莫拉韦茨和科林·格宾斯早就预料到捷克的平民要为刺杀事件付出昂贵的代价。在海德里希死后，有数千人被杀，新的恐怖统治笼罩了整个国家。尽管如此，莫拉韦茨仍坚信刺杀是正确的，他认为即使海德里希没有被刺杀，纳粹的屠杀也照样会进行。"消灭捷克民族并将其并入德意志帝国，包括有计划地谋杀捷克领导人，是海德里希来布拉格的任务。"他在给格宾斯的一封私人信件中写道，在这封信中，他对格宾斯出色完成任务表示了"祝贺和钦佩"。[39]

在得知袭击事件后，温斯顿·丘吉尔表示完全支持：他不反对政治刺杀。当罗斯福总统问及海德里希之死，英国是否也牵涉其中，丘吉尔眨了眨眼，但什么都没说。有些秘密太过敏感，即使对方是美国总统也不能透露。

# 第十三章

# 山区中的破坏行动

在刺杀海德里希的行动之后，科林·格宾斯发现，他与纳粹相比有一个显著优势。秘密战术的使用将战争变成了一场激动人心的冒险游戏。如果他能熟练运用策略，就能把自己从失败者变为谋略高手。这将能让格宾斯——而非纳粹——占据优势地位。"如果我们能在谋划、诡诈、出其不意以及胆量上超越他们，"他说，"那么我们的工作成果迟早会发挥效力，从而一定程度上影响战争。"他从赛克斯和费尔贝恩那儿学到了一条重要原则：玩好这场游戏就要永远处于进攻状态。他认为自己正"与盖世太保展开一场持久的智力对决"，并且意识到，把握主动权极为重要，"永远要准备着新东西"。[1]

1940 年秋，墨索里尼入侵希腊，接下来的几个星期，地下抵抗力量如雨后春笋般涌现出来，格宾斯很快就意识到，希腊为开展破坏行动提供了肥沃的土壤。彼得·弗莱明完成肯特郡"辅助部队"的工作后便马上偷渡到了希腊。他集结了一小群破坏队员，给意大利和德国军队制造了大快人心的混乱。弗莱明到达希腊几个月后，比卡姆·斯威特-埃斯科特开始主持贝克街的工作，他收到了来自弗莱明的一封"令人振奋"且极其有趣的电报，电报写到："他正依托莫纳斯提尔"——位于马其顿的一个峡谷——与纳粹战争机器斗争。[2] 德军进攻弗莱明就撤退，但同时沿路也策划了一系列破坏活动，炸毁了所过之处的桥梁和铁路。

格宾斯在希腊不只有弗莱明一个联络员，他的战友大卫·波森已经在雅典建立了基地，向贝克街提供最新情报。但纳粹的进军让他别无选择，只能逃出自己的国家。在撤离前，他将一套无线电设备交给了一位可靠的希腊上校。这位上校发誓要继续波森的工作，其代号为"普罗米修斯"——带来火种的神。

很快，"普罗米修斯"便与格宾斯在伊斯坦布尔的办事处建立了定期联系。办事处的人负责安排运输炸药。这些炸药从英国被运往巴勒斯坦，然后再从那里运到土耳其的伊兹密尔，最后由地中海轻帆船运到希腊。这样，菲尔斯庄园"宛德仙女"手下的威尔士姑娘们组装的武器最终就被送到了色雷斯的偏远山区。

"普罗米修斯"的工作最终引起了纳粹的注意。1942 年夏天，他被迫逃命。但是他设法将无线电设备转交给了一位年轻的希腊海军军官，此人将以"普罗米修斯 2 号"的代号继续传递情报。此时，格宾斯在中东地区的特工们已经将大量的炸药运到了希腊，成功创建了"一个宝贵的前线战斗组织"。[3]

这个组织很快就要参与一次非常惊人的破坏行动——一次植根于北非的破坏行动。在北非，向阿拉曼进军的英国第八集团军正受到德国陆军元帅隆美尔的非洲军团的阻击。有大批物资正运送到隆美尔的军团，这些物资经铁路从德国被运往希腊——每天48 列火车——然后再用轮船从比雷埃夫斯运到图卜鲁格和班加西。每列火车都装载着数百吨的武器，它们是隆美尔军队的重要作战工具。

　　途经希腊的路线使用的是一条单线标准轨距铁路，这条铁路蜿蜒地穿过色萨利炙热的平原，然后迂回向上进入罗梅利山区的荒野。此处方圆几千米都是人迹罕至的偏僻地区，从远处看就像是一大片经过了千锤百炼之后的白镴，被打造成了山谷和陡崖。罗梅利在夏季的几个月里异常炎热，杂草丛生的低坡上有游牧人居住。而冬季时节，气温骤降，这里到处是冰冻的碎石和洪水滔滔的峡谷，变成了一个禁区。冰冷的山洪冲刷着水洞、坑道以及教堂般大小的洞穴。这种地形是正规军的噩梦，然而却是游击队的天堂。

　　科林·格宾斯一直认为，像隆美尔的非洲军团这样的摩托化部队"为游击战提供了格外有利的机会"，尤其是破坏行动的"目标是他们的交通设备"。[4]而且他很快发现，这支非洲军团最薄弱的地方不在北非，甚至不在地中海地区，而是在高高的罗梅利山区，比雷埃夫斯的铁路要横穿此山区的3座大高架桥。如果能毁掉其中的任何一座，第三帝国和北非之间的主要供应线就会被切断。

　　格宾斯也非常清楚，这样的行动会面临重重的艰难挑战。需要一队破坏队员空降到被意大利军队占领的完全未知的地区。他们必须自己想办法前往高架桥，杀死意大利哨兵，然后布下炸药。为了完成任务，他们需要希腊抵抗组织——游击队——的支持。据说这支部队就藏匿在这片空旷的荒野之中。

　　尽管困难重重，"哈林行动"（Operation Harling）还是得到了批准。一个小队将带着充足的炸药空降到希腊，给隆美尔的重要供给线制造严重破坏。从一开始，格宾斯便决定由他在开罗的团队来执行此次任务，这个团队两年前便开始关注希腊和巴尔干半岛地区的活动。虽然格宾斯仍会密切关注事情的进展，但是他暂时将指挥棒交给了开罗。

英国士官遍布开罗。其中一些是一直驻扎在这个城市的情报特工，更多的人是在纳粹入侵克里特岛时逃到这里的。克里斯·伍德豪斯就属于后者。伍德豪斯——朋友们都叫他蒙蒂——是一位年轻的牛津大学毕业生，才华横溢，获得过古典学双优成绩以及一堆牛津大学最负盛名的奖项。

1942年9月18日星期五，伍德豪斯被召到拉斯特朗大楼面试，这里是贝克街在开罗的总办事处。在那里，他接受了一个拒绝自我介绍的神秘人物的严密盘问。"我被带到一个房间，一位陆军中校坐在桌子后面，位置正好与窗户成直角。在透过窗户射进来的刺眼光线下，我只能看到他的侧脸。从头到尾这位中校都没告诉我他的名字。他从桌上的文件中抬起头，只是问道：'你愿意下星期空降到希腊吗？'"

伍德豪斯想了想。"似乎没有什么理由拒绝，所以我就答应了。"[5] 他认为这会是一次练习希腊语的好机会。

伍德豪斯比大多数人更有资格空降到希腊，尽管如此，对于一项秘密任务而言，选择他仍是一个奇怪的决定。他"身材高大，长得完全不像希腊人"[6]，一头姜黄色的头发使他看起来更像是斯堪的纳维亚的渔夫，而非希腊牧羊人。然而，他的优势是懂古希腊语，而且他还有着山羊般的坚强意志力。他很高兴能成为隆美尔的眼中钉肉中刺。

伍德豪斯将成为"哈林行动"的重要成员之一，但行动将由埃迪·迈尔斯领导。迈尔斯是一位 36 岁的犹太工兵，阿拉伯大起义（爆发于 1916 年 6 月）期间，他在巴基斯坦崭露头角。迈尔斯给人的印象就是对所有事情都很有天赋。他擅长骑术，会开飞机，"个性坚强"[7]，经常忤逆上级。一开始，迈尔斯并不情愿领导游击队，因为他刚得到几年来的第一次年假。但是，他的上司说服他去尝试一下这次危险刺激却荣耀无比的行动。"你就是我们要找的那种人，"他的上司说，"你想如何指挥这个行动？这一点十分重要。"

迈尔斯接下了任务，并开始召集其他成员，组建了一支 12 人的队伍。其中包括 3 位训练有素的破坏队员，为首的是新西兰人汤姆·巴恩斯，他长着"一头金发，身材魁梧并且非常强壮"[8]。此外，还有 3 名无线电通讯员，3 位突击队员和一个名叫地米斯托克利·马里诺斯的军官——队中唯一一个希腊人。

对于一次如此复杂的任务，情报的精确重于一切。格宾斯在雅典的无线电通讯员"普罗米修斯 2 号"一直在设法向贝克街传递关于摧毁油料设施和军队补给船的情报。他提出要帮助安排迈尔斯的破坏队员空降到罗梅利山区，他向开罗方面保证，希腊的游击队员会在空降的那晚点火，引导他们到达安全地区。

这在理论上听起来很可行，但是"普罗米修斯 2 号"的无线电通信设备经常出现故障或瘫痪。只要一次沟通失误，迈尔斯和他的手下就可能会降落到错误的地方——那是一片偏远荒凉的山区，得不到当地人的帮助。

还有一个问题可能会让"哈林行动"在开始之前就泡汤。格宾斯在开罗的团队几乎对罗梅利山区那3座高架桥一无所知。他们没有平面图，甚至也没有照片。直到后来有人得到了一张辛普朗东方快车驶过戈尔戈波塔莫斯高架桥的旧明信片。

之后不久，贝克街成功获得了帕帕迪亚和戈尔戈波塔莫斯高架桥的图纸。它们被送到开罗并交给了埃迪·迈尔斯。迈尔斯看到戈尔戈波塔莫斯峡谷和高架桥的图片时兴奋不已。这座峡谷本身就是一个巨大的石灰岩裂缝，而且很深，向下望去，底部奔腾的洪水看起来不过是一缕细线。那座在欧洲很有名气的高架桥就建在这座峡谷之上，它是建筑工程的一个奇迹：长近280米，以令人眩晕的高度横跨峡谷。隆美尔在北非的军队要依赖的就是这座脆弱的建筑。

迈尔斯开始认真计划他的任务。这次任务需要专业装备，因为大家要在严寒的山区行动。随队员一起空投下来的必须包括备用品、物资、食物以及大量的武器。武器要包括斯登冲锋枪、手榴弹、雷管和开罗储藏的所有塑性炸药。

每个人还要配备个人物品，包括一把左轮手枪、一把费尔贝恩-赛克斯突击队匕首、战地包扎用品以及贝克街的标配装备包："一个伪装成纽扣的指南针、一张伪装成丝巾的地图、装有两枚金币的皮带"，还有干粮、手电筒以及为不幸被捕而准备的毒药。[9]

迈尔斯将队伍分成3组，每组4人，他们将搭乘3架美国解放者飞机空降到希腊。北非的战斗已经到了关键时刻，时间紧迫。到9月的第三个星期，迈尔斯的队员们已经做好了行动的准备。

9月29日，他们第一次尝试空降到希腊，这让他们对即将面

临的困难稍有了解。花了 4 个小时飞过地中海后，飞机便一直在
罗梅利山区上空盘旋，徒劳地寻找着"普罗米修斯 2 号"之前答
应的信号。但是笼罩群山的黑暗没有透出任何欢迎之光，这些人
很不情愿地被迫返回了开罗。

第二天晚上，他们又进行了第二次尝试，并决定即便没有任
何信号也要空降。当他们盘旋在焦诺山上空时，冰封的山峰在月
光下闪耀着奶白色的光芒。迈尔斯似乎发现了下方山谷里有 3 簇
火焰。"我用对讲机告诉飞行员，如果他同意，我就准备试一试。"

飞行员驾驶飞机从云层中降下，直到非常靠近周边的山峰，
最后绕山谷划了一个弧形，然后示意迈尔斯他们可以跳伞了。"哈
林行动"终于开始了。

只有当迈尔斯背着沉重的背包跳下飞机时，盲降到陌生地区
的困难才凸显出来。他的降落伞被卷进了急剧上升的山区气流，
旋转着飞向一片高耸的冷杉树林。

"我落在了一棵高大的冷杉树中间，我撞了上去，很多树枝
都被折断了。"树枝因为迈尔斯的重量分开，他翻滚着从树枝间跌
落。"接着，我发现自己坐在了一个异常陡峭的斜坡上，降落伞挂
在我的头顶上方。"

他的背包就像一个超大的圣诞树装饰物在树上荡来荡去，而
其他分装在金属箱中一起空投下来的补给已经不知去向。拍掉身
上的尘土，迈尔斯听到美国解放者飞机发出了道别式的震动声，
它已经掉头回开罗了。他的战友也不见了踪影。迈尔斯孤身一人，
迷失在几近 90 度的陡峭山坡上。炸毁戈尔戈波塔莫斯高架桥的目
标看起来实在遥不可及。

格宾斯一直强调，专业的游击队员就是要在压力之下保持头脑冷静。迈尔斯便是如此，他表现出了令人敬佩的沉着。他首先点燃一枚照明灯，希望能够引起战友们的注意。没有得到回应后，他又点起了篝火。这也丝毫不起作用。于是，他借着树的支撑，磕磕绊绊地走下陡坡，最后来到了一个月光照耀下的山谷。在那儿，他遇见了两个希腊牧羊人。"经过一番咿咿呀呀的交流，伴着不断指天手势，我们最后达成一致意见：黎明破晓前的这3个小时，我们就一直待在原地。"

天一亮，迈尔斯便带着那两个希腊人回到山坡上。结果发现他的背包和降落伞竟神秘消失了。他正思考着下一步该怎么办，"汤姆·巴恩斯从树丛间走了出来"。[10]

发现巴恩斯并未受伤，迈尔斯舒了口气，更让他高兴的是，他得知巴恩斯还接收到了莱恩·威尔莫特发出的信号。于是，两人便动身前去寻找威尔莫特，而那两个希腊人则去搜寻迈尔斯队伍的第四个成员——德尼斯·哈姆森——他们当中唯一会说希腊语的人。中午时分，希腊人带着在森林里找到的哈姆森来到了事先与迈尔斯约好的地点，很快，莱恩·威尔莫特顺着他们说话的声音也找来了。迈尔斯3个小组的第一组人马奇迹般的完好无损。

克里斯·伍德豪斯（蒙蒂）和他的小组从第二架解放者飞机上跳下来，他们的情况要好得多。伍德豪斯本人降落时几乎没发生任何碰撞，"就像是从桌上跳下来一样轻松"，[11]其他人也都平安着陆。当被一群怀疑他们是德国人的希腊士兵包围时，他们感到一阵恐慌，然而伍德豪斯很快就向希腊军人澄清了身份。他大喊："我是一名英国军官。"一个希腊军人回答道："我是一名希腊军官。"然后，他迅速奔向伍德豪斯，"亲吻了我的双颊"。

伍德豪斯最紧迫的任务是找到其他两个小组，但他和他的战友先被带到了附近的一个山村。在那儿，他们惊恐地看见一群小孩找到了他们装着补给的金属箱，并拿出了里面的塑性炸药。孩子们以为那是糖果，直接就往嘴里塞。"这对孩子们是一场灾难，"伍德豪斯说，"也给我们造成了灾难性后果，因为这导致我们重要炸弹的数量减少了很多。"[12]事实上，炸弹除了让孩子们生了一场病外，并没有造成其他伤害。

一个叫巴尔巴·尼克大叔的希腊村民曾在美国住过，会说一点英语。他提醒大家，山区有意大利士兵巡逻，并建议他们躲进焦诺山东坡的一个隐蔽的洞穴里。那个洞穴很大，如果3个小组都被找到，这里也足以容纳他们，并且不会被意大利人发现。伍德豪斯同意被领到那里去，同时盼望着其他小组也真的能被带去。

徒步行走的旅程异常艰辛，他们要花3天时间走过荒凉的山口，无情而冰冷的寒风如刀割般从北边吹来。沙沙飘下的雪落在山谷里，风吹起尘土，空气变得灰蒙蒙的。他们感到寒冷刺骨、痛苦不堪。"我们当中有些人生了虱子，有些人生了跳蚤。第一场雨停了，但是雪又悄然而至。"

很快，好消息缓和了他们的痛苦。伍德豪斯和他的人到达洞穴两天后，埃迪·迈尔斯那组人在希腊牧羊人的带领下也来到了这里。当伍德豪斯感谢尼克大叔的帮助时，大叔回答说："我听说上帝从天上为我们派来了英国人，因此，帮助他们是我的责任。"[13]

他也确实是这样做的。当得知意大利军队可能因为听到了解放者飞机盘旋时的声音，正搜寻附近地区时，他在一道陡峭的崖壁下找到了一个更为安全的洞穴。现在，队员们已经安全了，当务之急就是找到第三小组的下落。

伦敦方面，科林·格宾斯对空降到希腊的行动队伍的命运一无所知，就像当初不知道捷克刺杀者的情况一样。一旦他们跳下飞机，就难以避免地会失去联系。迈尔斯的无线电发射器在着陆时摔坏了。这些人只能完全依靠自己了。

然而即便距离遥远，格宾斯仍然以某种方式继续指导着"哈林行动"。他的《游击队指挥手册》在开罗广为流传。当初编写这本手册的时候，他的脑海中恰好就考虑到了这样一种任务：在当地游击队的积极帮助下，在崎岖的乡村地区展开大胆的袭击。此时，埃迪·迈尔斯正谨遵这本手册的内容，恪守格宾斯关于游击战的所有 7 点信条，包括采取秘密行动、利用黑夜掩护以及招募当地登山专家。

格宾斯一直认为，反纳粹的战争最终会到达一个转折点，到时当地民众会起来反抗占领军。"随着战争的推进，以及敌人的控制因成功的破坏行动而开始减弱，"他说，"组建游击队的条件就将成熟。"在希腊，尤其是在罗梅利山区，已经具备了上述条件。

格宾斯还说过，在熟悉的地区行动对当地游击队员更有利，因为这样的话他就是"与自己的同胞一起，在自己的国土，同侵略自己祖国的敌人战斗"。和敌人不同，这些游击队员不受规章制度、军衔等级和集中化军营的限制。此外，尽管占领军控制了公路和铁路系统，但山区的游击队总能掌握游击战这张王牌。"审慎明智地选择战场，在黑夜中行动以出其不意，游击队能够在每次行动所需的时间内，拥有相对充裕的机动性。"[14]

　　尼克大叔提醒迈尔斯，罗梅利荒原中有一大片是当地一个名叫拿破仑·泽尔瓦斯的地方武装首领的地盘。泽尔瓦斯领导着一支规模很大的游击队，他们像一群无法无天的土匪活跃在罗梅利地区，伏击意大利哨兵，粗暴地将他们就地正法。争取泽尔瓦斯的合作是实施任何破坏行动的关键。迈尔斯表示赞同，并询问尼克大叔能否带伍德豪斯去这位首领在山里的总部，去争取他的支持。

　　尼克大叔和伍德豪斯徒步走了一个多星期，越过积雪的山峰和荒凉的山谷寻找泽尔瓦斯。有一次，一位老太太拦住了他们，询问伍德豪斯是干什么的。"我大胆地告诉她，我是一个游击队员。"她很好奇，说"她从没遇见过游击队员"。接着，她又问伍德豪斯来自哪里。"不知该如何更好地回答，我便将20分钟前经过的邻村的名字报了出来。老太太会意地点了点头。'啊，听你的口音，我就知道你是外国人。'"

　　长途跋涉翻山越岭之后，他们终于找到了令人闻风丧胆的拿破仑·泽尔瓦斯。伍德豪斯本以为会见到一个飞扬跋扈且夸夸其谈的人，就像某个管辖着自己的山区封地而自诩为总督的人。事实却大相径庭。泽尔瓦斯个头矮小，身体圆胖，看起来很是滑稽，脸上永远挂着笑容。"他轻吻我的双颊表示欢迎，这让我俩都觉得别扭。他满意地说道：'欢迎来到喜讯天使之地！'"[15]

　　泽尔瓦斯是这次行动的意外收获：他办事高效、性格开朗，并且一门心思要将可憎的意大利人驱逐出希腊领土。"他笑起来时——他经常笑——整个身子都在颤抖，眼中闪烁的快乐之光掩盖了胡须浓厚的脸上因皮肤黝黑产生的凶狠感。"他那双大大的眼睛是棕色的，嘴唇厚而宽大。他穿着一件旧的卡其色罩衫，不戴任何徽章，穿着马裤和尺寸过大的长筒靴。"肥胖的腰上系着一根未打油的武装带，上面别着一把小型自动手枪和一把镶着珠宝的匕首，他坐下时，匕首套便会从他肚子的位置斜支出来。"[16]

泽尔瓦斯领导着一支 100 人的游击队，他们的行动热情远比他们的装备更让人印象深刻。"几乎没有人穿军装，有靴子的人就更少了，他们穿的是皮拖鞋，脚踝上绑着羊毛线细条，把橡胶胎的薄片用线固定在脚上，还有的就只穿着破旧的袜子。"[17]他们有一把汤普森冲锋枪、一把机关枪和一些一战时期用的曼利夏步枪。

泽尔瓦斯同意帮助开展破坏行动，但还有一个问题。他并不是这片山区里唯一的武装首领。还有一支由阿里斯·威鲁希奥狄斯领导的游击队——一支异常暴力且酷爱杀戮的游击队。难以想象不让阿里斯参与对高架桥的袭击活动。但是，问题来了。阿里斯的人是共产主义者，而泽尔瓦斯的人是共和党，两位领导人和他们的手下是死对头。

得知距阿里斯的驻地只需几小时的路程，伍德豪斯便使尽浑身解数说服泽尔瓦斯去见他的共产主义者敌人，会面地点安排在威尼阿尼村一个希腊裔美国侨民的度假别墅里。

阿里斯与和蔼的泽尔瓦斯完全不同。他个子矮小，身体结实，留着长长的黑色胡须，戴着一顶哥萨克式的黑色毛帽，这让他看起来像一个和蔼可亲的修道士。"但是他两眼深陷，不笑的时候，脸上表情十分严肃。只有在喝酒时，他才会放松下来。"[18]

阿里斯符合强盗头目的所有特征，"腰带上别着两条装满子弹的弹袋和一把大刀"。[19]这把刀通常是用来割断被俘意大利人的喉咙，以及对付队伍里那些忤逆他的人。"他沉默寡言，总是给人一种谨慎警觉的印象。"

阿里斯的手下表现出了少有的专业素养，他们比"泽尔瓦斯的人更强硬、更有决心"。[20]伍德豪斯意识到，阿里斯的支持是他们袭击戈尔戈波塔莫斯高架桥的关键，因此，阿里斯同意加入任务让他很开心。

阿里斯提供了一则让人又惊又喜的消息。他告诉伍德豪斯，他的人从意大利人手中救下了第三小组的英国破坏队员。第三小组的人错估了着陆点，空降到了离意大利驻防部队很近的卡尔派尼西村。要不是阿里斯把他们从危险中救出来，他们肯定会被俘。伍德豪斯现在可以给第三小组传递信息，告诉他们如何与埃迪·迈尔斯及其他人会合。经过4个星期的波折，整支队伍终于团聚了。

迈尔斯并没有因为伍德豪斯不在而懈怠。他侦察了罗梅利的3座高架桥，以确定戈尔戈波塔莫斯高架桥是不是最佳目标。这座高架桥就如照片上一样宏伟壮观。峡谷本身就像一张大嘴，开口朝天，上面架着一条铁路轨道单线。高架桥的大部分桥墩都是砖石砌的，但南端的两个是钢筋筑的。迈尔斯用双筒望远镜仔细观察，然后画下了它们的草图。他判断，从这些钢梁下手是最有希望摧毁整座大桥的，即使要彻底破坏它们很困难。在小册子《如何使用烈性炸药》中，米利斯·杰弗里斯提醒道，像戈尔戈波塔莫斯高架桥使用的这种梁结构，对于尚未实施过破坏行动的人来说是极为复杂的。"钢梁或许可以被炸弹炸断，但这是最难处理的一种破坏，没有经验的人不应该尝试。"[21]

迈尔斯明白这点。他用高倍望远镜对这些钢制桥墩进行了仔细研究。他发现，桥墩的横截面是"L型"。这个重要的细节意味着他的人可以提前将400磅（约合181千克）的塑性炸药制成模具，"将分开的小条压进一个为炸药制作的木制模具里，以插进钢制桥墩的横截面"。

迈尔斯回到藏身之处，心中已然有了一个策略。他知道，如果不先杀死意大利哨兵，就难以摧毁这座高架桥。但意大利人在高架桥两端都挖了壕沟工事，袭击哨兵而不打草惊蛇是不可能的。因此，也必须一起攻击这两处工事。

这项任务能否成功最终取决于汤姆·巴恩斯的破坏小组，他们需要下到深谷，将炸药包装在钢梁上。迈尔斯估计，这个过程需要长达4个小时的时间，足够意大利人召集增援部队。尽管如此，除此之外也没有其他选择。攻击意军工事，然后实施一场惊人的破坏行动，是唯一可行的方案。

迈尔斯希望在11月25日晚上动手，虽然他知道具体的行动时间将取决于天气。他组建了一个先锋队，在11月23日下午动身；其余的人会在行动的当天晚上前去和他们会合。先锋队在风雪中艰难跋涉6个小时，才到达前线的位置——一个牧羊人的草屋。这座小屋坐落在树木繁茂的奥蒂山高高的顶坡上，离高架桥非常近，他们可以从这里发动攻击。这里地面上覆盖着松软的积雪，足有30多厘米深，夜间的云低低地飘浮着，冷杉树都笼罩在雾气中。

迈尔斯抓紧时间睡了几小时，清晨便醒来，然后匍匐到监视点。但是，除了一团团的雾气，他什么也看不见。"俯瞰通往戈尔戈波塔莫斯高架桥的路看来是不可能了。"上午的时候下起了雨，融化的大块积雪从树上滑落下来。然而气温很快骤降，雨变成了雪。"我们躺在阴冷透风的小屋里，屋里的地面中央点着火，冒出的烟熏得我们眼睛生疼。在低矮的云层间，我们似乎神奇般地与世隔绝了。"黑夜早早降临，迈尔斯为次夜做着准备，都没怎么合眼。

当他第二天早上醒来时，云层已经散去，天朗气清。这是侦察的完美天气。迈尔斯带着几个人谨慎地下山，来到了离铁路不到1000米的地方。"我们开始慢慢地匍匐前进，透过缓慢飘动的云彩的缝隙，我们清晰地看见了那座高架桥，它在我们下方三四十米的位置，看起来就像一座玩具桥。"迈尔斯用双筒望远镜观察着这座庞大的建筑，看到有蚂蚁般的哨兵在奔跑。他决定在当晚行动。

游击队的主力在下午4点左右到达，此时，云雾重又笼罩了山腰，他们"排成一条纵队悄悄地绕出云雾"。队员们蹲在雾气茫茫而且潮湿的森林里，吃了他们进攻前的最后一顿饭：冷肉、一大块面包和一瓶掺了乌佐酒的冰水。他们离戈尔戈波塔莫斯大约1600米远，在高架桥上方约1200多米。迈尔斯将队员分成几个小组，并确保戴表的人都校准了时间。随着夜幕降临，他命令队员们准备行动。6点刚过不久，他们排成一条纵队，在湿雪中蜿蜒向下。低低的云彩再一次贴着山体，将一切笼罩在云雾之中。

游击队员们按照事先安排好的小组行动，其中 2 人分头向北向南去切断铁路线。其余的人将发动袭击。当晚最危险的任务由汤姆·巴恩斯和他手下的破坏队员负责。在漆黑一片的夜里，他们必须领着驮着所有炸药包的 8 匹骡子爬下近乎垂直的峡谷，然后走上摇摇晃晃的木桥通过澎湃的洪流，最后将炸药包从骡子上卸下来，绑到钢梁上。

每个小组相互道别后就分头展开了行动。不到 1 分钟，他们就都消失在了黑夜中。4 名指挥官——埃迪·迈尔斯、克里斯·伍德豪斯（蒙蒂）、拿破仑·泽尔瓦斯和阿里斯·威鲁希奥狄斯——直接去了距离高架桥 150 码（约合 137 米）的前线指挥所，那里有个洞穴能供他们躲避炮火。迈尔斯欣喜地发现："此时的雾气稀薄了些，满月的月光努力拨开云雾，照亮了周边的地区，足以帮助我们完成任务。情况非常理想。"[22]

他们 4 个人静静地趴在那儿，紧张地看着手表，等待了很长时间。快到 11 点时，出乎大家的意料，有一辆火车隆隆驶过。"这是最后一趟，很长一段时间内都不会再有火车来了。"伍德豪斯低声说道[23]。

迈尔斯又看了一眼手表。袭击定在 11 点钟。还有 2 分钟。他在雪里又往前爬了爬以便看得更清楚些。"透过薄雾，我们可以清晰地看到前方的高架桥。它看起来庞大而丑陋。"

11 点钟到了。迈尔斯期待着小组们在大桥两端开始行动时响起的枪声。但是，周围只有一片寂静。群山似乎都睡着了。

迈尔斯在山脊边又坐立不安地等了 14 分钟，想弄明白到底哪儿出了问题。"我们开始怀疑什么地方出现了严重的问题，所有人都晚到了或者在黑暗中迷路了，就在这时，正前方的高架桥北端突然骚动起来。"[24]

步枪、自动手枪以及机关枪的开火声打破了黑夜的沉静，对戈尔戈波塔莫斯驻军的猛烈进攻开始了。南端的袭击者发动了一场特别猛烈的进攻，一开始，如雨点般的手榴弹被扔进碉堡。在第一波火力中幸存的意大利哨兵开始突围，不顾一切想要逃跑。"他们刚逃出来，就被游击队员开枪打死了，"某人说，"简直是哀号遍野。"[25]

在较远一端的攻击似乎进展得很顺利。意军守卫为了活命很快便投降了。"战斗打响后大约 1 小时，高架桥南端传来了响亮的欢呼声，"迈尔斯说，"紧接着便闪过一束白色闪光弹。较远一端的哨岗已经被我们拿下了。"[26]

就在迈尔斯监视点下方近一端的战况却截然不同。随着枪战越来越激烈，泽尔瓦斯手下的一名游击队员气喘吁吁地跑到指挥所，报告了糟糕的消息：他们正节节退败。意军守卫火力十分强大。在这千钧一发之际，迈尔斯表现出杰出的决断力。他事前安排了一小支预备队以备急用。此时，他派他们加入了战斗，这支部队也表现出了十二分的勇气。一阵激战之后，突然一片寂静。就好像战斗突然被关闭了开关。数秒钟后，黑暗中出现了第二束闪光弹。高架桥北端也已经被控制住了。

现在游击队已经掌控了局面，汤姆·巴恩斯和手下的破坏队员可以放心工作无须担心被上方的敌人开枪射中了。他们用了 1个小时曲折地爬下深谷，赶着骡子走下满是松散和泥泞碎石的险坡。最终到达谷底时，他们已经筋疲力尽，但也毫发无损。接着，他们要走过横跨在激流上的木桥，每个人都要牵着一匹蒙着眼睛的骡子。"必须是正确的骡夫牵着每头骡子，因为骡子毕竟是骡子，它们不认的人，是赶不动它们的。"[27]

当他们全部安全过了河，巴恩斯才抬头看向远处的指挥所。这时，他看到一束手电筒的光，这是给他的信号。然后，他从峡谷岩壁的回声中听到了迈尔斯的喊声："进攻，汤姆！桥的南端已经被我们控制啦。进攻！"[28]

巴恩斯的手下开始解开塑性炸药，将它们绑在桥墩的支撑钢梁上。这项工作比较费时，但是最终他们还是固定好了炸药。巴恩斯吹了一声口哨，表示他已经准备好要点燃炸药了。他敲击导火索的盖子，点燃了它们就跑去找掩护。他和手下刚躲好没几秒，炸药包便爆炸了。

队员们及时躲进了沟里。"他们平躺在地上，突然而来的巨大冲力以及数千片向四面八方飞溅的滚烫金属片震动了他们的身体。"[29]迈尔斯爬近高架桥，目睹了这场灾难性的爆炸。随着一声爆炸的巨响在深谷中回荡，他不禁抬起头来。"我看见一块20多米长的钢板被炸到空中，随着令人心碎的断裂和弯曲钢材的撞击声，坠入下面的深谷，这太棒了！"

当所有残骸都落回地面，巴恩斯前去欣赏他的杰作。他被桥梁毁坏的严重程度惊呆了。两块巨大的金属桥板已经落下了峡谷，交错在一起，面目全非。曾经有一座高架桥的地方，现在只剩下群星与夜空。

迈尔斯跑向高架桥，小心翼翼地沿着弯曲的废墟，一直走到桥面锯齿状的尽头。他从边缘向下望去，好奇地察看破坏情况。

"我能清楚地看到有两块完整的桥面掉进了下面的峡谷里。"

巴恩斯还剩了些炸药，于是他又在凌乱的废墟中放置了炸药，以便制造更大的破坏。"他再次吹响口哨，"迈尔斯说，"每个人都躲了起来，这次更多的桥段被炸掉了。"之后，迈尔斯宣布撤退。这些筋疲力尽的队员现在要徒步 15 个小时回到藏身之处。没有人牺牲，只有 1 人受伤：一个希腊战士被弹片击中受伤。意大利人则损失惨重。死亡人数至少有 30 人。迈尔斯自己就解决了六七个人。

在深深的积雪中艰难跋涉了一段时间后，这群游击队员终于回到了大本营，尼克大叔准备了热饭热菜等着他们。迈尔斯"对任务成功感到十分满意"。[30] 他向所有人道谢祝贺之后，便沉沉地睡了过去。

得知戈尔戈波塔莫斯高架桥被毁的消息，德军最高指挥部勃然大怒。他们随意抓捕了 16 名当地村民，并在大桥的废墟枪杀了他们。"这是一场糟糕透顶的战争。"伍德豪斯说。

纳粹第五集团军司令亚历山大·勒尔将军命令立即重建高架桥。他乐观地向柏林汇报，重建只需要 7 天时间。事实上，整整过了 6 个星期，第一批运输物资的火车才尝试着通过重建后的高架桥。

正如克里斯·伍德豪斯（蒙蒂）所说，对戈尔戈波塔莫斯高架桥的破坏行动是一场胜利。"它第一次向欧洲被占领区显示，在盟军的支持下，游击队可以配合盟军的战略计划实施重大战术行动。"[31] 实际情况是，这次行动和盟军进军法属北非地区的"火炬行动"不谋而合，使这次破坏行动更加令人欣喜。

"这次行动严重破坏了隆美尔的物资供给，"迈尔斯说，"因为它切断了那条铁路线上的所有物资运输长达6个星期。"[32] 在此期间，隆美尔的非洲军团少了2000多辆火车的物资。高架桥最终修复时，隆美尔正迅速失去北非战场的掌控权。

正如琼·布赖特指出的那样，对于格宾斯来说，戈尔戈波塔莫斯高架桥被毁也是一次个人的胜利。她无意间听到了那些高级将领们对此次行动的赞誉，他们称这次行动是对北非战役的"杰出的贡献"，也是一次"在希腊游击队员鼎力支持下，由英国军官执行的"[33]近乎完美的奇袭。

埃迪·迈尔斯的12人小队本应该在袭击完成几天后就乘坐潜艇撤离。但是，当他们最终设法向开罗发送无线电信息后，他们被告知需要留在希腊，"联合游击队行动"。他们的任务是组建一支主力游击队部队，不断对希腊的德军和意军实施打击。

希腊不同派系间焦灼的政治敌对情况，给迈尔斯组建游击部队带来了重重阻力。尽管如此，他仍然孜孜不倦地工作。很快他便报告说，他"领导着5000名纪律严明的武装游击队员"，在希腊西部与意大利人作战。他还与其他破坏组织保持着联系。那些组织的主要目标是前往北非的纳粹运输船。仅在一次突袭中，他们就成功击沉5艘重型载货船，"这只是给轴心国造成严重麻烦的地下战斗中的一个亮点"。

袭击行动继续进行着：运输队的火车脱轨，11个主要煤矿被毁，意大利前哨部队被包围并铲除。德军最高指挥部对意大利军队无法压制迈尔斯的人非常愤怒，他们誓言要从苏联前线派"两卡车的军犬"到希腊去。

戈尔戈波塔莫斯高架桥恢复通行后不久，迈尔斯的手下又炸毁了阿索波斯高架桥——罗梅利山区 3 座重要桥梁中的第二座。看到桥梁残骸的照片时，丘吉尔露出了灿烂的笑容。

迈尔斯向总部发送了一条简单的无线电消息，他誓要继续战斗下去。"给我武器，我们就能夺取胜利。"[34]科林·格宾斯毫不怀疑他这话是认真的。

# 第十四章

# 打造铁人

塞西尔·克拉克正在打一场精彩的战争。3年前，他还在努力平衡他在贝德福德郡的房车业务的收支。而现在，他已经成了整个国家最优秀的破坏行动专家之一，负责培训科林·格宾斯手下最勇敢的特工们。他为这场战争研发了一些最有效的武器，尤其是炸死莱因哈德·海德里希的手榴弹，他设计的"帽贝炸弹"也正数以万计地被生产出来。"帽贝炸弹"被用来炸毁一切东西，包括巴尔干地区的工厂和希腊的运输船等。

1942年圣诞节前3周，克拉克得知他的"帽贝炸弹"发挥了迄今为止最惊人的作用。由赫伯特·哈斯勒带领的一支突击队潜入波尔多港，将"帽贝炸弹"悄悄扔到了敌舰上，造成5艘军舰严重受损。代号"弗兰克顿行动"（Operation Frankton）的这次轻舟奇袭，是对敌人的一次极其大胆的袭击。蒙巴顿勋爵说："在由联合作战司令部指挥的那些勇敢而大胆的突袭行动中，没有一次比'弗兰克顿行动'更英勇、更具想象力。"[1] 这种想象力很大程度上要归功于塞西尔·克拉克。

对于战争，克拉克夫人却没有克拉克那种激情。当克拉克在布里肯唐布雷庄园炸出一个个弹坑时，她却在挣扎着一边为3个年幼的儿子弄到足够的食物，一边努力应付罗罗德公司的日常运营。这个公司现在有 10 个员工，他们为陆军部工作，制造救护车拖车及其他类型的拖车。克拉克一直都缺席公司事务。

到了 1942 年圣诞节，克拉克越来越不满足于布里肯唐布雷庄园的工作，他特别想要领导一支自己的破坏队伍。他请求科林·格宾斯让他带领一支独立游击队到中东去，他确定自己能在那儿制造严重破坏。但是克拉克要失望了。格宾斯告诉他，"不可能考虑这个提议"，[2] 因为他对整个团队太重要了。虽然如此，格宾斯还是认可克拉克想要做些改变的想法，允许他调离布里肯唐布雷庄园，暂时到阿里赛格工作。

克拉克来到阿里赛格的刺杀培训学校，负责武器试验事宜。他要调试正在这里试验的各种原型武器。他的第一项任务便是在盖尔湾冰冷的海水中测试新一代"帽贝炸弹"。格宾斯十分了解克拉克测试武器的方法：他肯定会穿着短裤下水，因而提出了一个友善的建议。"考虑到此时天气的寒冷，"他说，"我建议你弄一些空军专用泳衣，它们是防水的。"[3]

克拉克从来都不是一个安于现状的人，任何一闪而过的好奇心都会让他分心。很快他再次要求调动，这次他要求去菲尔斯庄园和米利斯·杰弗里斯一起工作。斯图亚特·麦克雷得知格宾斯同意将克拉克调到惠特彻奇时很是高兴。"和你一样，"他对克拉克说，"我们一直都不走寻常路，将来也会如此。"[4]

可怜的多萝西现在能见到自己丈夫的时间更少了，因为菲尔斯庄园距离贝德福德郡有 40 多千米。克拉克并不愿意和其他人合住营房（其他人或许也不太情愿）。他在惠特彻奇村租了一间小屋，这正合每个人的意愿。在发现这是唯一一间有闹鬼传闻的小屋后，他特别开心。当年幼的儿子们偶尔来看望他时，他便告诉他们，夜深人静时，据说会有一个女鬼在屋里飘荡，睡在卧室的人过去常常在"醒来时感觉自己喉咙被掐住了"。[5]这个描述很难不让人毛骨悚然，但是克拉克细心地提醒他的儿子们：世界上并不存在鬼魂。当他的百利发乳瓶子无缘无故倒了，他告诉年幼的大卫，如果瓶子自己立起来，他才会相信有鬼魂。当然，瓶子从来不会自己立起来。

克拉克一到菲尔斯庄园，就开始研究一个名叫"空中开关"（Aero-Switch）的新奇小发明。它被设计用于停在地面上的德国飞机，此时它们最易被破坏。"空中开关"是一种气压控制的炸弹，正如克拉克向麦克雷解释的那样，"某个勇敢的家伙可以把它装到德国轰炸机上，当飞机达到一定高度，它就会爆炸"。这种炸弹利用一个灵敏的金属伸缩管发挥作用，伸缩管会随着气压的降低而膨胀，进而将两根线连接起来引爆炸药包，给飞机造成毁灭性后果。

炸药装在有弹性的肠衣中，克拉克坚持认为，尽管它"不便放在衣兜中，但放在裤兜里是绝对不会引起非议的"。当麦克雷看着克拉克把巨大的"香肠"塞进裤兜里然后满屋溜达时，他很难同意克拉克的说法。"克拉克说这'不会引起非议'，他错了，"麦克雷说，"他向学生们演示这个方法时，总是能听到一些粗鄙的言语。"

"空中开关"是打击纳粹德国空军的一个创新性办法，菲尔斯庄园立即建立了一条生产线。很快，"空中开关"便成为很多在敌占区活动的破坏队员钟爱的武器。德军的空军基地通常规模庞大，无法严密防守，这使得任何破坏队员都能在黑夜的掩护下爬过围墙，将炸弹装到飞机上。"通常的做法是在德国轰炸机的翼布上开个裂缝，将炸弹放进去，这样等飞机飞到一定高度，机翼就会被炸毁，整架轰炸机也就完蛋了。"

这种武器投入使用不久，麦克雷便获得情报："即将前往伦敦的整个德国轰炸机机队在起飞前停飞了，与此同时，德军对这种已经给他们造成诸多伤亡的破坏武器展开了搜查。"麦克雷很自豪地将这个消息告诉了在布莱切利园的密码破译中心工作的妻子，"结果她早就知道了，因为这个情报正是她经手处理的"。[6]

在克拉克研究"空中开关"时，麦克雷一直忙于完善克拉克的"帽贝炸弹"的迷你版——"贝壳弹"。苏联人看过这种炸弹的演示后，立刻意识到可以将它应用到东部战线，于是订购了100万枚。不久之后，西线的盟军又订购了150万枚。和"帽贝炸弹"一样，"贝壳弹"成为米利斯·杰弗里斯的菲尔斯团队的又一杰作。

塞西尔·克拉克调到菲尔斯庄园后，布里肯唐布雷庄园的领导职位就空缺了。对于谁来担任新指挥官，科林·格宾斯心中已有人选。几个月前他得知，有一个才华横溢的北方人住在巴尼特城郊的一座房子里。自此，乔治·瑞姆便引起了他的注意。据说，瑞姆是这个国家在汽轮机、发电站和发电机方面的顶级专家，他被立即召到贝克街面谈。

那些见过瑞姆的人很少能忘记他，因为他就是一座冰山，一个面沉似水的天才，有着茅草色的头发和一双敏锐而冷酷的眼睛，让人无法洞察他的内心。他说话惜字如金，言简意赅，好像使用形容词和副词都是一种浪费时间的轻率行为。格宾斯很快发现，瑞姆对于如何打败纳粹有着清晰的想法。他最大的愿望就是将欧洲被占领区变成工业废墟，他坚信："如果计划得当，破坏行动能够降低一个国家的战争动员能力，导致敌人无法负担战争。"[7]

同时，瑞姆比大多数人更了解工业工程。他曾在维氏大都会公司（Metropolitan Vickers）工作了近10年，比起与人打交道，他更擅长摆弄汽轮机。1930年，他到伦敦附近的北方大都会电力公司（North Metropolitan Power Company）发电站工作，因此他和妻子也搬到了南方。在那儿，瑞姆利用工作时间研究发电机的部件。很快他便成了顶尖专家。

20世纪30年代末，随着英国走向战争，瑞姆开始转向研究破坏机械。一天，他突然有了一个令人兴奋的想法，他想到可以用少量的炸药就让英国所有重要的电站陷入瘫痪。事实上，他估计用"不到2吨的炸药"就能让英国工业完全瘫痪"很长一段时间"。[8]

而这就是瑞姆的天赋所在。他看似心胸狭隘并且性格内向，但事实截然相反。"他是一个胸怀大志的大个子，"有人这样评价，"发明了许多工业破坏技术。"[9]格宾斯对此深感惊讶。他在笔记本中写道："他是一流的指挥官。"[10]

现在，随着塞西尔·克拉克永久地离开了布里肯唐布雷庄园，瑞姆接替了他的职位。瑞姆欣然接受了这份工作并立即承担起领导责任。管理体制立即被完全改变。克拉克将大家逼得很紧，但他这么做时，总会幽默地眨眨眼。瑞姆恰恰相反，他从不轻易露出笑脸。"他是一个强势、严厉而且高效的长官，难以忍受任何外来干扰。"布里肯唐布雷庄园里一个职位较低的军官——扬上校如是说道。他说瑞姆"在任何工作岗位上都会展现最高的工作效率"，然而他还补充说，瑞姆并不依靠"他的个人魅力"。[11]

瑞姆和格宾斯周围核心圈中的其他成员都有一个共同之处，那就是他们"都罕见地同时拥有精确的手指和想象力丰富的大脑"。最重要的是，瑞姆似乎比他的同事更能理解纳粹的心态，"更了解他们努力想要战胜的那些体系中，大部分的僵化环节"。[12]

瑞姆接手新职位时，在布里肯唐布雷庄园受训的破坏队员的人数正在增加。最初的几个月里，任何时间的学员人数都不太会超过 20 个，但是到 1942 年的圣诞节，格宾斯每个月都要送来 150 多名学员。这给布里肯唐布雷庄园的运营带来了压力，他们需要一些急救护士志愿队的年轻女士来帮忙。

她们当中的休·赖德很快发现，瑞姆并不同意雇用女性员工。"但他必须这样做，"她说，"因为这是格宾斯规定的。"她会特意绕道而行，避开这位新领导，因为她发现他"非常严厉"，而且极不友善。"我们都很怕他。"

瑞姆坚信，破坏队员要培养直观了解要炸毁的机器的能力。因此，他下令购买了工业机械装置，派手下去工厂和废品堆积场搜寻旧涡轮机、电力设备和发电机。这些装置都被安装在布里肯唐布雷庄园低处花园里的摩根步道上，还包括"一架双引擎的曼彻斯特飞机、一架配备军刀发动机的暴风或飓风飞机以及一架德国容克斯 JU88 飞机"。[13] 他还有一辆丘吉尔坦克，停在东大道上，旁边是一辆大西部铁路公司的火车头。

　　瑞姆采用了塞西尔·克拉克的很多点子。他将学员带到变电站，教他们如何找到那些工厂机械装置的关键部件。回到布里肯唐布雷庄园后，他会罕见地表露出友善的一面，任何学员如果能将雷管安装到楼中任何地方或设备上，并且在他找出之前爆炸，他便会请这个学员喝上一杯威士忌。但是，从来没有人喝到过。"他似乎有第六感，"有人说，"总是能料到炸弹会在哪儿。"[14]

　　科林·格宾斯经常到布里肯唐布雷庄园来，瑞姆的训练内容"涵盖各个专业领域，从油井、兵工厂、调车场和码头，再到轮胎爆破器、研磨剂和掺假的润滑剂"，格宾斯惊叹于他的细致全面。

　　瑞姆的任命恰逢其时，因为格宾斯正在筹划他迄今为止最大胆的一次工业破坏行动。行动的目标"的的确确非常重要"：[15] 有人认为它是这场战争中最重要的目标。因为在挪威尤坎的海德鲁水电公司（Norsk Hydro）是欧洲境内唯一能生产重水——也称氧化氘——的工厂。重水是制造钚的重要原料，因此也是生产原子弹的必要原料。如果这个工厂不被毁掉——而且是尽快毁掉——希特勒就会得到足够的重水开始制造大规模杀伤性武器。

　　早在1940年春，德国冯·法尔肯霍斯特将军的部队入侵挪威时，科林·格宾斯就预见到了海德鲁水电厂会带来威胁。当时的一份情报揭露，第三帝国的科学家已经要求立即将重水产量增加至每年300磅（约合136千克）。1942年，年产量再一次大幅增加到10 000磅（约合4536千克）。

　　1942年秋天，林德曼教授提醒温斯顿·丘吉尔，德国人已经存储了1.5吨的重水，其中大部分储存在海德鲁水电厂。"如果得到 5 吨重水，"他说，"他们就能开始生产一种新型炸弹，其威力会比目前使用的任何炸弹都要大上千倍。"[16]

对于希特勒可能率先制造出原子弹，战时内阁十分恐慌，因此下令将摧毁海德鲁水电厂列为"最高优先事项"。[17]分为两个阶段的军事行动立即展开。首先，一小队格宾斯的挪威破坏队员会空降到挪威，执行重要的侦察任务。之后，蒙巴顿勋爵的突击队员会发动全面袭击。

挪威破坏队员最初是由一个名叫马丁·林厄的挪威上尉领导，他能力突出，很快就将队员安排妥当。他的战斗小组被命名为"挪威第一独立连"，由贝克街挪威分部负责人约翰·斯金纳·威尔逊指挥。在描述林厄上尉的部下时，格宾斯苏格兰高地式的浪漫情怀泛滥开来。"他们的事迹读起来就像古老的萨迦传说，"他说，"古老的维京精神穿越了数个世纪的和平，仍然存在。"[18]

林厄上尉的队伍规模快速扩大，他在剑桥郡一所临街的乔治时期风格的豪宅——盖恩斯府——成立了自己的指挥部。这支队伍在德鲁明图尔也有专用的耐力训练中心。德鲁明图尔是苏格兰高地一座维多利亚时期风格的狩猎小屋，与阿里赛格有密切联系。

1942 年 10 月，被选去执行破坏重水厂任务——"松鸡行动"（Operation Grouse）——的挪威破坏队员成功空降到了挪威。他们躲在哈当厄高原冰雪覆盖的荒野之中，一边开始为袭击行动做准备，一边躲避着敌人的侦查。

而执行"新人行动"（Operation Freshman）的英国突击队员的空降行动，却是个灾难。两架滑翔机在着陆时坠毁，导致 15 人死亡，多人重伤，生还者也都在几天内被俘了。幸运一点的人被立即处决，而其他人则在备受折磨之后才被杀害。其中有 3 人被带到了当地一家医院，在那里，一个与纳粹勾结的人发明了一种残酷无比的杀人办法——往他们的血管里面注射气泡。

毫无疑问，"新人行动"已经证明，攻击海德鲁水电厂超出了突击队的能力范围。然而，破坏这个重水厂依然势在必行而且必须尽快行动。空袭的办法经过考虑被排除了。因为即便能击中工厂，也没有哪种炸弹的威力足以摧毁地下的厂房。事实上，空袭炸弹更可能炸死在海德鲁水电厂工作的挪威平民。

最终，只剩下一种可行的办法，那就是派出一支由挪威破坏队员组成的精英小组，他们可以与执行"松鸡行动"的小组（仍潜伏在雪原中）取得联系，并一起对海德鲁水电厂发动攻击。

对于这次袭击行动的可行性，格宾斯一直持怀疑态度。当约翰·斯金纳·威尔逊汇报自己的计划，尤其是说到这些人要空降着陆时，格宾斯的第一反应是："你们做不到，这太难了。"[19] 根据以往的经验，他知道在挪威执行空降任务困难重重。"降落的地方可能是深山密林、陡峭嶙峋的悬崖、乡村破败的废墟，他们也可能被气旋和大气环流吞噬。"[20]

威尔逊也认为这是一项"相当艰巨的任务"。[21] 他还知道，这些人空降到挪威也只是他们需要克服的重重困难中的第一个。更大的困难在于海德鲁水电厂是一座位于陡崖之上的中世纪堡垒式建筑，仅有一条 700 英尺（约合 213 米）高的竖井连接上下，其他面都是陡直的悬崖，一直延伸至挪威最壮观的峡谷深处。"深不可测，"参与此计划的玛格丽特·杰克逊写道，"太阳光都照不到峡谷的底部。"[22] 工厂只有一个入口：一座狭窄的吊桥，24 小时有重兵把守。破坏队员完全无法接近。

另外一个选择就是从峡谷爬上去，然而即便能成功，也几乎不可能强行闯进工厂。机械设备被安装在一个由钢筋混凝土建成的防弹地下室里。而且，这里还有盖世太保严密把守，遭遇了一波又一波失败的突击行动后，守卫的人手也增加了。

有充分的理由放弃这个鲁莽的行动，然而丘吉尔和战争内阁坚持要求把摧毁该工厂作为最重要的任务。格宾斯别无选择，只好开始策划。

上一次突袭行动的惨痛结局让格宾斯明白了一个道理："只能派遣挪威人。一个空降至挪威的英国人，不管他的挪威语说得有多好，也会被立即认出是外国人，引起极大的注意和猜疑。"[23] 此外，他还觉得英国破坏队员的身体素质难以承受执行突袭海德鲁水电厂行动要面临的考验。

格宾斯批准该任务的几个小时后，计划便启动了。约阿希姆·伦内伯格是苏格兰体能中心的教练，他被召去与军事顾问汉普顿少校见面。"他说他刚刚收到一份来自伦敦的电报，询问我是否可以接受一项在挪威的任务，并且是否可以从团队里挑选 5 个人一同前往。"

23 岁的伦内伯格当即接受了任务。自从 2 年前逃出挪威，他就一直在等待时机回击侵略他祖国的纳粹占领者。现在机会来了。

伦内伯格从赛克斯和费尔贝恩在阿里赛格的训练学校毕业，这段经历给他留下了深刻印象。赛克斯的技术非常暴力，伦内伯格也承认，上完他的课，"会有些睡不着觉"。他还曾学习如何使用费尔贝恩-赛克斯突击匕首将人刺死，"这是一种可怕的武器"。他被告知，如果将匕首用力插入胸腔，它会刺穿心脏，直至胸廓后部。对于赛克斯和费尔贝恩如此轻描淡写地谈论杀人，他感到震惊。"在挪威，我曾是一个十分安静单纯的男孩，从来没打过架，现在我思忖着：'你在做什么？他们对你做了什么？'"[24]

　　然而，他要让挪威摆脱令人憎恶的纳粹的心愿压倒了他的一切情感。他比其他学生都更努力地训练，而且他的体能让人惊叹。赛克斯有一项魔鬼式的耐力训练，即从阿里赛格到麦欧伯勒的3英里（约合4.8千米）耐力长跑，其中还包括背着完整行军装备爬上500多米的思琴莫尔顶峰这段痛苦的路程。一个学员在满是碎石的小路上挣扎前行，他抬头张望，看见了"不可思议的一幕，一个高大年轻的小伙子如雄鹿般飞跑着爬上山"。[25]这个小伙子就是约阿希姆·伦内伯格，他体格如此强健，跑完全程3英里，用时比最快成绩记录整整快了9分钟。由于毕业成绩非常优异，他得到了在阿维莫尔训练学校——专门培训挪威游击队员——任教的工作。

　　现在，他被要求选择5个人和他一起前往挪威，完成一项未知的任务。伦内伯格清楚地知道他要挑哪5个人，并召集他们开会。"我接受了一项任务，"他说，"但我还不知道要做什么。你们愿意跟我一起吗？"[26]5个人大声欢呼起来，这正是伦内伯格需要的答案。他选择了头脑冷静的比格尔·斯特朗什姆当他的副手。其他人包括：克努特·豪科利德、弗雷德里克·凯泽、卡斯帕·易德兰以及汉斯·斯托海于格。他们6人全部受过严苛的体能训练。"我们学了如何使用手枪、匕首和毒药，"克努特·豪科利德说，"以及我们与生俱来的所有武器——我们的拳脚。我们还学会了一句口头禅：'永远不要给敌人机会'——这是我们总能听到的一句话。如果你将敌人打趴下了，就要继续把他往死里打。"

完成训练课程后，豪科利德觉得自己是一名专家了。"一个人将一小把炸药在恰当的时间放在恰当的位置所能做到的事情，是令人难以置信的。他能阻止一支军队或是毁掉整个社区赖以生存的机器。"[27]

伦内伯格和他的队友即刻动身前往伦敦，在那里，他们得知了任务目标是摧毁海德鲁水电厂。此外，他们还被告知了前一次任务的灾难性结果，以及被俘突击队员的悲惨命运。"他们告诉了我们一切，"伦内伯格说，"那些在坠机中生还的人或是被射杀或是被当作实验品，还有些人被扔进了北海。他们还说，我们会拿到毒药胶囊，这样我们就不用遭受同样的痛苦了。"

但有一件事没有告诉这些队员，那就是重水的重要性。"没有人提到过核武器，"伦内伯格说，"我也万不曾想到丘吉尔会对突袭行动感兴趣。"[28]

伦敦作战会议结束后，这些人被直接开车送往乔治·瑞姆的布里肯唐布雷庄园，他们在 12 月 12 日星期六的早晨到达。队员们只有少许宝贵的训练时间：格宾斯希望在月底前他们就能空降到挪威。

科林·格宾斯向瑞姆提供了有关海德鲁水电厂的全面情报，情报的 3 个来源都很可靠。第一个来源是莱夫·特龙斯塔教授，他是原子科学领域的先驱，20 世纪 30 年代曾在海德鲁水电厂工作，监管重水的生产。作为一个强烈的爱国者，他曾反对纳粹提高生产量的要求。而且，他曾试图通过添加鱼肝油的方式破坏已制造出来的重水。德国人很快就开始怀疑他，他只好在 1941 年夏天逃到英国，并向格宾斯提供了工厂布局的详细情况。

很快，格宾斯又得到了更多的最新信息。取代特龙斯塔教授的是另一位挪威爱国人士乔马·布伦，他秘密拍下了工厂的微缩照片，将它们藏进牙膏管里，设法偷送到了伦敦。布伦在遭到怀疑后也逃到了英国，开始为贝克街工作。

最奇特的逃脱发生在 8 个月前。当时，23 岁的挪威水电工程师艾纳尔·斯金纳兰来到了伦敦。他的故事简直和《男孩专报》上刊登的冒险故事一模一样。他告诉工厂的德国雇员，他迫切想要放一次假。在得到两个星期的假期后，他和其他 5 个同事劫持了一艘 600 吨的近海轮船"噶尔特孙德"号（*Galtesund*），用枪指着船长命令其驶往亚伯丁。一上岸，斯金纳兰便马不停蹄赶往伦敦，提醒格宾斯重水生产量正大幅增加，并且亲手把工厂的最新平面图以及所有运转情况的信息交给了他。

格宾斯本应奖励斯金纳兰，给他提供一份在贝克街的办公室工作。但是，他说服了斯金纳兰回到挪威。在所谓的"假期"结束后，斯金纳兰还要回到海德鲁水电厂，这样他就可以继续为格宾斯提供有关工厂、岗哨和通道口的最新情报。斯金纳兰确实按他说的做了：在消失两个星期后，他回去继续工作，并且高兴地告诉同事，他享受了一个放松的假期。

伦内伯格和他的人一到布里肯唐布雷庄园便接受了高强度的

训练。乔治·瑞姆获得了关于海德鲁水电集团的最新情报。现在，他条理清晰地构思着最佳的袭击方案。他一直坚信，一小队"训练有素的人总会比大量受过不完整训练的人更高效"，尤其是在完成一项非常复杂的任务时就更是如此。[29] 而且他知道，除了从峡谷爬上去，然后再闯进工厂，强行进入重水室，最后炸毁机械设备，破坏队员们没有其他选择。这一切都不得不在黑暗中完成。

为准备这样的行动进行训练的唯一可靠办法就是仿建一个海德鲁水电厂重水室，包括工厂的机械设备和细长的金属圆筒。在乔马·布伦和特龙斯塔教授的帮助下，瑞姆以极快的速度在马场的一座附属建筑里模拟建造了一间一模一样的重水室，帮助伦内伯格和他的人熟悉机械设备并且练习在黑暗中行动。

他们还得到了工厂其他地方的精确平面图，这些图精确到细枝末节。特龙斯塔教授甚至还告诉他们从哪儿可以找到厕所的钥匙，这样他们就能够将一名挪威夜班警卫锁在里面。"我们当中没有一个人曾去过那间工厂"，伦内伯格说道，但是在布里肯唐布雷庄园受过高强度训练后，"我们对它的布局了如指掌"。[30]

许多训练都是在黑夜中完成的，因为夜间破坏是瑞姆的特长。在布里肯唐布雷庄园的训练科目里，一个很受欢迎的项目就是模拟夜间袭击，"在模拟训练中，学员会被扔到离目标1000米开外的地方，他们必须前往有严密防守的目标，想办法靠近并将炸弹放到他们认为重要的机械设备上"。[31]

在布里肯唐布雷庄园待了几天后，枪械教官交给伦内伯格和他的人一些新式武器，并要求他们在执行其他任务期间熟悉这些武器。伦内伯格看着其他人"紧握枪匣，按下扳机，然后'咔嗒、咔嗒、咔嗒',响声四起,每个人看起来都很开心"。但是,当他扣动扳机时却吓了一跳。"响起的不是'咔嗒'声,而是'砰'的一声!与此同时,墙上出现了一个大洞。"布里肯唐布雷庄园的副指挥官冲进房间问发生了什么事。伦内伯格不好意思地笑了笑,对他说:"我们拿到了一些新武器,我刚试了试我的,好用!"[32]

在布里肯唐布雷庄园,队员们都感到筋疲力尽,甚至那些身体机能处于最佳状态的人亦是如此。瑞姆不善于称赞他人,但他告诉格宾斯,他从未见过如此专业的团队。"从各方面来看,这都是一支优秀的队伍,每个人都对目标有透彻的了解,也知道对付不同问题的各种方法。"他发现,"他们的破坏工作干得非常漂亮,武器训练表现也很出色"。他相信,"如果情况允许,他们完全有可能成功完成任务"。[33]

伦内伯格尽可能给他的人都配以最好的装备,这在战时并非易事。他太了解挪威冬天的严寒了,那里冬季的温度经常会降到零下 30 摄氏度以下。他委托寝具制造商骑士桥的汉普顿斯(Hamptons of Knightsbridge)生产了特殊的极地睡袋,并且从邓弗里斯郡的一家专业挪威商店里购买了滑雪板。伦内伯格还准备了防水靴和最好的雪镜。他曾患过雪盲症,因此知道这种病既危险又痛苦。"那感觉,"他说,"就像眼里有 1 千克沙子。"

伦内伯格和瑞姆极其仔细地挑选这支队伍应该携带的枪支。想到他们可能需要一路战斗闯入工厂再杀出来,两人便选择了柯尔特手枪和汤普森冲锋枪,"部分原因在于它们使用同样的弹药,但也因为它们在阻挡敌人方面确实有效"。[34]

乔治·瑞姆在炸药包上也花了很多心思。经过几番探讨,他建议使用 4 套特制的 9.5 磅（约合 4.3 千克）重的炸药包，这种炸药包连接着双高爆线，并装在定时 2 分钟的引爆装置上。炸药呈香肠状，装在弹性外套中，这和塞西尔·克拉克的"空气开关"炸弹非常相似，克拉克或许曾参与了它的设计。炸药包将被绑在重水罐上，接上极短的导火索。行动小队逃离的时间仅有 2 分钟。

工具箱中的最后一件也是最小的一件装备是死亡药丸。它让这些人重新回到残酷的现实世界。克努特·豪科利德对它有着病态般的痴迷。这种药是"装在橡胶套中的氰化物"，橡胶套使它可以被含在嘴里。"一旦咬破，3 秒内就会致人死亡。"

整个训练中仅有一件事没有涉及。队员们还未被告知重水为何对纳粹德国如此重要。一天，克努特·豪科利德和特龙斯塔教授聊天时，教授隐约暗示了此次任务的重要性。"重水，"他听教授说，"可以用来做一些最卑鄙的工作。如果德国人能解决这个问题，他们就会赢得战争。"豪科利德仍然很困惑。教授不知是无意还是有意，"翻出了公文包里的一些文件"。豪科利德仅仅看了数秒钟，但这足以让他明白自己的任务"与原子裂变有关"。[35]

特龙斯塔教授还告诉了豪科利德一些事，他希望能把这个信息传递给队伍所有人。"你们必须清楚，德国人不会抓你们当俘虏，"他说，"因为在你们之前去的那些人都已经死了，所以我希望你们能成功完成这次任务。你们不知道它有多重要，但是你们即将做的事情会长久地镌刻在挪威的历史中。"[36]

完成在布里肯唐布雷庄园严苛的训练后，行动小队的 6 个人被送回了剑桥郡的基地。现在，他们要等待合适的时机飞往挪威。豪科利德觉得，"我们行动受限，每时每刻都被保护着，隔离于这个世界的各种危险和困难，这样，我们便可以专注于唯一的目标 —— 在祖国挪威的任务"。

不久，豪科利德便体会到了"行动受限"的好处。这些人由此得以享受与在圣尼茨工作的姑娘们相伴的乐趣。豪科利德给她们取了个绰号叫"格宾斯的屁股"（Gubbins's fannies）—— 意思是急救护士志愿队（FANYs）—— 并且认为她们就是被雇来取悦他的。女孩们并没有和他辩驳。"他们总是喜欢晚上到剑桥来参加小派对。"其中一个人会开车载着其他人到剑桥的一家酒吧；其余的人会喝香槟，费用由"陆军部买单"。伦内伯格尽可能保持清醒，并全力劝说每个人在事情变得不可收拾前回到基地。然而，豪科利德和其他人却不急着回去睡觉，"而且，姑娘也表示，既有时间也有必要再来一瓶"。[37]

深夜狂欢在盖恩斯府的钢琴声中继续着，然而在任务前夕举办的这些晚会上，欢乐总是夹杂着一抹忧伤。休·赖德注意到，最受欢迎的歌曲是《我们的未来一片欢乐》（*All Our Tomorrows Will Be Happy Days*）和《当与我挥手告别时，请祝我好运》（*Wish Me Luck As You Wave Me Goodbye*）。人们总有一种感觉，那就是这些人不会再回来了。

伦内伯格的行动小队原定于 1 月 23 日空降挪威，但由于大雾，飞行被迫取消了。这让人沮丧至极，因为渐亏的月亮意味着飞行将推迟到下一个月。

伦内伯格越来越担心这些人沉溺于喝酒，没时间锻炼身体。其他人却不这么认为，尽管他们也承认，慢跑过剑桥郡不足以为他们翻越冰雪覆盖的挪威群山做准备。伦内伯格要求将他们转送到苏格兰，以便让他们回归正常。"在公路和运动场上跑步与在崎岖多山的荒郊野外跑步所用的肌肉是不同的。"他解释道。[38]

贝克街同意了他的要求，将行动小队送到了苏格兰北部"一个偏僻的地方"，那儿没有酒吧，没有女孩儿，也没有阳光。[39]他们日日训练，在无情的雨里追踪野鹿，等待着下一个满月。

终于，1943年2月16日，他们的任务——"甘涅赛德行动"（Operation Gunnerside）——再一次获得批准。这些人将在当晚空降到挪威。特龙斯塔教授来到滕斯福德机场为他们送行。当天下着倾盆大雨，浸湿了他们为在雪地着陆准备的白色伪装服。

空军少尉约翰·夏罗特难以相信他们带着如此多的装备，多到必须用卡车拉到机场。他忍不住猜想他们要去执行什么样的任务。

装备包被扔上了飞机，随后队员们也登上了斯特灵四型飞机。这架飞机的导航员打算采用航位推算法航行，在飞过北海700英里（约合1126千米）后着陆。他的推算若有一丁点失误，伦内伯格和他的人都将陷入万劫不复之地。

# 第十五章

# 凛冽隆冬

正如科林·格宾斯的挪威破坏者小队在训练中学到的那样，盲降到敌占区需要很大的胆量。当你从飞机上被推下去，你的心就提到了嗓子眼，地面在你面前以令人惊悚的速度向前倾斜。降落伞最终打开时的那种感觉，就像子弹穿透了脊柱一样。

为了空降这一刻，约阿希姆·伦内伯格和他的战友在曼彻斯特附近接受过专门训练，当时，教练将他们带到一个高台上，指导他们如何安全着陆。他们看着教练跳下去，紧接着便听到了他的尖叫声。"他摔断了腿。"豪科利德如实地记录道。那个场景让人触目惊心。

训练已经糟透了，但这些人仍然被警告说，真正的跳伞必定比这更加恐怖。他们要在茫茫黑夜中跳伞，在刀尖般刺骨的北极风中下落，狂风冷冽，瞬间能将人冻透。任务最初定的目的地令人生畏的程度几乎不亚于跳伞。他们要前往哈当厄高原。这是一片被牢牢冰封的高海拔荒原。在这儿——地球的尽头，除了偶尔冒出的冰川，便是无边无际的荒芜。用豪科利德的话说，这里是"北欧最广阔、最孤寂、最荒凉的山区"。[1]只有驯鹿才能在这片寒冷的荒原上生存，因为冬季唯一的植被便是深埋在雪中的极地苔藓。

所有人都必须一个紧接着一个在几秒内跳下飞机，这极其重要，因为飞机是以每秒60码（约合54.8米）的速度飞行。只要犹豫10秒，他们就可能降落在离前一位战友500米开外的地方。如果雪下得很大，他们很可能就永远也找不到对方了。

在2月16日这个特殊的夜晚，当飞机靠近挪威海岸线时，天空开始放晴，哈当厄高原上大片冰面在清澈的月光下宛如一片泛着光的奶油。空降的目的地需要尽可能靠近比尤内斯峡湾封冻的海岸，那儿有一所偏僻的湖边小屋。队员们扫视着下方白茫茫的荒野，找不到可以识别的特征。机尾炮手以为他们正极速飞向前方"美丽蓬松的云朵"。[2] 幸运的是，飞行员发现那些并不是蓬松的云朵，而是山的顶峰。

从空中找到比尤内斯峡湾是不太可能了，因此约阿希姆·伦内伯格下令盲降到哈当厄高原。午夜刚过2分钟，他第一个从飞机上跳下北极寒冷的黑夜中，其他5个战友紧随其后。

克努特·豪科利德往下跳时，抬头看了一眼，"发现飞机正向北飞去，逐渐消失，它正飞回英国，去享受雨天，享受美味的热茶，享受明日的宴会"。[3] 他又往下看了看，审视眼前的境况。冰雪覆盖的高原绵延无边，厚厚的积雪隐匿了它险峻的边缘。

队员们近乎完美地着陆，唯一不幸的是，他们12个装备箱中的一个被狂风吹走了。他们一路寻找，最终发现它卡在一个结冰的湖面上。伦内伯格松了一口气。"在那个箱子里，有我们一半人的背包，还有睡袋、武器和前5天的食物。"[4]

花了近4个小时的时间将所有装备箱找齐后，他们便试图弄清楚确切的着陆位置。要是在夏天，他们对哈当厄高原还很熟悉，但现在，他们对自己所处的位置茫然不知。"我们对这个地方感到非常陌生，"豪科利德说，"周围都是被冰雪覆盖的绵延不断的矮山。"伦内伯格问一位队员是否知道他们降落在了哪里。"说不定我们落到了中国。"他回答道。[5]这6个人都曾学过如何顶着心理压力生存下去。这是阿里赛格培训的特色项目之一，也是在世界环境最恶劣的地方露营所需的重要法宝。他们知道，正是哈当厄高原的荒凉为他们创造了躲避追捕的最好条件。很少有德国军队敢在这片孤寂的荒野上巡逻，这儿的极寒每时每刻都在对生存提出挑战。豪科利德一再被提醒："人不可以藐视自然，而应该适应自然。自然不会改变；应该改变的是人，如果想要在自然主宰一切的环境下生存，人就必须改变。"[6]适应能力和自信心是克服心理障碍生存下去的两个关键因素。

黎明之前的几个小时，天是蓝灰色的。自然主导着一切。气温骤降的同时，寒风卷起雪球在地面上翻滚着。这些人急需与执行"松鸡行动"的行动小组取得联系。他们已经在哈当厄高原挺过了4个月。

伦内伯格的小组没有无线电台，但是他们知道自己的战友就在结冰的萨乌尔湖岸边的某个偏僻小屋里。他们冒着漫天的大雪出发，一边朝着预计的方向前进，一边祈祷没有走错路。伦内伯格担忧地看了看天空。雪开始大片大片地往下落，一场极地大暴风雪即将来临。

队员们的运气非常好。在暴风雪中艰难前进时，他们跌跌撞撞走进了一个狩猎小屋，小屋的一半都被雪埋住了。能见度实在太低了，他们差点都没有发现这间小屋。"我们径直走了进去，"伦内伯格坦言，"我们实在是太幸运了。"[7]

他们用斧头把小屋的门砸开，躲了进去，用里面堆积的桦木条生了火。所有人都明白，这个小屋毫无疑问救了他们的命，因为在哈当厄高原上肆虐着的暴风雪下得越来越大。"那天晚上，我经历了山区最猛烈的暴风雪。"豪科利德说。[8]北极狂风连续咆哮了4天，被风卷起的雪猛烈地拍击着小屋，伦内伯格甚至担心这座小屋"会被刮上天"。[9]

有一次，烟囱通风口被风吹坏了，伦内伯格不得不出去修理。"我两次被暴风卷起，从屋顶甩到了小屋的另一侧。"[10]

而在30英里（约合48千米）外，执行"松鸡行动"的小组正躲在他们的极地庇护所里。他们有一部无线电台，可以定期与伦敦联系。他们知道伦内伯格的小组已经成功着陆，却不知道如何找到他们。暴风雪持续到了第二天——然后是第三天——他们越来越担心。

伦内伯格的人实在难以适应如此危险的低温天气。有两人已经得了重感冒，其他人的颈部腺体也严重发炎。唯一的好消息是，他们找到了一本被丢弃的捕鱼日志，上面显示，他们离斯格莱科汉湖上游的冰川很近。他们在离预订目标18英里（约合29千米）的地方着陆，但是却与"松鸡行动"小组相距甚远。

2月22日，暴风雪终于停了，高原迎来了一个壮观的冬日清晨。"太阳从尼默谷的群山上升起，先是洒下一片铜色，然后变成了金色。"豪科利德往屋外看去，欣赏着完全变了样的冬日景色。"前一天晚上还是一个山谷的地方，现在已经变成了高高的雪堆。"[11]冰冻的湖泊让他感到前所未有地震撼。一个人正滑着雪快速接近，显然是朝小屋这边来的。如果他是德国人或者是个可憎的叛徒，一个纳粹的走狗，就会危及他们的整个任务。除了抓住他，这些人别无选择。

队员们等着他靠近小屋，在他快要进来时抓住了他。"我还没见过比他更害怕的人。"豪科利德说。经过长时间的审问，这个猎人承认自己是一个叛徒。接下来，如何处置他引起了一场争论。"小伙子们此时一致认为应该杀了他。"豪科利德说。但是，要杀一个挪威同胞，伦内伯格心有不忍。最后他们把他关了起来，绑到他们的平底雪橇上，然后出发去寻找"松鸡行动"小组。

当接近一个名叫卡朗斯佳的地方时，他们又一次被震惊了，一个人正踩着滑板沿山谷往上走。他们立即趴下，躲进雪里，想弄清楚对方是不是德国士兵。"他穿得太厚，很难看清他的样子，而一脸大胡子更是让人难以辨识。"

就在伦内伯格透过望远镜观察那人时，他又看见了另一个滑雪者，就在第一个人后面几百米。他让豪科利德乔装成猎鹿人去会会他们。豪科利德滑着雪追赶上去，在距离不到15米时，他欣喜地发现他们正是阿尔内·谢尔斯特鲁普和克劳斯·赫尔贝里——"松鸡行动"4人小组中的成员。他们是出来寻找伦内伯格和他的战友的。

豪科利德很快注意到，"松鸡行动"小组在哈当厄的4个月十分悲惨。他们"衣衫褴褛、臭气熏人，看起来就像是最糟糕的流浪汉。他们胡须之下的脸庞苍白而消瘦，双肩也佝偻着"[12]。

这两个人滔滔不绝地讲述着生存的艰辛和物资的匮乏。深冬的哈当厄的确是个残酷的地方，在此生存着实不易。他们只能吃北极苔藓充饥，极少数的时候能吃到驯鹿肉。

他们现在的落脚点是斯温斯布的一个山间小屋，在此地向南大概4个小时路程的地方。于是他们决定直接去那里，但是伦内伯格想先放了俘虏。他逼那个猎人签下了一份声明，上面写明他有一把步枪（这在被占领的挪威是死罪），然后警告他，如果他透露见过他们的事情，伦内伯格就会向纳粹告发他。这是一步险棋，但拖着一个俘虏去执行任务会更加危险。

大约在下午4点钟，他们终于看见了斯温斯布的小屋，"松鸡行动"小组的另外2名成员——廷斯·波尔松和克努特·豪格兰就藏在此处。当天晚上一片欢乐。10个人就着伦内伯格带来的巧克力和干果吃着驯鹿肉。在了解了彼此的故事后，他们将焦点转向了海德鲁水电厂。在接下来的48小时，他们准备实施战争开始以来最大胆的一次破坏行动。

2月17日清晨，将行动队员空投至挪威的飞机安全返回了滕斯福德机场。此后，科林·格宾斯就再没有得到约阿希姆·伦内伯格他们的任何消息了。他不知道他们是否毫发无损地着陆，也不知道他们的装备在空投时是否安全降落。这和每次行动一样：数个月的高强度训练之后，接着便是几天收不到任何无线电讯息。

然而在2月24日星期三的早晨，也就是伦内伯格的队伍离开英国整整一个星期后，格宾斯收到了他期盼已久的消息。消息是"松鸡行动"小组的通讯员克努特·豪格兰传来的。"行动小组于昨晚到达。一切安好。他们精神状态非常好。"他还补充说，他们会在"行动完成后再通过无线电联系",末尾是"来自所有人的衷心问候"。[13]

格宾斯暗自担心再也得不到他们的消息了。因为即使这些人成功闯进海德鲁水电厂,逃脱的可能性也是微乎其微。他们执行的是一项自杀性的任务,他们的结局可能是被子弹打穿头部,也可能是吞下氰化物胶囊自尽。

在遭受过突击队的袭击之后,德国人大幅加强了工厂的防御。现在工厂四周都设有哨岗,守卫部队增加到了200人。工厂还配备有4门高射炮和数排机关枪,以及交错密布的探照灯,这些灯"能够照亮整个厂区和管道"。[14]新安装的追踪电台使得任何准备开展行动的破坏队员都不可能在工厂附近传送信号。

联系完格宾斯后,10名队员当天就走下哈当厄高原,躲进福约斯不达伦地区的一间木屋里。这儿离海德鲁水电厂仅有3英里(约合4.8千米),小屋坐落在一个斜坡顶上,能够清晰地看到周边的景色,是策划袭击具体细节的绝佳位置。

"我们都坐了下来,在小纸片上写下我们要解决的问题。"克努特·豪科利德说。[15]"松鸡行动"小组的克劳斯·赫尔贝里与他们在工厂里的内应艾纳尔·斯金纳兰约定秘密见面。

乔治·瑞姆的训练涵盖了袭击的方方面面,除了一点:伦内伯格要自己决定进入工厂的方式,因为这取决于最后时刻的许多不确定因素。一种方案是利用连接山腰和工厂的陡石坡从后面攻入。但他们很快就放弃了这种方案,因为整片地区地雷密布,而且战略位置都设有机关枪岗哨,行动队员将暴露在敌人火力面前。

另外还有一座狭窄的吊桥,长75英尺(约合22.8米),时刻有人巡逻。要过桥，破坏队员们必须杀死所有的哨兵。这个方案也被排除了，因为枪声必定会引起注意。数分钟内，整个工厂的守卫部队便会在探照灯下集合起来。

唯一进入工厂的办法就是下到深不可测的峡谷底部，从那里过河，再爬上另一边的峡谷。德国人觉得，没有专业的登山设备，没有人能爬上那座峡谷，但是豪科利德并不这么认为。他研究过英国皇家空军拍摄的侦察照片，发现峡谷有一段从上到下都长着冷杉树。"树生长的地方，"他说，"人就有路可走。"[16]

如果能爬上峡谷，就能抓住德国人防御的一个难得的漏洞。他们在峡谷的一边凿出了一条单轨铁路线，离谷底数百英尺。这条铁路通往工厂，但也仅仅用于运输重型机械。据伦内伯格所知，这条铁路并无德军守卫。然而，从吊桥上能够看见它，因此要利用这条铁路，只能万分小心。

在预订实施行动的那天上午9点刚过不久，伦内伯格派克劳斯·赫尔贝里下到峡谷侦察。5个小时之后，赫尔贝里回来了，"脸上笑开了花"。[17]他汇报说，他们不仅可以下到谷底，还能利用一座冰桥渡过水流湍急的马安河。唯一令人担忧的消息是这座冰桥十分脆弱，"濒临断裂"。[18]只能期盼它能承受住他们的重量。

峡谷的情况让伦内伯格下定决心，就用这里作为突破口。他们将在当晚行动，下到谷底，从那里渡河，然后登上峡谷的另一侧，再通过已经停用的铁路线进入工厂。这个办法极其危险，但比起突袭吊桥，它的危险系数还是小一些。

行动前的那段时间，队员们推敲了袭击的细节，擦拭了武器并准备了炸药。他们还确定了在黑夜里使用的暗号。在听到"莱斯特广场"时，要回答"皮卡迪利"。

抵达工厂后，他们将兵分两路。第一组由伦内伯格带领，负责实施破坏。第二组由豪科利德指挥，为第一组提供掩护。如果伦内伯格的人被发现了，豪科利德的小组就要用冲锋枪拖住德国人，直到工厂被炸毁。

完成最后的准备后，队员们于晚上8点在半圆月亮的暗光下出发了。他们滑雪来到峡谷边，把逃离所需的雪橇、食物等一切东西埋在了那里。接着，他们开始抓着冷杉树和其他树的树枝艰难地滑下深谷。峡谷的侧面非常陡峭，但总有树木可以抓住，还有厚厚的积雪缓冲。"我们跟跟跄跄地费力往下走，主要依靠重力滑下峡谷的斜坡。"有些地方的雪深及腋下，"所以不得不像游泳一样往前扑才能出来"。这也保护了他们在下到谷底的过程中没有受伤。

当队员们下到一半时，峡谷陡坡稍稍变缓，他们得以第一次看到月光下的海德鲁水电厂，它矗立在陡崖上。在豪科利德看来，这座电站就如"鹰巢一样，高高地立在偏远险峻的山坡上"。"风刮得相当猛烈，"他说，"尽管如此，机器的嗡嗡声仍然穿过峡谷传了过来。"[19]

队员们最终到达了谷底，确认每个人都未受伤后，趁着上面吊桥的守卫看不清冰桥的情况，他们一个接着一个穿过浓黑的阴影跑向陡峭的岩面，也就是峡谷的另一边。

往上爬远比往下艰难得多。他们抓住悬垂的树枝，摸索着踩上巨石的凸出部分（上面都结满了冰），努力往上登。背上的包很沉，他们很快便汗流浃背了。甚至连身体最好的豪科利德也坦言，那是"一次艰苦卓绝的攀登"。[20] 尽管如此,上方岩面黑色的水平线很快便清晰起来。队员们离支撑单轨铁路线的岩壁越来越近了。

当他们爬上岩壁,月亮已经隐匿到云朵中,给了他们更好的掩护。气温正慢慢上升,雪从下午就开始融化,此时正如瀑布般从树顶上滑落。他们祈祷赖以逃命的冰桥不要倒塌。

晚上 11 点 30 分,队员们到了距离海德鲁水电厂约 500 米的一座白雪覆盖的建筑。伦内伯格示意大家在隐蔽的地方歇一歇,吃点巧克力,等待吊桥上面的哨兵换岗。坐在黑暗中,伦内伯格突然理解了他们所受的训练——不仅包括布里肯布雷庄园的训练,还有苏格兰高地的训练。"我们坐在那儿等待,就像是在苏格兰某次训练中的短暂休息,"他想,"气氛是一样的,讲的故事也是一样的,工厂的噪声太大了,因此我们可以放开声音交谈,甚至可以哈哈大笑。"

伦内伯格坚信他们能成功,部分"原因在于每个人看起来都相当平静"。[21] 事实上,他们太过专注于将要进行的任务,丝毫未曾想到任务的危险性。

豪科利德看着他的战友们,惊叹于他们武器装备之精良:"9个人共有 5 支冲锋枪、2 支狙击步枪,每人还有 1 支手枪、1 把匕首和一些手榴弹。"[22]

凌晨 0 点 30 分整,伦内伯格命令大家前进到离工厂网格大门不到 100 米的储物棚。在这里,他们按之前的安排分为两组。豪科利德拿着断线钳,悄悄地溜到门前,轻松地剪断了粗网线。随后豪科利德示意掩护小组从他剪开的口子进入工厂,去到上层平台。在那儿,他们可以看到点着温暖灯光的岗哨内部。里面的德国哨兵对于正在发生的一切毫无察觉。他们也不知道，如果他们走出去便会被机关枪扫射。

与此同时，伦内伯格和他的 3 位破坏队员正努力弄开通往下层平台的第二道大门。从这里可以下到储存工厂机器设备和高浓度重水的地下室。"一切仍是静悄悄的，"他说，"工厂的灯火很昏暗，月光却很明亮。"[23]

他向豪科利德发出了预先约定好的信号，然后整个掩护小组移动了位置，离德国守卫休息的小屋更近了。伦内伯格带领的小组又分为 2 个小队，每队都携带了一整套炸药。如果一队人没能闯进去，那么他们希望另一队能完成任务。

伦内伯格透过一扇小窗往灯光暗淡的变电室看去，一个科学家正在工作，"读着仪器表，并在日志上写写画画"。[24] 他走到地下室门口，艾纳尔·斯金纳兰的一个内应应该已经打开了门锁。然而，门却没能打开，伦内伯格不知道，那个内应因为生病没来上班。但他并没有惊慌。布里肯唐布雷庄园的训练让他知道，还有别的办法能够进入重水车间。有一处狭窄的电缆引入井穿过地基直达车间。他和弗雷德里克·凯泽攀上了一个短梯，爬进引入井，手脚并用地前进，并且努力不让身上装炸药的布袋被"杂乱的管线挂住"。

当他们到达引入井的尽头时，伦内伯格悄悄走到车间外面，凯泽紧跟其后。两人悄悄向高浓度重水室靠近并试着推了推门，门没有锁。伦内伯格意识到机会来了。他和凯泽冲了进去，工厂警卫"完全惊呆了"。事后，伦内伯格说那个警卫"有些害怕，但却很安静和顺从"，[25] 或许这是因为凯泽拿枪指着他的脑袋。

伦内伯格从袋子里拿出炸药，开始将它们装到滚筒轴上。他惊叹于之前在英国建造的模型如此精准。实际的机器设备与之相差无几，而"在十七所——布里肯唐布雷庄园——制造的炸药就如量身定做般匹配。太不可思议了"[26]。

炸药装到一半时，他听到玻璃破碎的声音，一扇窗户被推开了。他惊恐地转过身，才发现是斯特朗什姆和卡斯帕·易德兰爬了进来。"因为没有找到电缆地道，他们决定主动想办法进来。"他们的到来意味着两个小队在无人察觉的情况下都进入了工厂，这是一个巨大的成功。

当所有炸弹都装上导火索后，斯特朗什姆又检查了一遍，同时，伦内伯格将它们连接起来准备引爆。原定计划是设置 2 分钟的延时爆炸，"然而，到目前为止，一切进展得很顺利，我们不希望再有人有机会进来破坏我们的工作"[27]。因此，伦内伯格将引爆时间改为 30 秒。

就在要点燃导火索时，那位仍被枪指着脑袋的警卫询问是否能够在爆炸前拿回自己的眼镜，"如今眼镜难以进口到挪威"，他解释说。[28] 紧张的气氛一下被打破了。他们允许这名警卫戴上了眼镜，并告诉他在楼上找个地方躲起来。

蹲守在工厂外面雪地里的掩护小组越来越紧张不安。每个人都监视着进入工厂的关键通道，廷斯·波尔松和克努特·豪科利德藏身在离德国守卫小屋仅几十米的一个桶后面。"从远处望去，工厂的建筑很高大，现在我们置身其中，这些建筑看起来更加巨大了。"气氛高度紧张。"我们一直等待着，等待着。我们知道爆炸小组进去了，但却不知道事情进展得如何。"

廷斯·波尔松一直将冲锋枪对准小屋。他告诉豪科利德："如果德国人发出警报，或者流露出知道发生了什么事情的任何迹象，他都会用冲锋枪对着小屋扫射。"

豪科利德自己有 6 枚手榴弹，打算从小屋的窗户和门扔进去。"当你开门往里面扔手榴弹时，一定要记得大喊'希特勒万岁！'。"波尔松悄声说。

虽然很紧张，豪科利德仍自信一切皆在掌控之中。"我们知道，德国人的性命现在全都掌握在我们的手上，"他说，"木屋那层薄墙在我们的自动武器面前不堪一击。"

3 年前，在抵抗德国入侵时，他也进攻过一个德国士兵占领的类似木屋。"在我们将木屋射成马蜂窝之前，窗台上和屋里早已横七竖八地倒着德国人的尸体了。"[29]

在地下室里，伦内伯格点燃了导火索，然后给其他 3 人发了信号。是时候撤退了。他们打开了地下室的铁门向外跑去。跑出大楼还不到 20 米，他们便听到了低沉的爆炸声。爆炸发生时，克努特·豪科利德仍蹲在大桶后面。他以为会有一声巨响，紧接着是冲天的火球。然而，爆炸的声音"小得令人吃惊"。这太让人失望了。

"这就是我们不远千里来这儿要做的事情？"他自问道，"窗户肯定被震碎了，火光在黑夜中蔓延，但却不那么惊心动魄。"[30]

然而，这正是乔治·瑞姆所希望的。这些炸药经过了特殊设计，能够在制造最大破坏的同时保证给破坏队员带来最小的危险。

这种香肠型的炸药是天才之作，它会在机器设备内部爆炸，而非向外炸开。

在波尔松听来，"爆炸声就像是两三辆小车在皮卡迪利广场相撞发出的声音"[31]。不过这声音已经足够大到引起小屋里德国守卫的注意。一名守卫打开小屋的门，但"他未露出任何惊恐之色，只是向工厂警卫室的方向晃了晃手电筒，然后又回到了屋里"。

豪科利德和波尔松松了口气，但他们很快发现这还为时过早。另一个德国哨兵，手里虽然没拿武器，但拿着手电筒朝他们躲藏的桶的方向走了过来，"用手电筒照着路面"。[32]波尔松举起枪，将手指挪到扳机上。"我要开枪吗？"他轻声问。

"不，"豪科利德回答，"他不知道发生了什么事。在被他发现前都不要轻举妄动。"

当这个哨兵举着手电筒朝木桶的方向照过来，"廷斯又一次举起了枪"。然而，哨兵突然转身走回了小屋，并没有意识到刚刚有3支冲锋枪和4把手枪对准了他。

豪科利德知道，此刻伦内伯格和其他3人一定在围栏附近的某个地方。因此，他的掩护小组离开阵地朝围栏走去。走近时，他们看见有个人在雪地里蹲着。那人正是阿尔内·谢尔斯特鲁普，他喊出了之前约定的暗号"皮卡迪利"。豪科利德紧张得不敢发出任何声响，没有回答。谢尔斯特鲁普又轻声说了一遍"皮卡迪利"。豪科利德和波尔松同时回复说："天呐，闭嘴！"谢尔斯特鲁普生气了。"如果不用暗号，那设它们干什么？"[33]他一边说着一边跑过去加入他的战友。

10名队员会合了，难以相信他们进出工厂都没有被发现。此时，他们开始向下爬回谷底，设法安全渡过冰河，就在要爬上峡谷另一侧时，空袭警报第一次响了起来。这是德国在尤坎地区动员士兵的信号。"他们脑子终于开窍，发现情况不对了。"

队员们努力拽住树枝加速攀登着积雪覆盖的峡谷，最后终于爬到了路上。数辆军车飞速驶向工厂时，他们正躲在雪里。接着，他们又跑过马路，险些被另一辆"十分靠近的车发现，幸好他们飞速地滚进了沟壑中"。随后，他们又钻进了相对安全的森林。

搜捕显然还在进行着。"在峡谷另一边的铁轨，我们可以看见手电筒的光束来来回回照着。德国守卫已经发现我们撤离的路线了。"[34]

10名队员找到几个小时前藏起来的雪橇，快速滑过森林，滑向山坡。不到3个小时，他们便到了哈当厄高原荒凉的开阔地带，这儿相对安全。继续奔波了一段路程之后，他们才歇了第一口气。对于伦内伯格来说，这一时刻别有意味。

"太阳正在升起，这是一个可爱的清晨，美好至极，我们坐在那儿，知道我们已经完成了任务，而且所有人毫发无损。"他们甚至都没有开枪。"我们坐在那儿，吃着巧克力、葡萄干和饼干，大家都一言不发，各有所思。"[35]

他们没有休息太长时间。天空突然暗沉下来，微风变成了暴风，雪也洋洋洒洒地落了下来。仅仅过了数分钟，他们便身处恶劣的暴风雪中，他们艰难地走向第一个目的地——在结冰的朗吉斯伽湖边的避难小屋。极地的暴风雪一点点地消耗着他们的耐力，但他们仍然很高兴。因为他们知道，只要暴风雪在哈当厄无垠的荒野之地肆虐，德军就无法搜捕到他们。而且他们脚下的痕迹会很快被覆盖。

仅在几个小时后，科林·格宾斯就收到了破坏行动成功的消息。伦内伯格设法给伦敦发了一封无线电报。"我们在 1943 年 2 月 28 日凌晨 0 点 45 分发动袭击。高浓度重水车间完全被毁。无人丧生。没有发生搏斗。"[36]

格宾斯欣喜若狂。"太棒啦，"他对正在打字的秘书玛格丽特说，"精心策划的任务完美地成功了。"[37]

任务成功的消息迅速传遍贝克街。数个月以来，格宾斯一直备受轰炸机司令部的指责。轰炸机司令部反对他持续使用飞机的要求。现在，他的坚持成功地得到了维护，正如比卡姆·斯威特-埃斯科特很快指出的那样。海德鲁行动"充分证明了我们的观点：一架飞机空投训练有素的精英队伍要比整支轰炸机队能制造的破坏大"。

丘吉尔对此表示赞同，但他还有一个问题要问格宾斯："给这些了不起的英雄们什么样的奖励呢？"[38]

10 名队员都受了奖，有的得到了金十字英勇勋章、军功十字勋章，有的获得军功勋章。格宾斯也让策划者得到了奖励，因为他清楚，如果没有乔治·瑞姆的模拟训练，"行动是否能够展开就另当别论了"[39]。

接下来的日子里，格宾斯得到了更多关于海德鲁水电厂被毁的消息，包括一封来自乔装成工厂内部工作人员的挪威特工的报告。爆炸发生后不到 10 分钟，他便去了现场，亲眼看到了毁坏的严重程度。

"现场情况立即显示行动的目的达到了。18 间重水室被炸得粉碎，里面的碱液和重水早已流入了下水道。"[40]

不仅仅是高浓度重水室被摧毁，就连供应工厂用水的管道也一起被炸破了。"整个房间到处在洒水，"总工程师阿尔夫·拉森说，"显然，炸弹崩出的弹片扎透了工厂的供水管。"[41]

3月10日，袭击行动过后的第十天，格宾斯收到了最大快人心的消息。他从工厂的另一个卧底特工那儿得知，占领挪威的德军首领法尔肯霍尔斯特将军去了海德鲁水电集团。

"看着被毁的工厂，他笑着说：'这是我在这场战争中见到过的最壮观的袭击。'"[42]作为一个技术精湛的专家，他佩服这些破坏队员的行动并且承认他们的行动令人叹为观止。在检查毁坏情况时，他命令释放被围捕的所有挪威平民，然后下了第二道命令：逮捕那天晚上值班的所有德国哨兵。据说作为惩罚，哨兵首领后来被送到了东部战线，但是其他人的最终命运却不得而知。

这些破坏队员们在逃离时也经历了许多不可思议的事情。伦内伯格和其他多数人艰苦跋涉400千米，穿越哈当厄高原去往中立国瑞士的边界。这段路程"艰苦卓绝"，[43]伦内伯格坦言道，而如果他们当时知道后面有2000名德国士兵在追踪，那会更加压力重重。一行人最终都回到了英国，并接受了各自的军功嘉奖。

"松鸡行动"队伍其中的一员克劳斯·赫尔贝里留在了挪威，协助组织力量抵抗纳粹。这差点让他丢了性命。当他躲在哈当厄高原上的时候，德国士兵突然出现吓了他一跳，双方在冰天雪地的荒野中展开了马拉松似的滑雪追逐。经历了一番近距离枪战后，他虽然胳膊受了伤，但成功逃脱了。然而最后他还是被德军抓捕并送往奥斯陆，途中他跳了车，经过更多次的逃亡，终于逃到了瑞典。

克努特·豪科利德要为海德鲁水电厂任务画上圆满的句号。他选择留在挪威来训练新成员以抵御纳粹，但不久他便发现还有更紧急的任务等着他。对海德鲁水电厂的袭击使得重水生产机器设备瘫痪，然而纳粹还有 3600 加仑（约合 1.6 万升）的存量。希特勒命令将这批存货运往德国，从而安全保存在巴伐利亚州特制的燃料库中，以备原子弹科学家所需。

艾纳尔·斯金纳兰仍然在海德鲁水电集团工作，他设法得到了至高机密：重水会被运往廷斯约湖附近的梅尔小港口，由连接工厂和港口的单轨铁路运输。然后，这批重水会被运往德国北部的汉堡。

豪科利德希望能摧毁这批剩余的重水。这项任务危险万分，因为整个尤坎峡谷都由纳粹军队把守着，还有两架飞机不停地在周边山区的上空巡逻。连接海德鲁水电厂和廷斯约湖的铁路也在重兵把守之下，因为这是德军能够将存货送上等在港口的船舰的唯一途径。负责运输的"海德鲁"号是一艘火车渡轮：火车能够直接开上船，到达汉堡后还能继续在路上轨道上行驶。斯金纳兰权衡各种方案，最后告诉豪科利德，他认为"最安全的办法就是"在船横渡湖泊的时候"让它沉没"[44]。

"敌人很警觉。"豪科利德说，但是他们却不及他敏锐。尽管尤坎地区被严防密守，德国人却忽略了最明显的目标。"荒诞可笑的是，'海德鲁'号上连一名德国守卫都没有。"

豪科利德决定利用这一弱点。在 39 桶重水全部运上船后，豪科利德终于等到了时机。他了解到船将在第二天早上起航，这又给了他得天独厚的机会。

星期天的凌晨，当甲板上空无一人时，豪科利德带着一袋塑性炸药爬上了船。"几乎整艘船的人都集中在下面的船舱里，围着一张长桌，吵吵嚷嚷地打着扑克。"机轮舱里，工程师和自动添煤器都在努力工作着。他们并没有发现豪科利德。

"我从一个洞爬进船舱，再从船舱爬上船艏。"他将炸药放到舱底，并将它们连上定时导火索。"我觉得炸弹的威力足够大，能在四五分钟内将船炸沉。"[45]

整个行动花了3个小时：4点的时候，他布置好了一切，然后在无人察觉的情况下下了船。他期望船能够按时出发，并且导火索能够正常引爆。任务是否成功，他还得再等上8个小时才能知道。

其他人则更为直接地体验了豪科利德的破坏行动。"海德鲁"号的船长埃尔林·索伦森按照行程安排准时起航，上午10点30分，船正横渡湖泊的最深处。突然，传来一声巨响。船体吃水线以下的部位被炸出了一个大洞，因而船迅速往一边倾斜。装载着所有重水的火车也从船上滑下，沉入了大约400米深的湖底，与此同时，索伦森也跳进了冰冷的湖水中。他游离了渡轮免得被卷进去，然后"转身看着船慢慢沉没"。[46]仅仅数秒钟，劫数难逃的"海德鲁"号载着8个人便消失在眼前。索伦森幸免于难，没有落于湖水的旋涡中。

豪科利德从艾纳尔·斯金纳兰那里得知了船沉的消息以及整个沉没的过程。在听说火车"慢慢向前从长长的甲板上滚落"，[47]然后无可挽回地跌入廷斯约湖最深处时，他尤为高兴。

理应由豪科利德为第二次世界大战最伟大的破坏行动之一写

上纪念碑文。"挪威的重水生产停止了，德国科学家失去了可用重水存货。"科林·格宾斯只有一句话需要补充："这是一次彻底的胜利。"[48]

# 第十六章

# 踏足美国

科林·格宾斯对高级军官的批评一直都很敏感，他会记下那些比较有意思的侮辱中伤，以便在下班后与琼·布赖特碰面喝酒时把这些话复述给她。相比之下，米利斯·杰弗里斯则更像是一台推土机，他一点也不在意别人对他的看法，而是让斯图亚特·麦克雷面对来自军队高层持续不断的攻击。1943年的整个春天，各个大臣的恶劣态度一直都在困扰着麦克雷，因此，当留意到春夏交替之际发生的微妙变化时，他很高兴。高级军官们开始向杰弗里斯大献殷勤，并就武器方面的问题征求他的意见。在观察力敏锐的麦克雷看来，他们似乎是在努力弥补之前的错误。

一次，空军部邀请杰弗里斯和麦克雷参加在威尔士举行的投弹演习，军官们都竭尽全力地讨好他们。麦克雷本以为要坐三等火车卧铺前往伦敦。因此，当他一到伦敦帕丁顿车站便受到隆重的红毯礼遇时，他都惊呆了。"一个接待委员会将我们领进一列豪华的皇家列车，显然比我们之前陪温斯顿·丘吉尔去多佛时坐的那列火车还要豪华。"他被告知，车上的酒吧会通宵开放，他们所有的开销都已支付完毕，而且他们的票是一等卧铺。

第二天，天刚拂晓，麦克雷醒来发现他们已经到达了菲什加德。他询问火车怎么走得这么快，才得知大西部铁路公司的一名董事已经给他的交通主管下了死命令，要求确保所有火车"都让开路"。这位主管"亲自站在司机平台上，以确保没有火车挡道"。[1] 经历了4年的战争，杰弗里斯终于被视为对抗纳粹德国的最重要人物之一。

那年夏天，麦克雷雇用了更多的人手，因为他和杰弗里斯必须努力应付对破坏武器不断增长的需求。此时，菲尔斯庄园已经有大约250名全职工作人员，还有各类兼职人员、包装工和司机，整个团队正生产着不计其数的武器。600万个引爆装置从菲尔斯庄园的生产线上诞生，他们还生产了400万个杀伤性开关炸弹以及近300万只"L型导火索"。这还不是全部。他们还在制造游击战所需的主要武器，例如"帽贝炸弹"和"贝壳弹"，以及一些新型武器，如"马勃弹"（Puffball）——一种软头反坦克炸弹。现在，菲尔斯庄园的影响遍及全球，这里生产的武器被送至库尔斯克和孟买等遥远的地方。

杰弗里斯新招募的人员在刚开始融入惠特彻奇这座乡村庄园的生活时，都不免要揉揉眼睛，露出难以置信的表情。他们就像是被邀请进入一个平行世界——一个依据自己的规则和时间表运转的世界。这里的工作时间通常要延伸至深夜，吃饭时间完全颠倒。如果有机会睡觉，那也得分秒必争。

麦克雷觉得，住在"一个封闭的社区"里有明显的好处，因为这能让团队心无旁骛地专心工作。住在这里"无须身心疲劳地赶着去上班"，也"不必按着钟点的时间生活"。每个人都"能持续工作"。但是他也承认，"这种生活很奇特"，它所具有的未来化特点又额外为其注入了一丝激奋人心的因子。[2]甚至那些机械器具，比如旋转的千分尺、带有金刚钻头的精密钻孔机、高速运转的风洞和有史以来最强力的离心机，看起来都好像是属于未来的东西。"它真恐怖，"较早被招募进来的一个员工爱德华·戴利在第一次见到那台离心机工作时说道，"它的四周围着一圈沙袋，里面的东西飞速旋转，变成碎片。"[3]其速度甚至能将最厚的钢铁打碎成致命的弹片。

杰弗里斯还制造了一台精密的时间测定器，它由数排相互连接的阀门和刻度盘构成，用来测量枪弹的精确速度。"两个摄像头由线缆连接，它们之间的距离是确定的，炮弹通过这段路程的时间会被记录下来。"[4]然后在摄像头之间用温彻斯特步枪开上几枪，反复检验，其结果会被记录下来，比照杰弗里斯的代数方程式。只有3次读数都给出了同一个刻度时，受试的机器模型才能通过测试。"我们不怕反驳，"麦克雷说，"可以说，我们拥有整个国家设备最精良的武器研发所。"[5]

在面对没有明显解决办法的智力难题时，杰弗里斯总是斗志昂扬。他会站在菲尔斯庄园前厅挂着的巨大黑板前，用彩色粉笔写出那些与他新研发的武器相关的数学公式。那年夏天，麦克雷看见杰弗里斯凌晨还在一盏昏暗的电灯下辛勤工作，就知道他马上会有重大突破了。几个月来，杰弗里斯一直在研究一种名为门罗效应的科学理论，他认为这个理论可以改变武器的未来。

半个多世纪前，美国化学家查尔斯·门罗发现，如果把炸弹塑造成一种特殊的形状，那么就有可能将炸弹的冲击波集中起来。传统的炮弹都像子弹一样呈尖形，因为人们普遍认为，这样的设计能使炮弹更容易穿透装甲。但门罗发现，如果炮弹的尖端钝化成倒锥型，爆炸的杀伤力要大得多。爆炸的全部能量可以被汇聚在一个小点上。这个小点一旦转变成一个能量球，便会高速向前发射，给其前进路径上的一切东西造成毁灭性的后果。

门罗在《科技新时代》（*Popular Science Monthly*）上发表了自己的发现，阐述了他的开创性观念。然而，直到杰弗里斯开始仔细研究这个发现，才有人真正领会到它的重要性。"在那个时期，人们对空心装药的工作原理几乎一无所知。"[6]

现在，杰弗里斯希望能将门罗的理论应用到实践中。数学运算的过程十分复杂，然而，每个方程式最终都说明门罗是对的：空心锥体确实可以用于汇集爆炸的能量。杰弗里斯还有进一步的想法可以提升炸弹的杀伤力。如果在锥体内部放上一圈金属，爆炸时的能量会立即融化这些金属，并转化成一个致命的塞子。这个塞子释放的巨大威力能把装甲炸得粉碎。没有任何东西——即便是德国的坦克——能承受如此高速的爆炸冲击。

杰弗里斯知道自己即将取得一项意义重大的突破。如果他的想法能够奏效，那么空心装药不仅可以用于攻击坦克，还可以用来炸毁飞机和潜艇。它具有无限的可能。

在研究过程中，杰弗里斯得到了 33 岁的物理学家詹姆斯·塔克的帮助。詹姆斯·塔克眼神真挚，胡须整洁，偏分的头发棱角分明，就好像有人在他的头上划了道白线一样。林德曼教授把他从牛津大学挖过来，聘为自己的私人助手。然而，就连林德曼也承认，塔克非常聪明，他的才华在菲尔斯庄园会有更大的用武之地。塔克很快发现，杰弗里斯的研究在理论方面是如此出色，并帮助他处理数学运算方面的工作。但是塔克也知道，代数并不能提供一切解决办法。"剩下的只能依靠实验，"麦克雷说，"因此，小伙子们正忙着完成试验场的各类实验计划。"[7]

那年夏天接受测试的原型机逐渐被改良成一件威力惊人的武器。杰弗里斯希望他的空心炸药可以用那种一个人就能携带到战场上的肩扛式反坦克炮发射。在某种程度上，杰弗里斯这个想法是为了消除他 3 年前那次闪电般的挪威之旅以来，一直萦绕在他脑海中的一幅画面。当时，他看到英国步兵向迎面驶来的德国坦克开火，却绝望地发现炮弹反弹了回来。现在，有了他设计的这种装有空心炮弹的 15 千克肩扛式反坦克炮，一个步兵就相当于一辆装甲车。只要扣动扳机，就能发射可以摧毁任何常规坦克的炮弹。

"对原型机的数轮试验表明，米利斯的想法确实是可行的。"麦克雷说。第一轮试验是打在菲尔斯庄园一处低矮草坪安装的厚厚的金属板上。"这种武器对装甲的穿透力十分显著。炮弹打出的洞虽小，爆炸效果却是致命的。"[8]坦克里的任何人都会被炙热的金属片割成碎片。

随后一轮测试的目标是一辆载有木头假人的坦克。这些假人的下场十分惨烈，它们被爆炸的热量彻底烧焦了。

杰弗里斯的这个突破意义重大，因此，消息几天内就传到了军械局和参谋长那里。这些高级军官要求立即在比斯利的轻武器学校演示这款原型武器。反坦克炮开火时，麦克雷紧张地看着，希望它能在金属板上炸穿一个洞。结果这发炮弹确实炸穿了一个洞，不过不是在金属板上。反坦克炮走火了，不幸中的万幸，操作手只是被一块小金属塞射穿了身体，捡了条命。杰弗里斯解决了故障后亲自试射。之后的试验进行得很顺利。"炮弹击中目标时，发出了一声令人满意的巨响，随后的检查发现，炮弹在金属片上穿透了一个漂亮的洞。"[9] 接下来的 4 次发射都击中了目标，并且炮弹都穿透了近 5 英寸（约合 12.7 厘米）厚的金属板，留下了一个个大洞。林德曼教授当即口述了一份备忘录交给丘吉尔，夸赞这款武器异乎寻常的威力。"德国坦克那 2.5 英寸（约合 6.35 厘米）的装甲应该不在话下。"[10]

现在，杰弗里斯受命完善这款武器。陆军部承诺，一旦投产，就订购 100 万架反坦克炮以及 500 万发空心炮弹。但是还有一个问题：他们不同意将这款武器命名为"杰弗里斯肩扛式反坦克炮"，并声称"任何武器或装备都不应该以其设计者命名"。林德曼知道，这是那些仍然敌视杰弗里斯的人在搞鬼，于是向丘吉尔提出了反对意见。他认为，如果武器不能以设计者命名，那么"禁止部队谈论米尔斯手榴弹、斯托克斯枪、霍金斯地雷、克里森防空炮、诺斯弗探照灯似乎也合乎逻辑"[11]。

然而这一次，陆军部的官僚们如愿以偿。"杰弗里斯肩扛式反坦克炮"被重新命名为"步兵反坦克发射器（Projector Infantry Anti-Tank）"，或简称"PIAT"。

第一批反坦克发射器于 1943 年 7 月，西西里岛战役开始前及时准备妥当。加拿大第一集团军指挥官安德鲁·麦克诺顿将军目睹了一枚炮弹的威力，他说自己从未见过如此有效的武器。"真的可以百分之百摧毁目标。"[12]

在进攻意大利之前的几个星期里，这款武器的产量激增，它要在意大利证明其毁灭的力量。一位英国广播公司的战地记者弗兰克·吉兰德负责录制新闻简报，结果自己却成了新闻中的人物。当时，他正与一小队士兵一起行军，他们听到 4 辆德军马克 IV 型坦克隆隆驶来的声音。这些坦克奉命"攻击英军，消灭他们"。坦克前进时，"枪声四起，子弹乱飞"，吉兰德打开了话筒，然后和战士们一同进入战壕。他觉得德军嗅到了胜利的气息，但他补充说"我们的士兵并非如德军想象的那么无助，因为他们有反坦克发射器"。

他们一直按兵不动，直到领头的德军坦克距离他们不到 50 米远，并且仍在不断射击。"要么杀了敌人，要么被杀。"吉兰德明白，只有一种结果会出现在当晚的新闻里。随着领头的坦克继续靠近，反坦克发射器证明了它的价值，威力巨大的空心弹正中目标。

"那辆巨大的德国坦克被击毁了"。吉兰德报道说，只留下一堆还冒着烟的焦黑废铁，坦克里面的人也被弹片杀死了。"后面的 3 辆坦克显然十分震惊，赶紧掉头以最快的速度逃走了。"吉兰德说，一个装备了反坦克发射器的步兵，"看起来有了十分有效的手段回击肆意妄为的德军装甲坦克"。[13]

杰弗里斯是为正规军的步兵设计的这款反坦克发射器，但他很快便意识到，反坦克发射器改装后也能供格宾斯的破坏队员使用。"打定了对空心炮弹的主意，他便潜心研究起来。"麦克雷说。杰弗里斯设计了一整套破坏武器，并将其总称为"蜂巢"。"最小的武器仅重 6 磅（约合 2.7 千克），却能穿透 2 英寸厚的装甲或 1 码（约合 0.9 米）深的混凝土。"现在，一个破坏队员几乎可以独自对付任何目标，无论对方的防护多么强大。

接下来，杰弗里斯开发了一套更大型的"蜂巢"，这套武器"可以穿透任何混凝土碉堡"。[14] 这是一个重要突破，因为人们早就意识到，盟军早晚有一天要在法国北部海岸登陆，那里有德军一系列武装碉堡守卫，这些碉堡从布列塔尼一直延伸到敦刻尔克甚至更远。它们对进攻的步兵是致命的威胁，而杰弗里斯的发明意味着这些步兵可以装备能炸穿最坚固碉堡的武器。

杰弗里斯的发明也引起了美国的注意，美军已经从菲尔斯庄园购买了大量的破坏武器。事实上，一小批美国科学家已经看出空心炮弹的潜在威力，因而一直在关注它。如果空心炮弹能炸穿混凝土，那么它经过改装后，或许可以产生足够力量用于引爆钚弹。

1943 年夏天，米利斯·杰弗里斯发现自己不是唯一受到美国青睐的人。科林·格宾斯也花了越来越多的时间向美国盟友提供建议。早在 1940 年夏天接管"辅助部队"时，他的破坏行动便引起了华盛顿的兴趣，也给战略情报局局长威廉·多诺万上校留下了尤为深刻的印象。威廉·多诺万是一位功勋卓著的一战老兵，他在担任罗斯福总统非正式大使那年曾两次访问英国。这两次访问改变了他的一生。

多诺万上校初次崭露头角是在许多年前，当时他与墨西哥大盗潘乔·比利亚展开了越境枪战。他运用的战术与格宾斯对抗迈克尔·柯林斯的新芬党革命分子时采取的非常规战策略如出一辙。实际上，多诺万与格宾斯有许多相似之处，他们都魅力四射、性格刚毅并且精力充沛。在美国，多诺万是每个杂志读者心中近乎传奇的人物，人们亲切地叫他"狂野比尔"。这个绰号得自他在一战中担任著名的"69号战斗队"指挥官时立下的赫赫战功。

第二次访问伦敦时，多诺万见到了科林·格宾斯，两人一见如故。多诺万欣然接受格宾斯邀请，一同前往苏格兰高地观摩游击队的训练项目。他感触颇深，决定在北美建立一个类似的训练营，由英美双方联合管理。这个训练营在贝克街被称作"103特训学校"，在美国被称作"X营"。

训练营的选址经过仔细考虑。当时，美国因为《中立法》无法直接参战，因此训练营不得不设在加拿大终年有风的安大略湖岸边。从湖对岸的纽约州可以很容易地到达这里，便于多诺万的第一批游击队学员秘密接受专业训练。

多诺万很快发现，阿里赛格是当时最好的游击队训练基地。因此，1942年春天，多诺万被任命为新成立的战略情报局（被称为"美国的贝克街"）局长后，他询问格宾斯是否可以将威廉·费尔贝恩从阿里赛格调到X营。格宾斯同意了，很快，费尔贝恩就来到了X营。他立刻投入了训练"狂野比尔"招募的第一批游击队员的工作，而他的秘密杀戮课程震惊了这群美国人，一如当初震惊了英国游击队员一样。一位年轻人查尔斯·罗洛自愿成为游击队员，他坦言自己从未见过费尔贝恩这样的人。"你还没来得及眨眼，他有力的双手就已经死死地抓住了你，然后你就明白为什么纳粹哨兵会有'突击队恐惧症'了，你也能知道这位费尔贝恩少校一定是个非常危险的家伙。"[15]

只有那么一次，费尔贝恩发现有一个学生比他还聪明。他刺激一位名叫杰弗里·琼斯的年轻美国学员用一把无鞘的双刃匕首攻击自己。琼斯绕着费尔贝恩转了一会，然后使出全身力气发起了进攻。他惊恐地发现，老师脸颊的一侧被他刺伤了，血从敞开的伤口喷射而出。"我当时想：'天啊！我把他刺伤了，他一定会杀了我。'"然而，费尔贝恩却对琼斯的技术大加赞赏，他一边擦着血，一边露出了灿烂的笑容。"好孩子，"他说，"做得不错！"[16]

科林·格宾斯对美国参战立刻表示欢迎。"舞台终于搭好了，"他写道，"所有的参赛者都已在拳台相见，这场战斗势必非常残酷。"[17]他也认识到了美国破坏队员的潜力，并迅速在纽约成立了一个办事处。这些游击队员将提供源源不断的支持。贝克街的一位成员比卡姆·斯威特-埃斯科特被派往美国，在那里的所见所闻给他留下了深刻印象。纽约的办事处位于洛克菲勒中心的35和36层，"大约50名技艺精湛的加拿大籍打字员在这里忙碌着，周围都是打字的声音"。

见识了多诺万新建立的这个机构的运转情况之后，斯威特-埃斯科特觉得，在对抗纳粹的秘密战争中，美国人能做出巨大贡献，他们可以提供技术装备、无线电设备，还有那些希腊裔、南斯拉夫裔和罗马尼亚裔美国人，这些人能流利地讲母语。总之，美国是招募人员的绝佳场所。

斯威特-埃斯科特还有机会参观了X营，他发现费尔贝恩已经给这个地方打上了他自己的独特印记。美国的许多军事机构多少都有些"随遇而安、自由散漫的氛围"，在纪律方面松散得令人惊讶。然而，X营恰恰相反。这里的效率极高。它是按照"骑士桥兵营的效率组织起来的"，而且"奖惩并重，恩威并施"。虽然费尔贝恩从不崇尚正规战，但他是一个注重纪律的人。他的学员从 X 营毕业时，不仅对炸弹、武器和秘密杀戮技术了如指掌，更是"对可能参与的秘密行动有清晰的思路和想法"。

除了纽约办事处，格宾斯还在华盛顿设立了一个联络处，由巴蒂·普莱德尔-布弗里负责。他的祖宅科尔希尔曾是"辅助部队"最早的训练中心。斯威特-埃斯科特曾多次拜访巴蒂，发现他的办公室里摆着"各种各样的小玩意儿"。它们远比贝克街能提供的任何一种工具都先进。巴蒂甚至还有一个"小机器，可以向他嘴里喷射冰水来解渴或缓解宿醉"。[18] 斯威特-埃斯科特从未见过类似的东西。

"狂野比尔"多诺万也在伦敦设立了相应的办事处，他的团队很快便认同了格宾斯敏捷务实的游击战策略。然而，他们发现白厅的其他人则根本不好相处，特别是那些情报部门的工作人员，他们用轻蔑的眼神审视着这些新来的美国人。马尔科姆·马格里奇就是其中之一。他拒绝认真对待这些美国人，认为他们从美国来，看起来"就像涉世未深的少女，懵懂无知，刚从学校毕业便开始到我们这个腐朽肮脏的情报妓院工作"。[19] 对于这样傲慢的态度，美国人深感受辱。一个美国人说："英国人一直处心积虑地提醒我们，他们自伊丽莎白女王时代起就有了情报业。"[20]

利益竞争迅速演变成一场激烈的争论，争论的焦点是贝克街和"狂野比尔"的队伍将分别负责哪个地区的活动。1943 年初，格宾斯飞到阿尔及尔，同欧洲盟军最高统帅艾森豪威尔将军及多诺万本人说明情况。在那儿，他们最终研究出了能用于未来所有游击行动的解决方法。但对于巴尔干地区的破坏行动，他们依然存在分歧，多诺万非常希望主导这一地区的行动。消息传到丘吉尔耳中，他坚信美国人不会侵占格宾斯在巴尔干的行动范围。他提醒他们，格宾斯在那儿已经完成了不下 80 次游击任务，并且是与游击队员们一起行动，涵盖了近乎 30 万平方英里（约合 78 万平方千米）的范围。而且，贝克街已经将 650 吨炸药和设备运了过去，还有 2000 吨正在路上。很难想象将行动如此频繁的地区转交给美国负责。

关于其他地区的争议则要少些。格宾斯始终认为，任何一支盟军部队在法国登陆前，都应该先开展大规模的破坏行动。当从 X 营毕业的第一批破坏队员抵达英国时，形势已经很明朗——他们很快就会横渡英吉利海峡，和英国战友们一起行动。格宾斯相信，法国会是纳粹德国战败之地——不论是正规战争还是非正规战争。他也知道自己可能已经胜券在握。

第十七章

# 格宾斯的特洛伊战争

1943 年 7 月 18 日，晚间新闻结束不久后，英国广播公司法语频道向海外听众播送了一条含义不明的奇怪信息："特洛伊战争不会发生。"[1]

这条信息承载着科林·格宾斯的祝福，只是说给两个人听的。一个是躲在法国东部侏罗山的英国人。另一个是鲁道夫·标致（Rodolphe Peugeot），著名汽车制造家族的成员。

英国广播公司每晚都会向法国播送上百条"私密信息"：格宾斯的团队利用这些广播向当地的抵抗组织传递信息。它能通知接收者即将开展的行动的加密细节，其他人则完全听不懂其中的含义。关于"特洛伊战争"的这则消息则有些不同。它是互相传递的郑重承诺，每个人接收的反应都不一样。对于那个英国人——哈里·雷来说，这条消息结束了几乎要了他命的一周。而对于那个法国人——鲁道夫·标致来说，这条消息则意味着一种全新生活方式的开启。一场将震惊世界的破坏行动正在酝酿之中，它将由这两个人拉开序幕。

哈里·雷和格宾斯为游击战招募来的那些成员很不一样。他出于良知而反对服兵役，1939 年秋天，他在剑桥大学签下了和平誓约，并应征加入了国家消防局。在战争期间，他更情愿去灭火而不是去和纳粹战斗。

然而，雷很快就发现自己坚持的信念有利也有弊。他是一个和平主义者，但他也有一位有着一半犹太血统的父亲，因此他反感第三帝国的种族主义暴行。于是，他的态度来了一个180度的大转变，放弃了自己的和平主义。"集中营以及犹太人的遭遇说服了我。因为纳粹施行种族主义政策，我要竭尽全力抵制它的一切。"[2]

源自个人的对敌人的仇恨往往都非常强烈，而雷的战争也将体现浓郁的个人色彩。他近乎流利的法语帮助他迅速进入了贝克街。不久，他便着手策划了一场和盖世太保之间大胆的猫鼠游戏。尽管盖世太保对这种游戏很在行，但他们会发现，这次的游戏规则完全变了。哈里·雷决心要扮演猫，而他们只能屈尊降贵去扮演老鼠。

现在只有一个问题。雷被送往苏格兰高地接受训练时，才发现自己手脚笨拙、能力不足。在手枪训练中，他是"一个糟糕的射手"。在炸弹训练中，他的表现也"毫不突出"。在信息传输训练中，"他记忆不佳，忘得很快"。他确实有着"泰然自若、沉着冷静"的品质，然而，他冷静得过了头，竟然在课堂上频繁瞌睡。"真让人失望。"一位苏格兰教员在课程结束时如此评价。"人很不错。"另一个教练说。[3]这几乎不是一句明显的认可。

在勉强通过阿里赛格的训练后，雷又被送到了布里肯唐布雷庄园，在那里，乔治·瑞姆教会了他炸毁一辆火车所有能想到的方法。接着，瑞姆又教他如何破坏涡轮机、压缩机、变压器和车床，甚至还教了他如何炸毁一个存放轮胎的仓库。雷再一次表现平平。

格宾斯本可以直接拒绝接收雷，就像他拒绝其他很多人一样。然而，格宾斯很快发现，雷具有一种其他人身上少见的品质，这种品质只能用他的"个人魔力"来形容。雷天生就能引起那些"生活随时都可能完全不幸被颠覆"[4]的人的共鸣。这种能力极为重要。因为格宾斯知道，如果能引起人们的共鸣，那么便能激励他们。在战争期间，这个品质让雷成了一个有价值的成员。

在离开英国前，雷还需要选择一个假名。从不缺乏自信的他选了"恺撒"这个名字。对于一个打算在古代高卢的土地上弄出些动静的人来说，这个名字很合适。

1943 年春天，雷被空降到法国，他最初的落脚点是贝克街提供的安全住处。他将怀孕的妻子留在家中，并得到保证，孩子出生的消息会用英国广播公司的加密信息传递给他。5 月 5 日，他在广播中听到了一句话："赛姆斯像她祖母。"这意味着他亲爱的海蒂刚生下了一个女孩儿。

雷辗转前往贝桑松，在那里，他与一位抵抗组织成员取得了联系。7 月 15 日，雷听到空中传来英国皇家空军轰炸机的轰鸣声时，他就躲在这个人家中。这些轰炸机的目标是临近的一个市镇索绍。

索绍不是一个普通的法国村镇。它是标致汽车的总部所在地。标致是一个庞大的工业联合体，雇用了超过 6 万名工人。它占地面积广大的工厂，就像一台巨型机器，悬臂钻孔机和钣金机不断生产出轿车和货车。作为欧洲最先进的工厂之一，它甚至能自己提供能源。哪怕整个法国都断电瘫痪，索绍的标致工厂也能照常运转。

战争爆发时，这家企业仍然掌控在标致家族手中，家族的掌门人罗伯特·标致出生在汽车发明之前，是一个脾气火暴的老人。罗伯特两个深谙经商之道的儿子让-皮埃尔和鲁道夫是他的得力助手。

在战争初期，整个家族一直在努力坚持对企业的掌控，驾驶标致汽车安全通过纳粹占领下的"雷区"。他们对维希政府的蔑视伴随着对自己工人的责任感。老罗伯特说："问题是如何保证工人不失业。"[5] 然而，规模如此庞大的一家企业对纳粹而言意义非凡，更何况它距第三帝国的边境仅有 40 英里（约 64.3 千米），不可能长久地由这个家族管理。在德国入侵后的几个星期内，这家企业便落入柏林的控制之下，标致家族降格为工厂的工头。汽车生产陷入停顿，取而代之的是，工人们没日没夜地制造坦克和飞机引擎。随后它们会被运到德国宝马汽车公司或德国洪堡公司去完成最后的收尾工作。

标致家族的两位年轻儿子竭尽全力破坏生产，这激怒了新来的德国经理。他抱怨说每 10 台汽车里就有 6 台离合器有问题。对此，让-皮埃尔·标致只是做了个无辜的法式耸肩，并说道："如果你想买宝马，那就别买标致。"

1943 年最初的几个月，整个企业都由费迪南·保时捷（Ferdinand Porsche）掌管。费迪南·保时捷是大众甲壳虫的杰出发明者，还是纳粹党卫军的热烈拥护者。他很快意识到可以进一步开发标致索绍工厂的潜力。那些技艺超群的工人现在开始为福克-沃尔夫 TA154 战斗机 —— 一种双发夜间战斗机 —— 生产专业零部件。更糟糕的是，保时捷还命令工人们为代号为"1144"的德国秘密项目工作。这便是臭名昭著的"V1 导弹"，希特勒相信这种喷气式驱动导弹能帮助他赢得战争。

科林·格宾斯非常了解索绍的情况，因为他能不断从秘书玛格丽特·杰克逊那里收到秘密特工传回来的情报。英国皇家空军也一直在密切关注标致工厂，并将其列为要摧毁的工业目标名单上的第三名。现在，随着工厂产量增加的消息传到白厅，司令部决定是时候采取行动了。

最明智的办法是将整个行动交由格宾斯指挥。然而，关于索绍情况的简报却被送到了空军参谋长查尔斯·波特尔和空军轰炸机司令部司令亚瑟·哈里斯那里。波特尔已经和格宾斯发生过好几次冲突，他是一个嗅觉敏锐的好战分子，坚信力量即是真理。他主张对德国展开无差别轰炸，具体来说就是要地毯式轰炸每一个人口超过 10 万的德国城市。"冷静且超然"，格宾斯的前秘书琼·布赖特这样评价波特尔。她觉得波特尔爱吃苦到了反常的地步。"他更喜欢睡长凳而不是柔软的床铺，更喜欢大块的奶酪而不是舒芙蕾蛋糕。"[6] 在谈到格宾斯的贝克街团队时，波特尔直言不讳。"你们的工作是一场赌博，可能会给我们带来价值不菲的回报，也可能一无所获，"他说，"而我的空袭不是赌博。它的回报是确定的。这是最佳的投资方式。"波特尔也对格宾斯不断要求更多飞机大为恼火。他补充道："我不能把飞机从能看到确切结果的行动调给一场赌博用，这种赌博的赌注或许是一座金矿，也或许一文不值。"[7]

7月15日，波特尔勋爵和轰炸机司令哈里斯决定好好利用"最佳的投资方式"。他们打算向索绍的标致工厂投下大量烈性炸药，使其在战争的剩余时间里停止运转。当天晚上，至少165架哈利法克斯轰炸机在探路中队的引导下从基地出发。探路中队的任务是将燃烧弹扔到工厂周围从而为轰炸机指示目标位置。

突袭行动按计划进行。那天晚上风轻云淡，飞机几乎没有遭到敌军的高射炮攻击，飞行员可以清楚地看到探路中队投下的燃烧弹。轰炸机队雷鸣般飞过索绍，将大量的炸弹投向下方的厂区。飞行员目睹了炸弹击中目标后工厂炸成火球的情景。在造成难以置信的毁灭后，他们返回了基地。波特尔勋爵的"最佳投资"收获了丰厚回报，也让格宾斯学到了有关毁灭的一课。那天晚上，绰号"轰炸机"的哈里斯心满意足地进入了梦乡。

但是当他第二天醒来时，却听到了不再令人高兴的消息。探路中队并没有将燃烧弹投在工厂周边，而是投在了索绍的居民区，结果给当地居民带来了毁灭性的损失。这些飞行员向索绍、弗约沙尔蒙、阿朗茹瓦和诺曼尼村庄投下了至少700枚高爆炸弹。

125名平民当场死亡，还有250人重伤。地面建筑也遭到毁灭性破坏。100多处房屋被炸成了废墟，还有400处严重受损。市政大厅，连同当地的学校、邮局和警察局都被夷为平地。仅有30枚炸弹——还是偏离了目标的炸弹——击中了工厂，造成的损失微乎其微。"轰炸机"哈里斯情绪低落地读着收到的报告。"突袭过后，[工厂]迅速恢复了生产。"[8]

在贝桑松联络员家的花园里，哈里·雷目睹了这次袭击，得知有平民死亡后他十分震惊。现在，他决定采取行动。他知道鲁道夫·标致是一个有着高尚道德原则的人，雷给他打了一通电话，他先表明了自己的身份，然后提醒鲁道夫·标致，英国皇家空军一定会再次轰炸工厂。避免出现更多平民伤亡的唯一方式就是从内部展开破坏行动。

标致不太相信雷的话。他怀疑打电话的人是一个德国奸细，试图引诱他说一些会引火烧身的话。但雷向标致保证，他能让英国广播公司的"私密信息"播放标致先生选定的任意一句话，以证明自己来自伦敦。经过再三思考，标致最终同意了。他说，如果能在第二天晚上听到"特洛伊战争不会发生"这句话，他便相信雷。

这条信息如期播出，两人都听到了。对于雷来说，这是行动的号召。现在，有了底气的雷直接来到标致那有着昂贵家具和挂毯装饰的豪宅，以便进一步研究破坏行动。雷直奔主题，继续几天前的谈话内容。"我坦率告诉你当前的形势，"他说，"伦敦的人想要让标致工厂瘫痪。他们说，如果不能在短时间内停止生产活动，他们将继续轰炸你的工厂。"雷警告说第二次空袭可能会造成更大的伤亡。接着，他提出了另一种可供选择的方案。"现在，如果你能在某个夜晚让我手下几个人进入工厂……"

话才说到一半，鲁道夫·标致打断了他。"我要毁了我自己的工厂？亲爱的先生……"

雷点了点头。这正是他的意思。"不管哪种方式，工厂都会被毁掉，"他说，"如果我们来做，损失会少些，而且，我们能将炸弹放到合适的地方，既能对生产造成最大破坏，同时还能保证尽可能小的影响工厂设施。"他再次警告，如果英国皇家空军实施第二次袭击，"整个工厂都将被夷为平地"。[9]鲁道夫·标致仔细考虑了雷告诉他的话，意识到自己并没有其他的选择。他决定让破坏队员进入他的工厂。

标致一下定决心，便全心全意地提供支持。他"不仅给了雷一份工厂的平面图和预订破坏目标厂房的细节图，同时还提供了内应"。[10]

在这些内应中，有一个名叫皮埃尔·卢卡斯的人，他"安静而聪明"，是工厂的电工长，他的几个同事也是内应。[11]"一天下午，我们在工厂外面的一家咖啡馆见了面，"雷说，"他们给了我一些工作服，我在咖啡馆的卫生间换上了衣服，然后和卢卡斯一起在工厂周围溜达。"那是一个紧张的时刻。卢卡斯领着雷进入工厂时，他注意到那里有"大量的德国守卫"。[12]

直到参观工厂时，雷才惊叹于乔治·瑞姆在布里肯唐布雷庄园的训练是多么有用。他仍然"清晰地记得自己花了许多时间……研究压力机和机床的脆弱环节"[13]。现在，当他看着这些涡轮压缩机、钻探机和多角机床时，他知道几磅塑性炸药就能让这些机器瘫痪。

标致工厂靠近瑞士边境，离德国边境也很近，于是雷越过边境进入中立的瑞士，以便安排贝克街将必需的炸药空投到这里。雷知道这种复杂的任务需要几个月时间才能完成，他要求英国皇家空军暂停对该工厂的进一步空袭。"轰炸机"哈里斯很不愿意同意，因为他拒绝承认格宾斯的团队——"一群长头发的平民——能为准军事行动提供什么有用的服务"。[14]

这让贝克街的成员无言以对，因为对挪威重水工厂的成功袭击才过去不到 6 个月时间。在与参谋长们进行了一番激烈争辩后，"轰炸机"哈里斯表示，他可以暂停空袭，但前提是他必须定期收到有关破坏生产活动的报告。[15] 雷得知这一消息后立刻同意了。他说："对于一个曾经出于良心拒服兵役的人来说，能阻止对工厂的空袭是一项了不起的工作。"

皮埃尔·卢卡斯把雷介绍给了工厂的领班安德烈·范·德·斯特朗登，后者十分乐意参与即将开展的破坏行动。卢卡斯还说服了其他 3 名工人参加行动，从而将行动人数增加到了 5 人。雷自己本人会在工厂外面指挥此次行动，因为大家一致认为，他在实施破坏行动的那晚出现太过冒险。

大量的"帽贝炸弹"和燃烧弹必须被空投到法国境内，并秘密运进工厂。直到 11 月初——远远晚于预期时间，雷才为行动做好准备。

11 月 3 日晚，在工厂的白班结束时，破坏队员集中到了工厂前的大院子里。一些德国守卫正在院子里踢足球，他们对着这些准备实施破坏行动的队员大喊，邀请他们加入，来一场法国对德国的比赛。由于害怕引起猜疑，皮埃尔·卢卡斯和他的人勉为其难地组成了一支足球队。

安德烈"踢了一脚球"，足球穿过了整个院子。[16] 就在这时，一枚"帽贝炸弹"从他口袋中掉了出来，砰的一声落在了地上。"一个德国人好心地说：'喂，你的东西掉地上了。'"

安德烈吓坏了，"赶紧把炸弹捡了起来，嘴里还嘟哝着'保险丝'之类的词。德国人没有起疑心，比赛还在继续"[17]。

这场足球赛持续了太长时间，因而当天晚上的行动只能延期了。雷重新拟订了计划，决定在 11 月 5 日行动。那天是英国的盖伊·福克斯日（Guy Fawkes Night），是弄出些大动静的好日子。这一次，破坏队员们避免了与德国守卫接触，等晚上工人一离开工厂，他们便利用万能钥匙潜进厂房。在工作日，这间宽敞的厂房充斥着刺耳的机械声，不断有坦克履带从生产线上滚下来。而此时，这个地方却寂静得可怕，黄昏逐渐暗淡的光线犹如污浊的水一样从屋顶满是污渍的玻璃窗上流淌下来。

破坏队员来到了行政楼层，他们的塑性炸药就藏在存放清洁用品的橱柜里。此外，还有几盒不同形状和尺寸的"帽贝炸弹"，"以便更容易把炸弹装到贵重机器的灵敏部件上"。[18]

检查完炸药，队员们便静下来开始长时间的等待。雷警告他们不得在夜幕降临前安置炸药。一直等到晚上 11 点，他们才前往"分布在工厂各个区域，事先确定好的位置"。[19] 每个破坏队员都知道自己的任务。有一个人要去炸毁钻模镗床，另一个人要去摧毁煤气生产车间。铸造厂的干砂机和车体变压器，包括最大的车床和压缩机也在目标清单上。

最难处理的是那台独特的离心式压缩机。破坏这台机器是一个严峻的挑战，因为进入压缩室需要"爬过管道，这要冒巨大的风险，消耗很大体力"。[20] 承担这项任务的很可能是安德烈：他先是挤进管道爬行前进，然后跳进了压缩室。这里是标致工厂的核心地带，对于机械的运转至关重要。

在一片漆黑中，他伸手摸索着靠近压缩机。然后，他将一枚"帽贝炸弹"啪嗒一下吸在了金属压缩机上。如果一切顺利，这枚炸弹会在一个小时内爆炸。接着，他摸索着返回狭窄的管道，悄悄回到了工厂主楼，同另一个领班会合。他"安静从容地行动着"，只在听到另外两个战友"在另一个区的工作车间执行任务"时稍作停顿。

安装所有炸药花了近一个小时时间。当最后一个导火索被点燃，队员们"迅速撤向一个废弃的侧门"，这扇门通向"工厂后面一片荒废的院子"。又穿过第二道门之后，他们来到了一条沿着围墙延伸的小巷。"他们相互握了握手，然后就匆匆离开了：他们要尽快赶回家，因为宵禁已经开始，工厂爆炸后，一定会有大批警察和军队出动。"[21]

科林·格宾斯焦虑不安地等待着消息。他把自己的声誉押在了这次行动上，他知道，规模如此巨大的一次任务如果能成功，那么他的团队在诺曼底登陆前计划实施的行动中将发挥主导作用。

贝克街法国分部负责人莫里斯·巴克马斯特的报告显示，破坏行动开始时产生了一连串低沉的响声。"大约在午夜过后 10 分钟，标致工厂的工作车间响起几声震耳欲聋的爆炸声。"[22]"帽贝炸弹"被同步引爆，爆炸产生的巨响直冲墙壁。室外爆炸的场面更为壮观，炸弹爆炸的威力如此巨大，索绍的居民都被从床上震了起来。混凝土建成的变压室被炸成两半，其一扇由加重钢筋制成的笨重大门被炸飞到 20 多米高的夜空中。

完整的破坏程度，要到天亮后才能知晓，但是早在破晓前，雷和队员们就清楚，他们显然已经制造了无法修复的破坏，因为爆炸的热量又引燃了汽油、石油和天然气混合而成的致命易燃物，引发了大火。

雷在一个安全屋度过了那一夜，醒来时他感觉生活开始变得美好起来。行动第二天上午，他悠闲地走到工厂去检验损坏程度。经过一台变压器时，他注意到"砖砌楼房已经被炸为平地，成了一片废墟"，而变压器也是支离破碎。工厂内部，机械装置冒着黑烟，其损坏程度显而易见。"涡轮内部炸了个大洞。叶片被大火烧得扭曲。轴承床被炸碎了。8000马力的发动机损坏得无法修复。"大部分目标机器都已经面目全非。

"我真希望你们能看到那些德国守卫们的脸，"他在给贝克街的报告中愉快地写道，"将他们的脸和索绍的工人、主管和民众脸上的表情比较一番。"

应"轰炸机"哈里斯的要求，雷详细评估了此次行动的破坏效果。变压器和涡轮压缩机都遭到了最大程度的破坏，受损程度非常严重，都不可能再继续运作。"预计工厂会停工五六个月。"

雷在他的报告里还加了一份附件，感激那些训练过他的人。"我在十七所（布里肯唐布雷庄园）接受的训练在这个地方发挥了极有价值的作用。请代我感谢瑞姆和他的下属，"他还补充道，"我在苏格兰接受的训练对于横跨边境很有帮助。"在附言中，他用大写字母强调："尽最大努力不要让皇家空军插手。"[23]

盖世太保在袭击发生后的几个小时就开始追捕袭击者。他们首先锁定的目标就是标致家族，对家族成员进行了漫长的审问。然而，他们发现这个家族是清白的，"德国人没有任何理由给鲁道夫·标致定罪"。

怀疑的目光又落在工厂的一群工人身上，"其中有5个人已经失踪了"。[24]他们，据传还有一个英国人——只知道他叫亨利，是主要嫌疑人。盖世太保在搜捕破坏队员方面经验丰富，他们知道破坏队员会躲在一些安全的住所，潜伏数个星期。雷也了解这一点，于是他决定改变策略。他没有选择躲藏起来，反而说服队员们在第二天晚上又进行了一次意想不到的突袭。这一次，他们突袭了两个新的目标：位于圣苏珊的大型铸造厂和附近生产发动机零部件的马蒂工厂。得手后，雷向贝克街发出了第二份捷报。"两处的变压器全部被炸得粉碎，那些炸飞的碎片又毁坏了3台电动机、1块配电盘和2组蓄电池。"[25]

在接下来的几个星期里，雷策划了一系列破坏行动，包括毁坏机械设备、放火以及使运送物资的火车脱轨。11月19日，一台备用压缩机被送到标致工厂，替换之前被毁的那台。当天晚上，它被安放在前院，雷的人爬过围墙，将"帽贝炸弹"装在了上面，于是这台机器还没开封就被炸毁了。

雷此时的处境已经十分危险，盖世太保和纳粹党卫军都在追捕他。他急需一处新的安全屋，于是他住进了当地一位学校校长，奥热先生的家中。但是很快他发现这里也不安全了。一名德国军官打开了房门，用枪指着屋里的雷。

雷曾接受过应对这种情况的训练，此刻，这个训练派上了用场。"别犯傻了。"他对德国军官说，说话间故意透着无辜的语气，"这样玩枪很危险。看在上帝的分上，把它收起来吧。"

那人拿出自己的名片，上面显示他是纳粹党卫军情报机构的人。"我当时说'噢，抱歉'，然后就举起了双手。"[26]

这位德国军官告诉雷，奥热先生因私藏炸药被捕。雷说自己只是奥热先生的朋友，那位军官似乎相信了他的话，但表示不管怎么样他都必须接受盖世太保的讯问。雷说："因为我知道他们正在那个地区找某个高大英俊、名叫亨利的英国人。而且我身上还带着5万法郎，所以我决定不去冒险接受讯问。"[27]

此刻，他从容不迫的冷静再一次发挥了作用。他走到奥热先生的酒柜前，递给那位德国军官一杯酒。他一定会记住这杯酒。"我从柜子里取出玻璃杯，拿着酒瓶走到他后面，然后用瓶子砸向他的脑袋。"

这一下本可以将他打晕，然而雷用的力气不够。那个德国人只是轻微的脑震荡，他转过身来，朝雷开了6枪。

"当他开枪的时候，我在想：'天啊，太不寻常了。'——我当时打了他——'子弹一定是空的'，因为他的枪似乎是对着我开的。"

"子弹打完后，两人扭打在一起，都试图制伏对方。德国人用他的手枪枪托反复重击雷的头部，然后残忍地紧紧锁住他的脖子，我记得当时脑海里闪过这样的念头：'如果你还想见自己的女儿，你就必须摆脱这个。'"

此时，他在阿里赛格学到的东西发挥了作用。雷并不是最优秀的学员，但在学习自卫的时候，他还是有全神贯注地认真听讲。赛克斯的技巧旨在造成真正的疼痛。雷摊开手掌，然后"将双手推向对方的腹部"，并且继续深深地压向内部器官。那个德国人"后退到墙边"，非常痛苦，"并说着：'滚出去，滚出去。'"

雷不需要他催促，从后门逃了出去，穿着靴子和雨衣飞速跑过田野。"我全身都被雨淋湿了，我查看衣服里面是否进了雨水，结果发现雨水混着血滴了下来。我想：'天啊，那些子弹不是空的。'"

雷游过河，来到附近一个村庄，敲开了当地一个联络人的家门。那人震惊地打开门，"星期天下午大约 6 点钟，我看到了这个血迹斑斑、全身湿透的人"。[28]他让雷躺在一张温暖的床上，并叫来了医生，医生发现雷确实中枪了，但所幸只是一枪。

3 个晚上过后，雷被抬过边境，进入了瑞士。他被送到当地一家医院，在那儿养伤直至痊愈。在病榻上，他仍然继续指挥着行动，向破坏队员们传递重要情报，帮助他们成功完成一系列精彩的爆炸行动。

雷在瑞士一直待到了 5 月，然后他经马赛、潘普洛纳和直布罗陀最终到达英国。科林·格宾斯本人十分感激雷，因为他不仅袭击了纳粹，还堵住了"轰炸机"哈里斯和波特尔勋爵的嘴。他提议授予雷杰出服务勋章。[29]

在布里肯唐布雷庄园那边，众所周知，乔治·瑞姆从不轻易表扬谁，然而，这次甚至连他都对雷表示了钦佩。在说服鲁道夫·标致与盟国合作这件事上，他实际上发明了一种全新的战争方式，瑞姆称之为"勒索式破坏行动"。

"我们还没有充分利用工业设施的管理者和所有者，他们虽然不能身体力行去参与到破坏行动中，但是我们可以和他们结盟，从他们那里得到技术建议，然后我们可以将这些建议传递给破坏队员。"[30]

温斯顿·丘吉尔也同意这个想法。一个工厂的所有者和几袋子"帽贝炸弹"抵得上哈里斯的整支哈利法克斯轰炸机中队。

# 第十八章

# "刺猬炮"战

　　秘书玛格丽特·杰克逊能为格宾斯提供夜间破坏行动成功与否的准确简报。通过无线电传来的信息先由各个地区分部的负责人员接收，他们核对后再发送给玛格丽特。玛格丽特会在格宾斯来贝克街上班时呈交给他。

　　菲尔斯庄园的情况却截然不同。斯图亚特·麦克雷对自己生产的武器的使用时间和使用效果一无所知，这一直让他备感沮丧，一定程度上，这是因为他们太忙了。1943年夏末秋初之际，菲尔斯庄园生产着"各式各样了不起的武器"，包括"能在地面上跳来跳去的炸弹、能在海里跳进跳出的炸弹以及能炸毁公路桥梁的火箭弹"[1]，最后这种火箭弹是塞西尔·克拉克绘图板上的最新发明。然而，有关行动方面的消息几乎不曾传到这处位于低矮草坪尽头的厂房。

　　麦克雷试图密切关注炸弹袭击活动是否成功的消息，但即便如此，获取信息也十分困难。不同于格宾斯，他与军队高层没有定期联系。而杰弗里斯本人似乎也不关心。麦克雷越来越觉得自己扮演着"一个戏剧制作人的角色，找到了一个极不情愿表演的演员——杰弗里斯——并且强迫着他成名"。他感到十分愧疚，因为"虽然我成功让自己舒心快乐，但我显然让米利斯感到不快了"。[2] 除了能和他的数学、他的彩色粉笔以及偶尔一杯威士忌为伴，杰弗里斯便别无他求。

杰弗里斯发明的最复杂的武器——反 U 型潜艇"刺猬炮"，在战争早期便开始投入了使用，当时他和麦克雷两人还在陆军部工作。这个武器的设计初衷是用在纳粹入侵英国时进行破坏活动，但它慢慢被改良成了一种十分复杂的武器，因此对它的调试花了两年多的时间。设计的主要困难在于对后坐力的精确计算，这对于任何一艘船的稳定性都至关重要。一个新招募来的工程师发现，在他和杰弗里斯乘火车外出时，"从巴思到伦敦的整个旅程，杰弗里斯几乎都在空烟盒上疯狂地计算着"。[3] 当火车驶进帕丁顿车站，杰弗里斯笑了：计算终于有结果了。在海上试验时，"刺猬炮"表现得近乎完美。炮弹包裹在流线型的弹壳里冲入水中，准确击中水下的敌军潜艇。

整个研制过程都很耗费时间。因此，直到 1943 年春天，第一批"刺猬炮"才被安装在英国皇家海军军舰上。当时，海军中校雷金纳德·惠尼正指挥皇家海军舰艇"漫游者"号（*Wanderer*），他得知会有一种秘密武器送达。"在最后一刻，一个被称作'刺猬炮'的反潜艇深水炸弹的零部件被送到了。"

在德文波特码头上，惠尼看着这个武器解封时，惊讶于它那奇异的形状。"这东西怎么用，先生？"他问，"我们什么时候用它？"对方耸了耸肩。"你会得到详细指示的。"[4]

惠尼的目光扫过"刺猬炮"的 24 支炮管，对这个从白金汉郡某个不知名乡村小屋用没有任何标志的货车运来的奇妙装置隐隐有些怀疑。有这个感觉的不止他一人。正如一位军官所说，许多皇家海军船长都"习惯了那些能发出巨大响声的武器，对一种只在击中一个看不见的目标时爆炸的碰触式炸弹，他们并不觉得有什么了不起"。[5] 在攻击 U 型潜艇时，他们更喜欢使用那些经过测试的深水炸弹，即便这种炸弹的命中率还不到十分之一。杰弗里斯的技术太过前卫，令人难以相信。

美国人更快地接受了"刺猬炮"。1943 年的最后几个月，他们将大量的"刺猬炮"安装在自己的舰艇上。有一艘美国军舰"英格兰"号（England）在安装"刺猬炮"后不久就投入了在大西洋上的战斗。很快，这艘军舰就卷入了一场大战，1944 年春天，日本企图彻底摧毁美国的大西洋舰队，于是发动了一次由日本联合舰队司令丰田副武指挥的战役，他知道潜艇在即将展开的战役中将发挥重要作用。事实上，他说过"菲律宾海海战的胜利与否取决于潜艇"。而他不知道的是，自己的舰队将与杰弗里斯精心设计的天才武器展开一场对决。

1944 年 5 月 3 日，丰田副武给海军少将大和田发布了战前命令。大和田是日本第七潜艇舰队的指挥，他受命"出其不意袭击敌军的特遣部队和入侵部队"。[6]

美国很快截获了日本的无线电情报：在第一批截获的情报中，有一条情报表明，一艘日本潜艇 I-16 正独自前往所罗门群岛。I-16 是一个诱人的战利品，它是当时日本建造的大型潜艇之一，该潜艇近 350 英尺（约合 106 米）长，装有 8 个 21 英寸（约合 53 厘米）鱼雷发射管，艇身巨大，它的甲板舱里能携带一艘小型辅助潜水艇。此外，指挥这艘潜艇的是能力出众的吉武竹内。

　　美国情报人员不仅发现了这艘潜艇的目的地，还掌握了它的前进路线和速度。这些情报被立即传送给了紧随其后的美国军舰"英格兰"号。

　　"英格兰"号的副舰长约翰·威廉姆森是新一代海军军官：他见识广博、外表干净并且热崇于最新技术。他长着一副大大的耳朵，脸上总是挂着傻傻的笑容，看起来就像是一个大学里的那种典型怪人，一个渴求成功的怪人。在杰弗里斯的"刺猬炮"上，他嗅到了胜利的气息。早在军舰从洛杉矶出发前，他便在海港里进行了一系列测试。"如果击中目标，"他写道，"35磅（约合15.9千克）炸药的能量足以在潜艇上炸出一个大洞来。"不同于深水炸弹，"刺猬炮"只在触碰到潜艇才会爆炸。"你会知道你击中了目标，而且是致命一击。"

　　当下，威廉姆森正搜寻着日军潜艇，他感到"兴奋、渴望、焦虑，各种情绪交织在一起，这正符合初出茅庐的新手们的心情"。[7]稍不留意，"英格兰"号便会受到吉武竹内的鱼雷袭击。

　　5月18日下午1点25分，"英格兰"号的声呐探测员罗杰·伯恩哈特在舰桥上大喊："回声强烈并且清晰，长官！"[8]声呐探测器显示，那艘潜艇就在1400码（约合1280米）之外的某个地方。"英格兰"号立即展开追踪，船身因发动机加足马力而颤抖起来。

　　威廉姆森惊叹于吉武竹内的反应，显然他是一个经验老道的对手。"在400码（约合365米）处，目标向左急转，并且关闭了螺旋桨。"吉武竹内使用了被称为"踢舵"的程序准备逃跑。这个程序会扰动水流，破坏声呐回音，使得潜艇的位置无法被精确锁定。然而，威廉姆森决心即便遇到干扰也要找到那艘潜艇。他专心研究着多普勒仪，努力计算出吉武竹内的潜艇在水中的精确深度。下午 2 点 33 分，位置锁定。他立即开炮，"刺猬炮"轰的从舰艇发射出去，冲上晴朗的天空，炮弹画出一个个完美的椭圆形，然后整齐地扎入水中，一切都如米利斯·杰弗里斯设计的那样。

"大家都一言不发。所有人都注视着水面，想象着水下那条巨大的铁鱼。"每个人都知道，和传统的深水炸弹不同，"刺猬炮"只有在击中潜艇时才会爆炸。

气氛紧张而安静。然后——"轰！我们一次又一次地听到这个声音，连续的爆炸声，有 4 到 6 次，一声接着一声，几乎是同时传到我们耳朵里"。威廉姆森脑海中只出现了一个词："命中！"

水面之下，吉武竹内为躲避"英格兰"号进行着绝望的挣扎，他的潜艇被 6 枚威力巨大的炸弹击中。杰弗里斯花了数个月的时间计算数学公式以确保他的"炮弹"命中目标。此刻，他的计算被证明准确无误。当 I-16 的钢制船体被多枚炮弹击中时，坚硬的船体立即轰然破碎，就像锡罐被一拳压扁了一样。吉武竹内和船员们都被灾难性的失压吞没，大量的海水迅速涌进了潜艇，夹带着破碎船体外壳上的弯曲弹片。船员们没有一线生机。所幸死亡来得很快。

听到水底的爆炸声，"英格兰"号甲板上一片欢腾。船员们"欢呼着，每个人都跳了起来，互相拍打着后背，就像刚刚赢了锦标赛冠军的球队"。欣喜之情持续了整整两分钟，"就在这时，突然听到嘭的一声巨响，我们才开始安静下来！"大海突然变得波涛汹涌，"英格兰"号"剧烈地抖动着，开始左右摇晃起来"。

威廉姆森首先想到的是他们被鱼雷击中了。他怀疑吉武竹内不知道用什么办法发射了潜艇上的鱼雷，作为报复性的最后一搏。然而事实上，这是潜艇猛烈爆炸引起的振动波。尽管如此，"英格兰"号上的人都感到了害怕。舰尾"被举起足有1英尺（约0.3米）高，然后又重重地摔回水里，整艘船的人都摔倒在地上，机轮舱的甲板都被震裂了"。威廉姆森总结说，这个余震证实了我们刚才听到的是那艘日军潜艇的最后响动。这让大家找回了"清醒和克制"。"刺猬炮"帮助他们轻而易举地完成了毁灭行动。

那艘日本潜艇在水下500英尺（约合152米）的地方沉没，20分钟之后，它的残骸才开始浮出水面。威廉姆森聚精会神地盯着大海，他看见一些软木隔热条浮了出来。紧接着浮上来的是甲板和档案橱柜的残体。然后漂上来的是带日文的祈祷垫子、一根孤零零的筷子和一个装着大米的大橡胶箱。

随着越来越多毁灭的证据浮出水面，甲板上的人也变得越来越兴奋。每个人都等待着肯定会出现的尸体。但10分钟过去了，20分钟过去了，一直没有尸体浮上来。约翰·威廉姆森向水中仔细看去，立即明白了其中缘由。"很快，十几条鲨鱼在周围转悠着，一副大饱口福的模样。"吉武竹内和他的船员沦为了两类不同敌人的战利品，一类在水上，一类在水下。

很快，一小片油层出现在水面，这说明"刺猬炮"炸裂了潜艇的油箱。"油层面积越来越大，随后大量的油像泡泡一样鼓出水面，浮上来的还有更多的残骸。"

所有的残留碎屑都需要被收集起来，因为美国海军必须通过这些证据来确认"敌舰已经被击毁"。"英格兰"号上的一艘救生艇被放到水面，一些船员开始收集潜艇的残留物。威廉姆森担心他们的安全，因为"十几条大鲨鱼正兴奋地在漂浮着的残骸中游来游去，寻找着血液的残迹。"

在接下来的12天里，威廉姆森创下了海战史上不曾出现的纪录。他和他的下属又击沉了5艘潜艇，这都要归功于"刺猬炮"。每一次的结果都一样的：深海一声闷响、海面一层浮油和一群四处攫食的鲨鱼。"英格兰"号上的一位船员坦言，他对"刺猬炮"能如此轻松地摧毁潜艇感到不安。威廉姆森已经想好了如何回答。"孩子，"他说，"战争即是杀戮。我们杀的敌人越多，我们击沉的敌舰越多，战争就结束得越快。"他还补充说："这场战争我们必须要赢，因为失败意味着情况会变得更加糟糕。"这种多愁善感的话语本可能直接出自米利斯·杰弗里斯之口。

在日本海军司令部，丰田副武还不知道第七舰队遇难。他热切地期盼着菲律宾海海战拉开序幕，因为他知道，他的舰队在这场战役中有着独一无二的作用。6月15日上午9点，他发出战斗命令，措辞与38年前东乡平八郎大将在著名的对马海战中所说的一样。"皇国兴废在此一战，各员一层奋励努力。"[9]

作为总体部署的一部分，他给大和田少将发出了紧急命令："第七潜艇舰队立即进驻塞班岛东部，不惜一切代价拦截和摧毁美国的军舰和运输船。"大和田少将的回复简洁明了，他说第七舰队"已经没有潜艇了"。[10]杰弗里斯的"刺猬炮"把它们全部摧毁了。

得知这个消息，斯图亚特·麦克雷十分高兴。事实上，这个消息会成为他数年后一直津津乐道的事情。"'刺猬炮'是不折不扣的赢家，"他写道，"它当时很晚才投入使用，却创造了消灭37艘潜艇的辉煌战绩。"[11] 最初在肯特，"刺猬炮"被用于抵抗纳粹的破坏活动，如今它被杰弗里斯改良成了具有巨大杀伤力的毁灭武器。

# 第十九章

# 格宾斯行动

在战争时期，胜利与悲剧总是相生相伴，似乎科林·格宾斯就是如此认为的。胜利总是来得出其不意，也受到了意想不到的欢迎。1943 年 9 月的最后一个星期，格宾斯得知他的上司查尔斯·汉布罗辞职了。在经历了一场关于如何管理贝克街的争辩后，汉布罗辞去了职务。很多人都觉得他是时候离开了。甚至连他的拥护者之一都称他"一直是一群专家中的绅士"。[1] 这是一句带有讽刺意味的恭维，其含义显而易见：一直以来，是那些专家——而非绅士——在负责战事。

至于他的接替者人选，自然毫无争议。自 1940 年 11 月加入贝克街起，格宾斯便一直是这个组织诸多杰出任务背后的推动力。而在雇用离经叛道、天赋异禀的人才方面，他也展现出了少有的天赋。此外，他还成立了一系列秘密基地，比如布里肯唐布雷庄园和阿里赛格的学校，它们已经成为世界顶尖的训练机构，就连美国人都效仿起来。

现在，温斯顿·丘吉尔授予了格宾斯高级职务：自此以后，他被称为"CD"。"C"（Chief）代表首领，"D"（Destruction）代表破坏。这恰好让人想起了早期在卡克斯顿街的情景——格宾斯当时和"D 部"的劳伦斯·格兰德共享一个办公室。新职务意味着新级别。格宾斯从准将升为少将，他是英国军队历史上第一个采用阴暗手段战斗而得以升职的人。

格宾斯在卡克斯顿街雇用的第一个人彼得·威尔金森得知此消息后欣喜非常。回想起早些年前的情景，他难以相信各自命运的变化。他和格宾斯在伯克利苑从一个与人共享的后勤办公室起家，当时只有一张桌子和两把椅子。现在，不到三年时间，格宾斯便统领着他的帝国，包括数百名办公室职员以及遍及全球的手下。"贝克街总部迄今为止已经达到了令人意想不到的高效率。"他说。[2]

格宾斯最终被授予了高级职务，琼·布赖特也为此感到开心。她说他已经将贝克街"从一个聚集狂热分子的团体改变成了一个军事机构"。[3] 它是一股强大的战斗力，准备迎头痛击希特勒。

在这场战争的第五个年头——1944 年，格宾斯开始为即将到来的战斗做准备。他首先去了他的破坏队员控制的地区，停留了短暂的时日，之后他去了中东和北非，在那儿会见了美国负责破坏活动的威廉·多诺万。他还去了意大利，并在希腊又组织了多次游击行动，其中克里斯·伍德豪斯和埃迪·迈尔斯仍在不断炸毁桥梁和军营。然后，他回到开罗和温斯顿·丘吉尔、伊斯梅将军以及菲茨罗伊·麦克莱恩（负责领导南斯拉夫的游击行动）共进午餐。之后不久，他便返回伦敦开始了全面改革，为他预想的与纳粹的最终决战做准备。参谋长们都认为，在即将开始的进攻法国被占领区的战斗中，他的游击队可能会起到举足轻重的作用。

得知现在连最持怀疑态度的将军们都或多或少开始相信破坏行动的力量，格宾斯于是"在南肯辛顿的自然历史博物馆某解剖室里"[4]举办了一场爆炸装置的私人展览。这场展览陈列了米利斯·杰弗里斯团队在菲尔斯庄园研发的最邪恶的武器，包括大量的诡雷、雷管和"帽贝炸弹"。展览仅向受邀请的群体开放，就连国王本人都很乐意参加。对于格宾斯来说，这是他个人荣耀的时刻。

2月6日星期天，贝克街比往常安静。格宾斯本人并没有在办公室，周末值班的是艾纳尔·里奇——最近刚加入的一位空军少将。里奇当天多数时间都忙于文书工作，处理来自世界各地的无线电报，然后将它们放在格宾斯的公文格中。其中有一条电报不同于以往，更具私人性质。里奇将它标注出来以便引起特别关注，并将它放在文件靠上的地方，到了晚上便离开了。

第二天早晨，格宾斯很早来到办公室，在秘书玛格丽特来之前便迫不及待地读起积压的电报。筛读文件时，他注意到其中一个文件被标注了"深切慰问"字样。好奇心促使他打开了这份文件。当即一股寒流窜过他全身。这就是艾纳尔·里奇前一天晚上标注的那封电报，这封电报是通知格宾斯，他的大儿子迈克尔在执行任务时牺牲了。

格宾斯对此噩耗毫无心理准备。他本以为这份电报是报告某次破坏行动失败或者袭击任务进展得一塌糊涂。结果，它那简洁的措辞带来的却是让他终生难忘的消息。格宾斯感到惊愕、恐惧、不知所措，他抓起电话，急切地想知道更多情况。

等到这件悲惨的事情完全明了，已经过去一些时日了。他最终向琼·布赖特透露了这件事。事情经过很清楚，年轻的迈克尔自愿参加了一个先锋突击队，在距罗马南部约30英里（约合48千米）的安奇奥登陆。他和战友马尔科姆·芒蒂当时正穿过一片无人的空旷地带，结果遭到了袭击。迈克尔一直渴望刺激，但这次的刺激过头了。芒蒂头部和胸部都中了枪，伤重倒地。他后来获救并痊愈了。然而，迈克尔遭到扫射，当即身亡，没能生还。

格宾斯亲身经历过战争。他见过人受伤身体残疾、被枪击中、被炸弹炸碎。然而，失去亲生儿子的痛苦远大于他人的死去。为他工作的某位女士回忆说，他"走来走去，嘴里嘟哝着'太没用了，太没用了'"，极力控制着泪水。他想向彼得·威尔金森诉说自己的痛苦，却又说不出口。"毫无价值的牺牲"，这是他能够说出口的全部内容。

格宾斯随后去了意大利，在那儿，他儿子的朋友格里·豪尔德沃斯安慰了他。豪尔德沃斯将迈克尔的包和衣物放在地上，艰难地告诉格宾斯，"他们没有发现迈克尔的遗体"。他的尸体和其他上千具尸体一起被踏进了冬天的烂泥里。豪尔德沃斯"对于科林的悲痛非常揪心，但是，除了拿来一瓶精心储藏的黑方威士忌陪着格宾斯一起痛饮外，他什么也做不了"。[5]

丧亲之痛的表现方式有很多种，而格宾斯经历了各种可能的情绪。迈克尔的死本可能促使他和妻子诺妮修复关系。然而情况恰恰相反，它成了两人之间永久的裂缝。数个月后，他们便离婚了。

最终，只有一件事能让迈克尔死得有意义，那便是不惜一切打败希特勒。而这——在 1944 年的春天——正是格宾斯一直准备去做的事情。他开始精心挑选一批年轻人去冒一次险。在格宾斯看来，这能够扭转战争的局势。

自 1941 年春天对佩萨克变电站的袭击以来，科林·格宾斯一直密切关注着法国的动向。在此期间，越来越多受过严格训练的破坏队员和无线电通信员（包括 39 名女性）被空投到法国。到 1944 年春天，法国已经有大约 1200 名特工。他们的任务是要创造一个法国抵抗者联络网（被称为"环路"），从而在"海王星行动"（Operation Neptune）——进攻法国北部行动的一部分——之后立即展开破坏活动。希特勒在诺曼底的防御部队的物资、设备和增援都要被切断，这至关紧要。比起空中轰炸，破坏行动在实现这些目标上效率要高得多。

格宾斯可以借助遍布法国的十几个"环路"的力量。由哈里·雷在弗兰什-孔泰建立的"环路"极为高效。在代号"股票经纪人"的行动中，破坏队员勇敢到几乎不顾生死的地步，给希特勒的战争机器造成了巨大的破坏。他们有效阻止了德军将额外的武器补给运往诺曼底。

普罗旺斯的环路代号为"赛马的骑手"，波尔多有"科学家"，法国东北部有"无敌舰队"，他们赢得了数次令人惊叹的胜利，让纳粹某个主要的军备工厂陷入了瘫痪，破坏了连接地中海和鲁尔河的运河系统，还刺杀了十几名盖世太保高级军官。

此外，还有能力突出的"甜椒"——在法国南部蒙托邦活动着的环路。它由一群满腔热血的铁路工人组成，以托尼·布鲁克斯为首。布鲁克斯 21 岁，热情活泼，对纳粹的军事力量完全不屑一顾。他就像新入教的成员，满怀激情地期待着即将开始的行动。在得知贝克街给他（根据他的要求）送来大量磨碎的金刚砂时，他尤为高兴。这些金刚砂是一种粗糙厚重的车轴滑脂，看似无害。然而，布鲁克斯知道，它的研磨能力十分强大，能够破坏任何机器的内部运转。他想要利用这些神奇的金刚砂制造些恶作剧，因为他已经找到了一个最具吸引力的目标，一个德国人愚蠢地忘记安排守卫的目标。

最令科林·格宾斯头疼的是，要为这些心甘情愿参与行动的志愿者们提供足够的炸药。空军部的查尔斯·波特尔自始至终都拒绝向格宾斯提供更多飞机。琼·布赖特说，这引发了"部门间一场异常激烈的斗争"。最后温斯顿·丘吉尔支持了格宾斯，命令波特尔为法国抵抗力量提供大量空运支持。接下来的几个星期，空投的武器装备数量增加了 5 倍。到了春末，盟军登陆计划进展迅速，约 4000 吨炸药已经空投至法国境内，还有相当数量的炸药也已在途中。这些足够给德国占领军制造大量破坏。

艾森豪威尔将军决定将破坏行动和游击战斗一并列入"D 日"战略计划之中，这时候的这一决定正好让格宾斯引起了公众注意。"他能将真知灼见转化成现实力量"，这是琼·布赖特对格宾斯所起到的作用的描述。他受命策划行动以破坏"包括战略性工厂、电站、铁路及水路运输在内"的目标。如果这些目标严重受创，便能够极大地限制德军防御诺曼底海岸线的能力。

格宾斯的第二个任务更为重要。他要组建数支精英游击队，队员们要在诺曼底登陆之时空降至法国境内。他们的任务很可能改变战局："袭击薄弱环节和交接点，从而阻止德军向滩头阵地输送支援。"[6] 如果任务成功，他们便能使战局向有利于盟军的方向倾斜。

组建小型队伍执行"打完就撤"的任务，格宾斯对此已经拥有了大量经验。这正是 3 年前组建马奇-菲利普斯的队伍的目的。此时，这一原理要应用到更大范围。格宾斯要成立 90 支受过良好训练的队伍，每支队伍由 3 个人组成，他们会被空投至敌人的后方。任务十分危险，因而这些人不仅要有异于常人的勇气，还要能心安理得使用各种下流手段。

被召集到贝克街并可能被录用的人当中，有一个名叫汤米·麦克弗森的年轻苏格兰人，格宾斯了解他的家庭背景。麦克弗森并不清楚为何会被叫到这座没有名称的办公楼，但能聊一聊自己的战时经历，他还是很开心，尽管他并没有意识到，自己为格宾斯提供了他正想知道的信息。

麦克弗森有太多的故事可说，因为他见证了大量的军事行动，数量多到足以让大多数人远离战争。他曾加入苏格兰特种兵，参与了以失败告终的刺杀隆美尔的行动，并被囚禁在意大利臭名昭著的 5 号集中营，他称之为"坏小子集中营"。之后他逃了出来，又被抓了回去，然后又从奥地利的战俘营里逃跑。等他努力逃回家乡苏格兰后，他已经错过了那儿的战争。"我重又感到精力充沛，并准备再次投入战斗。"[7] 这话让格宾斯很受用。他感谢麦克弗森花时间前来面试，并告诉他会在适当的时机联系他。麦克弗森离开贝克街时，"对于面试的目的仍然茫然不知"。[8]

麦克弗森是 1944 年初通过贝克街总部面试的一组人中的一员，他们只知道接受审查是为了某种极度危险的任务。格宾斯亲自面试，因为他清楚知道挑选正确人选的重要性。琼·布赖特仍然在下班后挤出时间和格宾斯见面，她发现他对小迈克尔牺牲的悲伤已经转换成了一种强烈的目标感。他进行的每一次面试，每一个新人的招募，"都像艺术品鉴赏家的一场表演"，琼说，他会直截了当地表明即将要面临的危险。几乎没有人拒绝为他卖命的机会，因为他"具备一种激发自信心和忠诚——在许多情况下等同于奉献——的天赋"。他们用一种英雄崇拜般的情感仰视着他。"格宾斯不仅被这些睿智且闯劲十足的年轻人奉为领袖，能成为他们群体中身经百战的一员"，格宾斯同样"也感到高兴"。然而，他发现这种强烈的个人领导精神使他的"情感备受折磨"。当然，琼知道这种情绪的原因："迈克尔的死一直悲痛地提醒他，战争是如何无情地摧毁它的受害者。"[9]

格宾斯招募的精英队由 300 人组成——包括英国人、美国人和法国人，他们会以 3 人小组（理想情况下，每个国籍各 1 人）的形式行动。这些小组统称杰德堡（Jedburghs），这是从国防部的代码本中随意挑出来的一个名字。汤米·麦克弗森觉得这个代号非常合适，因为"杰德堡是各种粗野无赖云集之地，他们正是我们的战斗任务想要招募的人"。[10]

每个新人都被送到弥尔顿府——一幢雄伟的乡间居所，离彼得伯勒很近。在那儿，他们得知自己是"独特的战斗力"，能够决定战争的结局。他们的任务就是被空投至敌人后方，"煽动人们反抗，扰乱敌人的行动，牵制尽可能多的德军部队"。[11]总之，他们要阻止希特勒的预备师到达诺曼底。

精英队没有时间在阿里赛格接受耐力训练了。因而，埃里克·赛克斯被带到弥尔顿府教授他们常规技术：日式绞技、短棍击打和碎骨术，以及让脊柱错位的最佳方法。"最后一击就是向上向后迅速猛拉"，他会如是说。[12] 中招者将永远无法走路。

弥尔顿府的课程浓缩了 4 年所有培训的精华：秘密杀人、精准射击和短刀搏斗。课程一完成，他们就要接受乔治·瑞姆的高强度游击训练项目。他们还学习了如何使用"帽贝炸弹""贝壳弹""用于炸毁车胎、破坏坦克轴承的恶毒小玩意以及各种反步兵雷"。[13] 有一次，一个来自非洲的王牌猎手被带来向他们展示如何切开农场动物和看门狗的喉咙，"头部向后拉，折断颈骨"。如果手法正确，完成这个动作时，"动物甚至都来不及发出任何动静"。[14]

当破坏行动的游击课程结束时，麦克弗森被告知自己以优异的成绩通过，并被升为少校，负责自己的 3 人小组，代号为"奎宁"（Quinine）。于是，他有权选择小组的另外两个人。

他首选的是弥尔顿府更具传奇色彩的受训员之一——米歇尔·波旁。诚如他的战友们所知，米歇尔实际上是波旁家族的米歇尔王子，和欧洲许多最辉煌的家族有关联。1940 年，纳粹占领了法国，他被送到美国上学。然而，米歇尔渴望加入战斗，刚满 16 岁便参了军。在美国接受简单训练后，他便经海路被送至英国以接受更为专业的训练：先是在苏格兰高地，然后是弥尔顿府。他的活力及勇气给麦克弗森留下了尤为深刻的印象。"他出类拔萃，"麦克弗森说，"是一个勇气非凡、意志坚定的人，他一贯的风趣和适时的沉静随时能转变成法国人阴晴不定的经典性情。"[15]

　　麦克弗森选的第二个人是亚瑟·布朗——一个无线电报员，他的任务将是保持小组与伦敦的联系。"能力显然很突出"，在观察他的发报技术后，麦克弗森写道。布朗自己也很诧异能够通过课程学习，因为他的大部分朋友都没有被选中。"一个星期接着一个星期，那些显示出性格有缺陷的或者以某种方式表示自己不太可能承受住课程训练的学员都被悄悄剔除，送回了各自的单位。"[16] 只有最优秀的人才能被选去执行任务。

　　在出发之前，麦克弗森还要处理最后一件事情：他要去拜访戴高乐将军，得到他的授权以在法国开展行动。这只是例行公事，但很重要。于是麦克弗森去到法国流亡政府所在的海德公园总部取必要的文件。"我听说你要去法国，"戴高乐看到麦克弗森时说，"我不会祝福你。我不同意你及你的战友要执行的任务。没有我的命令，任何人不得去法国。"[17]

　　戴高乐对可能导致执行者丧生的游击行动并不心存感激，对此麦克弗森有些惊诧，于是，他含糊地说这是他上司下达的命令。戴高乐点了点头，不情愿地在文件上签了字。

　　一回到弥尔顿府，麦克弗森和他的两个战友就拿到了最后一件装备：氰化物药片，以备被捕时使用。米歇尔王子被告知"将药片迅速放进嘴里，含在嘴侧，如有必要，咬下去并深吸口气"，数秒内就会"与这个世界永别"。[18]


　　盟军登陆前夕，在遍布法国的谷仓、酒窖和地下室中，格宾斯的破坏队员们蜷缩在秘密无线电设备旁，收听英国广播公司发出的加密"私人信息"，他们可以从中得知行动的具体时间。

对于很多人来说，信号是在 6 月 6 日清晨发出的，当时第一批"霸王行动"（Operation Overload）的舰艇已经驶过英吉利海峡。格宾斯本人整晚都待在办公室，想到最终的对决正进入收官时刻，他既紧张又兴奋。"窗户对面房屋烟囱上的喇叭式风斗飞速旋转着。进攻因为天气的缘故已经推迟了 24 小时，但是此刻，大批舰队正在向前挺进，只能成功不许失败。"¹⁹ 成败在此一举：格宾斯将一切赌注都压在他的破坏队员身上，期盼他们能够顺利完成数百次"打完就撤"的破坏行动。

法国国土上的人们同样感到紧张。最终，经过数月的准备，摧毁行动开始了。在黑暗的掩护下，一支支行动小组潜入狂风呼啸的夜晚，他们的背包里装满了炸药。桥梁被炸断了，重要的交通枢纽被摧毁了，所有通往诺曼底的公路都撒上了可以扎破轮胎的小东西。铁路受损尤为严重，约有 1000 处被切断。格宾斯后来得知，这些行动造成的破坏远比英国和美国空军在之前两个月实现的破坏多得多。

随着一场系统性破坏运动的展开，米利斯·杰弗里斯团队在菲尔斯庄园发明的所有阴毒武器都投入了使用。爆破弹、钳弹和"L 型导火索"都用于对付希特勒军队里至关重要的装备。然而，这仅仅只是序幕而已。6 月 6 日，法国北部狂风大作，天刚破晓，历史上最大规模的登陆行动开始在诺曼底海滩展开，驻扎在内陆的德军部队会发现这将是惊奇连连的一天，而这惊奇却并非他们期望看到的。

陆军元帅埃尔温·隆美尔是法国北部海岸防线的总指挥。他一直强调要动用一切力量阻止盟军登陆。事实上，他认为防止盟军在诺曼底建立桥头堡具有重要战略意义。而做到这一点，就要集合驻扎在法国境内的部队。

他战斗力最强的部队之一是党卫军第二装甲师，这支部队由海因茨·伯纳德·拉梅尔丁将军统率，驻守在图卢兹正北的蒙托邦镇。早在 6 个星期前他们就来到此地，以便在盟军可能登陆的法国南岸和北岸进行拦截。这支训练有素的军队令人又敬又怕，是第三帝国最大的党卫军队之一。在东线的重大战役中，它表现出色（并且残暴得令人惊恐），而它的统帅拉梅尔丁将军更是冷酷无情，屠杀了挡道的各个村庄的所有村民。这支部队集中了德军在西部十分之一的军事力量，有可能将盟军击退。它不仅拥有超过 200 辆的重型坦克和突击炮，它的士兵也因其赫赫战绩而备受鼓舞。拉梅尔丁将军本人已经获得过两枚铁十字勋章。若是能将盟军驱逐出诺曼底海岸，他肯定还能再得一枚。

让如此庞大的军队移动，装备运输是个噩梦。重型坦克不能长距离在路上行驶，它们走得太慢而且费油，履带也会压碎柏油路面导致道路无法通行。这些坦克需要用经过特殊改装、降低底板的敞篷货车运输，从而便于坦克穿过中央高原上的许多隧道。

敞篷货车的重要性并没有被年轻的托尼·布鲁克斯及其"甜椒"环路的破坏队员所忽视。几个星期以来，布鲁克斯一直等待着时机使用那一罐罐金刚砂。就在盟军登陆的几个小时前，他的机会终于来了。接到贝尔街的批准，他的队伍——包括一对年轻的姐妹：一个 16 岁，一个 14 岁——对第二装甲师发动了别具一格的破坏行动。布鲁克斯找到了在蒙托邦地区的运输坦克的所有敞篷货车。在黑夜的掩护下，他手下的破坏队员将货车的轴油吸出，换成了金刚砂，然后消失在夜色之中。

6月的那个晚上，在那些此起彼伏的惊人爆炸声中，布鲁克斯的贡献似乎小到不值一提。然而，他知道实际情况并非如此。他的金刚砂会给海因茨·拉梅尔丁终生难忘的"惊喜"。而这还不是为这位将军准备的唯一惊喜。

汤米·麦克弗森和他的两名战友在6月5日——盟军登陆的前几个小时——接到了行动命令。每一支杰德堡小组之前都分配了行动区域，而他们这支小组负责的是中央高原、蒙托邦的北边。这3个厉害角色被空投下来，由"接待委员会"——当地一支游击队接应，帮助他们识别最重要的破坏目标。

麦克弗森最先从飞机上跳下，米歇尔·波旁和亚瑟·布朗紧随其后。飞行员正确地识别了着陆点，因而这些人"直接落在了那群游击队员中"，淡淡的月光照亮了他们。当麦克弗森解开降落伞时，他无意中听见游击队中有人对自己的领导说："头儿，头儿，有一个法国军官还带着他的妻子。"麦克弗森笑了笑："我穿着金马仑高地制服，上身是战斗服，下身是褶裥短裙，外面套着跳伞罩衫。"年轻的小伙子看到褶裥短裙，误把它当成了女士裙，以为麦克弗森是个女人。

麦克弗森对当地这支抵抗力量的第一印象很好。他们的领袖伯纳德·科尔尼尔是"一个帅气、高大而且开朗的人，有胆量、有主见"。正是他安排的空降区，也是他带来了4辆牛车运输从飞机上投下来的9大铁箱的炸药。这些炸药要被藏匿在一片林地中，林地主人名叫皮艾什先生，他是一个沉默寡言、牙齿掉光了的农民，"和他的牛一样强壮，完全值得信赖"。[20]

休息了数小时后，麦克弗森和他的两个战友被介绍给了游击队的其他成员。他们失望地发现，这支队伍"人都衣衫褴褛，武器匮乏，和任何其他类型的队伍也没有联系"。[21]这支队伍无法与纳粹较量，麦克弗森明白，如果要阻止大屠杀，只得完全依靠自己。"除非事情发生戏剧性的变化，"他说，"我们要注意不给德国制造任何不痛快。"

喝过一杯橡子咖啡后，他询问了伯纳德·科尔尼尔邻近地区具有重要战略意义的铁路线。科尔尼尔说，德军使用最多的是奥利亚克到摩尔的支线铁路，离他们仅7英里（约合1千米）远。麦克弗森决定先炸毁其中一座桥作为热身，如果有必要，再杀几个德国守卫。"我们必然有办法做到，"他说，"和我们一起空投下来的铁箱里有斯特恩式轻机枪、步枪、弹药、一个火箭炮、一个装有弹药的小型迫击炮和一些烟雾弹、一箱手榴弹、军队最喜欢的轻机枪以及一把布朗式轻机枪。"

他的小组带着大量的炸弹偷偷来到桥边，观察了一番后，便安放了炸弹。炸弹发出了巨大的爆炸声，正如麦克弗森所预料的那样，这次行动给法国人带来了巨大影响。"从此以后，人们满怀激情，期望利用每一个机会痛击德军。"[22]

不久，他们发现了一个更为惊人的目标。麦克弗森和他的战友当时正在一个农家院里躲避风声，当地抵抗组织的两个人骑着摩托车高喊着朝他们过来，激动得上气不接下气。他们带来消息：一支庞大的重型装甲部队正沿着国道一路向北进军。行军的场面壮观得令人难以忘怀：大约1400辆坦克和装甲车行驶在高速路上，扬起了滚滚尘土。空气里充斥着隆隆的马达声、难闻的柴油味、坦克履带压过柏油路时发出的嘎吱嘎吱的金属声。步兵团紧跟着车流：1.5 万名士兵扛着他们的军事装备沿着 D940 号国道向北走去。

如果隆美尔元帅能够当机立断，那么拉梅尔丁将军的部队在盟军登陆的数小时内便能到达诺曼底。然而，这位德国高级统帅却有些迷糊，他的通信设备又因遭到破坏而瘫痪，因此整整过了 28 个小时，拉梅尔丁将军才收到前往诺曼底的命令。这样的延误会让人追悔莫及，但还不是最糟糕的。第二装甲师就像一部运作良好的机器，其战功赫赫的指挥官意志坚决地驱使它运行。它仍然可以及时到达法国北部去避免一场灾难。

接到命令后，拉梅尔丁将军手下的高级将领阿尔伯特·斯图克勒立即行动起来，命令所有的坦克和重机枪都通过铁路运输车运往诺曼底。然而，这项命令无法执行下去。他得知了一个令人不悦的消息：每一辆运输车都莫名其妙地卡住失灵了。它们的轮轴锁死了，轮子也动不了，就像是锈住了一样。托尼·布鲁克斯的金刚砂正如他所期望的那样释放了致命的魔力，因此，中校阿尔伯特·斯图克勒不得不硬着头皮向拉梅尔丁将军报告说，整个党卫军第二装甲师的装备只能走公路。这是一次完全意料之外的灾难性挫折。

第二装甲师距离北部海岸 450 英里（约合 724 千米），至少得花上 72 个小时才能到达。拉梅尔丁研究地图发现，如果他的装甲部队要向北快速推进，只有一条路可走。那条国道就像一支箭，经过布里夫、利摩日和普瓦捷，直穿法国腹中。这条路沿途是曲折的田野、凹陷的峡谷和陡峭的悬崖，还有让职业工程师拉梅尔丁将军感兴趣的桥梁和高架桥。它们也让作为军队首领的他感兴趣，因为这样的乡野也是游击队员梦寐以求之地。

汤米·麦克弗森出现在此地的消息很快传到了当地各抵抗力量的领袖那里，其中一位和他取得了联系，并请求他帮助策划对第二装甲师的车辆快速发动正面进攻。麦克弗森直截了当地回绝了。"把人聚集在一起，这完全与游击战的理念背道而驰，"他告诉那人，"因为聚在一起时，我们就很容易成为正规军碗里的肉，任其摆布。"他还补充道，比起袭击希特勒在战场上最为得利的军队，破坏国道上的桥梁和高架桥可能会更为有效，人员伤亡也会更少些。

这位法国抵抗领袖气呼呼地离开了，嘴里还不断指责麦克弗森，说英国人"没有克尽本分"。[23] 他决定不靠麦克弗森继续行动，带着他的人在小村庄布雷特努发动攻击。他们为自己的有勇无谋付出了沉重代价。18 名法国战士在与第二装甲师最精良部队的枪战中光荣牺牲了。

麦克弗森在弥尔顿府接受的训练告诉他，游击战就是要出手狠、逃得快。于是，当夜幕降临在中央高原上时，他计划进行一次标准的破坏行动，一次他希望立即看到效果的行动："连续发动勇猛的伏击以拖慢德军步伐。"他首选的不是袭击护卫部队，更不会与其交锋，而是让它慢下来，就像蜗牛般前行。"小规模行动，大范围攻击。"他有自己的准则，并将其灌输给了他的法国战友。"不要被抓住。要会逃跑。要像小精灵一样灵活。"[24]

拉梅尔丁将军明白，自己的队伍在移动的时候最为脆弱，因此，他决定每晚都停止前进。在一个不同寻常的夜晚，坦克和装甲运输车都停在了临时帐篷中，并由重兵把守着。德军迅速吃过晚饭，便躺下休息了。他们不知道，汤米·麦克弗森正在暗中监视着他们。

"我可以在路两旁茂密树木和灌木丛的掩护下移动。"他很高兴地发现这点。"除了卡车和部分半履带卡车，还有坦克和装甲车，它们一直延伸到我们能看到的路的尽头。"

在淡淡的月光下，麦克弗森侦察前方的道路以确定最佳的伏击位置。这支部队分在 3 处不同的营地歇脚，每个营地之间距离还比较远。麦克弗森认为，在营地的间隔处做文章能够制造最大的骚乱。余下的夜晚，他和他的队友为拉梅尔丁将军准备了一系列的惊喜。

第二天早晨，当太阳升起时，空气中充斥着"发动机启动的巨大噪声"。[25] 德军车辆一辆接着一辆驶向国道，继续向北行驶。没过多久，它们便因为麦克弗森的第一个路障停了下来。两棵被砍倒的树横在路上，挡住了队伍的通道，所有坦克都不得不停下。领头的车——一辆装甲汽车——后面跟着一辆半履带车，上面有 6 队士兵。他们下了车，"走到障碍物前，搔首挠耳地同装甲车上的伙伴交谈"。然后，司机尝试着用车将树推到路边，然而，麦克弗森他们砍倒的是两棵最大的树，装甲车的力量并不足以移动它们。

接下来便是几个小时的等待。一辆重型车被从队伍后方叫过来解决问题。它是一辆动力很足的坦克支持车，还装有推土铲。它成功地清除了障碍，但也是十分费力。整个清障过程花了 3 个多小时。当士兵们回到车上，一直躲在路边树木丛中关注的麦克弗森的一个战友，用斯特恩式轻机枪开了火。德军趴下寻找掩护并准备还击，却不知道子弹是从哪儿飞来的。麦克弗森的战友"躲进树丛，消失在山下，安全地逃脱了"。[26]麦克弗森的第一个惊喜共拖延了德军4个多小时。

麦克弗森的下一个陷阱暗藏着歹毒的东西。在前方几千米的地方，麦克弗森的人又砍倒了两棵树，再一次堵住了德军部队的去路，"这一次，我将仅有的两颗反坦克爆破弹埋在树下的地里，并用尘土和砂砾掩盖好"。当德军车队第二次被迫停下时，士兵们特别担心再次遭到伏击，因而一直待在车上，直至后方步兵团上来清扫了路的两侧。"这又漂亮地消耗了大量时间"，麦克弗森写道。当他们发出清理完毕的信号后，坦克支持车才开始将树移走。就在车开始将树干推向路边时，履带下面的反坦克爆破弹爆炸了，发出了一道耀眼的闪光并释放出巨大的冲击波，"整个车横了过来，道路彻底被堵死了"。[27]麦克弗森心满意足地笑了。"他们派出另一辆重型车来处理，这意味着又要耽搁很长时间。"[28]

麦克弗森的狡猾游戏持续了一整天以阻碍德军继续前进：树倒在路上、诡雷陷阱设在树枝里、偶尔斯特恩式轻机枪响起几声。在公路上仅仅行驶了两天，拉梅尔丁将军便觉得焦头烂额，即使在东线他也不曾遭遇如此恶劣的情况。他的装甲部队从蒙托邦出发时还井然有序。现在，经历了一连串的伏击和故障后，队伍才前进了不到50英里（约合80千米），并且被分成了3截。现实情况更不乐观。与团指挥官们交谈后，他得知每10辆坦克就有6辆因为在柏油路面上行驶而受损。半履带车的状况好一些，但也至少有三分之一不能用了。拉梅尔丁在一次进展情况报告中提到，如果零部件马上运到，单就坦克维修也得花上 4 天时间。然而，这看似越来越不可能，因为他得到情报，铁路系统遭到大规模破坏，所有主要运输线都被切断了。他愤怒地说"恐怖分子"——他称呼抵抗力量的方式——已经"完全让铁路运行瘫痪了"。[29]

德军第二装甲师继续以令人苦闷的缓慢速度向北蠕动，因为伏击、桥梁被炸和零部件匮乏等情况而不断受阻。最终，这支部队跟跟踉踉跄跄地到了杜雷镇，走出了汤米·麦克弗森的控制及行动区域。麦克弗森和他的小组已经尽其所能拖延了德军的进度。现在，这项工作要转交给新的游击队了。新游击队劫持了拉梅尔丁将军的高级军官赫尔穆特·凯姆福少校。这位高级军官从此再未露过面。

第二装甲师的残暴是出了名的，而在经过奥拉杜村庄时，这一本性暴露无遗。为了报复凯姆福少校被抓一事，以及游击队在杜雷镇附近展开的行动，奥拉杜的 624 名村民全被冷血地屠杀了。

麦克弗森对此报复行为保持了超然的冷静，因为他知道，这是战争代价的一部分。"我们的主要目的是赢得一场异常血腥的战争，"他说，"如果能够让登陆更顺利，从而加速战争的结束，那么比起我们可能引起的伤亡，我们或许能拯救更多的人。"[30]

德军第二装甲师前往诺曼底的路程本应该不超过 72 小时。然而，主力部队却花了 17 天才到达，而最后一批车辆到达战场则花费了更多时间。当拉梅尔丁将军的士兵和坦克准备投入战斗时，已经太晚了。盟军已经建立了牢固的滩头阵地。

在盟军开始向东朝第三帝国的边境推进时，连格宾斯都承认，破坏行动和游击队战争几乎接近尾声了。他一直希望法国能够见证他最辉煌的时刻。事实也的确如此。

"惊人的胜利"，琼·布赖特对格宾斯的杰德堡小组如此评价，他们的英勇破坏活动遍布法国各处。格宾斯本人内心也很满意。"我们意气风发。"他给在外的彼得·威尔金森写了一封公务便条。他还补充道，他不再需要"坑蒙拐骗和卑躬屈膝"——他如此描述与白厅官员打交道的方式，也不再收到"不期而来的最高级别官员的抗议"。[31]这些抗议来自艾森豪威尔将军、参谋长，甚至蒙哥马利将军，后者自1940年夏天格宾斯手下破坏了他的一次训话起便对游击战持怀疑态度。

全面评估杰德堡小组为盟军登陆做出的贡献，需要几个星期的时间，虽然如此，最终的结论还是证明了格宾斯的观点：精心策划的破坏活动能够让整支现代化军队瘫痪。艾森豪威尔将军在盟国远征军最高司令部的一位部下说，杰德堡小组"或多或少拖延了所有前往诺曼底的德军部队的步伐"。这让希特勒无法在"霸王行动"展开初期的关键时刻发起反击。

艾森豪威尔将军的这位部下尤其称赞了汤米·麦克弗森和他战友的事迹。最"优秀的事例就是对第二党卫军装甲部队的拖延"，这样的行动"对盟军的胜利有着重要贡献"。艾森豪威尔将军个人也表示认同，他认为格宾斯领导的这些任务"对我们最终的全面胜利而言功不可没"。

其他人也迅速表示了赞赏。蒙巴顿勋爵自圣纳泽尔突袭事件成功之后便一直与格宾斯保持密切合作。此时，在读到杰德堡小组胜利的官方报告时，他对报告结论表示由衷的赞同。他说："这是这场战争中最激动人心的行动之一，你和你的整个组织一定会感到自豪。"

休·道尔顿——贝克街最高领导——大力赞赏了格宾斯。在一封私人信件中，他写道："贝克街从我手上的零星小火发展成燎原之势，这很大程度上要归功于你。"甚至国王乔治六世都给格宾斯写信，表达了"他衷心的祝贺"，称他这份工作干得漂亮。

格宾斯渴望分享他得到的赞誉，因为他知道，他在战时的成功离不开他核心圈的专家们：米利斯·杰弗里斯、塞西尔·克拉克、埃里克·赛克斯、威廉·费尔贝恩和乔治·瑞姆。此外，他表示真正的英雄是那些敢于在敌人后方行动的人们。他们的工作是"一场持久的斗争，他们饱尝非人的折磨与境遇，每时每地都冒着生命危险"。然而，即便是危险重重，格宾斯也从未缺乏过志愿者——那些"愿意献身于比他们生命更重要的事业（他们清楚这一点）"的大无畏的英雄们。他们冒着生命危险为的就是拯救他人的生命。

最后还要提到的是中东地区的外交代表爱德华·格里格。他见过参与格宾斯破坏任务的一些人，对于他们口中讲述的令人目瞪口呆的事情，他几乎无法相信。这些事情比小说更精彩，比电影更传奇。"我相信他们史诗般的事迹将会尽快被记录下来并发表，"格里格说，"他们的工作与任务极为隐秘，因此那些久居家中的人几乎不知道他们的存在，对于他们的丰功伟绩更是知之甚少。"

格里格确信，他们辉煌的破坏行动有一天终将载入史册，"以证明伊丽莎白时期的精神依然留存在一切壮丽的冒险之举中"。然而，这一天最终到来前，他也只能感激曾有幸称赞过"一群英勇的绅士冒险家"。[32]

# 尾 声

米利斯·杰弗里斯在菲尔斯庄园的团队依然每天工作16个小时，并一直坚持到1945年5月8日停战协议签订——诺曼底登陆之后的几个月，军队对迫击炮、雷管和诡雷仍有需求。杰弗里斯收到通知，并确定欧洲的战争最终结束后，大家才被允许放下手中的工具。

斯图亚特·麦克雷确信，在经过长达5年紧张激烈的工作后，这个团队也将会以同样激烈的方式来庆祝，然而，即便有了心理准备，他还是惊讶于大家疯狂的程度。当看着全部250名员工径直去向酒吧时，麦克雷说，"每个人都疯了"。他觉得杰弗里斯不会参与庆祝——事实证明他猜错了。正是杰弗里斯引领了古怪滑稽的行为，大家都跟着他一起。"米利斯在酒吧美美地饱餐一顿，然后将一辆谢尔曼坦克从靶场弄到了酒吧前面的路上。"他启动引擎，控制着操作杆，让坦克猛烈旋转起来，看着特别惊心动魄。随着旋转的速度越来越快，坦克扬起了碎石，顿时砂石横飞。他又用坦克撞裂了水管，导致它完全瘫痪。杰弗里斯"还没撞倒任何墙便感到困乏，于是，决定留下坦克回家去"，这时麦克雷才松了口气。

然而在欢庆中，坦克的作用远没有结束。麦克雷的妻子玛丽一路奔出酒吧，随同的还有菲尔斯庄园的老员工布莱恩·帕斯摩尔。看到外面停着的坦克时，他们"觉得开着这个机器遛一遛是个不错的主意，虽然布莱恩并不知道如何操作"。两个人开着坦克咔嗒咔嗒地沿着惠特彻奇的主路向欧文村驶去，两边还有喧闹的狂欢人群跟随着。如麦克雷所述——"他们心中对宗教的信仰油然而生，于是决定去教堂。"接下来发生的事情，麦克雷是从欧文村当地村民打来的电话中得知的。这位村民情绪失控地说，他看到一辆大坦克直奔教堂主门而去，而前往教堂的通道被低矮的门梁挡住了。麦克雷被告知，狂欢人群"没法将坦克弄进去"。[1]然而，教堂并没有因此而躲过一灾。菲尔斯庄园的一名老员工诺曼·安吉尔发射了一枚随身携带的火箭弹，并直接击中了教堂的地下室。"哇，太有趣了。"麦克雷在他的日记中如此讥讽地写道。[2]

狂欢一直持续到清晨。炸弹声此起彼伏，迫击炮在惠特彻奇上空炸开花。在那个欢乐的停战夜，全国上下许多人都欣赏着烟花表演。然而，惠特彻奇的村民却享受了一场他们终身难忘的奇观。似乎他们头顶的天空发生了爆炸一般。

第二天早晨，每个人醒来时都头痛欲裂，结果却发现杰弗里斯又恢复了一天工作 16 个小时的制度。远东的战争还远没有结束，美国人下的订单比贝克街的还要大。尽管还有新的任务，但是工作结束也是指日可待了。麦克雷和他的团队感觉"就像一群努力将一辆公交车举起并长时间维持着一定倾斜角度的人，此时却见证这辆车翻了过去，消失不见了"。[3]

菲尔斯庄园还有最后一项任务，而且是一项惊人的任务。美国人对米利斯·杰弗里斯的空心炮弹印象深刻，并且很希望能进一步改良它。杰弗里斯本人没有时间长途跋涉去美国，因此，在1944年初，他将自己年轻的徒弟詹姆斯·塔克派去美国。塔克被立即带往洛斯阿拉莫斯去研究美国的核计划。

显然，他很快就为一直令人头疼的问题带来了解决方案。美国人无法在短时间内制造出两个原子弹所需的铀，因而他们不得不使用钚来制造第二个核弹头。这就要求采用一个完全不同的办法来引爆；事实上，需要巨大的力量来触发炸弹两个主体中的强大爆炸力。米利斯·杰弗里斯的空心弹被年轻聪明的塔克改良后装进了炸弹触发装置中，用以轰炸日本长崎。这又为菲尔斯庄园的工作添上了非凡的一笔。

1945年8月16日，对日战争胜利后的第二天早晨，"一切如常"。连续不断坚持工作了5年之后，麦克雷说："这种劲头突然从身体里消失，我们没有任何动力继续前行。"[4]这就好像过去5年里他们一直在肾上腺素作用下工作着，而现在肾上腺素突然停止分泌了。

麦克雷听说战后菲尔斯庄园可能不复存在这一令人惊悚的流言后，心中的阴郁感只增不减。米利斯·杰弗里斯被提供了驻印度军队总工程师的职位，他立即接受了。这个消息又为流言添油加醋了一把。在丘吉尔的坚持下，杰弗里斯还被授予了大英帝国司令勋章，并升为代理少将。

杰弗里斯离开后，斯图亚特·麦克雷暂时负责管理菲尔斯庄园，发现许多旧敌正策划着让菲尔斯庄园关闭后，他就"像一只野猫般奋力拯救它"。他确信，如果温斯顿·丘吉尔赢得1945年的大选，菲尔斯庄园的未来就会有保障。然而，丘吉尔失败了，保护这个地方的任何长远希望也随之落空了。"让国防部一号实验室从地球上彻底消失的计划，此刻再明显不过了"，麦克雷说。10月份，对日战争胜利后不到8个星期，一位白厅官员直言不讳地告诉他："这个工厂必须关闭，设备必须处理，员工必须解散。"

散伙宴会在11月的第二个星期举行，员工们一直庆祝到天明，他们清楚，自己正走向一个时代的终结。只有几个相对幸运的员工将转到其他军事部门。剩下的人只能维持短期合同到1946年的春天。"这为建筑工程部门扫清了道路，便于它拆毁所有的工厂设备，连同大部分的机械一起用卡车运到威斯科特"——政府的一个研究机构——"然后将它们扔进那儿的垃圾场"。

麦克雷审视着工厂的残骸，内心完全无法理解。"美国人羡慕我们，坦率地承认他们在此方面比不上我们。我们有物资、人力、设备和技术。"它们还都有着辉煌的历史记录。林德曼教授曾想努力记录下漫长的战争岁月中，菲尔斯庄园所生产的武器数量。精确的数目难以统计，但是至少有350万枚反步兵雷、150万黏性炸弹、100万马勃弹和200万防空粉碎性炸弹，还有数百万新发明的诡雷、专业炸药和复杂导火索。这些都是在年预算为4万英镑的基础上由一个只有250名员工的工厂完成的。这是一项惊人的成就。

尽管如此，麦克雷一直都明白，菲尔斯庄园的成功就是它本身最大的缺点：从1940年春天开始，其他部门就一直期望这个地方关闭。现在，战争结束了，他们找到了复仇的机会。"它完全是为嫉妒所毁"，麦克雷说。

　　麦克雷曾是第一个参观菲尔斯庄园的人，因此，他在 1946 年秋天打包行李，成为最后一个离开这里的人再合适不过了。在他离开前，温斯顿·丘吉尔要求他收集菲尔斯团队生产的每一种武器的样本。这些将由国家保存，并送到帝国战争博物馆。丘吉尔希望杰弗里斯的劳动成果能得到某种程度的公众认可。

　　麦克雷激情满满地着手执行这项任务，上交了"帽贝炸弹"、黏性炸弹和其他各种诡雷。然而，这些都是徒劳。它们当中没有一个被展出，甚至博物馆有关战争主题的展览中都丝毫没有提到国防部一号实验室。

　　"我们创建了一个机构，它对战争做出的贡献远比其他任何的武器设计部门要大得多。"麦克雷说。但是，它是一个如此不体面的机构，以至于在历史上被抹掉了。[5]

　　战争结束后，科林·格宾斯也面临着相似的困境。1945 年最初几个月，盟军拿下了越来越多的地区。格宾斯的破坏队员能活动的区域也相应受到限制。他的一些英勇的杰德堡小组从法国前往东南亚，随同的还有巴尔干半岛地区的一小支破坏队伍。在东南亚闷热的雨林里，身处芒果树沼泽地和瘴气之中，他们在阿里赛格和布里肯唐布雷庄园所受的训练充分派上了用场。琼·布赖特听说了他们诸多的英勇事迹，最后评价他们"在丛林战斗中的表现就如同他们曾与欧洲抵抗队伍并肩作战时一样优秀且成功"。[6]

　　到 1945 年夏天日本投降之时，格宾斯已经掌握着一台性能良好、运作顺畅的机器。贝克街的成功不再备受争议：某位专家认为，贝克街已经证明了自己比轰炸机司令部的工作效率要高得多，尤其是在法国的行动。4 年来，亚瑟·哈里斯和查尔斯·波特尔派出一波又一波的轰炸机飞过英吉利海峡，"在地上炸出一个个（比贝克街炸的）更大的洞并且摧毁了大量无关紧要的建筑"。与此相反，格宾斯的破坏队员"利用比一架轻型轰炸机运载的炸药数量还要少的炸药"[7]，让纳粹控制的 90 个工厂陷入瘫痪并且完全无法作业，这些工厂对希特勒生产战争机器极其重要。当然，这也只是他们任务的一小部分而已。

尽管战功赫赫，彼得·威尔金森却无意间听到新政府计划要减少预算并且裁员的消息：他感觉到贝克街还能存在的时间已经屈指可数了。战后的世界"没有多少险峰要去攻克了"—— 事实上是一点也没有。当威尔金森去拜访格宾斯时，他发现格宾斯"心情沮丧，并努力在思考如何才能让这个组织在战后依然得以完整保留"。[8]

事实也将证明，这种思考是徒劳无望的。就连温斯顿·丘吉尔都私下承认：一个致力于破坏活动和游击战争的组织已经不再有立足之地了。当贝克街的领导塞尔伯恩伯爵寻求支持以保障贝克街的未来时，他得到的却是更令人失望的答复。"我亲爱的'老大'，"丘吉尔写道，"你的那些调皮事迹在战争时期有用，然而，在和平时期，它们压根就不在考虑范围之内。"[9]

塞尔伯恩提醒丘吉尔，格宾斯创造了"一个专业性极强的机构，在国家受到威胁时能派上用场"。然而，塞尔伯恩内心深处明白，格宾斯和他的核心圈将会进入"永远不会醒来的"[10]休眠之中。

格宾斯相信自己能够"在白厅某个黑暗的角落保留核心总

部"。[11] 然而，这只是他的一厢情愿。工党在 1945 年的大选中胜出，这便封死了贝克街的生存之路，就像它结束菲尔斯庄园的生命一样。新外交大臣欧内斯特·贝文代表政府向格宾斯写了一封极为正式的信，表达了"对你们卓越服务的崇高谢意"。[12]

他的话就是贝克街的死刑宣判：这个机构将被秘密废除，就如当初它秘密成立一样。1946 年 1 月 15 日——日本投降整整 5 个月后，格宾斯的组织便因一纸文件不复存在了。贝克街的员工要解散，办公楼要归于民用。没有人会知道曾经的贝克街 64 号所策划的那些意义非凡的行动。

曾由英国政府资助的这个最具传奇色彩的组织却以平淡无奇的结局而告终，这不禁令人唏嘘。欧内斯特·贝文的告别信只字未提那些英勇的地下活动、大胆的破坏行动、桥梁和铁路的摧毁。也不曾提及那 7500 次将上百名勇敢的队员空降到敌占区的成功事迹。更不曾提及战争最为胶着的时刻，由埃迪·迈尔斯和克里斯·伍德豪斯等人领导的在希腊和巴尔干半岛地区展开的牵制了 50 个敌军部队的游击行动。而最重要的信息——格宾斯的核心圈：那些聪明狡黠且极具创造力的专家们，没有他们就不可能有任何的游击战——也未在贝文的信中出现过。

贝克街的解散决定了它在全国上下其他分支机构的命运。苏格兰高地的阿里赛格归还给了原所有者，他拆除了靶场以及地窖里的"杀人训练室"，将这个地方重新建成了普通家宅的样子。布里肯唐布雷庄园——十七所——的战后用途更为平凡。在过去的 5 年里，它曾接待了第二次世界大战中最为勇敢的绅士冒险家们。现在，它却被收归到当地郡议会的公路管理处。他们首先做的就是用政府规定的芥末棕油漆粉刷那些损坏了的墙。

之前被征用的屋舍都一一归还给了它们的合法主人。这些屋舍通常都破损得惨不忍睹。墙皮剥落，家具残破不堪，曾经平整的球场也因弹坑而变得坑坑洼洼。它们的战时经历将成为绝密。没有人会知道这些紧闭的大门之后曾教授过阴狠而古怪的动作。

那些绅士们又将是什么归宿呢？格宾斯身边那些特立独行、在漫长的战争岁月中不辞辛苦工作的精英们该何去何从呢？停战协议签订前不久，一封特殊的机密报告承认了埃里克·赛克斯是秘密杀人的顶尖专家。"鲜有人能与之匹敌，更无人能超越"。然而，赛克斯也是战争最终的受害者之一。5月12日，与德国签订停战协议之后的第四天，他因"工作过劳、情绪焦虑，在雪中、雨中和泥泞中过度奔波辛劳"，心脏病突发去世。他曾告诉一位女性朋友"他不需要被认可"，也不想要奖牌或荣誉。他想要的——他一直以来的所有期望——就是尽可能多地保住格宾斯手下的破坏队员的性命。这样一个睿智而深沉的人，他的死却是一个悲剧的结局，用他那位不知名的女性朋友的话来说，他是"我知道的最友善、最直率的人"。[13]

赛克斯的伙伴威廉·费尔贝恩的遭遇就好多了。他在短刀搏斗和武术方面的天赋得到了美国政府的认可，并因在X营的杰出工作而被授予了功勋勋章。"狂野比尔"说他"能力超凡"，[14]他清楚费尔贝恩的训练曾拯救了上百名美国士兵的性命。费尔贝恩与众不同的履历帮助他在战后世界生存下去。他先在新加坡培训反暴队伍，然后又搬往塞浦路斯，教授特种武器战略部队反暴动技术。

1945 年末，米利斯·杰弗里斯前往英属印度以接任驻印军队总工程师一职。他觉得在正规军中待着很别扭，因为他不得不遵守规章制度。在给林德曼教授的一封信中，他提及自己对已逝时光的留恋。"我希望能够再回到那种不需要循规蹈矩的日子。"[15]

在战后的那些年，杰弗里斯惊讶地发现，自己被动地接受了一项荣誉。皇家发明者奖励委员会给了他一笔 6 位数的钱，以奖励他的战时发明。杰弗里斯心满意足，但拒绝接受。"他那爱德华式关于对错的原则感十分强烈。"他的儿子约翰说。[16] 他认为自己不应该从帮助打败希特勒这件事上谋取利益。

1963 年 9 月，杰弗里斯离开了人世。《泰晤士报》(*The Times*) 上关于他的讣告几乎不曾提及他在战时的工作，而将其描述为"一个从事秘密工作的人"，曾赢得了一枚英帝国爵级司令勋章。[17] 应该由麦克雷来为心思复杂且特立独行的杰弗里斯绘制一幅更具吸引力的画像。他脾气暴躁、情绪化严重并且性格内向，麦克雷对此太过熟悉，尽管如此，在结束一天 16 个小时的工作后会去喝威士忌的杰弗里斯却是个绝对忠诚并且友好的战友。

乔治·瑞姆是最后进入格宾斯核心圈的人，然而，在策划袭击海德鲁水电站的任务时，他对破坏行动的掌控能力让他迅速成为不可或缺的一员。经历了激烈的战事之后，他发现自己难以回归平民生活。战争一结束，他便写了一个秘密报告，阐述破坏活动在盟国胜利中所起到的决定性作用。他期待着下一场邪恶战争，并希望届时破坏行动能在战争之初便展开。如果这样，他想要发挥领导作用，因为他了解"这些行动可以对诸多事件产生直接而决定性的影响。"[18]

塞西尔·克拉克的战争随着菲尔斯庄园的关闭而结束。他最后的发明是一种怪异的钢制架桥装置,被称为"大东方",这个名字是向伊桑巴德·金德姆·布鲁内尔于19世纪设计的当时最大的游轮"大东方"号(*Great Eastern*)致敬。它是一个庞然大物,装有一个巨大的纵梁坡面,能够帮助坦克渡过荷兰的河道——这些河道上的桥梁都被纳粹毁掉了。在制造这个巨物时,塞西尔·克拉克的战争兜了一圈又回到了原点。他第一次引起温斯特·丘吉尔的注意就是因为他发明的庞大的挖掘机。现在,他最后的发明成果体积更是大得惊人。

1944年那黯淡无光的几个月里,第一批10台"大东方"机器被运往欧洲大陆,然而它们到达得太晚而没有派上用场。克拉克很气愤,因为他觉得它们本可以发挥更大作用。他告诉儿子,在他的机器能证明自身价值之前,德国人便投降了,对此"他内心感到厌恶和失望",[19]仿佛是希特勒亲自羞辱了他一样。

1945年11月,克拉克回到了罗罗德公司,继续建造最新的拖车和房车。业余时间,他会设计一些省力的家用小设备,但这些远不如他在战时发明的武器那么有成效。在他测试自己发明的简易压力锅时,他的儿媳安目睹了整个过程。"压力锅爆炸了,"她说,"我们不得不从厨房的天花板上把炸碎了的鸡块弄下来。"[20]事实上,塞西尔在战后捣鼓的任何东西似乎都会爆炸,就连他做的那些用来盛自制番茄汤的罐子也是如此。它们在食物储藏室里炸裂,弄得所有东西上都是发酵汁。

克拉克在战时发明了威力慑人的武器。然而,投在广岛和长崎的两颗原子弹造成的大规模破坏令他感到恐惧，因而他成了废除核武器运动的积极分子，并坚持游说人们反对核武器，直到1961年去世。和格宾斯手下的许多人一样，他是一个温和的人，仅仅是因为希特勒的逼迫而将自己的才华转而用于破坏。

在漫长的战争岁月里，格宾斯一直得到两位优秀女性的支持：琼·布赖特和玛格丽特·杰克逊。琼在战时的经历远不同于大多数人。她一直渴望成为女权运动的先驱，事实也证明，她确实做到了。不再为格宾斯办事后，她又负责内阁战情室的秘密情报中心，保管所有最高级别的战时秘密。之后，她又担任黑斯廷斯·伊斯梅的私人助理，经常与丘吉尔接触。她甚至曾和丘吉尔一起参加过雅尔塔会议，见到了斯大林和罗斯福，还曾陪同丘吉尔参加了德黑兰会议和波茨坦会议。

琼和伊恩·弗莱明——"一个无情的男人"[21]——有过短暂的恋情，谣传她曾是弗莱明心中的莫尼彭尼小姐（詹姆斯邦德的秘书）。后来，她嫁给了陆军上校菲利普·阿斯特利。他是一位政治战专家，前妻是当时世界上片酬最高的演员玛德琳·卡罗拉。战争过去许多年后，琼和彼得·威尔金森合作写了一本书，描述了科林·格宾斯在破坏行动和游击战方面大师级的才能。她活到了98岁高龄，于2009年辞世。

战后，玛格丽特·杰克逊的工作也是风生水起。她先加入了针对奥地利问题设立的盟国委员会，记录了四方会议的所有内容。随后，她又在欧洲经济合作组织工作，该组织负责执行马歇尔计划以重建战争后衰败的欧洲大陆经济。玛格丽特曾开玩笑说，她对生活的热切期望就是让男人们爱上自己，然而她终生未嫁。

2013年，她离开人世，享年96岁。

科林·格宾斯一直定期与玛格丽特和琼联系：她们保留着他对战争的积极念想，这场战争毁掉了他的婚姻和大儿子。停战协议又给了他一棒重击，他因此失去了丰厚收入的工作。他的第一份战后工作是在一家橡胶厂，但他却干得毫无激情，因此很快就辞了职。他的第二份工作是在一家纺织厂，这家工厂是他在贝克街时的老朋友爱德华·贝丁顿-贝伦斯经营的。就是在这位老朋友位于摄政公园的家里，他第一次为刚起步的军情研究处面试职员。然而，在体验了摧毁纳粹战争机器的兴奋之后，销售地毯似乎无聊而平淡至极。

偶尔也会有令人开心的时候。格宾斯发现自己战时的工作备受嘉奖，他甚至得到了戴高乐将军鲜有的称赞。这位将军在荣军院召开的一次富有特色的军事仪式上授予了他荣誉军团勋章，这是格宾斯从各国心怀感激的领袖们那里接受的第一波奖赏，他的破坏队员曾在这些国家活动过。

在伦敦，格宾斯花费了大量时间成立特种部队俱乐部，目的在于培养那些从战争中生还的破坏队员和游击队员的战友情谊。在这里，他继续与琼·布赖特和玛格丽特·杰克逊见面，缅怀过去的时光。这个俱乐部至今还在，就位于伦敦斯隆广场后面较为安静的一条街上某个无名的爱德华时期风格的红砖公寓里。如果你成功走了进去——并且能够走到吧台——那么说不定你会见到几个90多岁的女士，她们虽然年岁已高，却依然神采奕奕。她们会向你吐露风度翩翩的科林年轻时掌控全局的传奇故事。

格宾斯期望自己此生最大的遗产就是对专业技能的投入：他

希望英国特种部队成为世界上最好的特种部队。然而，他影响最持久的成功并不在英国，也不在欧洲，而是在大洋彼岸的北美。战争快结束之前，格宾斯去了一趟华盛顿，对多诺万建立的游击队总部的庞大规模感到震惊。他意识到，战略服务处正将自己打造成一个"重要机构"——意欲在塑造战后世界的过程中起到关键作用。[22]

格宾斯发现多诺万的这个组织出身卑微。它诞生于一次出行——1940 年，此组织中的两个人曾去过苏格兰高地。现在，杜鲁门总统执掌政权，这里将得到扩张和改革，并对美国乃至世界产生永久的影响。今天的中央情报局有着一段鲜为人知的历史：它的前身是一个规模极小的秘密组织，成立于圣詹姆斯的卡克斯顿街上一间烟雾缭绕的房间。回到 1939 年的春天，就是在那儿，一个名为琼·布赖特的傻乎乎的年轻秘书第一次知道，这个世界远比她想象的复杂和粗鄙。

格宾斯在 1944 年和诺妮离了婚。1950 年，他又娶了新欢——一位名叫安妮·伊利斯的挪威寡妇。诺妮十分大度，她要求见见他这位新妻子以表达祝福。她坦承，自己永远无法真正理解科林那种——用她的话形容——"狂欢精神"。[23] 对于一个像她这样不习惯玩乐的人来说，他太过活力四射、魅力无限而且不知疲倦了。

1975 年的夏天，格宾斯和安妮·伊利斯决定搬到外赫布里底群岛的哈里斯。哈里斯四周环绕着狭长的海湾，海风吹过岬角，让格宾斯真正有了家的感觉。那儿距离阿里赛格仅仅 60 英里（约合 96 千米），是一个可以回忆过往一切的地方。

圣诞节的时候，他们在那里安顿了下来，并且期待在高地上开启新的生活。然而，新生活无情地被终止了。不到 6 个星期，格宾斯就病倒了，随后死于心脏病，终年 79 岁。

他的葬礼悼词是彼得·威尔金森写的，因为他是格宾斯招入卡克斯顿街的第一人，因而由他来写悼词十分合适。"在他漫长的人生里，无论科林·格宾斯被号召去做什么事，"威尔金森说，"他都不仅能完成得相当出色，而且在此过程中还能努力让所有有幸在他身边的人获得意义非凡而舒适愉悦的生活。"

格宾斯打了一场漂亮的战争。而那些与他一起并肩作战的人亦是如此。

# 致　谢

　　这本书引发了我内心的破坏欲望，而我以前却从不知晓它的存在。这几年，每天早晨前往伦敦图书馆时，我都会经过切尔西桥，并在上面驻足一会，凝视一番打着旋涡的河流、水鸟以及泰晤士河浅滩上裸露的泥滩。然而，自从开始撰写这本书，我便研究起这座桥的大铁梁，思考着如果要炸毁它，我应该将炸药放在哪儿。

　　破坏本质上是一种颠覆性行为。在花了两年时间为本书做调研后，我能理解为什么科林·格宾斯和米利斯·杰弗里斯要如此小心翼翼保证有关非常规战的信息得到严格保密。那些文件、图样和技术图纸不能落入居心叵测之人的手里，这至关重要。

　　他们的谨慎使得本书的调研工作十分艰难，相关信息并非随手可得。甚至连格宾斯写的那本手册——《游击战的艺术》的原本都很难找到。

　　我衷心感谢书中主要人物——破坏队员、游击队员和策划破坏活动的独创者——的后代，他们将大量的资料保存在了阁楼和橱柜里。

　　约翰·杰弗里斯（米利斯的儿子）不仅慷慨地腾出时间与我

交谈，还提供了丰富的家庭存档材料。没有这些信件、日记摘录和轶事，我对菲尔斯庄园的描述会苍白无力得多。杰弗里斯的其他家属也提供了帮助并同意接受采访。

感谢塞西尔·克拉克的儿媳安·克拉克。她在普利茅斯的家热情地欢迎了我，并允许我阅读那令人印象深刻的家庭存档文件。2014年秋天，我第一次联系她时，她告诉我："我有一间空着的卧室，里面全是塞西尔的信件和文件。"她丝毫没有夸张：她保存着成箱的文件、图样和照片，其中包括来自温斯顿·丘吉尔的亲笔信。此外，感谢塞西尔的儿子大卫·克拉克牧师向我讲述了有关他家庭的那些富有传奇色彩的故事。

感谢斯图亚特·麦克雷的儿子约翰·麦克雷。他允许我引用他父亲那本信息丰富且内容有趣的书——《温斯顿·丘吉尔的玩具店》（*Winston Churchill's Toyshop*）。同时，感谢安伯利出版公司出版了本书。

感谢查尔斯·古迪夫的儿子托尼·古迪夫和彼得·古迪夫。他们提供了大量有关他们父亲独创发明的背景材料。古迪夫在战时的杰出工作十分值得全面研究。

感谢戈登·罗杰斯。他花费了半生时间收集有关菲尔斯庄园的信息。他不仅向我提供了不同档案馆的影印文件，还告诉我如何联系二战破坏行动研究领域的专家。罗杰斯先生还定期讲述米利斯·杰弗里斯及其团队在菲尔斯庄园的工作；要了解更多信息可以登录他的网站 www.gordonrogers.co.uk。

本书中很多内容都是在专业档案馆中查询得来的。感谢剑桥大学丘吉尔学院丘吉尔档案中心的工作人员。他们在那儿保存了有关菲尔斯庄园的所有得以保存下来的档案以及其他许多有用的资料，这些资料尤其对撰写科林·格宾斯的挪威行动那一章很有帮助。

真诚感谢帝国战争博物馆档案室那些乐于助人的工作人员。他们帮助我找到了大量至今还不为人知的资料。2014 年的秋冬，博物馆因大面积整修而停止对外开放，而我当时花了很多时间泡在博物馆的档案室里，收获颇丰。工人们拆墙时不断发出的碰撞和敲击声恰好为我对破坏活动的研究配了音乐。

我尤其想要感谢简·菲什——帝国战争博物馆影像档案室的资深馆长。他让我观看了 2000 年播出的卡尔顿电视台系列片《丘吉尔的秘密军队》。卡尔顿电视台对汤米·麦克弗森等破坏队员以及玛格丽特·杰克逊等秘书的深度采访十分有价值。遗憾的是，其中一些采访最终没能被制成纪录片。

感谢国家档案馆的工作人员。许多与游击队员个人行动相关的幸存文件都稳妥地得以保存。一些文档包含了丰富的信息，尤其是与"约瑟芬 B 行动"、"甘涅赛德行动"及"类人猿行动"（Operation Anthropoid）有关的文档。

感谢特种部队俱乐部的约翰·安德鲁斯。他帮我联系上了经历旧时辉煌岁月的生还者们，尤其是凯·奥沙诺亨。

感谢不列颠图书馆的工作人员，尤其向这支优秀团队中的斯蒂芬·德莱登致谢。他（应我要求）友好地提供了有关科林·格宾斯及其他人的采访资料的电子复件，获取这些采访资料的原始文件相当困难。

此外，还要感谢伦敦国王书院军事档案馆里德尔·哈特

（Liddell Hart）中心的工作人员。感谢皇家联合服务研究院的劳拉·迪莫克-琼斯，她找到了有关1940年科林·格宾斯在挪威的游击行动的珍贵记录。感谢贝德福德的塞西尔·希金斯博物馆（Cecil Higgins Museum）社会历史资料保管员莉迪亚·索尔。

我还想感谢伯纳德·奥康纳以及比尔·蒂比茨，后者的祖父在袭击圣纳泽尔的行动中光荣牺牲。

一如既往要诚挚感谢伦敦博物馆。本书大量内容完成于此。一些图书馆常客——作家朋友们——慷慨地抽出时间阅读此书，并给予了诸多必要的建议。尤其感激（按照姓氏首字母依次排序）彼得·爱特古伊、约翰·麦克纳利、里克·斯特劳德以及鲁伯特·沃尔特斯。

感谢我在罗杰斯-柯勒律治-怀特文化经纪公司（Rogers Coleridge and White）优秀的代理人乔治娅·加勒特以及艾玛·帕特森。他们帮助我将一个不成熟的想法最终打造成一本完整的书。同时，感谢罗杰斯-柯勒律治-怀特文化经纪公司的外国销售团队一如既往的出色工作。

大约20年前，我刚开始写作时，约翰·默里出版社的编辑罗兰·菲利普斯在出版我的《改变历史的香料商人》（Nathaniel's Nutmeg）时给了我巨大帮助。因为环境缘故，我们被迫分开，但却从未中断联系。现在，我们又一次在同一家出版社见面了。我很高心罗兰很快就能看到我的书，能够遇到如此能干、慷慨和经验丰富的编辑，我甚是感激。

我希望借此机会感谢约翰·默里出版社团队中的其他人。他们在幕后孜孜不倦地工作着：贝基·沃尔什、亚辛·贝尔卡彻米、罗西·盖勒、罗斯·弗雷泽和本·古彻。此外，感谢朱丽叶·布莱特莫帮助制版，感谢莫拉格·莱尔细致编辑。

同样感谢我的电影和电视代理卡萨洛托-拉姆齐公司（Casarotto Ramsey and Aassociates）的罗伯·克莱特及给予我诸多鼓励和支持的荧幕圈的演员：纽约的汤姆·曼根和基特·戈尔登，伦敦的肖恩·斯洛沃和大卫·弗里曼。

最后，衷心感谢我的家人：我的女孩们——玛德琳、海洛薇兹和奥里莉亚。她们在创新与焦虑并存的环境中成长。这种创新力是否会从她们身上逐渐消失仍然未知。

一如既往要最诚挚地感谢亚力山德拉。她随时都准备中断自己的创作以满足我的需要。深深地感谢她的支持、鼓励和建议。

# 注释和参考文献

## 注　释

### 缩略词

CC: Churchill Archives Centre, Cambridge
CP: Cherwell Papers, Nuffield College, University of Oxford
IWM: Imperial War Museum archives
NA: National Archives
RUSI: Royal United Services Institute

### 序　言

1. Joan Bright Astley, *The Inner Circle: A View of War at the Top*,
   Hutchinson, 1971, p.31.
2. IWM: Documents 16248: Private Papers of Professor D. Dilks.
3. Astley, *Inner Circle*, p.31.
4. IWM: Documents 16248.
5. Astley, *Inner Circle*, p.31.
6. Stuart Macrae, *Winston Churchill's Toyshop*, Roundwood Press,
   1971, p.8.
   我关于米利斯·杰弗里斯和斯图亚特·麦克雷在波特兰坊和菲尔
   斯庄园工作的描述，主要来源于两份原始资料——麦克雷的书
   和现藏于剑桥大学丘吉尔档案中心关于菲尔斯庄园开展的工作
   的大量档案，档案的架号为MCRA1-6。藏于牛津大学纳菲尔德
   学院的彻韦尔档案中也有一些与菲尔斯庄园工作有关的令人印

象深刻的档案材料。这些材料为评价菲尔斯庄园的工作起到了重要的作用。

## 第一章　第三个人

1. *Caravan and Trailer*, April 1937, p.269.
2. BBC *People's War* interview with John Vandepeer Clarke, www.bbc.co.uk/history/ww2peopleswar/stories/34/a5961134.shtml
3. Stephen Bunker, *The Spy Capital of Britain: Bedfordshire's Secret War,* Bedford Chronicles Press, 2007, p.14.
4. Bernard O'Connor, *Nobby Clarke: Churchill's Backroom Boy*, Lulu Press, 2007, p.5.
5. *Caravan and Trailer*, June 1937, p.443.
6. Macrae, *Toyshop*, p.7.
7. Ibid., pp.1–6.
8. Ibid., p.6.
9. 'Memel in the Reich', *The Times*, 23 March 1939.
10. Keith Feiling, *The Life of Neville Chamberlain*, Macmillan, 1946, p.404.
11. Macrae, *Toyshop*, pp.8, 9.
12. BBC *People's War* interview with John Vandepeer Clarke, www.bbc.co.uk/history/ww2peopleswar/stories/34/a5961134.shtml
13. Macrae, *Toyshop*, pp.10, 11. See also 'Limpet Bomb', The Times, 17 November 1953.
14. Astley, *Inner Circle*, p.34.
15. Joan Bright Astley and Peter Wilkinson, Gubbins and SOE, Pen &Sword, 1993, p.35.
16. IWM: Documents 16248.
17. Astley, *Inner Circle*, pp.32, 33.
18. Ibid., p.34.
19. Peter Colley in Astley and Wilkinson, *Gubbins*, p.28.
20. Astley, *Inner Circle*, p.34.
21. Astley and Wilkinson, Gubbins , pp.7, 9.
22. IWM: Documents 12618
23. Peter Colley in Astley and Wilkinson, *Gubbins*, p.28.
24. Astley and Wilkinson, *Gubbins*, p.18.
25. Ibid., pp.26, 34.

26. IWM: Documents 18587: Interview with Sir Peter Wilkinson.

27. Astley and Wilkinson, *Gubbins*, p.35.

28. IWM: Documents 12618

29. Astley, *Inner Circle*, p.34.

## 第二章　心要黑

1. 'The Sword', *The Times*, 22 March 1937.

2. 'The Sword', *The Times*, 29 March 1937.

3. 'Use of Force', *The Times,* 27 May 1937.

4. 'Use of Force', *The Times*, 10 June 1937.

5. http://www.theyworkforyou.com/debate/?id=1940-05-08a.1326.1

6. Astley, *Inner Circle*, p.34.

7. John Jefferis, *The Life and Times of Millis Jefferis*, privately published memoir, n.d.

8. Astley, *Inner Circle*, p.34.

9. *Royal Engineers Journal*, vol. 77, December 1963.

10. Jefferis, *Jefferis*, pp.39, 123.

11. Macrae, *Toyshop*, pp.16, 12, 33.

12. Astley, *Inner Circle*, p.36.

13. Macrae, *Toyshop*, pp.33, 19, 59.

14. Bickham Sweet-Escott, *Baker Street Irregular*, Methuen, 1965, p.24.

15. Macrae, *Toyshop*, p.13.

16. Astley, *Inner Circle*, p.36.

17. Peter Wilkinson, *Foreign Fields*, I.B. Taurus, 1997, p.62.

18. Vera Long in IWM: Documents 16248.

19. James Darton in ibid.

20. Vera Long in ibid.

21. Astley and Wilkinson, *Gubbins* , p.28.

22. Astley, *Inner Circle*, p.37.

23. Ibid., p.39.

24. Wilkinson, *Foreign Fields*, p.68.

25. Astley, *Inner Circle*, p.39.

26. Ibid., p.41.

27. Wilkinson, *Foreign Fields*, pp.85, 86.

28. Stephen Dorril, *MI6*, Fourth Estate, 2000, p.250. 关于"三明治教授"身份更多信息，包括对幸存者的采访，参见 Brian Johnson,

*The Secret War*, BBC Books, 1979, chapter 6.

## 第三章 为丘吉尔效劳

1. The king's speech is cited in *Historic Royal Speeches and Writings* (online): www.royal.gov.uk/pdf/georgevi.pdf
2. Ann Hagan interview with John Clarke for Bedford Museum.
3. Astley, *Inner Circle*, p.39.
4. Macrae, *Toyshop*, p.27.
5. Astley, *Inner Circle*, p.40.
6. Ibid.
7. Sweet-Escott, *Baker Street Irregular*, p.17.
8. Astley, *Inner Circle*, p.40.
9. Macrae, *Toyshop*, pp.17, 178, 18, 26.
10. Ibid., *Topshop*, p.59.
11. A.J.P. Taylor, *English History*, Clarendon Press, 1965, p.444.
12. Macrae, *Toyshop*, p.61.
13. Late 1930s advert cited on http://www.gracesguide.co.uk/Boon_and_Porter
14. Macrae, *Toyshop*, pp.29, 23.
15. Ibid., p.11.
16. Sweet-Escott, *Baker Street Irregular*, p.31.
17. Macrae, *Toyshop*, pp.21, 178, 22.
18. Ibid., p.20.
19. Ibid., p.25.
20. Ibid., p.31.
21. Winston Churchill, *The Second World War*, Cassell, 1948-1954 (6 vols.), vol. 2, p.321.
22. NA: WO32/5184 and WO32/5185.
23. Macrae, *Toyshop*, p.32.
24. Churchill, *Second World War*, vol. 1, p.456.
25. Macrae, *Toyshop*, p.31.
26. Hastings Ismay, *The Memoirs of General the Lord Ismay*, Heinemann, 1960, p.172.
27. Macrae, *Toyshop*, pp.31, 33, 35.
28. Ibid., p.45.
29. Ibid., p.35.

30. Churchill, *Second World War*, vol. 1, p.574.
31. Churchill, *Second World War*, vol. 2, p.36.
32. Macrae, *Toyshop*, p.51.
33. Churchill, *Second World War*, vol. 2, p.583.

## 第四章　一无所有

1. Astley and Wilkinson, *Gubbins*, p.47.
2. Ibid.
3. Kim Philby, *My Silent War*, MacGibbon & Kee, 1968, chapter 1.
4. Astley and Wilkinson, *Gubbins*, p.49.
5. Wilkinson, *Foreign Fields*, p.87.
6. IWM: Documents 14093, John McCaffery, 'No Pipes or Drums' (manuscript).
7. *Pittsburgh Press*, 19 September 1939, p.8.
8. Ernest Turner, *The Phoney War on the Home Front*, Michael Joseph, 1961, chapter 12
9. www.warsailors.com/homefleet/shipsp.html
10. Nicholas Rankin, *Ian Fleming's Commandos*, Faber & Faber, 2011, pp.69, 70.
11. Astley, *Inner Circle*, p.43.
12. NA: HS 8/263.
13. Astley, *Inner Circle*, p.44.
14. NA: HS 8/263.
15. RUSI: Anon., 'An Interlude in the Campaign in Norway', *Journal of the United Service Institution of India, 1941*.
16. Ibid., p.27.
17. NA: WO 168/103.
18. Macrae, *Toyshop*, p.65.
19. NA: HS 8/263.
20. Macrae, *Toyshop*, p.66.
21. NA: CAB 65/7/1.
22. Jefferis, *Jefferis*, p.66
23. NA: CAB 65/7/1.
24. Ibid.
25. E.H. Stevens, *The Trial of Nikolaus von Falkenhorst*, William Hodge, 1949, p.xxix.

26. François Kersaudy, *Norway 1940*, HarperCollins, 1990, p.45.
27. Astley and Wilkinson, *Gubbins*, p.52.
28. Ibid.
29. Colin Gubbins, *The Art of Guerrilla Warfare*, Ministry of Information, 1939.
30. Anon., 'Interlude', p.30.
31. Rankin, *Commandos*, p.71.
32. Gubbins, *Art of Guerrilla Warfare*.
33. NA: WO 168/103.
34. Ibid.
35. Anon., 'Interlude', p.30.
36. NA: WO 168/103.
37. Captain William Fell, CC: Fell 2/3.
38. Astley, *Inner Circle*, p.44.
39. Astley and Wilkinson, *Gubbins*, pp.68, 67.
40. Anon., 'Interlude', p.34.
41. IWM: Documents 12618.
42. Colin Gubbins, Introduction to Knut Haukelid, *Skis Against the Atom*, North American Heritage Press, 1989.

## 第五章　狂热的肯特游击队员

1. Cecil Clarke, *The Development of Weapon Potential*, Clarke Family Papers.
2. *The Times*, 9 September 1939.
3. NA: AVIA 11/2.
4. NA: PREM 3/320/1.
5. NA: AVIA 11/2.
6. Astley, *Inner Circle*, p.45.
7. Astley and Wilkinson, Gubbins , p.46.
8. Comer Clarke, *England Under Hitler*, New English Library, 1972, pp.104–106 (a copy of this scarce book is available at the IWM).
9. Ibid.
10. David Lampe, *The Last Ditch*, Cassell, 1968, p.65. See also Sweet-Escott, Baker Street Irregular, p.38.
11. Clarke, England, pp.104–106.
12. Astley and Wilkinson, *Gubbins* , p.69.

13. Clarke, England, pp.104–106.

14. Gubbins in Leo McKinstry, *Operation Sealion*, John Murray, 2014, pp.263–264.

15. Astley and Wilkinson, *Gubbins*, p.69.

16. IWM: Documents 16248.

17. Lampe, *Last Ditch*, p.80.

18. Donald Hamilton-Hill, *SOE Assignment*, William Kimber, 1973, p.13.

19. Astley and Wilkinson, *Gubbins*, p.69.

20. Lampe, *Last Ditch*, p.82.

21. Astley, *Inner Circle*, p.76.

22. Clarke, *England*, pp.104–107.

23. Lampe, *Last Ditch*, p.91.

24. IWM: Documents 12618.

25. Clarke, *England*, pp.104–107.

26. Peter Fleming, *Invasion 1940*, Rupert Hart-Davis, 1957, p.70.

27. McKinstry, *Sealion*, p.18.

28. William Shirer, *The Rise and Fall of the Third Reich*, Secker & Warburg, 1961, p.782, citing army directive from Von Brauchitsch.

29. Hamilton-Hill, *SOE*, p.13.

30. Lampe, *Last Ditch*, pp.84–85.

31. McKinstry, Sealion, p.267.

32. Lampe, *Last Ditch*, p.102.

33. Sweet-Escott, *Baker Street Irregular*, p.36.

34. Macrae, *Toyshop*, pp.76, 124, 98, 125-126, 131.

35. Lampe, *Last Ditch*, p.103.

36. IWM: Documents 12618.

37. Henry Hall interview in McKinstry, *Sealion*, p.272.

38. Lampe, *Last Ditch*, p.98.

39. Wilkinson, *Foreign Fields*, p.102.

40. IWM: Documents 12618.

41. Churchill, *Second World War*, vol. 2, pp.584, 231.

42. Erich Raeder, *Grand Admiral*, Da Capo Press, 2000, p.324.

43. Astley and Wilkinson, *Gubbins*, p.74.

## 第六章　内部敌人

1. Macrae, *Toyshop*, pp.61, 82.

2. CC: MCRA 2/2.

3. Gerald Pawle, *The Secret War*, Harrap, 1956, p.125.

4. Barnaby Blacker, *The Adventures and Inventions of Stewart Blacker: oldier, Aviator, Weapons Inventor*, Pen & Sword, 2006, p.vii.

5. Macrae, *Toyshop*, p.79.

6. Jefferis, *Jefferis*, unpaginated.

7. Pawle, *Secret*, p.27.

8. Macrae, *Toyshop*, pp.85–86

9. Ibid., p.96.

10. This and previous, Churchill, *Second World War*, vol. 2, p.294.

11. Macrae, *Toyshop*, p.179.

12. Ibid., pp.108, 87, 88.

13. CC: MCRA 4/1.

14. Macrae, *Toyshop*, pp.114, 99.

15. NA: CAB 121.

16. Hugh Dalton, *Fateful Years*, Frederick Muller, 1957, pp.366–367

17. David Stafford, *Secret Agent*, BBC Books, 2000, p.12.

18. Brendan Bracken, in Mark Seaman (ed.), *Special Operations Executive: A New Instrument of War*, Routledge, 2005, p.62.

19. Dalton, *Fateful Years*, pp.367, 366.

20. Astley and Wilkinson, *Gubbins*, p.112.

21. Obituary, *The Times*, 13 August 1966.

22. Sweet-Escott, *Baker Street Irregular*, p.56.

23. Ibid., p.44.

24. Astley and Wilkinson, *Gubbins*, p.79.

25. Ibid., p.76.

26. Wilkinson, *Foreign Fields*, p.107.

27. Ewan Butler, *Amateur Agent*, Harrap, 1963, p.75.

28. Peter Wilkinson, in Russell Miller, *Behind the Lines*, Secker & Warburg, 2002, p.3.

29. Astley and Wilkinson, *Gubbins*, p.81.

30. Sweet-Escott, *Baker Street Irregular*, p.27.

31. Ibid., p.28.

32. Carlton TV interview with Margaret Jackson, IWM: Documents 23245.

33. Ibid.

34. 'Margaret's Secret War', *For a Change*, vol. 19, no. 4, August

2006.

35. Leo Marks, *Between Silk and Cyanide: A Codebreaker's War*, HarperCollins, 1999, p.346.

36. IWM: Documents 23245.

37. IWM: Documents 12618.

38. IWM: Documents 16248.

39. IWM: Documents 23245.

40. John Connell, *The House by Herod's Gate*, Sampson Low, Marston, 1947, p.19.

41. Sue Ryder interview, IWM: Documents 10057.

42. Astley and Wilkinson, *Gubbins* , p.96.

43. IWM: Documents 23245.

44. Philby, *Silent*, p.54.

45. IWM: Documents 23245.

46. Sweet-Escott, *Baker Street Irregular*, p.57.

47. IWM: Documents 23245.


## 第七章　第一次大爆炸

1. Macrae, *Toyshop*, pp.93-94.

2. Interview with Mrs. Ann Clarke, 17 December 2014.

3. Des Turner, *Station 12: Aston House, SOE's Secret Centre*, History Press, 2006, p.184.

4. NA: HS 8/371.

5. Macrae, *Toyshop*, p.195.

6. Philby, *Silent*, p.49.

7. Peter Kemp, *No Colours or Crest*, Cassell, 1958, p.38.

8. Philby, *Silent*, p.8.

9. Macrae, *Toyshop*, p.195.

10. youtube.com/watch?v=-UlmaSMg104

11. Eveleigh Earle Denis 'Dumbo' Newman, interview, IWM 27463.

12. IWM: Documents 14093.

13. Sweet-Escott, *Baker Street Irregular*, pp.57, 53.

14. Brian Lett, *Ian Fleming and SOE's Operation Postmaster*, Pen & Sword, 2012.

15. Sweet-Escott, *Baker Street Irregular*, p.21.

16. M.R.D. Foot, *SOE in France*, Routledge, 2004, pp.153, 141.

17. NA: HS 6/347.
18. IWM: Interview 9421.
19. NA: HS 6/347.
20. www.bbc.co.uk/history/ww2peopleswar/stories/51/a5961251.shtml
21. *The Times*, 10 May 1941.
22. NA: HS 6/347.
23. Ibid.
24. Henri Noguères en collaboration avec M. Degliame-Fouché et J.L. Vigier, Histoire de la Résistance en France de 1940 à 1945 , Robert Laffont, 1981.
25. NA: HS 6/347.
26. Foot, *SOE in France*, p.144.
27. NA: HS 6/347.
28. IWM: Documents 12618.
29. NA: HS 6/347 and HS 6/345.

## 第八章　培训学校

1. Churchill, *Second World War*, vol. 4, p.536.
2. Macrae, *Toyshop*, pp.115, 114, 111, 99, 97, 110, 182.
3. CC: MCRA 4/1.
4. Pawle, *Secret*, p.8.
5. CC: GOEV 3/3.
6. Pawle, *Secret*, p.126.
7. Ibid., p.130.
8. Macrae, *Toyshop*, p.164.
9. Pawle, *Secret*, p.131.
10. Ibid., p.128.
11. Ibid., pp.134–135.
12. Ibid., p.130.
13. IWM: Documents 12618.
14. Sweet-Escott, *Baker Street Irregular*, p.63.
15. Kemp, *Colours*, p.23.
16. Sweet-Escott, *Baker Street Irregular*, p.37.
17. Roderick Bailey, *Forgotten Voices of the Secret War*, Ebury Press, 2008, p.49.
18. George Langelaan, *Knights of the Floating Silk*, Hutchinson, 1959,

p.65.

19. Charles J. Rolo, *Major W.E. Fairbairn*, NA: HS 9/495/7.
20. Langelaan, *Knights*, p.65.
21. NA: HS 9/495/7.
22. Ibid.
23. Langelaan, *Knights*, p.65.
24. Peter Kemp in Tom Keene, *The Lost Band of Brothers*, History Press, 2015, p.32.
25. James Owen, *Commando*, Little, Brown, 2012, p.24.
26. Stafford, *Secret Agent*, p.27.
27. William Pilkington audio interview, IWM: 16854.
28. Bailey, *Forgotten*, p.45.
29. NA: HS 9/495/7.
30. Langelaan, *Knights*, p.67.
31. William Pilkington interview, IWM: 16854.
32. William Pilkingon audio interviews, ibid. and IWM: 18478.
33. Kemp, *Colours*, p.44.
34. Churchill, *Second World War*, vol. 2, p.217.
35. Marcus Binney, *Secret War Heroes: The Men of Special Operations Executive* , Hodder & Stoughton, 2005, pp.121–122.
36. Keene, *Lost*, p.54.
37. John Geoffrey Appleyard, *Geoffrey*, Blandford Press, 1945, p.44.
38. Lett, *Fleming*, chapter 7.
39. Suzanne Lassen, *Anders Lassen VC*, Frederick Muller, 1965, p.26.

## 第九章　格宾斯的海盗们

1. *The Times*, 9 August 1941.
2. Keene, *Lost*, p.61.
3. Mike Langley, *Anders Lassen*, New English Library, 1988, p.87.
4. NA: HS 7/221.
5. Langley, *Lassen*, p.61.
6. Appleyard, *Geoffrey*, p.84.
7. Sir Richard Francis Burton, *Wanderings in West Africa*, Tinsley Brothers, 1863, vol. 2, p.295.
8. NA: HS 3/86.
9. Keene, *Lost*, p.84.

10. Colin Gubbins, *The Partisan Leaders' Handbook*, Ministry of Information, 1939.
11. Binney, *Secret*, p.127.
12. Keene, *Lost*, pp. 94–99.
13. Ibid., p.100.
14. NA: ADM 199/395.
15. NA: HS 3/87.
16. Appleyard, *Geoffrey*, p.72.
17. NA: HS 3/91.
18. Langley, *Lassen*, p.84.
19. Binney, *Secret*, pp.134–135.
20. Ibid., p.139.
21. NA: HS 3/91.
22. Keene, *Lost*, p.108.
23. Tim Moreman, *The British Commandos 1940-1946,* Osprey Publishing, 2006, p.54.
24. NA: HS 3/91.
25. Ibid.
26. NA: HS 3/91.
27. Appleyard, *Geoffrey*, p.75.
28. NA: HS 3/91.
29. Ibid.
30. Binney, *Secret*, p.140ff.
31. Ibid., pp.140–141.
32. NA: HS 3/91.
33. Henrietta March-Phillipps, BBC interview in Keene, *Lost*, p.114.
34. NA: HS 3/91.
35. Henrietta March-Phillipps, BBC interview in Keene, *Lost*, p.114.
36. Binney, *Secret*, p.149.
37. NA: HS 3/87.
38. Binney, *Secret*, pp.147–148.
39. Ibid., p.147.
40. NA: ADM 116/5736.

## 第十章　致命的爆炸

1. IWM: Documents 12618.

2. Churchill, *Second World War*, vol. 4, p.98.

3. NA: DEFE 2/130.

4. Ibid.

5. Lucas Phillips, *The Greatest Raid of All*, Heinemann, 1958, p.23.

6. Astley and Wilkinson, *Gubbins*, p.98.

7. Phillips, *Greatest*, p.29.

8. IWM: Documents 12618.

9. Macrae, *Toyshop*, p.148.

10. Phillips, *Greatest*, p.92.

11. Ibid., p.55.

12. Ibid., p.58.

13. Macrae, *Toyshop*, p.155.

14. Corran Purdon, 'List the Bugle', in James Dorrian, *Storming St Nazaire*, Leo Cooper, 1998.

15. NA: HS 9/495/7.

16. Dorrian, *St Nazaire*, p.26.

17. Phillips, *Greatest*, pp.92–93.

18. Dorrian, *St Nazaire*, p.69.

19. Phillips, *Greatest*, p.83.

20. Ibid., p.109.

21. Ibid., p.127.

22. Dorrian, *St Nazaire*, p.126.

23. Phillips, *Greatest*, p.138.

24. Dorrian, *St Nazaire*, pp.134–136.

25. Ibid., p.137.

26. Phillips, *Greatest*, p.142.

27. Ibid., p.155.

28. Ibid., p.158.

29. Ibid., p.254.

30. Ibid., p.xvii.

31. Gubbins, *Art of Guerrilla Warfare*.

## 第十一章　破坏大师

1. Jefferis, *Jefferis*, unpaginated.

2. Macrae, *Toyshop*, pp.115, 112, 206, 183, 154, 101.

3. CP: Lord Cherwell letter to Churchill, 27 November 1942.

4. Gordon Rogers, *From Bangs to Black Holes*, pp.121–122.

5. Sweet-Escott, *Baker Street Irregular*, pp.101–2.

6. Astley and Wilkinson, *Gubbins*, p.93.

7. Ibid., p.115.

8. IWM: Documents 23245.

9. Dalton, *Fateful Years*, p.384.

10. Astley and Wilkinson, *Gubbins*, p.100.

11. Sir David Dilks (ed.), *The Diaries of Sir Alexander Cadogan, 1938–1945*, Cassell, 1971, p.437.

12. Astley and Wilkinson, *Gubbins*, p.112.

13. Dalton, *Fateful Years*, p.369.

14. Astley and Wilkinson, *Gubbins*, p.113.

15. Ben Pimlott (ed.), *The Second World War Diary of Hugh Dalton*, Jonathan Cape, 1986, p.128.

16. Sweet-Escott, *Baker Street Irregular*, p.125.

17. Astley and Wilkinson, *Gubbins*, p.102.

18. IWM: Documents 12618.

19. Astley and Wilkinson, *Gubbins*, p.116.

20. IWM: Documents 12618.

21. Astley and Wilkinson, *Gubbins*, p.28.

22. Letter to Joan Bright Astley in *Gubbins*, p.245.

23. IWM: Documents 23245.

24. Astley and Wilkinson, *Gubbins*, p.243.

25. Ibid., p.144.

26. S.G. Brandon and M. Elliot-Bateman (eds.), *The Fourth Dimension of Warfare*, Manchester University Press, 1970, p.104.

27. IWM: Documents 29955.

28. IWM: Documents 29955 (interview with Daphne Maynard).

29. Van Maurik in IWM: Documents 12618.

30. Margaret Jackson, IWM: Documents 23245.

## 第十二章　捷克的伙伴

1. IWM: Documents 23245.

2. Astley and Wilkinson, *Gubbins*, p.83.

3. Frantisek Moravec, *Master of Spies: The Memoirs of General Frantisek Moravec*, Bodley Head, 1975, p.160.

4. Callum MacDonald, *The Killing of Obergruppenführer Reinhard Heydrich*, Macmillan, 1989, p.51.

5. Astley and Wilkinson, *Gubbins*, p.107.

6. Moravec, *Master*, p.211.

7. Leslie Horvitz and Christopher Catherwood, *Encyclopedia of War Crimes and Genocide*, Facts on File, 2006, p.200.

8. Mario Dederichs, *The Face of Evil*, Greenhill Books, 2006, p.92.

9. Astley and Wilkinson, *Gubbins*, p.107.

10. Moravec, *Master*, p.211.

11. Astley and Wilkinson, *Gubbins*, p.107.

12. Moravec, *Master*, p.209.

13. Astley and Wilkinson, *Gubbins*, p.107.

14. NA: HS 4/39.

15. MacDonald, *Killing*, p.116.

16. NA: HS 4/39.

17. Moravec, *Master*, p.215.

18. Ibid., p.212.

19. NA: HS 4/39.

20. Moravec, *Master*, p.212.

21. MacDonald, *Killing*, pp.100–102.

22. Moravec, *Master*, p.213.

23. Wilkinson, *Foreign Fields*, p.125.

24. Turner, *Aston*, p.110.

25. MacDonald, *Killing*, p.124.

26. Robert Harris and Jeremy Paxman, *A Higher Form of Killing*, Random House, 1982, p.94.

27. IWM: Documents 27463.

28. Cecil Clarke Family Papers.

29. Wilkinson, *Foreign Fields*, pp.125–126.

30. NA: HS 4/39.

31. Sue Ryder, *Child of My Love*, HarperCollins, 1986, p.78.

32. NA: HS 4/39.

33. IWM: Documents 80013010.

34. Moravec, *Master*, p.216.

35. MacDonald, *Killing*, p.172.

36. Moravec, *Master*, p.217.

37. NA: HS 4/39.

38. MacDonald, *Killing*, p.182.

39. Moravec, *Master*, p.210.

## 第十三章  山区中的破坏行动

1. Colin Gubbins, Introduction to Haukelid, *Skis*, p.2.
2. Sweet-Escott, *Baker Street Irregular*, p.64.
3. Stafford, *Secret*, p.89.
4. Gubbins, *Art of Guerrilla Warfare*.
5. C.M. Woodhouse, *Something Ventured*, Granada, 1982, p.21.
6. Obituary, *Guardian*, 20 February 2001.
7. Obituary, *The Times*, 10 December 1997.
8. E.C.W. Myers, *Greek Entanglement*, Alan Sutton Publishing, 1985, pp.14, 66.
9. Woodhouse, *Ventured*, p.25.
10. Myers, *Greek*, pp.27, 33.
11. Woodhouse, *Ventured*, p.32.
12. Stafford, *Secret*, p.95.
13. Woodhouse, *Ventured*, p.35.
14. Gubbins, *Art of Guerrilla Warfare*.
15. Woodhouse, *Ventured*, pp.39–41.
16. Myers, *Greek*, p.69.
17. Woodhouse, *Ventured*, p.42.
18. Myers, *Greek*, p.72.
19. Woodhouse, *Ventured*, p.43.
20. Myers, *Greek*, p.72.
21. CC: Macrae papers, MCRA 3/3.
22. Myers, *Greek*, pp.60, 74, 78.
23. Woodhouse, *Ventured*, p.48.
24. Myers, *Greek*, p.78.
25. Stafford, *Secret*, p.101.
26. Myers, *Greek*, p.80.
27. Stafford, *Secret*, p.101.
28. Myers, *Greek*, p.80.
29. M.B. McGlynn, *Special Service in Greece*, War History Branch, Department of Internal Affairs, New Zealand, 1953, p.13.
30. Myers, *Greek*, pp.81, 85.
31. C.M. Woodhouse, *The Struggle for Greece*, Rupert Hart-Davis,

1976, p.26.

32. Bailey, *Forgotten*, p.131.

33. Astley and Wilkinson, *Gubbins*, p.137.

34. NA: HS 5/346.

## 第十四章　打造铁人

1. Ewen Southby-Tailyour, *Blondie: A Life of Lieutenant-Colonel H.G. Hasler*, Leo Cooper, 1998, p.123.

2. Letter from Gubbins to Clarke: Cecil Clarke Family Papers.

3. Cecil Clarke Family Papers.

4. Ibid.

5. Interview with Rev. David Clarke, 9 February 2015.

6. Macrae, *Toyshop*, pp.155–156.

7. NA: HS 8/415.

8. Ibid.

9. M.R.D. Foot, *Special Operations Executive*, Pimlico, 1999, p.90.

10. NA: HS 9/1250/7.

11. Ibid.

12. Foot, *Special*, p.90.

13. IWM: audio interview, 10057.

14. Bernard O'Connor, *Churchill's School for Saboteurs, Station 17*, Amberley Publishing, 2013, p.59.

15. IWM: Documents 12618.

16. Professor Lindemann in Ray Mears, *The Real Heroes of Telemark*, Hodder & Stoughton, 2003, p.80.

17. Stafford, *Secret*, p.105.

18. IWM: Documents 12618.

19. IWM: Documents 16489.

20. Gubbins, Introduction to Haukelid, *Skis*, p.6.

21. IWM: Documents 16489.

22. IWM: Documents 23245.

23. Gubbins, Introduction to Haukelid, *Skis*, p.4.

24. Bailey, *Forgotten*, pp.136, 48.

25. Hamilton-Hill, *SOE*, p.24.

26. Bailey, *Forgotten*, p.137.

27. Haukelid, *Skis*, p.43.

28. Mears, *Telemark*, p.117.
29. NA: HS 8/370.
30. Mears, *Telemark*, p.118.
31. NA: HS 8/370.
32. Bailey, *Forgotten*, p.138.
33. NA: HS 52/185.
34. Mears, *Telemark*, p.121.
35. Haukelid, *Skis*, pp.74–75.
36. Mears, *Telemark* , p.123.
37. Haukelid, *Skis*, pp.76–77.
38. NA: HS 52/185.
39. Haukelid, *Skis*, p.78.

## 第十五章 凛冽隆冬

1. Haukelid, *Skis*, pp.46, 82.
2. J. Charrot, *Memoirs*, cited in O'Connor, *School*, p.215.
3. Haukelid, *Skis*, p.82.
4. Bailey, *Forgotten*, p.139.
5. Haukelid, *Skis*, p.83.
6. Ibid., p.162.
7. Mears, *Telemark*, p.140.
8. Haukelid, *Skis*, p.84.
9. Mears, *Telemark*, p.141.
10. IWM: Carlton TV interview, 23257.
11. Haukelid, *Skis*, p.87.
12. Ibid., pp.84–87.
13. Mears, *Telemark*, p.148.
14. Haukelid, *Skis*, p.100.
15. Ibid., p.97.
16. Ibid., p.12.
17. Mears, *Telemark* , p.154.
18. NA: HS 52/186.
19. Haukelid, *Skis*, p.108.
20. Ibid., pp.107, 100, 105.
21. Stafford, *Secret*, p.118.
22. Haukelid, *Skis*, p.109.

23. NA: HS 52/186.
24. IWM: Carlton TV interview, 23257.
25. NA: HS 52/186.
26. IWM: Carlton TV interview, 23257.
27. NA: HS 52/186.
28. Mears, *Telemark*, p.161.
29. Haukelid, *Skis*, pp. 112–113.
30. Ibid., p.112.
31. Ibid., p.113.
32. Mears, *Telemark*, p.163.
33. NA: HS 52/186.
34. Haukelid, *Skis*, pp.113–114.
35. IWM: Carlton TV interview, 23257.
36. Stafford, *Secret*, p.122.
37. NA: HS 52/186.
38. Mears, *Telemark*, p.206.
39. Sweet-Escott, *Baker Street Irregular*, p.114.
40. NA: HS 52/186.
41. Mears, *Telemark*, p.169.
42. NA: HS 52/185.
43. Mears, *Telemark*, p.180.
44. NA: HS 2/173.
45. NA: HS 52/189.
46. Mears, *Telemark*, p.224.
47. NA: HS 52/189.
48. Ibid.

## 第十六章　踏足美国

1. Macrae, *Toyshop*, p.209.
2. Ibid., p.206.
3. Edward Daily, *My Time at The Firs*: www.whitchurch.org/assets/other/my-time-at-the-firs-2
4. Ibid.
5. Macrae, *Toyshop*, p.114.
6. Jefferis, *Jefferis*, unpaginated.
7. Macrae, *Toyshop*, p.189.

8. Ibid., p.189.
9. Ibid.
10. CP: Professor Lindeman letter to Winston Churchill, 27 February 1942.
11. Ibid.
12. Ibid.
13. CP: BBC broadcast transcript, 6 February 1944.
14. Macrae, *Toyshop*, p.192.
15. Charles Rolo, NA: HS 9/495/7.
16. IWM: Documents 16248.
17. Miller, *Behind the Lines*, p.62.
18. Sweet-Escott, *Baker Street Irregular*, pp.131, 143, 133.
19. Nelson Lankford, *The Last American Aristocrat*, Little, Brown, 1996, p.136.
20. Henry Hyde in Max Hastings, *Das Reich*, Michael Joseph, 1981.

## 第十七章　格宾斯的特洛伊战争

1. Foot, SOE *in France*, p.256. 消息的准确内容存在争议，有几个不同的版本。以上引用的是莫里斯·巴克马斯特的说法。
2. Bailey, *Forgotten*, p.30.
3. NA: HS 9/1204/3.
4. Stephen Hawes and Ralph White, *Resistance in Europe*, Viking, 1975, p.25.
5. François Marcot, 'La direction de Peugeot sous l'Occupation: pétainisme, réticence, opposition et résistance', in *Le Mouvement Social* (no. 189), Éditions de l'Atelier, 1999, p.28.
6. Astley, *Inner Circle*, p.129.
7. Foot, *SOE in France*, p.15.
8. Chris Everitt and Martin Middlebrook, *The Bomber Command War Diaries*, Pen & Sword, 2014, entry for 15–16 July 1943.
9. Maurice Buckmaster, *They Fought Alone*, Odhams Press, 1968, pp.55–56.
10. E.H. Cookridge, *They Came from the Sky*, Heinemann, 1965, p.46.
11. NA: HS 9/1240/3.
12. Harry Ree, 'Experiences of an SOE Agent in France' in Brandon and Elliot-Bateman, *Fourth Dimension*, p.121.

13. NA: HS 9/1240/3 and Buckmaster, *Alone*, p.156.
14. Cookridge, *Sky*, p.7.
15. Binney, *Secret*, p.204.
16. Hawes and White, *Resistance*, p.44.
17. NA: HS 9/1240/3.
18. Hawes and White, *Resistance*, p.44.
19. Buckmaster, *Alone*, p.157.
20. NA: HS 9/1240/3.
21. Buckmaster, *Alone*, pp.157–158.
22. Ibid., p.158.
23. NA: HS 9/1240/3.
24. Buckmaster, *Alone*, p.158.
25. NA: HS 9/1204/3.
26. Bailey, *Forgotten*, p.189.
27. NA: HS 9/1204/3.
28. Bailey, *Forgotten,* pp.189–190.
29. NA: HS 9/1240/3.
30. NA: HS 8/370.

## 第十八章　"刺猬炮"战

1. Pawle, *Secret*, p.130.
2. Macrae, *Toyshop*, p.137.
3. Pawle, *Secret*, p.131.
4. David Owen, *Anti-Submarine Warfare*, Seaforth Publishing, 2007, p.145.
5. Pawle, *Secret*, p.138.
6. John A. Williamson, *Antisubmarine Warrior in the Pacific*, University of Alabama Press, 2005, pp.145, 110.
7. Ibid., p.82.
8. The account of this attack is drawn from ibid., chapter 9. See also http://www.ussengland.org for diaries, logbooks and interviews with survivors.
9. S.E. Morison, *History of United States Naval Operations in World War II*, vol. 8, *New Guinea and the Marianas*, Little, Brown, 1948, p.231.
10. Williamson, *Antisubmarine*, p.145.

11. Macrae, *Toyshop*, p.194.

## 第十九章　格宾斯行动

1. Charles Hambro, *Dictionary of National Biography*, Oxford University Press, 2009.
2. Wilkinson, *Foreign Fields*, p.213.
3. Astley and Wilkinson, *Gubbins*, p.192.
4. Ibid.
5. Ibid., pp.168–169, 189.
6. Ibid., pp.176, 193, 173.
7. Tommy Macpherson with Richard Bath, *Behind Enemy Lines*, Mainstream Publishing, 2010, p.117.
8. Macpherson Carlton TV interview, IWM: 23256.
9. Astley and Wilkinson, *Gubbins*, pp.175, 155.
10. Macpherson, *Enemy*, p.119.
11. IWM: Documents 12674.
12. Denis Rigden (ed.), *SOE Syllabus*, PRO, 2001, p.367.
13. O.A. Brown, IWM: Documents 12674.
14. Harry Verlander, *My War in SOE*, Independent Books, 2010, p.55.
15. Macpherson, *Enemy*, p.123. Bourbon's story is also told in Robert Hall, 'Allied "Bandits" Behind Enemy Lines', 5 June 2006: http://news.bbc.co.uk/1/hi/uk/8085383.stm
16. IWM: Documents 12674.
17. Macpherson, *Enemy*, p.125.
18. http://news.bbc.co.uk/1/hi/uk/8085383.stm
19. IWM: Documents 12618.
20. Macpherson, *Enemy*, pp.130–131.
21. IWM: Documents 12674.
22. Macpherson, *Enemy*, pp.132–133.
23. Miller, *Behind*, p.152.
24. Macpherson Carlton TV interview, IWM: 23256.
25. Macpherson, *Enemy*, p.139.
26. Miller, *Behind*, p.153.
27. Macpherson, *Enemy*, p.139.
28. Miller, *Behind*, p.153.
29. Lammerding report to General Commander, 58th Panzer Corps, in

Hastings, *Das Reich*, p.145.

30. Macpherson Carlton TV interview, IWM: 23256.

31. Astley and Wilkinson, *Gubbins* , pp.193–194.

32. IWM: Documents 12618，盟国远征军最高统帅部对于特别行动小组工作的报告，1944 年 6 月；艾森豪威尔对于特别行动小组工作的报告，1944 年 6 月；蒙巴顿勋爵给科林·格宾斯的私人信件；休·道尔顿给科林·格宾斯的私人信件；国王乔治六世给科林·格宾斯的私人信件；科林·格宾斯的便笺；驻中东地区的外交代表爱德华·格里格的私人信件。

## 尾　声

1. Macrae, *Toyshop*, p.210.

2. CC: Macrae diary, MCRA 4.

3. Macrae, *Toyshop*, p.211.

4. Ibid., p.212.

5. Ibid.

6. Astley and Wilkinson, *Gubbins*, p.224.

7. Brandon and Elliot-Bateman, *Fourth Dimension*, p.45.

8. Wilkinson, *Foreign Fields*, p.213.

9. Astley and Wilkinson, *Gubbins*, p.217.

10. Lord Selborne, personal letter, in ibid., pp.232–233.

11. Wilkinson, *Foreign Fields*, p.213.

12. Astley and Wilkinson, *Gubbins*, p.235.

13. Eric Sykes's SOE file, NA: HS 9/1434.

14. William Donovan's assessment in Fairbairn's SOE file, NA: HS9/495/7.

15. CP: Jefferis to Lord Lindemann, 1945, K165/3.

16. Interview with John Jefferis, 5 December 2014.

17. *The Times*, 7 September 1963.

18. George Rheam's 'Report on Sabotage', NA: HS 8/3705.

19. Bedford Museum unpublished interview with John Vandepeer Clarke, 23 April 2004.

20. Interview with Mrs Ann Clarke, 17 December 2014.

21. Obituary of Joan Bright Astley, *Independent*, 28 January 2009.

22. Astley and Wilkinson, *Gubbins*, p.213.

23. Ibid., p.243.

# 参考文献

## 一手材料

Cecil Vandepeer Clarke Family Papers.

Cherwell Papers, Nuffield College, University of Oxford.

Churchill Archives Centre, Cambridge.

Imperial War Museum, London.

Liddell Hart Centre for Military Archives, Kings College, London.

Millis Jefferis Family Papers.

National Archives, Kew, London.

Royal United Services Institute.

## 二手材料

Allen, Stuart, *Commando Country*, NMS Enterprises, 2007.

Anon., 'An Interlude in the Campaign in Norway,' *Journal of the United Service Institution of India*, 1941.

Appleyard, John Geoffrey, *Geoffrey*, Blandford Press, 1946.

Ash, Bernard, *Norway 1940*, Cassell, 1964.

Astley, Joan Bright, *The Inner Circle: A View of War at the Top*, Hutchinson, 1971.

—— and Wilkinson, Peter, *Gubbins and SOE* , Pen & Sword, 1993.

Bailey, Roderick, *Forgotten Voices of the Secret War*, Ebury Press, 2008.

Beevor, J.G., *SOE: Recollections and Reflections*, Bodley Head, 1981.

Binney, Marcus, *Secret War Heroes: The Men of Special Operations Executive*, Hodder & Stoughton, 2005.

Blacker, Barnaby, *The Adventures and Inventions of Stewart Blacker: Soldier, Aviator, Weapons Inventor*, Pen & Sword, 2006.

Brandon, S.G. and Elliot-Bateman, M. (eds.), *The Fourth Dimension of Warfare*, Manchester University Press, 1970.

Buckmaster, Maurice, *They Fought Alone*, Odhams Press, 1968.

Bunker, Stephen, *The Spy Capital of Britain: Bedfordshire's Secret War,* Bedford Chronicle Press, 2007.

Burton, Sir Richard Francis, *Wanderings in West Africa*, Tinsley

Brothers, 1863.

Butler, Ewan, *Amateur Agent,* Harrap, 1963.

Churchill, Winston, *The Second World War*, 6 vols., Cassell, 1948–54.

Clarke, Comer, *England Under Hitler*, New English Library, 1972.

Connell, John, *The House by Herod's Gate*, Sampson Low, Marston, 1947.

Cookridge, E.H., *They Came from the Sky*, Heinemann, 1965.

Cunningham, Cyril, *Beaulieu: The Finishing School for Secret Agents,* Leo Cooper, 1998.

Dalton, Hugh, *Fateful Years*, Frederick Muller, 1957.

Dalzel-Job, Patrick, *From Arctic Snow to Dust of Normandy*, Sutton Publishing, 2001.

Dear, Ian, *Sabotage and Subversion*, Cassell, 1996.

Dederichs, Mario, *The Face of Evil*, Greenhill Books, 2006.

Delaforce, Patrick, *Churchill's Secret Weapons*, Robert Hale, 1998.

Derry, T.K., *The Campaign in Norway*, Imperial War Museum, 1995.

Dilks, David (ed,), *The Diaries of Sir Alexander Cadogan 1938–1945*, Cassell,1971.

Dorrian, James, *Storming St Nazaire: The Gripping Story of the Dock-Busting Raid,* Leo Cooper, 1998.

Dorril, Stephen, *MI6*, Fourth Estate, 2000.

Edgerton, David, *Britain's War Machine*, Allen Lane, 2011.

Everitt, Chris and Middlebrook, Martin, *The Bomber Command War Diaries*, Pen & Sword, 2014.

Fairbairn, W.E., *All-In Fighting*, Faber & Faber, 1942.

Feiling, Keith, *The Life of Neville Chamberlain*, Macmillan, 1946.

Fleming, Peter, *Invasion 1940*, Rupert Hart-Davis, 1957.

Foot, M.R.D., *Special Operations Executive*, Pimlico, 1999.

——, *SOE in France*, Routledge, 2004.

Gubbins, Colin, *The Art of Guerrilla Warfare*, Ministry of Information, 1939.

——, *The Partisan Leaders' Handbook* , Ministry of Information, 1939.

Hamilton-Hill, Donald, *SOE Assignment*, William Kimber, 1973.

Harris, Robert and Paxman, Jeremy, *A Higher Form of Killing*, Random House, 1982.

Harrison, David, *Para-Military Training in Scotland*, Land, Sea and Islands Visitor Centre, 2001.

Hastings, Max, *Das Reich*, Michael Joseph, 1981.

Haukelid, Knut, *Skis Against the Atom*, North American Heritage Press, 1989.

Hawes, Stephen and White, Ralph, *Resistance in Europe*, Viking, 1975.

Horvitz, Leslie and Catherwood, Christopher, *Encyclopedia of War Crimes and Genocide*, Facts on File, 2006.

Ismay, Hastings, *The Memoirs of General the Lord Ismay*, Heinemann, 1960.

Jefferis, John, *The Life and Times of Millis Jefferis* (privately published memoir).

Jefferis, Millis, *How to Use High Explosives*, Ministry of Information, 1939.

Johnson, Brian, *The Secret War*, BBC Books, 1979.

Keene, Tom, *The Lost Band of Brothers*, History Press, 2015.

Kemp, Peter, *No Colours or Crest*, Cassell, 1958.

Kersaudy, François, *Norway 1940*, HarperCollins, 1990.

Lampe, David, *The Last Ditch*, Cassell, 1968.

Langelaan, George, *Knights of the Floating Silk*, Hutchinson, 1959.

Langley, Mike, *Anders Lassen*, New English Library, 1988.

Lankford, Nelson, *The Last American Aristocrat*, Little, Brown, 1996.

Lassen, Suzanne, *Anders Lassen VC*, Frederick Muller, 1965.

Lett, Brian, *Ian Fleming and SOE's Operation Postmaster*, Pen & Sword, 2012.

MacDonald, Callum, *The Killing of SS Obergruppenführer Reinhard Heydrich*, Macmillan, 1989.

McGlynn, M.B., *Special Service in Greece*, War History Branch, Department of Internal Affairs, New Zealand, 1953.

Mackenzie, William, *The Secret History of SOE*, St Ermin's Press, 2000.

McKinstry, Leo, *Operation Sealion*, John Murray, 2014.

Macpherson, Tommy with Bath, Richard, *Behind Enemy Lines*, Mainstream Publishing, 2010.

Macrae, Stuart, *Winston Churchill's Toyshop*, Roundwood Press, 1971.

Marcot, François, 'La direction de Peugeot sous l'Occupation: pétainisme, réticence, opposition et résistance', *Le Mouvement Social*, no. 189, Éditions de l'Atelier, 1999.

Marks, Leo, *Between Silk and Cyanide: A Codebreaker's War*,

HarperCollins, 1999.

Mears, Ray, *The Real Heroes of Telemark*, Hodder & Stoughton, 2003.

Miller, Russell, *Behind the Lines*, Secker & Warburg, 2002.

Moravec, Frantisek, *Master of Spies: The Memoirs of General Frantisek Moravec* , Bodley Head, 1975.

Moreman, Tim, *The British Commandos 1940 – 46*, Osprey Publishing, 2006.

Morison, S.E., *History of United States Naval Operations in World War II*, 15 vols., Little, Brown, 1947–62.

Myers, E.C.W., *Greek Entanglement*, Alan Sutton Publishing, 1985.

Noguères, Henri, Degliame-Fouché, M. and Vigier, J.L., *Histoire de la Résistance en France de 1940 à 1945*, Robert Laffont, 1981.

O'Connor, Bernard, *'Nobby' Clarke: Churchill's Backroom Boy*, lulu. com, 2010.

——, *Churchill's School for Saboteurs, Station 17*, Amberley Publishing, 2013.

Owen, David, *Anti-Submarine Warfare*, Seaforth Publishing, 2007.

Owen, James, *Commando*, Little, Brown, 2012.

Pawle, Gerald, *The Secret War*, Harrap, 1956.

Philby, Kim, *My Silent War*, MacGibbon & Kee, 1968.

Phillips, Lucas*, The Greatest Raid of All*, Heinemann, 1958.

Pimlott, Ben (ed.), *The Second World War Diary of Hugh Dalton*, Jonathan Cape, 1986.

Powell, Michael and Pressburger, Emeric, with Christie, Ian (ed.), *The Life and Death of Colonel Blimp*, Faber & Faber, 1994.

Raeder, Erich, *Grand Admiral*, Da Capo Press, 2000.

Rankin, Nicholas, *Ian Fleming's Commandos*, Faber & Faber, 2011.

Richardson, F.D, 'Charles Frederick Goodeve', *Biographical Memoirs of the Fellows of the Royal Society*, vol. 27, 1981.

Rigden, Denis, *SOE Syllabus: Lessons in Ungentlemanly Warfare*, Public Record Office, 2001.

Rogers, Gordon, *From Bangs to Black Holes*, MyBookLive.com, 2014.

Ryder, Sue, *Child of My Love*, HarperCollins, 1986.

Schellenberg, Walter, *Invasion 1940*, St Ermin's Press, 2000.

Schenk, Peter, *Invasion of England*, Conway Maritime Press, 1990.

Seaman, Mark (ed.), *Special Operations Executive: A New Instrument of War*, Routledge, 2005.

Shirer, William, *Rise and Fall of the Third Reich*, Secker & Warburg, 1961.

Smith, Michael, 'Margaret's Secret War', *For a Change*, vol. 19, 2006.

Southby-Tailyour, Ewen, *Blondie: A Life of Lieutenant-Colonel H.G. Hasler*, Leo Cooper, 1998.

Stafford, David, *Secret Agent: The True Story of the Special Operations Executive*, BBC Books, 2000.

Stevens, E.H., *The Trial of Nikolaus von Falkenhorst*, William Hodge, 1949.

Sweet-Escott, Bickham, *Baker Street Irregular*, Methuen, 1965.

Sykes, E.A. and Fairbairn, W.E., *Shooting to Live with the One-Hand Gun*, Oliver & Boyd, 1942.

Taylor, A.J.P., *English History*, Oxford University Press, 1965.

Terrell, Edward, *Admiralty Brief*, Harrap, 1958.

Turner, Des, *Station 12: Aston House, SOE's Secret Centre*, History Press, 2006.

Turner, Ernest, *The Phoney War on the Home Front*, Michael Joseph, 1961.

Verlander, Harry, *My War in SOE*, Independent Press, 2010.

Warwicker, John, *Churchill's Underground Army*, Pen & Sword, 2008.

Wheatley, Ronald, *Operation Sealion*, Clarendon Press, 1958.

Wilkinson, Peter, *Foreign Fields: The Story of an SOE Operative*, I.B. Tauris, 1997.

Williamson, John A., *Antisubmarine Warrior in the Pacific*, University of Alabama Press, 2005.

Woodhouse C.M., *The Struggle for Greece*, Rupert Hart-Davis, MacGibbon, 1976.

——, *Something Ventured*, Granada, 1982.

# 出版后记

　　《丘吉尔的非绅士战争》是英国作家贾尔斯·米尔顿的又一力作。在这部二战题材的作品中，他将视角对准了常规军队之外的一批"怪才"。战争爆发之初，在以注重绅士风度闻名的英国，这些不愿循规蹈矩的麻烦人物并未得到足够的重视和支持，但他们用实际行动证明了自己的价值。在丘吉尔的支持下，以格宾斯为代表的一批天赋出众的"非绅士"军官开发高效武器，培训专业人才，开展破坏行动，用自己的方式为反法西斯战争的胜利做出了巨大贡献。这些功勋卓著的"非绅士"军官，在战后不得不隐姓埋名，幸而作者通过大量资料的梳理，用生动的笔触，带领读者重新回到了那场惊心动魄的战争之中，让我们对破坏队员的勇敢无畏肃然起敬的同时，也深刻体会到了战争的残酷。

　　由于编者水平有限，书中难免有疏漏，还望读者指正。

服务热线：133-6631-2326　188-1142-1266

服务邮箱：reader@hinabook.com

**后浪出版公司**

2021 年 5 月

**图书在版编目（CIP）数据**

丘吉尔的非绅士战争 / （英）贾尔斯·米尔顿著；
周丹丹译 . — 广州：广东旅游出版社，2021.10
书名原文：The Ministry of Ungentlemanly
Warfare
ISBN 978-7-5570-2603-5

Ⅰ . ①丘… Ⅱ . ①贾… ②周… Ⅲ . ①历史小说—英
国—现代 Ⅳ . ① I561.45

中国版本图书馆 CIP 数据核字 (2021) 第 186592 号

| | | | |
|---|---|---|---|
| 出 版 人：刘志松 | | 选题策划：后浪出版公司 | |
| 著　 者：[英] 贾尔斯·米尔顿 | | 译　 者：周丹丹 | |
| 出版统筹：吴兴元 | | 责任编辑：方银萍 | |
| 编辑统筹：张　鹏 | | 特约编辑：曹忠鑫　范先鋆 | |
| 责任校对：李瑞苑 | | 责任技编：冼志良 | |
| 装帧设计：墨白空间·李国圣 | | 营销推广：ONEBOOK | |

## 丘吉尔的非绅士战争
QIUJIER DE FEISHENSHI ZHANZHENG

**广东旅游出版社出版发行**
（广州市荔湾区沙面北街71号）
邮编：510000

| | | |
|---|---|---|
| 印刷：天津创先河普业印刷有限公司 | 开本：889毫米×1194毫米 | 32开 |
| 字数：275千字 | 印张：12.75 | |
| 版次：2021年10月第1版第1次印刷 | 定价：78.00元 | |